연애와 결혼 사이

연애와
결혼 사이

초판 1쇄 인쇄일 2020년 07월 10일
초판 1쇄 발행일 2020년 07월 24일

지은이 | 최효진
펴낸이 | 김기선

편집부 | 김아름, 박신혜, 신현정, 현혜원, 김수린, 한혜정
디자인 | 한주희

펴낸곳 | 와이엠북스(YMBOOKS)
출판등록 | 2012년 7월 17일 (제382-2012-000021호)
주소 | 서울시 도봉구 노해로 379, 802호(창동, 대성빌딩)
전화 | 02)906-7768 / **팩스** | 02)906-7769
E-mail | ymbooks@nate.com

ISBN 979-11-322-5684-7 03810

값 10,000원

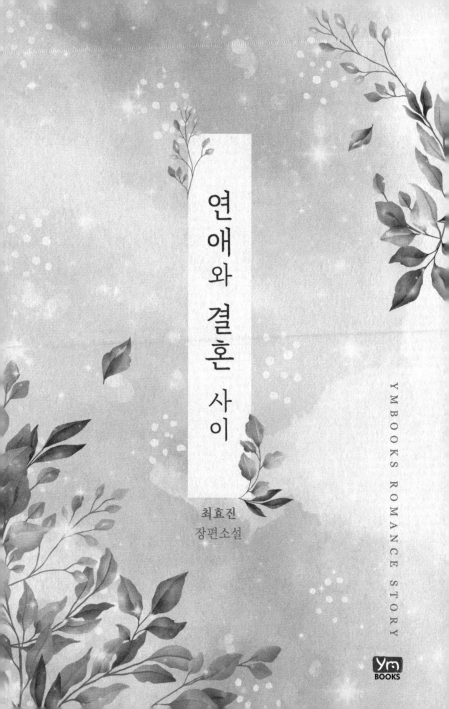

연애와 결혼 사이

최효진
장편소설

YMBOOKS ROMANCE STORY

차 례

Prologue. 회자정리

"야! 다들 오는 거지?"

초록은 친구 세정을 부러운 듯 쳐다보았다.

다음 달 셋째 주 토요일, 드디어 그녀가 결혼을 한다고 선언했다. 그녀는 세정의 결혼을 축하해 주며 미소 짓고 있었지만 한편으로는 허탈함과 씁쓸한 감정이 교차했다.

그녀 나이 올해 스물아홉.

사실 결혼이 그리 급한 나이도 아니었다. 그러나 하나둘씩 면사포를 쓰고 시집 장가를 가 버리는 친구들을 보며 든든한 평생의 동반자가 생긴다는 사실이 한편으로 부럽기도 했다.

고개를 살짝 숙인 채 잡념에 싸여 있던 초록은 앞 접시에 치킨을 덜어 애꿎은 닭과 사투를 벌였다.

"난 김초록보다 이세정이 더 늦게 갈 줄 알았는데."

초록은 옆에서 친구들이 도란도란 나누는 이야기에 인상을 찌푸렸다. 하필이면 옆에 앉아 있는 동창은 오지랖 넓기로 유명한 현주였다. 초록은 제발 현주가 옆에 다가와 귀찮게 굴지 않기를 바랄 뿐이었다.

"넌 소식 없어?"

슬픈 예감은 틀린 적이 없다. 현주가 정확한 발음으로 초록에게 물었다.

'이번엔 프라이드다.'

초록은 날렵하게 포크로 프라이드치킨을 쿡 찍었다.

"뭐 소식?"

"석진하랑 너 말이야."

"나랑 진하랑 뭐?"

"결혼 언제 하냐고!"

초록은 손에 쥐었던 포크를 휙 던졌다.

둔탁한 소리에 테이블에 앉아 있던 그녀의 친구들이 모두 초록 쪽으로 시선을 집중했다. 그녀는 언제 그랬냐는 듯 배시시 웃으며 다시 포크를 쥐었다. 눈치 없는 현주 계집애는 또다시 슬그머니 초록에게 물었다.

"5년 됐지? 진하랑 사귄 지."

"응. 벌써 그렇게 됐네."

"그럼 슬슬 결혼 이야기도 나오겠네?"

"아직 이른 나이지."

초록은 슬쩍 올라가는 얄미운 현주의 입꼬리를 정확히 보고 말았다. 살살 약 올리듯 던지는 말에 괜히 기분만 잡치는 것 같았다.

"이제 우리 한 달 뒤면 서른이야. 슬슬 준비해서 내년쯤엔 날짜 잡아야 하지 않을까?"

"넌 남의 연애에 뭐 그렇게 관심이 많아? 난 아직 준비도 안 됐고, 진하도 이제 겨우 자리 잡아서 일하고 있는데 때 되면 알아서 할 거야!"

초록은 가끔 뼈저리게 후회를 한다. 수많은 남자 중에 왜 하필 동창과 연애를 했을까 싶다.

석진하.

초록의 초등학교 동창이자 고등학교 동창이었다. 그저 얼굴만 알고 지내던 두 사람은 스물넷에 우연히 동창회에서 재회하여 꾸준한 연락을 취하다 서로 호감을 가지고 시작한, 전형적인 친구에서 연인이 된 케이스였다.

사실, 결혼을 한다면 이 남자와 하겠지 하는 생각에는 변함이 없다. 앞으로도 변함이 없을 것이라 확신했다. 그래서 급하지 않게 생각하기로 했었다. 하지만 초록은 주변 친구들이 하나씩 결혼하는 것을 보며 본인도 모르게 조바심이 났다.

"저녁은 먹었어?"

호프집 밖으로 나온 초록은 진하에게 전화를 걸었다.

2년 전, 초록의 남자친구인 진하가 취업 후 대전에 내려가 일하게 되면서 두 사람은 장거리 연애를 하게 되었다.

초록은 매주 서울과 대전을 왔다 갔다 하는 그에게 미안한 마음이 커서 때로는 눈치를 살피며 그의 기분을 맞춰야 했다. 전화를 받은 진하의 목소리는 역시나 매우 지쳐 보였다.

"세정이 청첩장 받았어. 너 못 봐서 아쉽다고 전해 달래."

-나도 못 가서 미안하다고 전해 줘.

"슬슬 자리 옮길 것 같은데, 난 여기서 헤어지려고 하거든? 언제 도착해?"

-나 한 시간 뒤에 서울역 도착.

"알겠어. 근처 가서 기다리고 있을게!"

초록은 친구들에게 인사를 한 뒤, 서울역으로 향했다. 진하를 만난 그녀는 근처 카페로 들어가 커피를 시켜 놓고 앉았다.

5년째 연애 중이라 하지만, 초록은 그를 볼 때마다 흐뭇했다.

이런 말 하긴 그렇지만, 잘생기고 반듯한 외모에 큰 키의 소유자인 진하를 보면 세상 그 이느 여자도 부럽지 않았다.

자신도 모르게 입가에 피어나는 미소. 히죽거리며 웃고 있는 초록을 보며 진하는 미간에 힘을 잔뜩 주고 말했다.

"어디 아파?"

"아니. 좋아서."

"뭐가 좋아?"

"너. 으헤헤."

"그렇게 웃지 마. 멍청해 보여."

"뭐! 좋으니까 그러지!"

복에 겨운 자식. 이래서 다들 남자가 여자를 더 많이 좋아해야 한다고 하나 보다.

연애를 할 때, 갑과 을의 관계가 존재하면 망한다고 하는데 그 앞에서는 을이 된다 해도 상관없었다. 그만큼 초록은 진하에게 진심이었다.

"세정이 남편 반듯하더라! 키는 좀 작았지만."

"외모 뜯어먹고 살 거 아니잖아? 예전부터 돈 많은 남자 노래를 부르더니 결국 소원 성취네."

"서로 좋으니까 결혼하겠지! 꼭 조건을 봤다고 단정 짓지 마."

"이세정 남자 볼 때 돈이 우선인 애였어. 그런 사람만 골라 소개받았고."

"그래도 눈에선 꿀이 뚝뚝 떨어지더만!"

"그런 척하는 거겠지."

진하는 취업하고 나서 매사에 부정적이 되어 버린 것 같다. 초록은 업무 스트레스에 지친 그를 이해해 주기로 했다.

밥 먹듯 하는 야근에 지쳤을 만도. 지고지순한 사랑은 동화 속에서나 존재한다고 믿는 불쌍하고 가련한 현실주의자라고 생각하면서 말이다.

"우리도 슬슬…… 준비해야 하지 않을까?"

자신도 모르게 불쑥 튀어나온 말. 초록은 옅은 미소를 지으며 진하에게 말했다. 그와 눈도 못 마주칠 거면서.

진하 역시 수긍을 하는 듯 고개를 끄덕였다.

"그치. 해야지."

"어. 그렇지. 해야…… 뭐?"

"결혼해야지. 우리도!"

초록은 그의 입에서 결혼이라는 말이 나오자 은근 기분이 좋았다. 그리 급한 것도 아니었지만 뭔가 사랑하는 사람과 결실을 맺게 될지도 모른다는 생각에 설레었다.

초록은 이름처럼 싱그러운 미소로 웃으며 앞날을 상상하고 있었다.

"안녕하세요. 내년 가을쯤 예식 생각하고 있는데요!"

뭐가 이렇게 알아볼 것이 많을까. 예식장을 포함하여 이것저것 따지는 것도 스트레스가 이만저만이 아니었다.

초록의 수첩에 빽빽하게 적힌 예식장 목록만 해도 수십 군데였다. 보다 못한 그녀의 직장 동료이자 후배인 운정이 다가와 고개를 저었다.

"자기야."

"앗, 깜짝아!"

운정은 화들짝 놀라는 초록을 보며 혀끝을 찼다.

"야! 고운정! 진짜 죽을래?"

"어이, 풀떼기 씨! 업무 시간에 딴짓하면 안 대!"

초록을 '자기야'라는 애칭으로 부르는 동료는 초록보다 두 살 어린 동생이었다. 어머니께서 정 많고 곱게 자라라고 본인의 이름을 '고운정'이라고 지었다고 한다.

"결혼하기 더럽게 힘들다. 그치?"

"내 말이 그 말이야. 나 벌써 열일곱 군데 전화했어."

"뭔 놈의 예식장 스케줄이 그렇게 빡빡해? 대한민국에 결혼하는 놈들밖에 없나?"

"그러게 말이다. 미운정 너는 언제 할지 모르지만 최대한 일 년 전에는 잡길 바란다."

"저 언니가 또 미운정이라고 부르네. 고씨 성을 가진 우리 아빠가 통탄하실 일이야."

"시끄러. 열여덟 번째 전화해야 하니까!"

이번에 전화한 예식장은 전화가 먹통이었다. 초록은 수첩에 동그라미를 연속으로 그리며 한숨을 내쉬었다.

"자기야, 근데 자기는 프러포즈 어떻게 받았어?"

그러고 보니, 하나같이 결혼 준비를 하고 있는 초록에게 한 번씩 했던 질문들이 바로!

'김초록. 석진하가 프러포즈 어떻게 했어?'

'응?'

'김초록 언제 프러포즈 받았냐?'
'어? 음······.'

'초록아, 진하가 프러포즈 어떤 식으로 했어?'
'아······ 그게. 뭐, 자연스럽게 결혼하자고 나온 거라 딱히 프러포즈라고 하기가 애매······.'

그들의 질문에 딱히 뭐라 대답하지 못했다. 사실, 진하는 프러포즈라고 할 만한 깜짝 이벤트를 하진 않았다. 너무나도 현실적인 그는 결혼에 대한 단어 언급만 했을 뿐.

그때를 회상하던 초록은 깊은 한숨을 내쉬었다.

요 며칠 싱숭생숭한 마음이었다. 초록은 진하를 만나러 나온 순간에도 고개를 숙인 채 생각에 잠겨 있었다. 2주 만에 얼굴을 보는 그의 앞에서 한마디 말도 없이 침묵을 지켰다.

"뭔 생각을 그렇게 해?"

"응? 아······ 그게."

"나 다음 주부터 엄청 바빠질 것 같아. 아마 주말에도 일할지도 모르고. 다음 주에 별일 없으면 네가 대전으로 와."

"응? 으응. 그러지 뭐."

다시 침묵.

말이 많고 활발했던 초록이 입을 다물어 버리자 두 사람의 사이에 정적이 흘렀다.

한참의 침묵 끝에 보다 못한 초록이 말문을 열었다.

"진하야, 근데…… 막상 결혼하려고 보니 준비할 게 엄청 많더라."

"뭐, 그냥 되는 대로 하면 되지 뭘 하나하나 다 따져?"

"그게 그러니까 생각보다 쉬운 게 아니더라고. 예식장부터 시작해서 드레스나 메이크업이나 사진이나 이런 것만 해도 머리가 깨질 것 같아."

"복잡하게 생각을 안 하면 되잖아."

초록은 할 말을 잃었다.

원래 그의 성격이 그렇다 쳐도 조금 화가 났다. 이 결혼을 혼자하는 건지, 아니면 둘이 하는 건지 모르겠다.

사실, 프러포즈도 받지 못해서 은연중에 서운하기도 했었다. 거창한 것을 바라는 것도 아닌데.

"진하야."

"응."

"이거 너랑 나랑 하는 결혼이야."

"알아."

"근데 그렇게 무관심해? 솔직히 결혼하자는 말 나오고부터 전부 내가 알아보고 있잖아."

초록의 외침에 갑자기 그가 한숨을 내쉬었다.

"나도 알아보고 있어. 그리고 내가 전에도 말했지만 이번 프로젝트 워낙 중요한 거라 신경을 많이 못 쓴다고 했잖아. 양해도 구했었잖아!"

"누가 일하지 말래? 너랑 나랑 지금 마주 보고 있어. 일하는 거아니잖아?"

쌓이고 쌓였던 것이 터졌나 보다.

"김초록, 이게 그렇게까지 화를 낼 일이야? 뭐가 문젠데?"

"넌 나랑 왜 결혼을 하자고 한 건데? 이렇게 시종일관 무관심으로 알아서 흘러가겠거니 방치하면서 왜 결혼 얘길 꺼냈냐고!"

초록은 이제껏 단 한 번도 그에게 보인 적 없던 모습을 보이며 언성을 높이고 있었다.

"네가 하고 싶어 하는 것 같았으니까!"

지금 뭔가 듣기는 들었는데.

잘못 들었으면 싶었다. 초록은 머릿속이 하얘졌다.

"뭐라고?"

"네가 결혼하고 싶어 하는 것 같아서 하자고 했어. 그래서 결혼하자고 말했고 너도 좋아하는 것 같고!"

"내가…… 하고 싶어 하는 것 같아서 결혼을 하자고 했다고?"

"후우."

그의 깊은 한숨 소리가 다시 한번 마음을 후벼 파는 요인이 되었다. 초록은 자리에서 벌떡 일어났다. 아랫입술을 꽉 물고 말했다.

"나는 적어도 네가 확신이라는 걸 가지고 나한테 그런 말을 했다고 생각했어. 아무리 무뚝뚝하고 그래도 결혼하고 싶은 건 나랑 같은 마음이구나 싶었어. 그래서 프러포즈 따위 없이 결혼을 진행해도 마냥 좋았어. 혼자 바보처럼 여기저기 예식장에 전화하고, 알아보고, 비교하고! 그러는 시간조차도 행복해하며 미래를 꿈꿨는데. 뭐라고? 내가 하고 싶어서 결혼을 해?"

"……김초록."

"매주 서울 대전 왔다 갔다 하면서 고생하는 너한테 미안해서 이직도 알아보고 모든 걸 너한테 맞추려던 내가 불쌍하다. 나 이런 마음으로 너랑 결혼 못 해. 아니, 안 해!"

"그래서 뭐 어떻게 하자고!"

말문이 턱 하니 막혀 버리는 초록이었다.

미안하다는 말을 바랐다. 그가 토닥여 주고 안아 주길 바랐다.

그런데 그는 오히려 되묻는다. 무엇을 어떻게 하냐며, 어떠한 결과가 나오길 바라는 사람이었다.

사소한 말다툼에서 시작된 싸움. 결국 그녀가 말했다.

"헤어져. 헤어지자."

1. 혼자가 된다는 것

"진짜 연락 안 와?"

"응."

홧김에 내뱉은 이별. 그러나 진하는 그날 이후 연락을 하지 않았다. 이대로 이별이라니! 사실 먼저 이별을 꺼낸 것은 초록이었지만 이렇게 끝이 나 버릴 줄은 상상도 못 했었다. 그에게 연락이 오냐고 묻는 운정을 바라보며 실소를 터트리는 초록이었다.

"자기야, 세상에 좋은 남자는 많아. 그냥 훌훌 털어 버려. 나쁜 새끼."

"언제는 형부라며?"

"아, 그거야 결혼할 줄 알았으니까 그렇게 불렀지! 자기한테 상처 주는 놈은 나한테 쳐 죽일 놈의 새끼야! 그냥 아주 나무에 꽁꽁 묶어 매달아 버릴까? 그 위에 사이다 샤워를 시켜 버려?"

"운정아…… 고운 말 쓰자."

운정은 입을 삐쭉 내밀었다.

"오늘은 그냥 다 잊어버리고 신나게 노는 거야! 어때?"

이태원에 위치한 라운지 바. 초록의 기분을 풀어 준다며 무작정 운정이 끌고 왔다.

나이 서른 줄에 처음 접하는 문화. 화려한 음악과 북적이는 사람들 틈에서 초록은 피식 웃었다. 스스로 생각해도 모양새가 웃기긴 한 모양이다. 한껏 꾸미고 나온 그녀는 낯선 남자들 사이로 그들과 닿기라도 할까 봐 몸을 움츠렸다.

'숙맥.'

진하가 초록을 그렇게 부르곤 했다. 술과 모임을 싫어하던 진하 때문에 초록은 이십 대의 창창한 시절을 모두 얌전한 고양이처럼 보내곤 했는데 말이다.

"내가 등신이지!"

"뭐라고? 언니. 잘 안 들려!"

초록은 고개를 저었다.

시끄러운 음악 소리 때문에 귀가 멍멍해져 갈 그때, 두 여자 사이로 낯선 남자가 다가와 말했다.

"합석하실래요?"

돌아서 있던 초록은 그대로 몸을 틀어 다가온 남자를 응시했다.

"저희도 둘이 왔거든요."

낯선 남자가 가리킨 쪽을 보자 그의 일행으로 보이는 듯한 또 다른 남자가 서 있었다. 조명 빛이 강해 자세히는 보지 못했지만 뚜렷한 이목구비에 꽤 준수한 외모를 가진 남자였다.

"언니, 어떻게 할 거야?"

"뭘 어떻게 해?"

"합석할 거야?"

초록은 힐끔거리며 낯선 남자 두 명을 응시하다 고개를 끄덕였다. 이런 일탈도 가끔은 필요하다고 생각했다.

"응."

그녀의 대답은 짧고 간결했으며 정확했다.

'김초록, 아직도 자냐?'

분명 진하의 목소리였다. 어떻게 된 거지?

초록은 살며시 눈살을 찌푸리며 눈을 떴다.

처음 보는 가구들. 낯선 침대. 그리고 무엇보다 머리가 깨질 듯이 아팠다. 분명히 진하의 목소리가 들렸던 것 같은데.

초록은 그제야 정신이 번쩍 들었다.

낯선 곳. 게다가 낯선 침대.

'뭐야. 뭐가 어떻게 된 거야. 내가 왜 여기 있어!'

그녀는 정신없이 눈알을 요리조리 굴렸다. 맥박이 빨라지고 있었다.

그때, 화장실 같은 문이 벌컥 열리고 낯선 남자가 나왔다. 초록은 두 눈이 휘둥그레져 경악스런 표정으로 소리를 빽 지르고 말았다.

"꺄악! 으악!"

뒷걸음질 치다 넘어진 그녀는 침대 시트를 꽉 움켜쥐고 일어나 간신히 몸을 지탱했다.

"이제 일어났나 보네."

"너 누구야! 나한테 무슨 짓을 했어? 내가 왜 여기에 있지?"

"나 참."

초록은 침대 옆 창가에 놓인 미니 화분을 움켜쥐고 당장이라도 던질 기세로 남자를 노려보았다.

낯선 남자는 한숨을 내쉬며 어금니를 꽉 물었다.

"기물 파손까지 하시겠다?"

"뭔데! 이 상황이 뭐냐고! 내가 왜 그쪽이랑 여기에 있냐고!"

말 그대로 오두방정을 떨며 촐싹거리는 그녀가 어이없다는 듯 행동하는 남자는 고개를 저으며 혀끝을 찼다.

"나 설마 그쪽이랑…… 잤어?"

초록은 지금 이 순간 세상이 무너지는 기분이 들었다. 그런데 울상인 초록과는 달리 남자는 기가 차다는 표정이었다. 여전히 그녀는 남자와 적정선의 거리를 유지하며 주머니 속의 핸드폰을 꺼냈다.

"같이 자긴 잤는데, 그건 안 했어."

초록은 두 팔로 몸을 감싸며 남자를 노려보았다. 긴장한 탓인지 다리가 후들거려 제대로 서 있을 힘도 없었다.

"무슨 미친 소리야! 똑바로 대답해! 경찰에 신고할 거야!"

남자는 코웃음을 치더니 기가 막힌 표정으로 초록을 응시하며 고개를 저었다.

그때였다.

"언니, 일어났어?"

운정이 똘망똘망한 눈으로 초록의 눈앞에 나타났다.

"운정아!"

한가득 두려운 표정을 하고 쪼르르 달려가서 운정의 팔을 붙잡은 초록이 온몸을 덜덜 떨었다.

"뭐야. 저놈들은? 너랑 나랑 납치된 건가?"

"언니, 그게 말이지……."

"그 있잖아. 클럽 같은 데 가면 술에 약 타서 먹이고 기절시키고 그런 거 있잖아!"

"언니!"

"시…… 신고하자. 우린 피해자니까!"

"내 말 좀 들어 보라니까."

운정은 의외로 침착했다. 초록을 바라보며 마치 '혼자 북 치고 장구 치고 다 해 먹어라.'라는 표정이었다.

"기억 안 나? 어제 말이야."

"몰라! 몰라! 기억이 하나도 안 나. 그보다 우리 경찰서 가자. 응?"

울상이 되어 버린 초록을 한심하게 바라보며 한숨을 내쉬던 남자는 뒷머리를 벅벅 긁으며 짜증 섞인 목소리로 말했다.

"진상도 정도껏 부려야지."

남자가 큰 소리로 외치자 기가 죽어 버린 초록은 운정의 뒤에 숨다시피 매달려 그를 응시했다. 그는 땅이 꺼져라 한숨을 팍 내쉬고 말했다.

"그쪽이 저 여자 데리고 나가. 정신 차린 것 같으니까."

그는 운정에게 너무나도 당당한 어조로 말했다.

"뭐야? 뭘 믿고 당당한 거야? 납치범 주제에! 운정아, 저 남자 왜 저래?"

"죄송합니다. 정말 민폐가 많았습니다. 그럼 이만!"

"야! 고운정! 뭐가 죄송한 건데? 응?"

"언니, 그냥 닥치고 나가자."

"너 이씨. 나한테 닥치라고 했어?"

"나가자. 일단 이 사람 집이니까 나가서 설명해 줄게. 제발 좀!"

낯선 남자의 집은 그녀들로 인해 아수라장이 따로 없었다. 남자의 집을 빠져나온 초록은 씩씩거리며 운정에게 소리를 질렀다.

"야! 대체 뭔데! 왜 우리가 죄송한 건데? 넌 태도가 왜 그 모양이고?"

"언니, 기억을 잘 살려서 우리 어젯밤으로 돌아가 보자. 언니랑 나랑 저 남자 일행하고 합석해서 술 마신 건 기억나?"

"응. 그건 기억하지!"

"그럼, 언니가 어제 칵테일을 비롯해서 마티니, 보드카, 심지어 자리도 옮겨서 소맥 말아 먹은 것도 기억나?"

"내가? 내가 그런 짓을 했다고? 주량이 소주 반병인데?"

"응. 그니까 어제 한마디로 언니는 미친 사람이었어."

"야! 그럼 그걸 안 말리고 뭘 했는데?"

"말렸지. 근데 완전 막무가내였는데. 정말 기억이 하나도 안 나?"

그래. 초록은 운정의 말대로 일단 침착하고 기억을 되살려 보기로 한다.

"그 남자 둘이랑 합석해서 칵테일을 마셨고, 보드카를 시켜서 같이 먹었는데…… 그리고……."

미간에 힘을 잔뜩 주고 인상을 찌푸린 초록의 얼굴이 잿빛으로 변하고 있었다.

'이히히, 나 있지, 오늘 한번 달려 볼까 해.'

'미운정! 언니가 너랑 목욕탕 안 가는 이유는, 사실 내 가슴이 A컵이라서 그래.'

워.

와우.

"흐흐흐……."

초록은 실소를 터트렸다.

조금씩 희미한 기억의 조각들. 그 조각들이 퍼즐처럼 하나씩 끼워 맞춰지던 순간이었다.

"이제 좀 뭐라도 생각이 났어?"

"나 설마…… 그 모르는 놈들 앞에서 내가…… 신체 사이즈까지 오픈……."

"응. 언니 가슴이 A컵이라고 말했지. 그것도 아주 당당하게. 존경스러웠어."

"하……."

"그것만이면 다행이게?"

"뭐! 뭐가 또 있는 거야? 아악!"

"그 남자들이 언니 만취해서 집 근처까지 데려다준다고 차에 태우긴 태웠는데."

"태웠는데?"

"언니가 아까 그 남자 조수석 차 시트에 토했어."

이건, 이건 분명 꿈이다. 끔찍한 꿈.

현실이 아닐 거라 생각했다.

"나도 어제 너무 힘들었고, 토한 언니까지 부축하느라 감당하기 어렵고, 게다가 난 언니 이사한 집 주소도 모르니까 어쩔 수 없이 그 남자 집에 갔었어."

"모르는 놈들 집에 따라갔다고? 넌 겁도 없냐, 이년아!"

"위험하고 말고 생각할 겨를도 없었어. 그리고 어젠 언니가 더 위험했어. 나랑 그 남자들 발로 차고 때리고."

머리카락을 쥐어뜯으며 괴로워하던 초록을 토닥이며 운정이 말했다.

"이래서 언니가 회식에 사람들이 그렇게 권해도 술을 안 먹었던 거구나라는 생각이 들면서, 절대로! 다시는! 언니에게 주량 이상 술을 권하지 않기로 다짐했다오."

"운정아……."

"살면서 술주정이 이렇게 심한 사람은 처음 봤어! 역대급이야!"

초록은 얼굴이 다 화끈거렸다. 차마 앞에 서 있는 운정의 얼굴을 제대로 쳐다볼 수조차 없을 만큼.

"날 뭐라고 생각했을까? 미친 여자라고 생각했겠지?"

"뭐, 그 남자들 다시 볼 사이도 아닌데. 그냥 인생의 쓴 경험이라 생각하고 잊어버리자. 난 교훈으로 삼을게."

"으허엉, 쪽팔려. 창피해!"

"창피한 건 알아?"

"응. 나 진짜 왜 이러지? 예전에는 안 그랬던 것 같은데. 아무리 취해도 남한테 민폐 끼치지는 않았는데!"

"해장이나 하러 가자."

운정은 맥이 다 빠진 얼굴이었다. 초록은 괜히 그녀의 눈치를 살피며 옆구리를 쿡 찔렀다.

"내가 사 줄게."

"아휴! 내가 어제 언니 때문에 얼마나 개고생을!"

"뼈 해장국 먹을까?"

은근슬쩍 자신의 말을 잘라먹고 신이 나서 앞으로 걸어 나가는 초록을 보며 운정은 고개를 저었다.

하지만 미워할 수 없는 여자. 사람이 나이 서른에 저렇게 단순하기도 드문데 말이다.

"지한준, 그 여자 정말 골 때리지 않냐? 납치란다."

어젯밤 그녀들과 함께 합석해 술자리를 가졌던 그들의 이름은 '지한준', '강찬영'이었다.

"살면서 그렇게 지독한 주사는 처음 봤다."

찬영은 혀를 내두르며 고개를 저었다.

"야. 이불은 뭐 하려고?"

이불을 둘둘 말고 있는 한준을 보며 찬영이 말했다.

"빨래방 가서 전부 세탁할 거다."

"아, 웃겨."

"아니다. 아예 싹 버리고 새로 사야겠다."

한준은 잔뜩 짜증이 난 표정으로 침구 커버를 벗겨 냈다.

"한준아, 근데 그 여자 일부러 그런 거 아니야?"

"뭘?"

"아니, 새벽에 네 옆에 누워 있었다며."

한준은 또다시 악몽 같은 기억을 떠올리며 표정을 구겼다.

"몰라. 그냥 미친 여자 같아."

그렇다. 그랬을지도 모른다.

"나 미친 여자 같다."

"응. 언니한테 이런 말 해서 유감이지만, 정말 정신 나간 여자라고 생각해."

해장국을 떠먹던 초록이 수저를 내려놓고 한숨을 내쉬었다.

"나 원래 그렇게까지 주사가 심하진 않았는데, 대체 왜 그런 미친 짓을 했을까?"

"언니 앞으로 술 금지야. 또다시 술 퍼마시고 그렇게 진상 피우면 SNS에 동영상 올려서 유튜브 스타로 만들어 버린다."

"야. 다시는 그런 일 없어. 진짜로!"

"약속해! 이 여자가 어디서 세상 무서운 줄 모르고! 내가 옆에 있었으니까 망정이지!"

"알겠어. 앞으로 소주 반병 이상은 절대 먹지 않는다! 약속!"

"세 잔."

운정은 험상궂은 얼굴로 초록을 노려보며 말했다.

"알았어. 내가 입이 열 개라도 할 말이 없다."

"그건 그렇고, 언니 혹시 팀장님이 재계약하자고 말씀하신 적 있어?"

초록은 또다시 한숨을 내쉬었다.

재계약.

그 한마디가 밥맛을 뚝 떨어트리는 요인이 되었다.

"곧 뭐라고 말씀하지 않으실까."

"흠, 나는 이직 준비를 해 볼까 하는데. 쉽지가 않네."

또다시 재계약의 시즌이 다가오고 말았다.

다들 먹고살기 팍팍한 만큼, 초록 역시 이직이 커다란 고민 중의 하나였다.

운정과 헤어지고 집으로 돌아오던 길, 초록은 가방 안에 들어 있던 사원증을 꺼냈다.

사원증마저도 정직원과 다른 사원증. 언제 떠날지 모르는 몸이라 이렇게 사원증도 계급처럼 나눈 것일까?

"토익이랑 영어라도 좀 신경을 써 둘 걸 그랬나. 하아."

하루 만에 돌아온 집. 그러나 집 안의 공기는 더욱더 썰렁하고 차갑게 느껴졌다. 초록은 사원증을 다시 가방에 넣었다.

그때, 그녀의 가방 안에 들어 있던 작은 사진을 발견했다. 사진

속 주인공은 다름 아닌 진하였다.

"뭐야. 이게 왜 여기에 있지?"

사진 속에서만큼은 평온하게 웃고 있는 진하.

초록은 한참 진하의 얼굴을 바라보았다. 차마 버릴 수 없어 사진을 한쪽으로 치워 버렸다. 그녀는 마치 자신이 한심하다는 듯 한숨을 내쉬며 침대에 누웠다.

"진하 씨는 취미가 뭔데요?"

어색한 자리.

어색한 미소.

5년 만에 다른 여자를 마주한 자리라서 그런 건지, 아니면 소개팅 자체가 어색한 건지. 진하는 형식적인 대답을 하며 굳은 얼굴로 앉아 억지 미소를 지었다.

"전 그냥 독서하거나 카페 같은 데 가서 커피 마시고, 드라이브도 하고 그래요."

"어머! 저도 데려가 주시면 안 될까요? 저도 카페 좋아해요!"

"둔산동 근처에 카페 많잖아요. 새로 생긴 곳도 많던데."

"아, 근데 혼자 가는 것보다 둘이 가면 좋으니까요!"

"제가 대전 오면 생각해 볼게요."

"네? 대전에 사시는 것 아닌가요? 승현이한테 그렇게 들었는……."

"저 서울 발령 났어요. 곧 서울 갑니다."

"아. 그렇구나."

거절.

뭐, 그런 비스름한 말투와 행동으로 시종일관 여자를 거슬리게 만드는 진하 때문인지, 그와 마주 앉았던 여자는 불쾌한 표정을 감추지 못하고 일어났다.

셔츠가 답답한지 그는 소매의 단추를 풀어 걷어붙이고 카페를 나섰다.

곧이어 얼마 지나지 않아 전화가 한 통 왔다. 소개팅 주선자인 승현이었다.

-야, 걔 아주 짜증을 있는 대로 내던데.

"내가 뭘. 최대한 매너 있게 대했는데."

-지랄. 또 인상 구기고 앉아서 무게나 잡았겠지.

"난 분명히 안 나간다고 했었다. 네가 막무가내로 잡은 약속이지."

-김초록 때문에 그래? 그럼 연락을 다시 해 보든가!

"그 얘긴 하지 말자. 끊는다! 운전해야 해."

그는 전화를 끊고 시동을 켰다.

'김초록 때문에 그래?'

승현의 말 한마디가 이렇게 여운을 남길 줄은 몰랐다.

사실 그녀와 함께했던 5년의 시간이 하루아침에 지워지는 것은 아니었다.

5년간 함께 울고, 웃고, 행복하고, 싸우고, 화해하고…… 여러 추억이 있었다. 무엇보다 이십 대의 반을 함께 보낸 사람인 만큼 누구보다 그를 잘 이해해 주던 초록이었다.

취업 준비를 하며 힘들 때도, 조부상을 당했을 당시에도 항상 곁에 있어 줬던 그녀.

그러나 '연애'가 아닌 '결혼'을 놓고 미래를 설계하기에는 아직 스스로 부족하다고 생각했다. 한 가정의 가장이 될 준비가 덜 됐다고 생각했는데.

아니, 사실 두려웠는지도 모른다.

'어차피 지나간 사람.'

그녀를 이해하지 못하는 것도 아니다. 시간이 지날수록 초록이 상처받았을 생각에 괴롭기도 했다. 그녀가 어떤 부분을 원하고 힘들어했을지도 헤어진 다음에야, 시간이 조금씩 지나서야 알 것 같았다.

하지만 이미 헤어진 사람. 이별한 사람.

그래서 진하는 오늘도 통화 버튼을 누르지 못했다.

초록에 대한 최소한의 예의라고 생각하면서.

"얼굴이 썩었네. 썩었어."

출근 후 자리에 앉아 멍하니 정신 줄을 놓고 있던 초록에게 운정이 다가와 커피를 건넸다.

"설마 아직도 그 이태원 사건 생각하는 거야?"

"이태원 얘긴 꺼내지도 마라. 내가 다시 그 동네에 발을 들이면 김초록이 아니라 김회색이다."

"오, 그레이 킴. 있어 보이는데?"

"나 그냥 기분이 별로야. 운정아, 삶이 왜 이렇게 블라인드지?"

"그냥 오늘만 살고 오늘만 즐겨. 그게 정신 건강에도 좋아."

"난 왜 이렇게 한심하게 살고 있는 거지?"

"언니, 언니는 술만 안 마시면 멋진 여자야."

"너도 서른 되면 알 거야. 인생에 회의감이 들어."

"서른이 별거냐? 스물여덟이나 서른이나 그게 그거지."

"그게 그거가 아니라니까……. 나도 너처럼 그때는 그랬……."

당장이라도 내일 죽을 것처럼 죽상을 하고 있던 초록의 두 눈이 두 배, 아니 세 배로 커졌다.

운정은 초록의 시선을 따라 고개를 돌렸다. 곧 그녀 역시 입을 쩍 벌린 채 두 손으로 입을 가렸다.

낯익은 얼굴이 팀장의 옆에 정장을 갖춰 입고 떡하니 서 있었다.

그는 다름 아닌!

"자, 다들 주목! 오늘부터 우리 본사와 협약하여 프로그램 개발하실 겁니다. 제이피플 지한준 대표님이십니다."

팀장은 남자를 '지한준'이라는 이름으로 소개했다.

모두가 한마음으로 키 크고 잘생긴 훈남인 한준을 환영하고 있었지만, 단 두 사람은 기절초풍할 기세로 그를 응시하고 있었다.

"안녕하세요. 지한준이라고 합니다."

"자, 자! 박수!"

팀장의 껄껄거리는 웃음소리와 함께 사무실엔 박수 소리가 울려 퍼졌다.

고개를 숙인 채 시선을 바닥으로 내리깔던 초록은 슬금슬금 책상에 앉아 최대한 시선을 피하려 애썼다.

"언니, 저 남자……."

"조용히 해."

"맞지? 이태원!"

"뭐, 이런 경우가 다……."

하필 많고 많은 협력 업체 중에, 그것도 저 남자가 같은 프로젝트를 진행하게 될 대표라니. 거지 같은 악연을 내린 하늘이 원망스러웠다.

그때, 울상이 된 그들 앞에 검은 그림자가 드리웠다.

초록은 서서히 고개를 들었다. 정말, 쥐구멍이라도 있다면 온몸을 욱여넣고 싶었다.

"여긴 김초록 씨라고, 개발팀 디자인 담당하는 직원입니다."

초록은 자리에서 벌떡 일어나 고개를 꾸벅 숙여 인사했다.

"안녕하……세요. 김초록이라고 합니다."

한준은 안절부절못하는 초록과는 다르게 그녀의 인사를 가볍게 받아들인 뒤 그대로 초록을 지나쳤다.

초록은 허탈하게 자리에 앉았다. 컴퓨터 모니터 화면 하단의 메신저 알람이 깜빡거렸다.

[언니, 진짜 어떻게 이럴 수가 있지?]

[나도 지금 너무 혼란스럽다. 저 남자가 이번 프로젝트 개발자로 온 거야?]

[응. 그것도 대표로.]

[망했네. 앞으로 얼마나 보게 될까?]

[길면 6개월. 짧으면 3개월? 나도 모르지 뭐.]

[업무로 마주치지 않았으면 좋겠는데.]

[그게 될까? 앞으로 마주 앉아서 회의만 주구장창 하게 될 텐데.]

[나 그냥 그만둘까?]

[뭐, 그건 언니 자윤데, 카드값이랑 월세 내 줄 회사 있어?]

[지랄 맞네. 정말.]

[그냥 모른 척해. 어차피 저 남자도 아는 척 안 하는 거 보니까 공과 사는 확실한 사람인가 보네.]

[소문내면 어떻게 해?]

[그럼 그때 진짜 그만둬야지.]

[아악!]

초록은 키보드를 확 밀쳐 내고 고개를 숙였다. 슬그머니 다시 고개를 들자 여기저기 인사를 다니는 한준이 보였다.

"오늘 지한준 대표님 환영식 있대요. 6시까지 업무 정리하라고 팀장님 지시 내려왔습니다."

"컥!"

개발팀 직원의 공지에 물을 마시던 초록이 연신 기침을 했다.

운정은 고개를 저으며 혀끝을 찼다. '저 언니, 오늘은 절대 술 먹이지 말아야지.' 라는 생각을 하면서 말이다.

점심시간이 되자 초록은 죄인마냥 살금살금 회사를 빠져나왔다.

오늘만큼은 절대 구내식당을 가지 않으리라 다짐하고서. 최대한 지한준이라는 남자와 마주쳐서는 안 될 것 같았다.

"운정 언니는 어디다 팔아먹고 혼자 이러고 있어요?"

회사 근처 편의점. 초록은 편의점에서 아르바이트를 하는 대학생 윤지와 꽤 친했다.

김밥을 입에 한가득 넣고 우걱우걱 씹어 먹던 초록이 티슈로 입매무새를 정리하며 말했다.

"각자의 길을 갈 때도 있어야지."

"뭐야. 둘이 헤어졌어요?"

"응. 이제 운정이를 보내 줄 때가 된 것 같아서."

"언니."

"응?"

"이런 거 물어봐서 미안한데, 헤어진 사람한테 연락 안 와요?"

초록은 흠칫 놀라 젓가락질을 멈췄다.

"응. 안 오던데."

"뭐야. 오래 만났다면서요. 정말 연락 한 통 없어요?"

"뭐, 잘 사나 봐. 견딜 만하니까 그렇겠지. 그리고 헤어졌는데 왜 연락을 하겠어."

"그래도 결혼까지 생각했던 사이면 지금쯤은 연락 한 통 와야 정상인데……."

초록은 쓸쓸하게 웃으며 라면을 먹었다.

그녀의 슬픈 얼굴을 보며 아차 싶어 눈치를 보던 윤지가 편의점 밖을 내다보며 중얼거렸다.

"언니, 앞으로 저런 남자를 만나요. 대박이다."

호로록 라면을 먹던 초록이 고개를 돌려 윤지의 시선을 따라 응시했다.

"컥! 컥! 컥!"

"언니! 괜찮아요?"

초록은 라면의 매운 국물이 목구멍에 잘못 넘어가 눈물이 쏙 빠지도록 기침을 했다. 윤지는 그녀에게 물을 건네주며 여전히 한 남자를 응시하고 있었다.

"이쪽으로 오나 봐. 완전 잘생겼어."

윤지가 머리카락을 뒤로 넘기며 반듯하게 자세를 잡았다.

딸랑거리는 소리와 함께 편의점 문이 열리고, 남자가 들어왔다.

윤지가 호들갑을 떨며 잘생겼다고 입에 침이 마르도록 칭찬을 했던 남자는 한준이었다.

한준은 칫솔을 집어 들어 계산을 했다. 그는 긴 머리카락으로 얼굴을 감춘 초록을 발견하고 말했다.

"우연치고는 너무 신기하네."

초록이 슬그머니 고개를 돌렸다. 한준은 편의점 문을 열어 밖으로 나갔다.

곧이어 윤지가 초록에게 다가와 물었다.

"뭐야. 언니! 저 남자 알아?"

"아니. 모를걸."

"저 남자가 언니한테 말 걸었잖아!"

"당분간 우리 회사에서 일한대."

"대박! 저 남자가 언니 회사 사람이라고?"

"윤지야, 언니 간다!"

초록은 황급히 편의점을 나섰다. 조금씩 발걸음이 빨라지고, 먼저 사라진 그를 찾기 시작했다.

"이봐요! 지한준 씨!"

한준의 뒷모습을 발견한 초록은 그의 이름을 부르며 뛰어갔다.

"저기…… 며칠 전 일은 정말 죄송합니다."

그녀는 한준에게 차라리 사과라도 해서 얼굴 붉히는 일이 없었으면 좋겠다고 생각했다.

"원래 그렇게 몸도 못 가눌 정도로 술을 마시나?"

"그런 건 아닌데요."

한준은 고개를 저으며 앞으로 걸어갔다. 초록은 재빨리 그를 따라 걸었다.

뭔 놈의 보폭이 이렇게 큰지. 키가 커서 그런가 보다.

"저, 정말 그날은 죄송하게 됐는데요. 회사 사람들한테는 소문 내지 말아 주셨으면 해요."

그가 걸음을 멈췄다.

"내가 그쪽 이야길 왜 해?"

"아니, 뭐. 그럴 수도 있잖아요. 회식 자리에서 술 마시고 혹시나 그런 얘기가 나올지도…….."

한준은 코웃음을 쳤다.

"그러니까 내가 왜 남한테 그쪽 이야기를 하냐고."

"아니, 제 말은 그럴 수도 있다……. 근데 왜 자꾸 반말하세요?"

"말이 곱게 안 나와서."

"뭐라고요? 그쪽 몇 살인데?"

한준은 눈은 질끈 감았다.

"백팔십."

"에? 백팔십 살이라고요?"

"그쪽이 내 차에 토하는 바람에 조수석 카시트 전면 교체가 들어갔어. 그래서 교체 비용만 백팔십이 들어갔다고. 당신 같으면 좋은 말이 튀어나올 수 있겠어?"

"하, 그게……."

"수리비 청구 안 하는 걸 다행으로 여겨."

그래. 그 부분에 대해선 할 말이 없다.

풀이 잔뜩 죽어 버린 초록이 입을 꾹 다물었다. 한준이 먼저 회사로 들어가 버리자 초록은 땅이 꺼져라 한숨을 내쉬었다.

"내 인생은 대체 왜 이렇게 거지 같나."

누구를 원망하리오. 누구를 탓하리.

술 먹고 개가 된 김초록을 탓해야지.

"저기…… 팀장님."

"응. 왜?"

"제가 오늘 너무나도 급한 사정이 생겨서 그러는데, 회식에는 참석하지 못할 것 같습……."

"초록 씨, 오늘 사장님도 오시는 자린데 웬만하면 참석하지 그래."

"네? 아…… 그…… 그렇죠?"

"뭐, 물론 급한 사정이면 별수 없는데, 초록 씨 이제 재계약할 때잖아? 다음 주 정도에 아마 뭔가 얘기가 나올 것 같으니까, 정 급한 사정 아니면 이번 회식에는 꼭 참석해. 게다가 협력 업체 대표님 환영하는 회식이잖아."

초록은 울상을 지었다.

'네. 그렇죠. 그 남자를 환영하는 자리라서 그래요.'

결국 그녀는 본전도 찾지 못하고 다시 자리에 앉았다.

또다시 조용히 내쉬어지는 한숨.

운정이 슬그머니 의자를 끌고 초록의 옆으로 왔다.

"왜? 회식 안 가려고?"

"가야 할 것 같아."

"그치. 아무래도 사장님도 오신다고 하고, 어쨌든 지한준 저 남자 환영하는 회식이라잖아."

"아, 짜증 나. 아악!"

"근데 언니, 저 남자 몇 살일까?"

"몰라. 서른은 넘었겠지. 그러니 대표겠지."

"얼굴은 좀 어려 보이는데. 동안인가?"

"몰라. 지금 그게 문제가 아니야. 난 정말 죽고 싶은 심정이란 말이다."

그냥 접시 물에 코 박고 죽어 버리는 건 어떨까 싶다.

"아니, 잊어버리라니까. 언제까지 담아 두고 있을 거야?"

"왜 하필 저 남자가 협력 업체 사람이냐고!"

"자기야, 그냥 마음을 편히 먹어. 모든 것을 체념하면 된다니까?"

"원흉은 너야. 네가 그날 이태원 가자고만 안 했어도!"

"얼레? 그 불똥이 또 왜 나한테로 튀는 건데? 술 먹고 개가 된 건 누구더라?"

"응. 난 개만도 못할지도 몰라."

"쯧쯧, 회식 때 고기나 많이 먹자."

고기고 나발이고 입에 아무것도 안 들어갈 것 같았으나.

"이모! 여기 돼지갈비 2인분만 더 주세요!"

초록은 지글지글 불판 위에 구워지는 각종 고기들을 입에 넣으며 신나게 먹고 마셨다.

아, 물론 술이 아닌 탄산음료를.

"풀떼기, 뚫린 입으로 잘 먹네!"

"응. 자기야. 자기도 많이 먹어!"

"돈 많이 벌어서 우리 자기 고기 많이 사 줄게!"

"응!"

운정은 고개를 저으며 피식 웃었다.

초록이 슬그머니 소주병을 집어 들자 운정이 냉큼 소주병을 빼앗았다.

"어딜!"

"느끼해서 그래."

"콜라 마셔."

"콜라 싫어해."

"그럼 사이다 먹어."

"한 잔만 할게. 응?"

헤헤거리며 소주를 한 잔 원샷으로 때리는 초록을 보며 운정은 다시 한번 당부했다.

"명심해. 세 잔 넘어가는 순간 그날로 언니와 나의 인연은 끝. 장. 이. 야!"

"그렇게 살벌하게 협박하지 마. 정신 줄 놓을 정도로는 안 마셔!"

"이따가 건배사 할 때 마시라고! 쫌!"

"알겠어. 알았다고!"

운정과 초록이 소주병을 가지고 실랑이를 벌이는 모습을 멀리서 지켜보던 한준은 고개를 저으며 그들을 외면했다.

지하철 2호선 강남역 9번 출구 앞.

쌀쌀한 날씨 때문인지 초록은 핫팩을 꼭 쥐고 역 안으로 향했다.

2차 회식에서 몰래 빠져나온 그녀는 안도의 한숨을 내쉬었다. 한준과 함께하는 노래방 회식이라니. 절대 가고 싶지 않았다.

"으으, 추워."

초록은 코트 주머니 속에 핫팩과 손을 넣고 발 빠르게 걸어갔다.

지하철 문이 열리고, 초록은 재빨리 자리에 앉았다. 안 그래도 피곤한 몸이었는데, 자리에 앉아서 다행이라고 생각하고, 귀에 이어폰을 꽂으려던 찰나!

그녀의 앞에 낯익은 남자가 마주 앉았다. 그와 눈이 마주친 초록은 또다시 경악하고 말았다.

"헐."

이것은 감탄사가 아니다. 그저 황당할 뿐이었다.

지한준.

그 남자가 초록과 똑같은 표정을 지으며 그녀를 마주 보고 있었다.

"아하하."

고개를 꾸벅 숙인 초록을 무시한 채 한준은 귀에 이어폰을 꽂았다.

나쁜 놈.

의식하지 말라더니 지가 더 의식을 하고 있다. 하긴, 백팔십만 원이나 날려 먹게 만든 여자를 좋게 볼 리가 없었다.

'어차피 금방 내리니까!'

초록 역시 귀에 이어폰을 꽂고 핸드폰 화면에만 집중했다.

-이번 역은 잠실, 잠실역입니다.

초록은 벌떡 일어나 출입문 앞에 섰다.

그런데…….

한준 역시 자리에서 일어나 출입문 쪽으로 섰다.

왜 하필 또! 또! 또!

이 남자도 설마 잠실에서 내리는 건가?

초록은 고개를 숙인 채 눈을 감았다.

빌어먹을 놈의 악연. 이건 분명 악연이 틀림없다.

"저기…… 2차 회식 안 가셨나 봐요."

"……."

"잠실…… 사세요?"

"……."

"안녕히 들어가세……."

-출입문이 열립니다.

지하철의 출입문이 열리고, 많은 사람들이 내렸다.

한준은 대답 한번 없이 가볍게 초록의 말을 무시하고 내렸다. 초록은 황당하다는 듯 그를 앞질러 걸어 그의 앞에 섰다.

한준이 무표정으로 초록을 응시했다.

"뭐야?"

"야, 싸가지! 너 몇 살이냐?"

"뭐라고?"

"몇 살인데 반말 찍찍 날리면서 사람 무시하는데?"

"비켜."

"아니, 뭐. 물론 내가 실수를 했어. 그래서 나한테 화가 난 것도 알겠고, 정말 너무너무 미안한데! 그래도 회사에서 꾸준히 얼굴 볼 사람한테 이렇게 무례하게 행동하는 건 너무 심하잖아!"

"그래서?"

"……내가 당장은 그 돈, 한 방에 갚아 주지는 못하지만!"

"못하지만?"

"할부로라도 갚을게. 아침 점심마다 프로젝트 끝날 때까지 커피 사서 책상에 올려 둘 테니, 그걸로라도 퉁쳐……요…….'

쌈닭같이 달려들며 위풍당당했던 초록은 의기소침해진 목소리로 말했다.

"뭐, 황당할 수도 있지만 그렇게라도 할 테니까 화 풀어……요."

계속해서 말없이 서 있는 한준의 눈치를 보던 초록은 고개를 꾸벅 숙이고 돌아섰다.

갑자기 피식 지어지는 헛웃음. 한준은 터벅터벅 걸어가는 초록을 불렀다.

"김초록 씨."

초록이 고개를 돌렸다.

"지금 차 한잔 사 줘."

"네?"

"할부로 갚는다며. 그럼 지금부터 까. 커피 한잔 사 줘."

초록의 동그란 눈이 깜빡거렸다.

"마셔요."

한적한 골목 귀퉁이의 카페. 초록과 마주 앉은 한준은 초록이 가져다준 커피를 마셨다.

초록은 가방을 내려놓고 주머니 속에서 핫팩을 꺼내 흔들기 시작했다. 추워 죽겠는데 앞에서 얼음 동동 띄운 커피를 마시는 것을 보니 더 추워지는 느낌이었다.

"근데, 안 추우세요? 이 추위에 아이스커피를 마셔요?"

"타인의 취향도 존중해 줘야지."

자꾸 반말을 하는 한준 때문인지 초록은 미간을 잔뜩 찌푸렸다.

"근데, 왜 자꾸 반말해요? 우리 사장님도 직원들한테 존대 쓰는데! 대체 몇 살이에요?"

"그쪽도 그럼 말 놓든지."

"보아하니 관리 좀 잘한 삼십 대 중반 정도 같은데, 아무리 내가 그쪽보다 어리다고 한들 그렇게 말을 툭, 툭 까는 건 어느 나라 법이죠?"

"관리 좀 잘한 삼십 대 중반은 뭐냐?"

"군대 제대하고, 복학해서 졸업도 하고, 사회 경험도 쌓고. 아무리 스타트업이라 해도 창업해서 회사 경영할 정도면 못해도 서른셋에서 서른다섯은 됐겠죠."

"전공이 추리였나?"

"뭐, 내가 촉이 좋아서 사람 나이 잘 맞히거든요. 나는 올해 서른이고."

"알아. 그쪽 나이. 이태원에서 말해 줬잖아."

초록은 입을 꾹 달았다. 이태원 단어만 나오면 왜 이렇게 의기소침해지는 건지.

이제 지하철 6호선 자체에 얼씬도 하지 말아야겠다고 다짐했다.

"아니, 그래서 대표님 나이가 몇이냐고요!"

"왜 그렇게 내 나이에 집착을 하는 건데?"

"반말하니까!"

"그게 다야?"

"네!"

"처음 만났을 때 말해 줬던 것 같은데."

"아, 그거야…… 아시다시피 제가 기억을…….."

"원래 그렇게 술 마시면 개가 되는 스타일이야?"

"뭐라고요? 개? 이 양반이 지금 누구한테!"

"스물여덟."

한준이 말했다. 초록은 순간 지금 잘못 들었나 싶었다.

"서른여덟을 잘못 말씀하신 거죠?"

"내가 그렇게 노안은 아닌데. 아까 서른셋쯤 보인다고 해서 충격이야."

"아니, 진심! 진짜로 스물여덟이라고? 진심으로?"

"응."

"아니, 그니까, 나보다도 두 살 아래인…….."

"응."

그녀는 황당하기 짝이 없었다.

이 자식이 그럼 사람을 가지고 논 것이란 말인가!

버르장머리 없는 자식!

초록은 한껏 그를 노려보았다.

"왜? 억울해?"

처음으로 보는 그의 미소. 입꼬리가 귀에 걸렸다.

"야! 너! 내가 누나잖아!"

초록이 버럭 소리를 질렀다. 한준이 커피를 빨대로 쪽쪽 빨아 마시며 큭큭 웃었다.

"누가 뭐래?"

"아! 나 진짜, 뭐 이런 어이없는 놈이 다 있지?"

"놈? 놈은 심했다. 아무리 그래도 난 김초록 씨 회사 협력 업체 대표인데."

"후아."

초록은 핫팩을 집어 던진 채 손으로 부채질을 했다.

"근데 그거 알아?"

한준이 말했다. 초록은 한이 잔뜩 서린 눈으로 한준을 노려보았다.

"말은 그쪽이 먼저 놓자고 했었어."

"내가?"

"응. 예의 차리지 말고 말 놓자고 하더니 10초 뒤에 내 차에 토했지."

"아…… 그건…….'"

"어쨌든 회사에서는 깍듯하게 예의 차려서 존대할 테니 너무 억울해하지는 마. 공과 사는 구분할게."

"당연한 거 아니야? 너! 밖에서는 누나라고 불러라! 알겠냐?"

"난 누나 없는데."

"네 앞에 있는 여자가 누나야!"

"그러니까. 내 앞에 여자는 있는데 누나는 없다고."

초록은 갑자기 씨익 미소를 지었다.

"오호, 그러니까 그 말은! 내가 여자로 보인다 이거지?"

"뭐라는 거야?"

"방금 그랬잖아. 여자는 있는데 누나는 없다고. 그 말인즉, 내가 여자로 보인다는 거잖아?"

"너 원래 이런 캐릭터냐? 술 덜 깼어?"

"히히, 그런 깊은 뜻도 모르고 이 누나가……."

"뭐라는 거야. 이 아줌마가."

"아줌마? 누가 아줌마냐!"

"시끄럽고, 내일부터다."

"뭐!"

"아침마다 커피 사서 책상에 둔다며?"

초록은 깊은 한숨을 내쉬었다.

"응. 그럴게."

"오전 7시 반까지 책상에 아이스 아메리카노 올려놔."

"뭐? 오전 7시 반? 너 미쳤어? 우리 출근이 9시야!"

"근데?"

"근데라니? 제정신이야? 회사에 한 시간 반이나 출근을 빨리하라고? 그것도 빌어먹을 커피 때문에?"

"야, 난 아무 말도 안 했어. 네가 하겠다고 한 거지. 싫으면 완납을 하시든가."

뭐, 이딴 놈이 다 있을까. 거리의 무법자도 이놈보단 낫겠지. 억지를 부려도 정도껏 부려라, 이놈아!

라고 초록은 생각했다.

"너 나 엿 먹으라고 일부러 그러는 거지?"

"내가 왜?"

"나는 말이야. 야근도 안 하거든? 근데 조기 출근을 하라는 거야? 그럼 내 수당은 누가 주냐?"

"난 아무 말도 안 했었다니까! 단지 내가 출근하는 시간이 7시 반이니까, 그때 커피를 마시면서 일하니까 그때로 시간을 맞춘 거야."

초록은 거의 반 울상이었다.

"그러고 보니, 회사 근처에 그 시간에 여는 카페도 없어! 하하!"

"회사 후문에서 우측으로 꺾어서 골목에 보면 하나 있어. 24시간 카페."

아주 난놈이다. 악마 같은 놈.

"일어나자. 내일 출근해야지!"

한준은 커피를 들고 벌떡 일어났다. 초록은 그를 따라나서며 입을 삐죽거렸다.

"일찍 일어나는 새가 벌레도 많이 잡는다더니, 네가 딱 그 올바른 케이스인가 봐?"

"뭐래."

"아니, 그렇잖아! 스물여덟에 회사까지 차리고. 능력이 대단한가 봐?"

"칭찬이지?"

그래, 이 자식아. 재수 없지만 존경심 5%를 섞은 칭찬이다.

초록은 고개를 끄덕였다.

"생각만 주구장창 늘어놓다가, 그냥 그걸 실행에 옮겼을 뿐이야. 그러다 보니 마음 맞는 사람들이 생겼고 그 사람들이랑 회사를 만들었고 대표가 된 거고. 자리가 자리인 만큼 책임감도 강해지고 목표도 생기고 그런 거지."

"멋지네. 부럽다."

"뭐가 부러워? 너도 회사 잘 다니잖아?"

"또 너라고 하네? 누나라고!"

거리를 걷던 초록이 고래고래 소리를 질렀다.

이 여자, 정말 누나라고 부르지 않으면 평생 쫓아다니면서 소리 지를 위인 같다.

"알았어, 누님. 됐냐?"

뭐, 괴상하게 들렸지만 초록은 나름 만족스러운 표정으로 걸었다.

"너도 이제 곧 알게 되겠지만, 나 지금 다니는 회사에서 계약직으로 일하고 있거든. 언제 잘릴지도 모르는 아슬아슬한 신세라서. 이제 재계약할 때가 된 것 같은데 마음이 굉장히 불안하고 그래. 그래서 너 같은 안정적인 사람들 보면 부러울 때가 많거든."

초록은 한숨을 내쉬며 처량하게 말했다.

"올해 나이 서른이야. 과거에는 정말 서른이 되면 뭐라도 하고 있을 줄 알았거든. 근데 막상 생각해 보니까 한 게 아무것도 없더라. 뭐라도 해 보겠다고 아등바등 벌인 일은 많았었는데 돌이켜 보면 아무것도 아닌 거 같더라. 나만 이렇게 혼자 처지는 기분이고, 세상에 홀로 남겨진 기분도 들고……. 최근에는 정말 자포자기 심정으로 살았어. 그러다가 안 해 본 짓이라도 해 보자! 하고 회사 후배랑 헌팅 클럽도 갔던 거야."

한준은 의외로 차분하게 초록의 이야기를 들어 주었다.

초록은 시선을 내리깔고 의미 없는 미소를 지었다.

"나 지금 뭐라는 건지 모르겠네. 미안. 너한테 이런 이야길 왜 하고 앉았냐."

"나쁘지 않아. 어차피 난 내일 되면 다 까먹거든."

"그래 주면 고맙고!"

"다 좋은데, 술 그렇게 많이 먹지는 마라. 너 정말 위험하겠더라."

"야! 누나라고 하라니까!"

"어, 누님. 술 많이 드시지 마세요. 건강에 해롭습니다. 관리하셔야죠?"

그래. 이젠 관리가 필요한 나이다. 적어도 남에게 피해를 입히고 살지는 않아야 한다.

초록은 가던 걸음을 멈춰 세웠다.

"난 저쪽으로 가야 하거든. 잘 가라!"

"데려다줘?"

"어딜?"

"어디긴. 네 집."

"야, 내가 아무리 모르는 너의 집에 만취해서 갔다곤 하지만, 나 그런 여자 아니야."

한준은 어이없다는 듯 코웃음을 쳤다.

"너 진짜 컨셉이냐, 아니면 좀 모자라냐?"

"뭐가 또……."

"됐다. 모자라는 걸로 이해할게. 가라!"

"우씨! 진짜 이게 누나한테!"

"나이 먹은 걸로 유세 그만 부리시고 들어가셔. 누님!"

한준은 돌아선 그대로 앞길을 걸었다.

저놈, 정말 뒤도 돌아보지 않았다. 초록은 고개를 갸웃거리며 돌아섰다. 그때, 그녀의 가방 안에서 진동이 울렸다.

"여보세요?"

-자기야, 정말 너무한 거 아니야?

"이제 끝났어?"

-응. 팀장 노래 들으면서 노래방 기계를 부술까도 생각하다가 기계가 알아서 터져 주지 않을까 기대했건만 터지지는 않더라.

"그 전에 부쉈어야지."

-몰라! 자기가 없는 회식은 정말 우울했어. 근데 얍삽하게 혼자 도망가냐!

"뭐, 지한준 대표도 안 갔잖아."

-어? 어떻게 알아?

초록은 아차 싶었다.

"아니, 아까 지하철에서 봤거든."

-그래. 맞아! 그 인간은 지 환영식인데 1차만 하고 쏙 빠지더라. 덕분에 팀장 독식 무대로 화려하게 막을 내린 회식이었어.

초록은 빵 하고 웃음이 터졌다. 운정은 깔깔거리며 웃던 초록에게 말했다.

-언니, 내가 언니 기분 좋게 해 줄까?

"지금도 충분히 네 말 때문에 웃겨."

-사실, 말을 해야 하나 말아야 하나 고민했는데…….

"뭐! 또 뭔데!"

-아니, 사실 내가 방금 언니한테 전화하기 전에 SNS 보고 있었는데, 갑자기 누가 내 게시글에 좋아요를 눌렀다가 갑자기 취소가 됐거든? 근데 그게 아무래도 언니 전 남친 같아.

"뭔 소리야. 걔가 왜 좋아요를 눌러? 그것도 네 계정에?"

-언니 사진 보려고 내 거 들어왔겠지. 근데 실수로 누른 것 같아. 심지어 우리 단합회 하던 단체 사진이었거든.

"에이, 설마! 석진하가? 그 석진하가?"

-맞아! 언니 전 남친 이름 석진하지? 그 아이디 sjh0318인데, 혹시

그 남자 생일이 3월 18일이거나 핸드폰 번호에 0318 숫자가 들어가?

0318.

그 숫자 한마디에 머리를 망치로 세게 얻어맞은 기분이 들 줄이야.

"운정아, 나 일단 집에 왔는데 좀 씻어야 해서 끊을게."

-뭐야. 아직 밖이었어?

초록은 전화를 끊고 많은 생각이 들었다.

정말 우연의 일치일까? 아니면 정말 진하가 운정의 SNS를 본 것일까?

오늘 밤은 초록에게 잡생각만 안겨 주던 길고 긴 밤이었다.

2. 토요일의 어느 봄날

뜬눈으로 밤을 지새운 초록과는 달리 새벽 운동까지 마친 상쾌한 상태로 출근하던 한준은 회사 로비에서 낯익은 뒷모습을 보고 웃음을 터트렸다.

초록이 커피를 들고 앞질러 걷고 있었다.

현재 시각 7시 20분. 반신반의했건만, 정말 그녀가 올 줄이야.

"엇! 아저씨! 이렇게 일찍 나오세요?"

초록이 경비원에게 반가운 듯 인사를 건넸다.

"응? 5층 직원 아가씨 아녀?"

"네! 헤헤!"

"이렇게 일찍 나와?"

"아…… 그게 그렇게 됐어요."

"일거리가 많아졌나 보네? 젊은 사람이 아주 보기가 좋구면."

"하하, 그럼 이만!"

초록은 엘리베이터 앞에서 뭔가 망설이는 듯했다. 잠시 뒤, 손에 들고 있던 커피 한 잔을 경비원에게 건넸다.

"아저씨! 이거 드시고 하세요!"

"아니, 뭘 이런 걸 다 주고!"

"아침 일찍 나오셔서 피곤하실 텐데, 커피 드시고 하세요! 파이팅!"

마침 엘리베이터의 문이 열렸다. 초록은 밝게 웃으며 경비원에게 손을 흔들었다.

뒤에서 이 모든 것을 지켜보던 한준이 미소를 지었다.

"왔어? 아니지. 회사니까 존댓말 써야지! 오셨어요?"

초록이 생긋 웃으며 한준의 책상을 가리켰다. 한준은 서류 가방을 의자에 내려놓고 유심히 커피를 응시했다.

"진짜 나왔네. 안 피곤해?"

"뭐, 나름 잠이 부족하긴 한데 오랜만에 일찍 나오니까 상쾌하긴 하네요. 근데 왜 회사에서 반말하시나요?"

"사람들 오면 질리도록 존댓말 써 줄게, 누님."

"참 나. 그럼 나도 반말한다?"

"좋을 대로."

"쳇."

투덜거리는 초록을 보며 피식 웃던 한준이 커피를 들고 초록에게로 향했다.

"마셔."

"뭐냐. 병 주고 약 주냐? 너 먹으라고 사 온 커피를 왜 날 줘?"

"아, 그냥 마시라고. 오늘은 너 먹어."

"왜?"

"그냥 마시라고 좀. 나는 먹은 걸로 할 테니까."

"뭐지?"

초록은 고개를 갸웃거리며 커피를 받았다.

"아침 일찍 나오셔서 피곤하실 텐데. 커피 드시고 힘내셔야죠, 누님."

PC 화면을 응시하던 한준이 초록을 흉내 내듯이 말했다. 초록은 그제야 눈치를 채고 머쓱한 표정으로 뒷머리를 긁적였다.

"아, 봤구나. 헤헤."

초록은 커피를 몇 모금 마신 뒤, 담요로 몸을 감쌌다.

사무실 공기가 꽤 차가웠다. 게다가 아이스 아메리카노를 마시고 있던 탓에 손이 얼음장이 되어 버렸다. 설상가상 배 속에서 울려 퍼지는 꼬르륵 소리가 사무실의 침묵을 깨트렸다.

한준의 눈치를 살피던 초록은 최대한 배에서 소리가 나지 않도록 하기 위해 힘을 잔뜩 주고 있었다.

빈속에 커피를 마셔서 그런지 오늘따라 더욱더 크게 울려 퍼지는 꼬르륵 소리.

초록은 벌떡 일어났다. 차라리 밖에 나가 있는 편이 낫겠다고 판단했을 때였다.

"김초록 씨, 혹시 설렁탕 좋아해?"

한준의 한마디에 초록은 고개를 끄덕였다.

"넌 진짜 신기하다. 어떻게 나보다 주변을 더 잘 알아?"

회사 근처 설렁탕집에 한준과 마주 앉은 초록은 신기한 듯이 한준을 응시했다.

"주변 서치는 기본이지."

"예. 역시 남다르십니다."

꼼꼼한 그의 성격을 다시 한번 깨닫게 되는 순간이었다.

곧이어 따끈따끈한 설렁탕이 나왔다.

공깃밥을 전부 다 말아 먹는 초록을 바라보던 한준이 신기하다는 듯 웃었다.

"아침에 밥을 든든하게 먹는 편인가 보네."

"아침만? 점심에도 저녁에도 밥은 든든하게 먹는 편이지."

"근데도 그렇게 말랐냐?"

"재수 없게 들리겠지만 타고났어."

"그거 한 방에 훅 가는 수가 있어. 내 여사친도 원래 모태 마름이었는데, 갑자기 13㎏ 쪘다고 난리도 아니더라. 하긴, 술을 그렇게 퍼 마시는데 안 찔 리가 없지."

"너, 아는 여자 되게 많은가 보다."

"한 명밖에 말 안 했는데?"

"그냥. 솔직히 인물 반반하겠다, 나름 능력도 되겠다, 여자들이 많이 따를 것 같은데 이태원 헌팅 바 같은 데는 왜 다녀?"

한준은 피식 웃으며 물을 마셨다.

"인물 반반하고 능력되면 헌팅 바에 가지 말라는 법 있어? 그러는 넌 왜 갔어?"

"이게 말끝마다 너, 너, 거리네. 누나한테! 확!"

초록은 마치 숟가락으로 그의 머리를 내리칠 기세로 벌떡 일어났다.

"성질머리 좀 죽여라."

"누나라고 하라고!"

"예, 누님. 누님은 헌팅하러 자주 다니시나 봐요."

"나 그날 처음 가 봤어."

"그 처음이 올해 들어 처음이겠지."

"아, 진짜라니까! 남자친구랑 헤어지고 홧김에 간 거야!"

"뭐, 그러거나 말거나. 아무튼 아무 데서 그렇게 술 마시고 다니지 마라. 너 진심으로 사고 칠 위인이다."

"어머~ 지금 누나 걱정해 주는 거야? 하긴, 예쁜 여자는 항상 표적이 되겠지."

"아줌마, 남자가 그런 상황에 얼굴 보고 달려들겠냐?"

"이게 자꾸 아줌마, 너, 너 거리네! 죽을래?"

초록의 목소리가 쩌렁쩌렁 울려 퍼졌다.

한준은 검지를 입에 가져다 대고 조용히 하라는 듯한 몸짓을 취했다.

"남친이랑 언제 헤어졌는데?"

그가 조용히 물었다.

"얼마 전에."

"그 얼마 전이 언젠데?"

"작년 12월."

"뭐야. 두 달도 안 됐네. 마음의 상처가 크시겠어."

"그 얘기는 그만하고, 자. 여기 밥값!"

초록은 한준의 앞에 만 원짜리 지폐를 떡하니 올려놓고 밖으로 나왔다.

한준은 고개를 저으며 계산을 하고 그녀를 뒤따라 나왔다. 어딘가 모르게 시무룩해 보이는 그녀에게 바싹 다가간 한준이 싱글벙글 웃었다.

뭐가 그렇게 좋은 건지! 남의 심적 고통을 즐기는 놈인가? 초록은 인상을 찌푸렸다.

"얼마나 만났냐?"

"5년."

"왜 헤어졌는데?"

"안 맞아서."

"힘드냐?"

"아니."

"에이, 힘든 것 같은데?"

"안 힘들어!"

"세상에 좋은 남자 많다. 너무 슬퍼하지 마라~"

"안 슬퍼! 그 얘기 좀 그만해!"

"근데 있잖아."

"야! 그만하라니까!"

길 한복판에서 초록은 한준을 향해 소리를 빽 질렀다.

능글맞은 놈. 표정 하나 변함없이 초록을 응시하고 있던 한준이 주위를 두리번거리며 조심스레 말했다.

"누님, 가글하셔야겠어. 고춧가루 잔뜩 꼈거든."

"뭐? 뭐……라고?"

"치카치카 하고 오시라고요. 말할 때마다 이 보일 때 거슬려 죽는 줄."

초록은 귀 밑까지 새빨개졌다.

곧바로 화장품을 꺼내 거울로 입 매무새를 살폈다.

"아 씨. 쪽팔려! 짜증 나!"

초록은 고개를 팍 숙이고 터벅터벅 회사로 들어갔다.

한두 명씩 사람들이 출근하기 시작했다. 초록은 자리에 앉아 칫솔과 컵을 챙겨 일어났다.

화장실 쪽으로 향하던 초록은 복도에서 한준이 걸어오는 것을 보고 침착하게 지나치려 했다.

그런데!

"오, 더티 김~ 치카치카 하러 가세요?"

진하가 초록을 또 긁기 시작했다.

"유치하기는. 더티 김은 또 뭐냐! 패티 김도 아니고!"

"더티 김! 오늘도 파이팅!"

유치찬란하기 짝이 없다.

초록은 고개를 절레절레 흔들며 화장실 안으로 들어갔다.

엄숙한 분위기의 회의실.

초록과 운정이 고개를 빼꼼 내밀고 회의실로 들어왔다.

초록은 맞은편에 한준이 보이자 시선을 돌렸다. 한준은 알 수 없는 미소를 짓고 있었다.

"이번에 사내에서 자체적으로 애플리케이션(application) 네이밍 공모전을 실시할 겁니다. 다양한 여행지와 맛집, 숙박 시설을 소개하는 어플인 만큼 구상 잘하셔서 참가하시길 바랍니다."

팀장의 PPT 자료 발표를 끝으로 당부의 말과 함께 회의가 끝났다.

초록이 자리로 돌아오자마자 그녀의 모니터 하단의 불빛이 깜빡였다.

[언니, 네이밍 공모전 할 거지?]

[응. 해 볼까 해. 부상도 있다고 하니까.]

[나도 해야지. 으아, 자기랑 경쟁을 해야 하다니. 슬픈 현실이야!]

[야, 너 커닝하지 마라!]

초록은 여느 때와 다름없이 일에 집중하고 있었다.

어느덧 직원들이 하나둘씩 퇴근하기 시작했다.

평소라면 제일 먼저 가방을 싸서 퇴근했을 그녀가 일어나 나설 기미조차 보이지 않자 운정은 먼저 일어나 초록에게 다가갔다.

"뭐야. 퇴근 안 해?"

"공모전 PPT 만들고 갈 거야."

"어휴, 사직서를 품고 사는 자기가 무슨 바람이 불어서?"

"입에 풀칠하려면 별수 없더라. 먼저 가라!"

"응. 자기 너무 무리하지 말고 일찍 들어가!"

"잘 가, 미운정~"

운정이 손을 흔들며 사라졌다.

초록은 책상 앞에 다시 앉아 허리를 펴고 수첩을 펼쳤다. 그녀의 수첩에는 뭔가 쓰고 지운 흔적들이 다수 보였다.

썼다, 지웠다를 반복하며 골머리를 앓고 있을 때, 사무실의 문이 열리고 한준이 들어왔다.

"뭐야. 더티 김 퇴근 안 했어?"

초록은 짓궂은 목소리에 볼펜을 집어 던지고 고개를 돌렸다.

"너 한 번만 더 그렇게 부르면 묵사발로 만든다!"

"어휴, 무서워."

그를 있는 힘껏 노려보던 초록은 다시 책상에 앉아 집중했다.

한준은 그녀의 곁으로 다가와 수첩을 스윽 내려다봤다.

"네이밍 공모전 준비하나 보네."

"응. 너 커닝하지 마라."

"내가 공모전에 참가하겠냐? 개발잔데."

"할 수도 있지. 암튼 너, 내 아이디어 유출시키면 죽어!"

"이래 죽으나 저래 죽으나. 우리 누님은 자꾸 날 죽이려고 하네."

"시끄러. 너 빨리 퇴근해!"

한준과 함께 있으면 정신 사나워 죽겠다. 초록은 한숨을 푹, 푹 내쉬었다.

"아이디어 뭐 좀 나왔어?"

"아니. 그냥 세 개 정도 지었는데 어떤 것을 제출할지 고민이네."

초록이 볼펜을 쥐고 머리를 긁적였다.

"내가 골라 줘?"

"네가?"

"응. 누님이 공모전에 당선되면 누님이 지은 이름의 앱 개발을 내가 참여하는 거니까, 내가 한번 골라 줘 볼 테니 불러 봐."

어느덧 한준이 의자를 끌고 초록에게 다가왔다.

"유출 금지다."

"알았어. 아주 소송을 걸지 그래!"

"흠. 첫 번째로는 <이곳, 저곳>."

"유치해. 별로야."

"그래? 두 번째는 <롸잇 나우>."

"허경영이냐?"

"아…… 그럼 세 번째는 <여행을 떠나요>."

"흠."

한준의 표정이 어두워 보였다.

"영 아니야?"

"음…… 첫 번째랑 두 번째는 심각하게 별로고, 그나마 세 번째가 좋은데 너무 진부하다."

"그럼 어쩌지. 새로 지어야 하나⋯⋯."

"누님 너 여행 많이 다녀 봤어?"

뜬금없이 그가 물었다.

"여행? 해외로는 많이 못 다녔고 국내로는 그래도 갈 만한 곳은
가 본 것 같아."

"누구랑? 헤어진 남친이랑?"

"야!"

"농담. 아무튼 여행 갔을 때, 우선순위로 두는 게 뭐냐?"

"그야⋯⋯ 주변에 볼거리나 맛집, 경비 같은 거?"

"물론 그것도 그건데, 교통이 우선이겠지."

"응. 그것도 중요하지."

"근데 이번에 개발하는 여행 소개 앱은 이십 대를 겨냥한 거야.
차 없고 돈 없는 학생들에게 최소한의 경비로 좋은 조건의 환경을
찾아 주는 목적이 크지. 그걸 한번 잘 생각해 봐."

한준이 빙그레 웃었다. 그는 생각에 잠긴 초록을 뒤로하고 가방
을 챙겨 밖으로 나섰다.

"파이팅이다. 내일 봐~"

한준이 사무실을 나서자마자 초록의 표정이 환해졌다.

나이스! 초록은 뭔가 떠올랐다는 듯 열심히 수첩에 뭔가를 적기
시작했다.

며칠 뒤, 사내 복도에 크게 벽보가 붙었다.

네이밍 공모전 당선자 발표였다. 초록은 살금살금 사람들이 모
인 곳으로 향했다.

〈네이밍 공모전 당선 - 브랜드 기획부 디자인 2팀 김초록 사원 / STEP BY STEP〉

"꺅!"

초록은 두 손으로 입을 막고 기쁨을 주체하지 못했다.

당선이라니! 올해는 뭔가 풀릴 모양이다. 초록이 신나하며 좋아 죽을 무렵, 운정이 옆으로 다가왔다.

"헤이, 자기! 축하해."

"고마워!"

"당선 기념으로 소고기 사 줄 거지?"

"시끄러. 돈 없어."

"뭐야. 치사하게! 당선 금액이 백만 원인데!"

"그거 곧 있으면 카드사에서 날름 빼 갈걸?"

"그럼 삼겹살이라도 쏴라."

"콜!"

싱글벙글 웃으며 자리로 돌아온 초록은 단정히 옷매무새를 정리하고 의자에 앉았다.

고개를 들어 힐끔 한준을 응시하고 그에게 메신저를 보냈다.

[고마워. 덕분에 좋은 아이디어 얻어서 당선됐어.]

[잘됐네. 근데, 내 덕분에 당선됐으면서 입 싹 닦는 건 아니지?]

[나 그런 몰상식한 여자는 아니다? 오늘 뭐 해? 삼겹살 사 줄게.]

[소고기로 쏴라. 삼겹살이 뭐냐?]

[이번 달은 진~짜 돈이 없어. 암튼 디자인 1팀 고운정 씨도 끼워서 저녁 살 테니까 같이 먹자.]

[고운정? 그 이태원 멤버?]

[야, 이태원 얘기 금지!]

[뭐, 그럼 입 하나 더 끼워서 내 친구도 부르자. 아예 그때 그 멤버로.]

[넌 내가 자선 사업가인 줄 아냐?]

[걔 입으로 들어가는 고기 값은 내가 낼게. 하여튼 더티 김, 쪼잔 김.]

[시끄럽다. 퇴근하고 지하 1층에서 기다릴 테니 내려와!]

[배고픈데 겁나 많이 먹어야지!]

초록은 고개를 들어 한준을 향해 눈을 흘겼다. 포커페이스인 그는 절대로 초록의 자리에 눈길 한번 주지 않았다.

"어? 지한준 대표님도 가세요?"

영문을 알 리 없는 운정은 퇴근 후 옆에 서 있는 한준을 보며 의아하다는 듯 고개를 갸웃거렸다.

"응. 그렇게 됐네."

운정은 초록의 팔을 잽싸게 잡아당겨 속삭였다.

"뭐야. 이 알 것 같지만 알 수 없는 상황은? 둘이 친해?"

"그럴 리가."

"근데 왜 저 남자랑 저녁을 같이 먹어?"

"네이밍 공모전에 커다란 영감을 주신 분이라서 감사의 뜻으로."

"뭐래. 둘이 언제 친해진 거야?"

"안 친하다니까!"

운정은 고개를 돌렸다. 한준과 눈이 마주친 그녀는 어색하게 미소 지었다.

"아하하, 그럼 가실까요?"

세 사람은 회사에서 조금 떨어진 삼겹살집에 자리를 잡았다.

어색한 공기가 흐르고, 말없이 앉아 있는 두 사람을 향해 초록이 먼저 말문을 열었다.

"왜 말들이 없어? 응? 같은 회사 사람들끼리!"

역시나 더 어색해질 뿐이었다.

"그래, 그래. 그럼 소주부터 일난 시키고……."

"야!"

"언니!"

그들이 동시에 초록을 저지했다.

운정은 고개를 갸웃거리며 한준을 똑바로 쳐다보고 말했다.

"대표님, 언니랑 말 놓고 지내는 사이세요?"

"원래 말 놨었잖아요."

초록이 코웃음을 쳤다.

"너, 왜 운정이한테는 존댓말 쓰고 나한테는 반말하냐! 이게 그냥 확!"

"폭력 금지. 욕설 금지. 변호사 항시 대기 중. 제가 이러고 살아요."

운정은 이 두 사람의 관계가 무엇인지 아리송했다.

그때, 그런 운정에게 더욱더 혼란스러운 상황이 펼쳐지고 말았으니…….

"고기! 고기 어디 있냐!"

갑자기 등장한 한준의 친구 찬영으로 인해 운정은 무언가 잘못 먹은 사람처럼 콜록콜록 기침을 하고 있었다. 특히나 그가 운정을 발견하고 한마디를 툭 던졌다.

"어? 고운이 너! 왜 연락 안 했냐?"

운정이 난처하다는 듯 고개를 숙였다. 이번엔 한준과 초록이 의아한 표정으로 두 사람을 번갈아 응시했다.

이놈의 얽히고설킨 관계들.

"왔냐?"

한준은 멍 때리고 서 있던 찬영의 팔을 끌어당겨 옆에 앉혔다. 이상하게 운정은 고개를 돌린 채 찬영의 눈도 마주치려 하지 않는다.

뭐지? 뭘까. 초록과 한준은 두 사람의 심상치 않은 행동에 눈치를 살폈다.

이윽고 입을 뗀 찬영.

"난 도무지 이 상황을 이해할 수가 없어서 물어보는 건데, 지한준. 너 여기 앞에 있는 두 분이랑 연락하고 지냈냐?"

"뭐래. 그냥 고기나 먹어."

"이 조합, 어떻게 다시 만든 거냐고!"

"어쩌다 보니."

"어쩌다 보니?"

"응."

궁금해 미치겠다는 표정의 찬영과는 달리 삼겹살을 불판 위에 올려놓고 굽기 시작하는 한준.

괜히 찬영과 눈이 마주친 초록이 어색하게 미소를 지으며 말했다.

"지한준 씨가 우리 본사에 협력 업체 대표님으로 왔어요."

"에? 진짜요?"

"네. 친한 친구 아닌가 보다. 말도 안 해 줬냐?"

초록이 한준에게 말했다. 한준은 여전히 고기를 굽는 데만 집중할 뿐이었다.

"그런 걸 하나하나 말해야 하나? 내 개인적인 일인데."

"이 자리에 불렀으니까 애초에 말씀드렸어야지."

"그래서 지금 말했잖아."

그들은 여전히 티격태격이다. 운정은 벌써 물만 세 컵째 마시고 있었다.

"근데, 운정이랑 연락하는 사이였어요?"

초록이 찬영에게 질문했다.

삼겹살을 집어 상추쌈을 만들던 찬영이 운정을 응시했다.

"운정이? 고운이요?"

"고운이?"

"네. 쟤 이름 한고운이잖아요."

"하하. 아하하!"

초록이 미친 듯이 웃기 시작했다. 운정은 초록을 향해 눈을 흘기며 물컵을 쾅 소리 나게 내려놓았다.

"왜 웃어."

"아니, 한고운이 뭐냐. 한고운이!"

"아, 몰라."

영문을 알 리 없는 찬영이 운정에게 말했다.

"뭐야? 너 이름도 사기야?"

"아니, 뭐……."

"와, 핸드폰 번호도 사기, 이름도 사기. 완전 선수네!"

"뭐! 뭐가 사기야!"

한준은 고개를 저었다. 딱 봐도 사이즈가 나왔다.

"이모! 여기 마늘 좀 더 주세요!"

한준이 직원에게 마늘을 받아 불판에 와르르 쏟아 냈다.

불판 위에 지글지글 구워지는 고기와 마늘 향이 시각과 후각을 곤두서게 만들었다.

"어휴, 불쌍한 새끼. 딱 봐도 까였는데 비참하겠네."

"아니라고!"

"아니긴, 이름도 가짜고 핸드폰 번호도 가짜면 말 다 했네. 번호는 또 언제 땄대? 하여튼 여자라면 먹이를 찾아 헤매는 하이에나 급인 미친놈."

"야, 야! 아니라고! 아니라니까!"

이번엔 운정이 고개를 저었다.

"이것 봐. 이러니까 내가 뻥친 거지."

"뭐가!"

"맨날 헌팅 바나 기웃거리면서 여자 번호나 따는 남자를 뭘 믿고 내 신상을 넘겨?"

"야~ 나도 나름 지조 있는 남자야! 아무 여자한테나 안 그런다고!"

운정은 코웃음을 쳤다.

"너 그래서 이름이 뭔데!"

찬영은 집요했다. 초록이 반응 없는 운정의 옆구리를 쿡 찔렀다. 그제야 반응하는 운정.

"내 이름은 고운정이야."

"고운정? 이름이 고운정이야? 성이 고씨?"

"어."

"아니, 진짜 이해가 안 가네. 이름 사기는 왜 쳐?"

"내 이름 특이해서 SNS에 치면 바로 나온단 말이야!"

찬영은 내심 섭섭한 눈치였다. 초록이 슬금슬금 눈치를 보다 소주병 쪽으로 손을 내밀었다.

야금야금 소주를 잔에 붓던 그녀가 고개를 들었다가 일제히 세 사람이 자신을 응시하고 있다는 것을 알고 씨익 웃었다.

"나…… 나 이제 사고 안 칠 거야."

"누구 차 가져온 사람 없지?"

한준이 혀끝을 찼다. 이 자식은 언제까지 그 사건을 우려먹을 건지 모르겠다.

"운정 씨, 얘 감시 잘해요."

"네? 아, 네, 대표님."

초록은 어이없다는 듯 한준에게 말했다.

"야, 운정이는 운정 씨고 나는 왜 자꾸 반말에 거지 같은 별명만 부르냐!"

"내 맘인데?"

"나 네 맘 안 받을 건데!"

"운정 씨, 이 여자 원래 이런 캐릭터예요? 난 아직도 적응하기 힘들어서."

운정은 초록의 시선을 마주한 채 한숨을 내쉬었다.

"원래 저래요. 저것보다 더 심할 때도 많고."

"야! 미운정! 너 진짜 너무하네."

운정이 초록을 향해 메롱을 날리며 비열한 웃음을 지었다.

슬쩍 운정의 눈치를 보던 찬영이 운정의 신발을 툭, 툭 걷어차 며 말했다.

"야, 고운정. 나 전화 한 통만 빌려주라."

"너 지금 내 신발 찼냐?"

"거리가 멀어서 그래. 미안해! 봐줘. 응? 전화 한 통만! 나 배터리가 나가서 그래!"

"네 친구이자 대표님 핸드폰 빌리면 되잖아!"

"이 새끼는 핸드폰에 비밀이 많아서 안 돼."

"비밀?"

가만히 고기를 먹고 있던 한준이 어이없다는 듯 고개를 절레절레 흔들었다.

운정은 핸드폰을 찬영에게 넘겨주었다. 한준은 운정을 불쌍하게 바라보며 한숨을 내쉬었다.

"고운정 씨, 고전적인 방법에 약한 타입이신가 봐요."

"고전적인 방법이요?"

한준의 말이 끝나기 무섭게 찬영이 싱글벙글 콧노래까지 부르며 운정의 핸드폰으로 본인의 핸드폰에 전화를 걸었다.

운정은 미간을 잔뜩 찌푸리고 버럭 소리를 질렀다.

"야!"

"응? 내 핸드폰 찾으려고 걸었을 뿐이야. 어이쿠! 주머니에 있었네."

한준이 또다시 한숨을 내쉬었다.

"미친놈."

"오늘 반가웠어요. 조심히 들어가세요!"

초록은 찬영을 향해 인사를 건네며 손을 흔들었다.

하필이면 집 가는 방향이 초록과 한준, 그리고 찬영과 운정이 같았다. 찬영은 신나서 운정의 옆에 바싹 붙어 걸어가는 반면, 운정은 소리를 빽빽 지르면서 떨어져 걷고 있었다.

두 사람을 지켜보던 초록은 미소를 지었다.

"찬영 씨가 운정이를 많이 마음에 들어 하는 것 같은데."

"고운정 씨 불쌍하네. 이제 인생 좀 치겠다."

"넌 친구한테 아무리 장난이라도 그게 뭐냐? 찬영 씨가 어때서!"

"그렇게 괜찮으면 네가 만나든가."

"뭐래? 운정이한테 반한 남자를 만나라는 거냐!"

"그럼 너한테 반한 남자는 어디 있는데?"

초록의 표정에 그늘이 드리워졌다.

"심각해지기는."

"나 안 심각하거든!"

"연애하고 싶냐?"

"미쳤냐? 아직 헤어진 지 두 달도 안 됐어."

"그게 뭐? 헤어진 다음 날 만나도 뭔 상관이야."

"그건 너 같은 바람둥이들이나 하는 소리고, 난 이별에도 예의가 있다고 보거든?"

"예의? 차릴 예의가 없어서 헤어진 놈들한테 차리고 앉아 있냐?"

"헤어지고 어떻게 바로 이성을 만나냐! 상대를 얼마나 우습게 알면 그런 행동이 나와?"

"케바케(case-by-case). 너의 기준에 맞춰 타인의 기준에 엄격한 잣대를 들이밀지 말지어다."

"바람둥이, 넌 헤어지자마자 바로 환승하나 봐? 하긴, 너는 그럴지도 모르지."

"누님, 누님 전 남친도 지금쯤 소개팅 겁나게 많이 하고 있을걸?"

"걔 그런 애 아니거든!"

초록의 언성이 높아졌다.

"그런 애? 그런 애가 뭔데? 헤어지고 나서 소개팅 바로 하는 사람이 나쁜 거냐? 물론 바로 다른 사람을 만난다는 게 용납할 수 없을지도 모르지만 이미 정리된 사이일 테고 서로의 사생활에 상관하지 말아야지. 그리고 사람을 사람으로 잊는 사람도 있을 거 아니야?"

초록은 그의 말을 듣는 둥 마는 둥 앞으로 씩씩하게 걸어 나갔다.

"네. 아주 잘나셨어요. 근데 전 아니거든요!"

"김초록, 난 너의 사생활에 침범하려는 의도도 없고, 그렇다고 널 기분 나쁘게 한다거나 비웃으려는 것도 더더욱 아닌데, 어떤 사연으로 헤어지게 된 건지는 모르지만 과거의 프레임에 미련을 두지 마라. 고정관념도 좀 깨 버리고."

"내가 무슨 고정관념이 있어? 과거의 프레임은 또 뭔데!"

"눈에 보이지도 않는 상대방 배려한답시고 괜히 상처받고 그러지 말라는 말이다."

초록은 순간 생각에 잠겼다.

정말, 정말 석진하도 다른 여자들을 소개받고 다닐까?

"하긴, 나도 헌팅 바 갔었는데."

초록이 자신도 모르게 작게 중얼거렸다.

한준은 이마를 탁 치며 답답하다는 듯 말했다.

"이 누나, 진짜 완전 양반집 아씨 같은 말만 하네. 헌팅 바를 간 게 죄야?"

"아니! 죄는 아니지만!"

"어휴, 너 헌팅 바 처음 갔었다는 말 믿을게. 숙맥."

숙맥.

초록은 진하가 늘 입버릇처럼 내뱉던 말 한마디에 가슴이 아려 왔다. 그녀의 표정이 점점 어두워지는 것을 지켜보던 한준은 걷던 걸음을 멈춰 세웠다.

"김초록."

초록이 걸음을 멈추고 돌아섰다.

"응?"

"코인 노래방 콜?"

"됐어. 무슨 코인 노래방이야!"

"갈 거면서."

"가야지. 잠실역 근처에 새로 생긴 에코 빵빵하고 죽여주는 곳 있어!"

"방금 설레었다. 빵빵하고 죽여준다 해서."

"아, 짜증 나! 변태냐? 너 옆에 오지 마. 떨어져서 걸어!"

"왜! 왜! 가지지 못한 자의 열폭이더냐!"

"이 새끼가 진짜 죽을라고! 너 말 다 했어?"

"와, 이제 쌍욕까지 하네! 기억 안 나? 이태원에서 당당하게 A컵 이라고 소개…… 읍!"

초록은 한준의 입을 틀어막아 버렸다.

이 변태자식! 나쁜 자식!

"닥쳐. 제발 닥치라고!"

"우우읍!"

"잊어버려. 제발 잊으라고! 그날을 다 지우란 말이야!"

"컥, 커억! 이것 좀! 아악!"

잠실역 부근 사거리 한복판에서 그들은 치열한 몸싸움을 벌였다.

지나가던 사람들의 따가운 눈총을 받으며.

"선곡해."

초록이 한준에게 마이크를 건넸다.

"오, 나 먼저 할까?"

"그러셔."

"너, 이제 이 오빠야 노래 들으면 뻑 간다. 잘 들어라."

"오빠는 무슨. 어린 양 주제에!"

"알 거 다 아는 늑대지."

"야, 시끄러워. 노래나 해!"

초록은 노래를 검색하며 한준의 말 따위는 가볍게 무시해 버렸다. 한준은 입을 삐쭉 내밀더니 익숙한 듯 번호를 반주기에 입력했다.

"자, 잘 들어라! 폴 킴의 '모든 날, 모든 순간'이다."

한준은 자신 있게 마이크를 잡았다.

초록은 순간 망치로 머리를 한 대 얻어맞은 기분이었다.

진하가 좋아하던 노래. 항상 노래방에서 첫 곡으로 불러 주던 노래. 그 노래. 바로 폴 킴의 '모든 날, 모든 순간'.

반주가 시작되고 초록은 멍하니 앉아 그의 노래를 들었다. 아니, 사실 노래가 귓가에 잘 들리지도 않았다.

'너는 맨날 이 노래만 첫 곡으로 부르더라?'

'응. 가사가 예뻐서.'

'너도 그 가사랑 같은 마음이야?'

'응. 그러니까 너한테 불러 주는 거지.'

어느덧 2절이 시작되고 있었다.

자신에 찬 의기양양한 몸짓으로 한준이 고개를 돌렸을 때, 초록은 초점 잃은 시선으로 눈물을 흘리고 있었다.

"야, 김초록!"

당황한 한준은 노래를 멈추고 마이크를 잡은 채 초록을 응시하고 있었다.

"후⋯⋯."

한준은 탄식에 가까운 한숨을 내뱉었다.

그의 노래가 끊긴 채 반주만 흐르고 있는 상황.

고개를 숙인 초록의 작은 어깨가 들썩였다. 한준이 반주기 취소 버튼을 누르고 의자에 털썩 기대앉았다. 여전히 초록은 고개를 들지 못하고 숨죽여 울고 있었다.

"야, 답답아."

"⋯⋯."

"미치겠네. 너 우냐?"

"아니⋯⋯."

안쓰러워 보이면서도, 미련해 보이면서도 김초록이라는 여자는 참, 바보 같은 여자다.

"야, 일어나. 얼른!"

"⋯⋯."

"빨리! 일어나 봐!"

"잠깐만⋯⋯."

"너 바보냐?"

"⋯⋯."

"답답해 죽겠네. 얼른 일어나!"

한준은 벌떡 일어났다. 많이 답답한 듯이 그녀를 바라보다가, 이내 노래방 문을 열고 밖으로 나갔다.

그가 밖으로 나간 지 10분 정도 지났을까, 초록이 터덜터덜 밖으로 걸어 나왔다.

"마셔. 물."

한준이 초록에게 생수병 하나를 건넸다. 초록은 생수병을 받아 들고 한숨을 내쉬었다.

"미안해."

"뭐가."

"미안해."

"뭐가 미안한데. 네가 전 남친을 못 잊고 힘든 와중에 나한테 눈물을 보인 게 미안하다는 거야, 아니면 분위기를 망친 것 같아서 미안하다는 거야?"

"둘 다."

"나한테 미안할 건 없지."

그래. 어쩌면 맞는 말이다.

초록은 생수 병뚜껑을 따서 물을 벌컥벌컥 마셨다.

"따라와. 머리 좀 식힐 겸 걷자."

한준과 초록은 천천히 호수 공원을 걸었다. 어색하고 또 어색했다.

침묵 속에 터벅터벅 걷기만 하던 두 사람. 결국 한준이 공원 벤치에 털썩 앉아 초록에게 말했다.

"김초록, 난 좀 이해가 안 가는 게, 헤어져 놓고 왜 그리 미련을 떠냐. 궁상맞게."

"미련…… 그런 거 아니야."

"그런데 왜 그렇게 울어? 정 못 잊겠으면 연락을 해 봐. 그럼 답이 나올 거 아냐?"

"연락을 왜 하냐? 내가 헤어지자고 했는데."

"그러니까! 헤어지자고 했을 땐, 이유가 있었겠지. 게다가 이렇게 힘들 거라는 거, 예상 못 하고 헤어지자고 밀한 기면 너는 진짜……."

"아니라니까! 그런 게 아니라고! 넌 네 일도 아니면서 뭐가 그렇게 쉽냐!"

초록이 버럭 소리를 질렀다.

한준의 이맛살이 찌푸려졌다. 고개를 돌리고 또다시 한숨을 내쉬던 한준이 다시 입술을 떼고 말했다.

"아니, 뭐. 너 기분 나쁘게 할 생각은 없었어. 상관할 바도 아니고 상관할 수도 없는 부분이지만, 힘들면 힘든 내색을 해. 참지 말고!"

"하……."

이번엔 그녀의 긴 한숨이 이어졌다.

"5년이나 만났는데, 쉽게 끊어질 정은 아니겠지. 근데 말이야, 어차피 너랑 그 남자의 인연이 끝난 인연이라면, 네 영혼까지 갉아먹으면서 힘들 필요는 없어. 그냥 끝이면 끝이라 생각해. 쉽진 않겠지만…… 이 또한 지나가리라 믿고 참는 수밖에 없어."

"넌 지금껏 그래 왔어?"

"응. 난 헤어지면 끝이었어. 작은 미련도 가져 본 적 없어."

"그럼 사랑한 게 아니네."

"뭐야. 뭘 안다고 그렇게 쉽게 말해? 나도 진지하게 사랑했어."

"근데 그렇게 쉽게 딱 무 자르듯이 끊어진다고? 정말 너란 애는 더럽게 매정하구나!"

"물론 너처럼 힘들어했던 적도 있지. 근데 이별을 겪다 보면, 그 것도 무뎌지니까 괜한 기운 빼지 않으려 하는 거지. 어차피 한번 끝난 사람들은 두 번 다시 이어지기 힘드니까. 악순환의 반복이거 든!"

초록이 잠긴 목소리를 가다듬었다.

"네 말대로 오래 사귀다 보니, 선택을 해야 할 때라고 생각했어. 친구들은 하나둘씩 시집을 가고, 점점 외톨이가 되는 느낌이었거 든. 전 남친이랑 초등학교, 고등학교 동창이다 보니 친구들이 모두 엮여 있는 관계라 다들 궁금해하기도 했었고, 우리 연애는 우리만 의 연애가 아니었어. 무언의 압박 같은 게 있었던 것 같아. 그래서 결혼 이야기가 나왔고, 뭔가 나도 그 친구도 중요한 결정을 해야 할 시기가 왔는데, 그 친군 결혼에 대해 확신이 없는 것 같았어."

초록이 담담하게 말했다.

"없는 것 같았다고? 네가 그걸 어떻게 알고 판단하냐?"

"나만 목매는 것 같았으니까."

"그러니까 그놈의 '것 같았으니까'라는 너만의 판단이 잘못된 건 아닐까?"

초록은 피식 웃으며 고개를 저었다.

"나도 처음엔 내가 괜한 의심을 하는 줄 알았는데, 어느 순간부 터 그랬어. 그 애는 결혼에 대해 커다란 기대나 조급함이 없었고 그에 반면 나는 약간의 기대 혹은 조바심이 있었던 거야."

"왜?"

"난 저번에도 말했다시피 계약직에 언제 회사에서 잘릴지 모르 는 운명이고, 서른을 앞둔 만큼 이직에 대해서도 진지하게 고려하고 있던 상황이었거든. 자격증 공부며 이것저것 벌인 일들이 많았는데, 그 친구와 장거리 연애를 하고 있어서 결혼을 하게 되면 내가 서울 생활을 모두 정리해야 하는 입장이었어. 그래서 난 내 모든 것을 내려놓고 그 친구를 따라가려고까지 마음을 먹고 있었는데…… 그 애는 달라질 상황이 없으니 급할 것도 없었던 거야. 게다가 결혼이 급할 나이도 아니었고."

"야, 김초록. 너도 결혼이 급할 나이는 아니야. 요즘 세상에 서른이 대수냐? 내 사촌 누나는 마흔 살에 결혼했다. 물론 아기는 안 낳기로 했지."

"알아. 결혼 급한 나이 아니라는 거. 근데 내가 실망했던 건, 나는 내 모든 걸 내려놓고 맞추려고 했는데 그 친군 나에 비해 아무것도 하지 않았다는 거야. 내 앞길은 그냥 내가 알아서 해라, 이런 느낌이 들어서. 그런 느낌이 들었을 때, 마음이 많이 상했었지."

한준은 잠자코 그녀의 이야기를 듣고 있었다.

"근데, 생각해 보니 내가 어리석었던 게 뭐냐면."

초록이 고개를 치켜들었다.

"결국 내 인생인데, 남에게 의존할 수도 없고 내가 알아서 개척하는 게 내 인생인데, 너무 결혼이라는 틀에 나를 고정시키려 했던 건 아닐까 싶었어. 인연이라는 것도 억지로 엮는다고 해서 되는 일도 아닌데, 그냥 그렇게 아파할 시간에 사랑이나 더 할 것을, 그저 아무 생각 없이 웃고 떠들고 함께라서 느낄 수 있던 행복과 기쁨을 누리면서 자연스럽게 시간에 맡겼어야 했을 문제인데. 내가 너무 어리석었던 거야."

"그래. 멍청한 네 말도 맞긴 한데, 네가 성숙해졌다면 다행이긴 한데, 내 생각은 달라."

한준이 초록을 응시했다.

"5년이라며? 사랑하는 여자가 미래에 대해 불안해하고 힘들어하고, 확신을 바라는데. 어차피 내 사람이다 싶었으면 끌어 줄 수도 있는 거였어. 적어도 난 그렇게 생각해. 내 여잔데. 결국 너한테 확신이라는 게 없었던 거야. 그 남잔."

"아니야. 날 누구보다 사랑한 것은 맞아."

"그래. 누가 아니래? 좋았겠지. 물론 사랑했겠지. 근데! 그렇게 너한테 모든 것을 걸 만큼, 너처럼 전부를 내던지고 걸 만큼은 아니었다고. 이 멍청한 누님아! 등신이냐?"

한준은 벤치에서 일어나 괜히 씩씩거렸다.

이거 왜 이렇게 기분이 찝찝한 건지 모르겠다. 한준은 손으로 이마를 짚으며 그녀를 향해 돌아섰다.

"난 집에 간다! 알아서 조심히 들어가라!"

한준은 앉아 있는 초록을 두고 열심히 앞으로 걸어 나갔다.

그가 뒤를 돌아보았을 때도 초록은 여전히 그 자리에 앉아 몸을 덜덜 떨고 있었다.

"진짜 이해 불가."

한준은 목에 두르고 있던 머플러를 풀었다.

성큼성큼 초록에게로 다가선 그는 허리를 숙여 초록에게 베이지색 머플러를 꽁꽁 싸매 주었다.

초록이 화들짝 놀라 고개를 들었다.

"뭐, 뭐야!"

"가만히 있어라. 감기 걸리지 말고!"

한준의 온기가 남아 있어서인지 머플러는 따스했다.

"너는?"

"나 부자라서 역세권에 살아. 너처럼 도보 15분 아니야."

초록이 갑자기 미소를 지으며 웃음을 터트렸다.

"왜? 뷰도 죽여주는 곳에 살아."

"알아. 나 그때 네 집 갔었잖아. 그리고 보니 술에 취해서 네가 같은 잠실에 산다는 것도 까먹고 있었네."

"너 우리 집 안다고 막 찾아오면 안 된나. 알겠냐?"

"내가 미쳤냐? 네 집을 가게?"

"아니, 또 뭐 미쳤다고까지 표현할 필요는……. 아무튼, 잘 들어가라. 가만히 앉아서 그렇게 멍 때리고 있다가 연쇄 살인마라도 나타나면 어떻게 해?"

"무섭게 왜 그래."

"빨리 집에 들어가라고. 데려다줘?"

"아니! 나 혼자 갈래."

"집 가서 문자라도 남겨라. 안 남기면 회사에서 직권을 이용해 질리도록 괴롭혀 준다."

"알았어. 오늘 고마워."

돌아선 한준이 한 손을 흔들며 걸어갔다. 그 모습을 응시하던 초록의 입가에 미소가 번졌다.

못된 놈이라고 생각했었는데, 의외로 좋은 사람 같았다.

"고마워, 지한준."

초록은 목에 둘러진 머플러를 매만지며 집으로 향했다.

"대리님, 이제 서울 가시면 여자 친구랑 가까워지겠네요? 좋으시겠다!"

'석진하 송별회'라는 명목하에 모인 진하의 직장 동료들.

화기애애한 분위기는 여직원 한 명의 말실수로 인하여 싸늘하게 변하고 말았다. 그의 이별에 대해 아는 몇몇 동기들이 눈치를 보고 있었다.

진하는 어색하고 쓸쓸한 미소를 지으며 맥주를 마셨다.

"지은 씨, 석 대리 헤어졌어. 몰랐냐?"

"아…… 정말요? 몰랐어요."

"눈치 없기는."

모두가 쉬쉬하고 있을 때, 진하는 아무렇지 않다는 듯 술을 마셨다.

여자 동기들을 비롯한 여직원들이 모두 귀가한 뒤, 자리를 옮긴 남직원들은 진하의 본사 발령을 아쉬워하며 술잔을 기울였다.

"야, 석 대리. 너 서울 그렇게 노래를 부르더니, 좋겠다?"

"좋기는. 그냥 가족들이랑 가까워지니 좋은 거지."

"어머님이 좋아하시겠다."

"나 집에 안 가. 독립해서 따로 살 생각이다."

"오. 근데 너, 정말 완전 쫑이야?"

"뭐가?"

"초록 씨 말이야. 이제 완전히 끝난 거냐고!"

진하는 초록의 이름이 나오자 표정이 굳어졌다.

"뭐, 끝인 거지."

"오래 만났잖아! 미련 같은 거 아예 없는 거냐?"

"모르겠다."

"모르긴, 연락 안 와?"

"걔가 헤어지자고 했는데 왜 연락을 하겠냐."

"야, 이번에 그냥 서울 가는 김에 연락 한번 해 보는 게 어떨까?

막말로 이 자식아, 초록 씨 같은 여자 흔치 않다?"

진하는 말이 없었다.

"그 인물에, 그 정도 인품에, 어르신들한테 싹싹하지, 너희 부모님께도 잘했다며? 솔직히 요즘 여자들 중에 초록 씨 같은 여자 없다. 그건 내가 장담한다."

"……"

진하는 안주 없이 술만 들이켰다.

그래. 김초록이란 여자가 좋은 여자라는 것은 누구보다 자신이 잘 알고 있었다.

"프로젝트로 한창 바빴었어. 잘만 풀리면 서울로 발령 날 수 있다고 해서 정말 죽어라 했던 것 같아. 그래서 결혼 준비에 신경을 많이 못 쓴 건 사실이야. 초록이 만나서 헤어지던 날, 사실 프러포즈 준비하고 있었어. 저녁에 이야기할 생각이었거든. 초록이가 그렇게 화를 내는 것도 처음 봤고 너무 당황스러웠어. 프러포즈도 안 하고 결혼에도 관심이 없는 것 같다고 눈물까지 보이는데 난 아무 말도 못 하겠더라. 영상 편지인가 뭔가 그거 제작한 거 몰래 보고 있느라 노트북 앞에 펼쳐 놓고 그런 말을 들으니까 머릿속이 하얘지더라고."

"뭐야. 그럼 결국엔 프러포즈 앞두고 차인 거냐?"

진하는 쓸쓸하게 웃었다.

"근데, 돌이켜 보면 나도 뭔가 자신이 없었던 것 같기도 해. 아직 젊은 나이라고 생각했고 누군가의 남편이 되고, 시간이 조금 흘러 아이의 아버지, 한 가정의 가장이 된다는 사실이…… 솔직히 두려웠고 자신 없었던 건 사실이거든. 그래서 아마 초록이를 붙잡지 못했는지도."

진하는 술기운을 빌려 직장 동료에게 모든 것을 털어놓았다.

이렇게라도 하면 오늘 밤은 조금 마음이 편할지도 모르겠다.

하지만 그는 모르고 있었다. 점점 더, 더욱더 마음이 불편해질 것이라는 것을.

"자! 모닝 커피!"

초록은 어김없이 한준의 책상 위에 커피를 올려놨다. 노트북을 펼쳐 무언가 작성하는 데 열중하고 있던 한준은 시선을 커피에 돌리고 씩 웃었다.

"이봐, 김초록 사원! 지금 몇 시야?"

초록이 시계를 본 뒤 인상을 찡그렸다.

"7시 35분."

"5분 늦었어."

"너도 참 징하다. 오늘따라 출근길에 사람이 많아서 그랬어!"

"과연 면접이라도 이렇게 늦었을까?"

초록은 입을 삐죽 내밀었다.

"꼰대."

"뭐?"

"아닙니다. 대표님! 일 보십시오!"

벌써 한준에게 아침마다 커피를 사다 준 지 두 달이라는 시간이 흘렀다. 어느덧 추위가 풀려 봄꽃이 만개한 딱 좋은 계절이었다.

"이제 좀 날이 풀린 것 같아. 벚꽃 피겠지?"

"난 아직 추운데."

"그렇게 추위를 타는 애가 아침부터 아이스커피를 마시냐?"

"난 추워도 아이스야."

"그래, 네 취향이니까 뭐라고 하는 건 아니지만!"

"너 벚꽃 보러 가고 싶냐?"

그녀에게 눈길조차 주지 않고 일에 집중하는 듯했지만, 한준은 초록과 대화를 이어 가고 있었다.

참 신기한 남자다. 보통의 남자라면 멀티태스킹이 불가능했을 텐데.

"벚꽃이야 걸어서 20분 정도 가면 석촌인데, 어디 갈 필요는 없지!"

"아, 너는 걸어서 20분이구나. 난 우리 집 베란다에서도 호수 보여."

"응. 좋은 집 살아서 좋겠다."

이건 뭐, 누구 떡이 더 크냐고 재는 기분이다. 초록은 고개를 저었다.

그때, 컴퓨터 하단에서 메신저가 깜빡였다.

"야! 그냥 말로 해."

한준은 여전히 포커페이스를 유지한 채 노트북을 응시할 뿐이다.

[이번 주 토요일에 양평 갈래? 드라이브시켜 줄 테니.]

초록은 한준의 자리를 바라보다가 손을 키보드에 올리고 타닥타닥 타자를 쳤다.

[나 그날 친구 결혼식 있어. 고등학교 동창이라 꼭 가야 해.]

[결혼식이 몇 시야?]

[12시!]

[뭐야. 그럼 사진이나 찍고 나오면 되겠네.]

[오랜만에 친구들 만나는 건데, 걔네랑도 회포를 풀어야지!]

[혹시나 해서 물어보는 건데 그 자리에 네 전 남친도 오냐?]

초록은 순간 머릿속이 하얘졌다.

왜 그 생각을 못 하고 있었을까?

분명 진하도 청첩장을 받았을 테고, 그 자리에 올지도 모르는 일이다.

갑자기 초조해지기 시작했다. 손톱을 물어뜯고 안절부절못하던 그녀를 힐끗 쳐다보던 한준이 슬그머니 물었다.

"야, 전 남친도 오냐?"

"몰라. 어떻게 알아!"

"청첩장은 받았을 거 아냐? 고등학교 동창이면."

"그랬겠지."

"흠. 그래서, 거기 빡시게 꾸미고 가시겠다?"

"내가 왜 빡시게 꾸미고 가냐? 신부의 날인데! 쓸데없는 말 하지 말고 일이나 해!"

초록은 벌떡 일어나 탕비실로 향했다. 정수기 앞에서 물을 벌컥벌컥 마시던 그녀는 머릿속이 복잡해졌다.

석진하, 그 자리에 나타날까? 막상 진하와 마주치게 된다면 어떻게 행동해야 할지, 무슨 말이 튀어나올지 모르겠다.

초록이 탕비실에서 고개를 숙인 채 근심하고 있는 모습을 바라보던 한준은 알 수 없는 표정으로 그녀를 주시했다.

'저 멍청이 오늘도 잠은 다 잤겠네.'

헛웃음이 나왔다.

한준은 다시 노트북을 응시한 채 일에 집중했다.

대망의 동창 결혼식.

햇살이 너무 강렬하다 못해 눈이 부신 날이었다.

결혼식 전날부터 잠이 안 온다는 둥, 예비신부 친구께서는 동창들을 밤새 괴롭혔다. 피부 트러블 올라온다고 그렇게 자라고 했건만.

역시나 뾰루지가 두 개나 올라왔다며 신부 대기실에서 징징거리는 친구를 살짝 어이없게 바라보며 웃고 있던 초록은 혹시 진하가 나타날까 노심초사하고 있었다.

"초록아! 와 줘서 너무 고마워!"

"너 내가 어제 일찍 자라고 했어, 안 했어?"

"흐엉, 너무 떨려서 하나도 못 잤어. 그래서 이렇게 커다란 뾰루지가 두 개나 생겼다."

"축하해. 나 일단 얼른 사진 찍고 식장 들어가 있을게."

초록은 생선 훔친 도둑고양이마냥 발걸음도 조심스러웠다.

다행히 예식장 안에는 석진하의 그림자도 보이지 않았다.

'그래. 나랑 마주치기 껄끄러워서 안 왔을 수도 있어.'

그녀는 곧 안도의 한숨을 내쉬고 자리에 앉아 동창들과 이야기를 나눴다.

그때, 불쑥 누군가 나타나 초록에게 인사를 건넸다.

"초록아! 오랜만이야!"

알 것 같기도 한 여자의 이름이 잘 생각나지 않았다.

"누…… 누구더라?"

"야! 나 기억 못 하겠어? 나 다슬이야! 김다슬!"

세상에! 김다슬? 어떻게 이렇게 변할 수가 있을까?

초록은 그녀에게서 눈을 떼지 못했다. 머리부터 발끝까지 달라진 그녀. 얼굴과 몸매는 이미 예전의 그녀가 아니었다.

"나 많이 변했지? 못 알아보는 게 당연해!"

"야, 너 진짜 너무 많이 예뻐졌다! 반가워!"

"그래. 너도 어릴 때 얼굴 그대로 컸네? 변함없이 예쁘구나!"

"에이, 무슨! 아무튼 진짜 반가워. 이게 몇 년 만이지?"

"난 고등학교 졸업하고 바로 유학 갔으니까, 거의 10년 넘었지!"

"와…… 벌써 그렇게 됐네!"

초록은 오랜만에 만나는 다슬이 반가워 활짝 웃었다.

"너 아직도 석진하랑 붙어 다녀?"

"어?"

"어릴 때 항상 진하랑 여기저기 붙어 다녔잖아."

"그…… 그랬나? 하하."

그래. 그 이름이 왜 안 나오나 싶었다. 하지만 다슬은 초록과 진하의 사이를 모르고 있는 것 같았다.

"나 아까 진하랑 인사하긴 했는데, 진하도 예전에 비해 키도 많이 컸고 잘생겨졌더라. 결혼했을 줄 알았는데 아직 안 했다네?"

"그…… 그렇구나!"

"너네 친한 거 아니었어? 인사는 했어?"

"아니! 나 걔랑 안 친해!"

"잠깐만. 보자. 어디 있더라? 아! 저기 있네. 진하야!"

뭐? 뭐라고?

초록은 등에서 식은땀이 줄줄 나기 시작했다. 진하의 이름을 크게 부르는 다슬을 말릴 틈도 없었다. 초록은 인상을 구긴 채 고개를 숙였다.

이윽고 멀지 않은 곳에 서 있던 진하가 시선을 돌렸다. 다슬은 초록을 끌고 진하의 곁으로 갔다.

"진하야, 너 기억나지? 부반장 초록이!"

"……응."

다슬을 제외한 몇몇의 동창들은 초록과 진하의 눈치만 보고 있었다.

그래. 이건 경악스러운 광경이다. 흥미진진한 구경거리인 양 숨죽여 지켜보는 이들도 있었으니까.

"오랜만이네. 김초록."

진하는 오히려 아무렇지 않다는 듯 덤덤하게 초록에게 인사했다.

'그래. 내가 왜 기죽어 있어야 해? 죄인도 아니고!'

초록은 당당히 고개를 들었다.

"그래! 석진하! 너 진짜 오랜만이네! 한 10년 됐나? 많이 컸다."

"……."

"다슬이랑도 10년 만에 봤거든. 오랜만에 보니 반갑기 짝이 없다. 그럼 이만!"

초록은 그대로 진하를 지나쳤다. 뭔가 기분이 썩 좋지도 나쁘지도 않은, 이상한 기분.

불쾌한 느낌인가? 그것도 아니다. 그냥 뭔가 알 수 없는 오묘한 기분이 초록의 신경을 거슬리게 만들었다.

"다슬이는 몰라서 그랬을 거야. 네가 이해해!"

얼마 전 결혼한 세정은 초록의 등을 토닥이며 위로했다.

"알아. 나도 깜짝 놀랐는데, 그냥 아무렇지 않게 넘겼어."

"잘했어."

"너희 입단속 잘 해. 별로 친하지도 않았던 애한테까지 굳이 설명하고 싶지 않으니까, 그냥 이대로 모르고 살게 내버려 둬."

"당연하지. 애들은 너희 얘기 잘 안 해!"

초록이 긴 한숨을 내쉬었다.

"난 뒤풀이 못 갈 것 같아."

"왜? 오랜만에 만났는데 이대로 가려고?"

"어떻게 그 뒤풀이에 가냐? 석진하가 버티고 있는데!"

"못 갈 건 또 뭐야? 그냥 가자! 내가 계속 옆에 있어 줄게!"

"아, 싫어. 쟤 얼굴도 쳐다보기 싫어! 나쁜 자식!"

"근데, 석진하 정말 연락 한 통 없었어?"

"없었어! 연락은 무슨! 아까 봐 봐! 엄청 당당하잖아? 반갑다잖아? 아무렇지 않대잖아?"

"아무렇지 않다고는 안 했지."

"몰라! 아무튼! 나는 집에 갈래. 얼른 사진이나 찍고 밥이나 먹고 헤어지자!"

"어휴, 이게 뭐냐. 정말!"

세정은 혀끝을 차며 식장 안으로 들어갔다.

그래. 나도 모르겠다. 이게 정말 무슨 상황인지!

초록은 이맛살을 찌푸리며 미간에 힘을 잔뜩 주고 식장으로 들어갔다.

신부 측 하객 좌석 중앙 열에 앉아 있는 진하를 발견하고 초록은 맨 뒤에 앉았다. 그런데, 갑자기 진하의 옆에 앉아 있던 다슬이 벌떡 일어나 초록을 향해 외쳤다.

"김초록! 여기! 네 자리 맡아 놨어! 이리 와서 앉아!"

쟤는 왜 시키지도 않는 행동을 하는 걸까? 초록은 손사래를 치며 거부했다.

그러자 초록의 자리까지 와서 초록의 팔을 끌어당기는 다슬.

"빨리! 오랜만에 너희 둘 만나서 좋단 말이야. 우리 결혼식 보고 뒤풀이 가서 술 왕창 마시고 얘기나 하자. 그동안 어떻게 살아왔는지 궁금하다!"

"아니, 저기. 다슬아!"

"빨리 일어나! 가자! 예식 시작하겠다!"

다슬은 막무가내였다. 저 조그맣고 마른 몸으로 엄청난 힘이 나오는 게 신기했다.

초록은 울며 겨자 먹는 심정으로 끌려가 결국 진하의 근처에 앉게 되었다.

하필 호텔 결혼식이라 원형 테이블이었다. 그의 얼굴을 마주 봐야 한다는 사실이 고문이었다.

"잠시 뒤면 예식이 시작될 예정이오니, 하객 여러분들은 빠짐없이 자리해 주시기 바랍니다."

사회자가 예식을 알리는 멘트를 했다.

초록은 될 수 있는 한, 진하의 얼굴을 보지 않기로 하고 예식에만 집중했다.

"야! 진짜 잘 살아라!"

"축하해! 너무 축하한다!"

신랑 신부의 웨딩 카가 떠났다. 남겨진 이들은 뒤풀이를 할 생각에 신이 나서 왁자지껄 떠들며 삼삼오오 무리를 지어 자리를 옮기려 했다.

초록의 얼굴에 그늘이 잔뜩 졌다.

'이럴 거면, 그냥 축의금만 보낼걸.'

불편하다. 불편해도 너무 불편하다.

그녀의 얼굴을 살피던 세정이 초록에게 다가왔다.

"그냥 대충 내가 둘러댈게. 집에 가라! 얼굴이 말이 아니네."

"부탁 좀 하자."

"상황 봐서 자리 옮길 때, 너 그냥 나가. 알겠지?"

"고마워."

초록이 긴 한숨을 쉬었다.

"초록이는? 초록이 어디 있어?"

누군가의 거슬리는 목소리가 들리기 전이었다면, 참 평온하게 집에 갈 준비를 하고 있었을 텐데.

역시 다슬이었다. 다슬이 초록에게 다가와 폴짝폴짝 호들갑을 떨었다.

"가자!"

"저기, 초록이는 약속이 있다고 하네? 우리끼리 가자."

세정이 다슬을 말렸다.

다슬은 내심 서운한 표정을 지으며 온갖 콧소리를 내기 시작했다.

"뭐야. 아까는 약속 없다고 하지 않았어?"

"내가?"

"응. 별일 없으면 같이 뒤풀이 가자고 하니까 아무 말도 없었잖아! 그럼 약속 없었던 거 아니야?"

"약속이 없다는 말은 안 했지. 미안, 얘들아. 미안해. 나 진짜 가봐야 하거든?"

초록이 난처한 표정을 지으며 말했다. 다슬 때문에 진하를 비롯한 모든 친구들이 초록에게 시선을 집중하고 있었다.

'아, 진짜. 짜증 나네.'

초록이 어떻게든 빠져나갈 궁리를 하고 있을 때였다. 갑자기 하얀색 스포츠카 한 대가 요란한 소리를 내며 호텔 예식장 입구에 나타났다.

세상에는 간절한 기도를 하면 기적이 일어나기도 한다더니.

이 황당한 시추에이션이 믿어질지 모르겠지만, 기적의 구세주는 다름 아닌 한준이었다.

화려하다 못해 빛의 반사로 무지갯빛까지 감도는 브라운 선글라스를 끼고, 한쪽 팔을 거만하게 차 문에 기댄 채, 한 손으로 핸들을 잡고 나타난 한준이 초록을 발견하고 차에서 내렸다.

"누나, 다 끝났어? 가자!"

초록은 망치로 머리를 내려 맞은 기분이었다.

어떻게, 어떻게 네가 여기에 있는 거지?

그보다, 초록에게로 향해 있던 모두의 시선은 어느덧 한준에게 옮겨 가 있었다.

햇살이 유난히 강렬했던 토요일의 어느 봄날. 정말 몸에서 빛이 번쩍번쩍 나던 남자가 초록을 바라보며 씩 웃고 있었다.

"어머, 세상에! 그래서? 그래서 어떻게 됐어?"

유난히 호들갑스럽게 침까지 튀기며 빨리 다음 이야기를 해 달라고 어린아이처럼 보채는 여자. 그리고 그 앞에 마주 앉아 있던 단발머리의 여자는 앞에 놓인 커피 잔을 들어 천천히 커피를 음미했다.

"잠깐만, 나 커피 좀 마시자."

"답답해 죽겠네. 그래서 어떻게 됐다는 거야?"

"시간 좀 봐. 현우 엄마! 나 병원 갈 시간이다. 하연이도 데리러 가려면 지금 일어나야 해!"

"하연 엄마, 이러기야?"

'하연 엄마'라고 불리던 여자가 급하게 가방을 챙겨 일어나려던 찰나였다. '현우 엄마'라고 불리던 여자는 막 일어난 그녀의 팔목을 붙잡고 말했다.

"그럼, 다음 얘긴 내일 꼭 해 줘야 해!"

"알았어. 내일 얘기해!"

허둥지둥 가방을 챙겨 카페 밖으로 나선 여자가 찾은 곳은 다름 아닌 여성 한방병원이었다.

"김초록 님!"

"네!"

"들어오세요!"

그녀는 간호사의 안내를 받아 진료실로 들어갔다.

"축하드립니다. 임신입니다. 7주네요!"

"네? 정말요?"

예상은 하고 있었지만, 진짜로 아이를 가진 사실이 확실해졌다.

진료실을 나선 그녀의 입가에 미소가 번졌다. 그리고 그녀는 어디론가 전화를 걸었다.

"여보, 나야!"

-어떻게 됐어? 임신 맞아?

"응. 당신 둘째 키우려면 더 열심히 살아야겠네?"

-와! 축하해! 나 오늘 집에 일찍 들어갈게! 뭐 먹고 싶어? 다 사 가지고 간다!

"나 하연이 데리러 가야 해. 오늘도 힘내!"

-응. 집에서 봐! 사랑해!

전화를 끊고 난 뒤, 그녀는 산모 수첩을 손에 쥐고 다시 한번 미소 지었다.

수첩 앞에 적힌 산모의 이름은 〈김초록〉이었다.

초록은 병원을 나와 택시를 잡았다. 정말 눈이 부시게 햇살이 쏟아지는 날이었다.

창밖을 응시하던 그녀는 창문을 열고 바람을 맞으며 눈을 감았다.

벌써 10년 전의 일들이었다.

우리는 젊었고, 사랑했었고, 지금도 사랑하고 있었다.

3. 그 무렵, 그 즈음

"뭐야! 너 어떻게 알고 거길 왔어?"

쌩쌩 달리고 있는 차 안에서 초록은 도무지 이해를 할 수 없다는 듯이 한준을 응시했다.

"어떻게 알고 거길 왔냐니까! 내가 너한테 결혼식장 알려 준 적도 없는데?"

"숨넘어가겠다. 거기 커피나 마셔."

"야! 지한준!"

"깜짝아!"

"설명 좀 해 보라니까! 어떻게 알고 왔냐고!"

"어휴. 그냥 간단해! 넌 기억 못 하겠지만 네 입으로 장소 알려 준 거나 마찬가지였어."

초록은 의아하다는 듯 고개를 갸웃거렸다.

"내가? 내가 언제?"

"평소엔 가지도 않는 복잡한 강남 간다고 했었고, 또 호텔 예식이라 밥값만 해도 축의금 많이 해야 해서 부담이라고도 했고, 나름 청첩장을 소유한 하객만 출입할 수 있는 소규모 고급 예식이라고 도 했었어. 그런 예식장이 강남에 딱 두 개 있거든? 반포랑 논현. 근데 반포는 호텔이 아니야. 그럼 딱 답이 한 군데로 나오지."

초록은 두 눈을 동그랗게 뜨고 깜빡거렸다.

"야, 너 그냥 형사를 하지 그래. 우리나라 강력계에 한 획을 그 을 것 같은데. 프로파일링 이런 거 하면 좋을 것 같아."

"네가 멍청한 거야. 딱 봐도 각이 나오는 장소인데."

"아무튼! 너 거기 왜 왔어?"

"너 데리러 간 거지."

"나한테 말도 없었잖아!"

"그러니 얼마나 기막힌 타이밍이냐? 죽여주지 않냐? 내가 나름 대로 너한테 누나라고까지 말했잖아. 그럼 남들이 봤을 때 이 죽여 주는 남자가 연하남이라는 것도 알 테고, 뚜껑 열리는 외제차 끌고 와서 기다렸다는 듯이 납치해 가면 너 부럽겠어, 안 부럽겠어?"

초록은 혀끝을 차며 말했다.

"퍽이나. 얼마나 민망했는지 알아?"

"물에 빠진 놈 구해 줬더니 보따리 내놓으라는 표정이네. 그 자 리에 전 남친 놈 있었냐? 없었냐?"

"누구보고 놈이래! 너보다 나이 두 살이나 많다고!"

"어쩌라고. 내 형도 아닌데."

"말을 말자!"

사실, 딱히 싫었던 상황도 아니다.

그 어색한 시간, 장소에서 빨리 벗어나고 싶었는데 마침 한준이 나타나 줬고 그를 따라나서며 많은 친구들이 부러움의 눈초리로 바라봤던 것도 사실이었다.

그리고 은연중에 진하의 눈치도 살폈었다. 석진하의 그 의문투성이 표정이 너무나 또렷하게 기억이 난다. 사이다를 한 통 콸콸 부은 듯했지만, 한편으론 찜찜하기도 했었다.

진하는 대체 어떤 생각을 하고 있었을까?

"김초록, 보고 있나? 여기가 바로 내가 말한 파라다이스다! 하하하!"

"뭐가? 뭐가 또?"

"옆을 봐. 죽이지 않냐?"

한준의 말에 초록은 창밖으로 시선을 돌렸다.

정말 벚꽃이 흐드러지게 만개해서 예쁘게도 피었다.

"참 이런 거 보면 신기한 게, 사실 우리가 살고 있는 곳도 벚꽃의 명소인데…… 이렇게 한적한 서울 근교에서 그것도 드라이브 하면서 보니까 색다르고 너무 좋다."

"그치? 게다가 네 옆에 존잘남이 있어서 더 그럴걸? 게다가 또 나이는 두 살이나 어려요."

"그래……. 너 잘났다. 외모 반반하고 두 살이나 어린 것은 맞는데, 너 왜 자꾸 맞먹으려고 드냐?"

"뭘 맞먹어?"

"누나라고 안 부르고 맨날 '너, 너' 하고 함부로 대하잖아!"

"내가 또 언제 널 함부로 대했냐! 이렇게 공주님 모시듯 모셔서 드라이브도 시켜 주는데!"

"누나라고 불러라."

"싫은데! 누나가 누나다워야 누나라는 말도 나오지."

"내가 왜 누나답지 못한데?"

"그걸 몰라서 물어보는 거냐? 일단 넌, 첫인상부터 망했었어."

또 그 얘기인가 보다.

아주 그냥 죽어라고 우려먹는구나. 사골 국처럼!

"김초록, 너 근데 왜 그렇게 누나라는 말에 집착해? 내가 누나라고 불렀으면 좋겠어?"

"아니. 누가 그랬는데, 남자들이 연상한테 누나라고 하지 않는 건 여자로 보여서 그렇다는데, 넌 나를 여자로 보지도 않으면서 누나란 말은 죽어도 안 하니까 궁금해서."

"너 여자로 보여."

초록은 또 시작이구나 싶어 고개를 돌려 한준을 흘겨보았다.

"그래. 내가 남자는 아닌데, 내 말은!"

"알아. 너 무슨 의미로 그렇게 말하는 건지."

한준의 말에 초록은 말문이 막혀 버렸다. 무슨 말을 이어 가야 할지 몰랐다.

아주 약간의 침묵이 흘렀다. 곧이어 한준은 천천히 입을 열었다.

"김초록, 내가 널 좋아하는 것 같아?"

"뭐래. 그걸 나한테 물어보면 뭐라고 답하냐? 네 마음은 네가 더 잘 알겠지!"

"아니. 난 잘 모르겠어서 물어보는 건데."

"시끄러. 운전이나 해!"

초록은 또 그가 헛소리를 늘어놓는다고 생각했다.

"저녁은 뭐 먹을래? 너 좋아하는 한정식이나 먹을래?"

화제를 돌리듯 한준이 말했다. 그럼 그렇지.

초록은 대수롭지 않다는 듯이 말했다.

"응. 한정식 먹자. 점심때 잘 못 먹었더니 배고프다."

"왜? 전 남친 때문에 속상해서?"

"아니. 그냥 입맛이 없었어. 요새 통 입맛이 없더라!"

"오리고기 한정식집 유명한 곳 아는데, 거기 가자."

능숙하게 내비게이션에 주소를 찍고 어디론가 이동하는 한준을 바라보던 초록의 입에서 뜬금없는 질문이 튀어나왔다.

"근데 말이야."

"뭐?"

"지한준 너는 이런 장소들 어떻게 다 알아? 여자들이랑 많이 왔어?"

"푸핫. 왜?"

"아니, 그냥! 가끔 보면 예쁜 카페나 좋은 장소들을 많이 아는 것 같아서. 그것도 데이트 코스 같은 위주로 말이야."

"그래서? 다른 여자랑 많이 와 봤으면 뭐?"

"아니! 뭐 어떻다는 게 아니라, 궁금해서 그렇지. 연애 경험이 많아 보여서 신기하기도 하고!"

"신기한 거야, 아니면 신경이 쓰이는 거야?"

"나는 남의 연애 경험까지 신경 쓰진 않아."

한준은 초록이 표현하는 '남'이라는 단어에 살짝 서운한 마음이 들기도 했다.

"난 네 전 남친이 무척이나 거슬리거든. 그래서 혹시나 너도 나처럼 그런가 싶어서."

초록은 순간 어이없다는 듯이 한준을 응시했다.

이 바람둥이 놈은 터진 입이라고 멘트 하나는 기가 막히게 잘 내뱉는다.

"너 이렇게 여자들 낚는구나. 그치?"

"어떻게 알았냐?"

"난 절대 아니다. 꿈 깨라! 네 수작에 넘어가는 바보들과는 차원이 다른 여자란 말이다!"

"야, 솔직해지자. 나한테 조금이라도 관심 없어?"

"응. 없어."

"그래? 그렇단 말이지?"

그는 갑자기 급정차를 하며 갓길에 차를 세웠다.

요란한 브레이크 소리와 함께 차가 멈춰 섰다. 초록의 몸이 앞으로 기울었다 뒤로 넘어갔다.

"야, 이 미친! 운전 똑바로 안 해?"

초록은 버럭 소리를 지르며 가슴을 쓸어내렸다.

안전벨트를 풀고 한준이 그녀의 곁으로 바싹 다가왔다.

"뭐야! 왜 이래?"

"너, 진짜 내가 남자로 안 보여?"

"뭐냐고! 저리 안 가? 비켜!"

"싫은데?"

한준의 얼굴이 점점 그녀의 얼굴에 바싹 다가오자 초록은 잔뜩 경계한 채, 아니 긴장한 채 눈에 힘을 주고 있었다.

부릅뜬 초록의 눈이 웃겨서 웃음을 참고 있던 한준은 결국 터지고 말았다.

"악! 진짜 너무 웃겨, 김초록!"

"아아악! 지한준! 너 왜 그래! 대체 왜 그러는 거야! 아악!"

초록은 두 주먹을 꽉 쥐고 한준을 때릴 듯한 기세로 펄쩍거렸다. 그 모습이 마냥 귀여워 보이던 한준은 초록을 향해 말했다.

"나, 방금 뭔가를 느꼈는데 말야."

"뭐! 또 뭐!"

"내가 앞으로도 너를 누나라고 부를 일은 없을 것 같아."

"예의 없는 자식!"

한준이 다시 시동을 걸었다. 그리고 그는 안전벨트를 하고 씨익 미소를 지었다.

"생각해 보니 내가 너한테 누나라고 하는 순간, 나는 너에게 선을 긋는 게 되어 버리는 건데. 아마 난 너한테 선 긋고 싶지 않은가 보다, 김초록!"

"뭐래. 뭔 선을 그어?"

"너랑 선 긋고 예의나 격식 차리는 사이가 되긴 싫다고."

"난 좀 긋고 싶은데. 제발 나에게 예의와 격식을 차려 줬으면 싶어."

초록은 대수롭지 않다는 듯이 웃어넘겼다.

이 멍청한 여자는 다 알면서 모르는 척하는 걸까? 아니면 정말 모르는 걸까?

어장 관리를 한다거나 여우 짓을 하는 여자라면 또 모르겠지만 김초록이라는 여자를 몇 달 지켜본 바, 후자임이 틀림없다고 믿는 한준이었다.

한준은 고개를 저으며 허탈하게 웃고 있었다.

'그래. 지금은 때가 아니겠지. 많이 까불어 둬라, 김초록. 그렇게 겹겹이 쌓은 철벽, 하나씩 무너트려 줄 테니.'

한준은 자신에 찬 듯이 속으로 되뇌었다. 저 둔한 여자가 언젠가 전 남자친구에 대한 마음을 접고, 정리하고, 하나씩 치유해 갈 무렵 조금씩 다가서 보기로 했다.

아직은 한준 스스로도 그녀를 완벽하게 행복하도록 만들어 줄 확신을 갖지 못했다고 생각했기에.

다만 그런 확신이 스스로 정립되고 여건이 생겨 기회가 온다면, 초록에게 한 걸음 더 다가가리라 마음먹었다.

"진하야, 무슨 생각을 그렇게 해?"

그는 아무런 반응도 없었다. 그저 머릿속이 복잡하기만 했다.

다슬은 맥주잔을 가지고 진하의 옆에 앉아 손가락으로 그의 어깨를 톡, 톡 건드렸다.

"왜?"

"너 말이야. 무슨 생각을 그렇게 하냐고!"

"아. 아무것도 아니야."

진하는 다슬이 건배하기 전에 앞에 놓인 맥주를 마셨다. 괜히 머쓱해진 그녀는 혼자 맥주를 마신 뒤 진하에게 물었다.

"야, 넌 진짜 어릴 때 얼굴 그대로다."

"그래? 넌 좀 많이 변한 것 같은데."

"뭐야. 지금 돌려 까는 거야?"

"뭘?"

"나 성형했다고 돌려 까는 거 아니야?"

"무슨. 요즘 세상에 고친 여자가 한둘이겠냐?"

다슬은 피식 웃었다.

"그래도 남자들은 남한테는 관대해도 자기 여자는 얼굴에 손 안 대길 바라잖아?"

"그것도 다 옛말이지. 자기만족인데 뭐 어떠냐."

"그래? 그럼 넌 어떤데?"

"뭘."

"고친 여자 말이야. 조금 얼굴 손댄 여자가 너한테 대시하면 받아 줄 의향 있어?"

진하는 고개를 저었다. 다슬의 눈빛에서 약간의 실망감이 보였다.

"지금은 고친 여자고 뭐고 그다지 연애 생각이 없다."

"왜?"

그는 말없이 술을 마셨다. 지금은 그 누구와도 말을 섞고 싶지 않았다.

빨리 이 자리를 뜨고 혼자 생각이라는 것을 하고 싶을 뿐.

'누나! 다 끝났어? 가자!'

낯선 남자가 예전 여자친구를 다정하게 부르며 데리고 사라져 버렸다. 그것도 눈앞에서.

'벌써 연애라도 하는 거냐?'

진하는 씁쓸하게 미소 지었다. 그래. 어차피 끝난 사이니까 상관할 바는 아니다. 준비된 이별이 아니었기에 상상도 못 할 만큼, 가늠할 수 없을 만큼 고통스럽고 괴로웠던 것은 사실이었다.

하지만 더욱더 힘들었던 것은 따로 있었다.

그 이별을 인정해야 한다는 것.

그 과정에 있어 함께했던 수많은 추억을 지워야 한다는 것도.

"나 먼저 일어나야겠다."

진하는 자리에서 일어났다. 다슬은 아쉬운 듯 그의 뒷모습을 바라보았다.

"야! 석진하!"

어느새 진하를 따라나선 다슬이 그를 잡았다.

"왜?"

"전화번호 좀 알려 달라고. 종종 연락하고 지내자. 나도 한국에
아주 온 거라서. 가끔 심심하면 연락할게!"

다슬은 진하에게 핸드폰을 내밀었다. 진하는 그녀의 핸드폰에
전화번호를 입력해 줬다. 그 모습을 바라보던 다슬의 두 볼이 붉게
물들었다.

"잘 가."

"너도!"

다슬은 핸드폰을 손에 꼭 쥐고 진하의 뒷모습을 바라보았다.

"반갑다, 첫사랑."

그녀는 혼자 중얼거리며 흐뭇하게 웃었다.

어린 날의 풋사랑.

감정에 서툴러 사랑이라 말하기도 황당한 어린아이의 호감의
대상자가 어느덧 남자가 되어 다시 눈앞에 나타나고야 말았다.

"뭐 마실래?"

한적한 카페에 자리를 잡은 한준과 초록. 초록이 가방을 뒤적거
리며 지갑을 꺼냈다.

"맛있는 밥 사 줬으니 커피는 누나가 쏘마."

"난 아이스 아메리카노."

"하긴, 물어보나 마나지."

그는 늘 언제나 차가운 커피를 마셨다.

한준은 초록을 바라보며 씩 웃었다.

"이렇게 나에 대해 하나씩 알게 되는 거지."

"아침마다 커피 셔틀 하니까 어쩔 수 없이 알게 되는 사실이지."

"난 그러라고 시킨 적 없다."

"쳇. 나 화장실 좀 다녀올게. 커피 좀 받아 줘."

초록이 자리에서 일어나 화장실로 향했다.

곧이어 테이블 위에 있던 진동벨이 울리고 한준은 커피를 받아와 앉았다.

그는 자리에 앉아 커피를 마시며 핸드폰 게임을 했다.

그때였다. 갑자기 테이블 위에 있던 초록의 핸드폰이 울렸다.

그저 스치듯 화면을 한 번 스윽 쳐다봤을 뿐인데, 뭔가 거슬리는 것이 보였다.

한준은 그녀의 핸드폰 홀드 버튼을 눌러 화면을 켰다.

[남자친구♥ : 집이야?]

한준은 그녀의 핸드폰에 저장된 이름을 보고 미간을 찌푸렸다.

'뭐야. 남친이 있었어?'

아무리 생각해도 조금 수상하다 생각하고 있을 때, 진동이 한 번 더 울렸다.

[남자친구♥ : 이렇게 연락해서 당황스럽겠지만 사실 아까 결혼식에서 너 보고……]

초록의 핸드폰 화면이 꺼졌다. 한준은 더 이상 그녀의 핸드폰을 보지 않았다. 두 줄의 미리보기 문자만으로 그가 전 남자친구라는 것을 알 수 있었다. 게다가 초록의 사생활에 침범하는 것 또한 자격이 없다 생각했기에 그는 더 이상의 행동을 하지 않았다.

멀리서 초록이 생글생글 웃으며 걸어왔다.

한준은 괜히 죄인이 된 기분이었다.

"김초록."

"응?"

"나 소원 하나만 들어줘."

"뭔데?"

"내가 정말 보려고 했던 거 아닌데, 방금 너한테 문자가 하나 왔거든?"

"응?"

초록이 핸드폰을 잡으려 하는 순간, 한준은 그녀의 핸드폰을 낚아채 빼앗았다.

"뭐야? 왜 그래? 무슨 문자가 왔는데?"

"네가 그토록 기다리는 사람한테 뭐가 온 것 같아서."

초록은 한준의 행동이 이해가 되질 않았다.

그러다 아차 싶었다.

그토록 기다리는 사람이라는 한준의 표현.

혹시. 혹시 진하에게서 연락이 온 것일까?

"핸드폰 줘."

초록이 인상을 잔뜩 구긴 채 손을 내밀었다.

"지한준, 내 핸드폰 봤어?"

"그냥 홀드 화면에 미리보기 뜬 것만 봤어. 정말 그건 너무 미안한데!"

"달라고!"

초록이 버럭 소리를 질렀다.

한준은 천천히 팔을 내렸다. 그리고 그녀에게 핸드폰을 줬다.

초록은 핸드폰 비밀번호를 풀어 문자를 확인했다. 그녀의 눈빛이 조금씩 흔들리고 있었다.

"……이거 내가 기다리던 연락 아니야."

한참 동안 조용하던 그녀의 입에서 튀어나온 말이었다.

"기다리던 연락이 아닌데 아직도 남자친구라고 저장해 놨어?"

"그냥 신경을 쓰지 않으려 했을 뿐이야."

한준은 굳어진 표정으로 커피를 마셨다.

초록은 멍하니 초점이 흐려져 바닥을 응시했다.

"답장은 할 거냐?"

초록은 한숨을 내쉬었다.

"잘 모르겠어."

"하지 마."

"그게 맞는 건데."

"그냥 하지 마."

"그게……."

"기다리던 연락 아니라며?"

한준은 괜히 심술이 났다. 그래서 더 언성이 높아지고 있었다.

초록은 마음이 많이 복잡해 보였다. 한준은 차 키를 챙겨 벌떡 일어났다.

"집에 가자. 데려다줄게."

그는 초록을 뒤로한 채 먼저 카페를 빠져나갔다.

초록은 자리에 앉아 핸드폰을 쥐고 일어나지 못하고 있다가 겨우 정신을 차려 일어났다. 한준이 시동을 걸고 차를 세운 채 초록을 기다리고 있었다.

초록은 조수석 문을 열고 앉아 안전벨트를 했다.

뭔가 미묘한 기류가 흘렀다.

알 수 없는 감정들. 그리고 어색한 기운.

그들은 그렇게 한참을 말없이 앞만 바라보고 있었다.

"조심히 들어가."

초록을 집 앞에 내려 준 한준은 그녀의 인사에도 아랑곳하지 않고 고개조차 돌리지 않았다.

그녀가 차에서 내리자마자 출발해 버린 그는 깊은 한숨을 내쉬었다.

'옹졸한 새끼. 지금 질투라도 하는 거냐?'

스스로 생각해도 어이가 없었다.

사실 초록에게 호감을 가지고 있을 뿐, 관계를 정립하자면 두 사람은 아무 사이도 아니었다. 그녀에게 이래라저래라 명령할 권리도 없다. 게다가 핸드폰을 본 것도 초록에겐 굉장히 실례가 되는 행동이었다.

착한 그녀는 화를 내지도 않았다. 오히려 어색함을 풀기 위해 몇 마디 말이라도 건네주었는데.

한준은 갑자기 차선을 변경해 핸들을 돌렸다.

집 안으로 들어선 초록은 다리에 힘이 다 풀리는 느낌이었다.

성격상 절대 연락 오지 않을 것 같았던 진하에게 연락이 왔다. 혹시 한준 때문이었을까? 오만 가지 생각이 다 들었다.

복잡한 마음을 안고 진하의 문자를 몇 번이나 읽었다.

답장을 할 마음은 없다. 그러나 몇 번이나 그의 문자를 읽으며 어지러운 마음을 달래고 있었다.

그때, 핸드폰의 화면이 바뀌고 한준의 이름이 떴다.

"여보세요?"

-나와.

"응? 어딜?"

-네 집 앞이야. 잠깐만 나와.

초록은 고개를 갸웃거리며 전화를 끊고 밖에 나왔다.

한준이 그녀의 집 주차장에 차를 세운 채 서 있었다. 초록을 발견한 한준이 저 멀리서 저벅저벅 걸어왔다.

"야, 너 왜 다시……."

말하기가 무섭게 그는 걸음이 빨라져 초록을 와락 안았다.

갑작스러운 한준의 행동에 초록은 두 눈을 크게 깜빡거렸다. 미처 생각지도 못한 전개에 그녀는 온몸이 경직되어 움직이지도 못했다.

"너 왜 그……."

"너 좋아."

참 오랜만에 받아 보는, 느끼는 감정이었다.

그는 '고백'이라는 것을 하고 있었다.

"좀 더 확실해지면, 김초록 네가 마음 정리하면 그때 말하려고 했는데. 그냥 지금 말할게. 나 너 좋아."

"……지한준."

"그니까 연락하지 마. 그 남자한테 연락하지 말라고."

뭔가 쿵 내려앉는 느낌.

심장이 내려앉는 이 느낌.

초록은 아무 말도 하지 못했다.

"당장 나랑 뭐 어떻게 하자는 거 아니야. 사귀면 더 좋겠지만 네 마음이 정리되지 않았다면 당장은 그러지 않아도 돼. 그냥 난 기다릴 수 있으니까 그 빌어먹을 놈한테만 연락하지 말고 나한테 기회를 줘 봐."

"한준아, 나는……."

처음 보는 그의 사뭇 진지한 모습.

매일 장난만 치며 놀리던 그의 모습은 없었다. 지금 이 순간 그는 진심 어린 마음을 고백하는 한 남자일 뿐이다.

"너랑 나랑 알게 된 지 얼마 되진 않았지만, 정말 그래서 나 같은 놈 믿지도 못하겠지만, 그래서 너한테 쉽게 다가가려 하지 않았었지만…… 오늘 말하고 싶었어. 유치하다고 욕할 수도 있지만 다른 놈 연락 기다리면서 답장을 해야 하나 말아야 하나 고민하는 네 모습이 너무 싫어. 그런 생각 들지 않도록 내가 잡아 줄게."

한준은 초록을 더욱 꽉 안았다.

이상할 만큼 초록은 담담했다. 그러나 그녀의 두 눈에 조금씩 눈물이 맺혔다.

도대체 이 감정이 무엇인지 그녀는 본인 스스로도 알 수 없었다.

우연히 다가온 한 남자가 나를 좋아하고 있다고 말한다. 그러나 아무런 대답을 할 수가 없었다. 숨 막히도록 나를 꽉 안고 있는 남자의 고백에 한편으로 가슴이 떨리면서도 마음 한구석이 아렸다.

대체 이 감정이 무엇일까.

나는 뭐라 답을 해야 할까.

초록은 가만히 그의 품에서 눈을 질끈 감았다. 그녀의 두 뺨을 타고 눈물이 흘렀다.

그리고 그녀는 다시 천천히 눈을 떴다.

"하아."

다음 날, 근심 어린 초록의 한숨 소리가 사무실 가득 울려 퍼졌다.

업무를 보던 직원들의 시선이 모두 초록을 향했다. 그녀의 앞에 앉아 있던 운정은 슬쩍 초록의 눈치를 살폈다.

[인생 좋났음? 무슨 일이야?]

반짝반짝. 초록의 모니터 하단에 메신저 불빛이 깜빡였다.

[몰라. 그냥 마음이 복잡하네.]

[뭐지? 잠깐 티타임 좀 가질까? 5층 휴게실로 내려와!]

운정이 슬쩍 자리에서 일어났다.

초록은 그녀를 따라 휴게실로 향했다. 여전히 초록은 근심 가득한 얼굴이었다.

"뭐야? 죽을 날 받아 둔 사람처럼!"

"모르겠다. 뭐가 뭔지."

"동창 결혼식 있다더니, 전 남친 마주쳤어?"

"응. 마주치긴 했지."

"뭐야. 그것 때문에 지금 죽상인 거야?"

"아니…… 뭐 그런 것도 있고."

"연락 왔어?"

"연락은…… 왔는데."

운정은 휘휘 고개를 저었다.

"답장했어? 보아하니 답장했을 듯."

"아냐. 안 했어."

"하지 마. 절대!"

손사래를 치며 그에게 절대 답장 따위 하지 말라고 하는 운정의 얼굴을 빤히 응시하던 초록은 또다시 한숨을 내쉬었다. 그녀의 얼굴에서 누군가의 표정과 말투, 행동이 보였다.

'지한준도 저렇게 말했었는데.'

초록이 말없이 한숨만 내쉬자 운정은 답답하다는 듯 펄쩍 뛰었다.

"어차피 끝난 인연, 고민할 것도 없다!"

"운정아."

"절대 안 돼!"

"그게 아니라!"

"아니! 절대. 날 설득하려고 하지 말고! 물론 언니 선택이지만 나는 반댈세."

"그게 아니라…… 나 사실은…… 지한준 대표한테 고백받았어."

운정의 두 눈이 크게 뜨였다.

"대박. 대박! 대박대박!"

"야, 조용히 해!"

"꺅! 내가 그럴 줄 알았다. 대박이다!"

"뭐가 대박이라는 거야."

"언제 그렇고 그런 사이가 됐대? 하여튼 이 여자, 아직 죽지 않았단 말이야! 아휴, 귀여워!"

"왜 내 말은 듣지도 않고 벌써부터 백 미터 직진인 거냐."

운정은 벌써 소설을 쓰고 있었다.

"그래서? 그래서 사귀는 거야?"

"아니."

"왜? 왜? 왜? why?"

"모르겠어. 내 마음이 너무 복잡하다."

초록은 멍하니 생각에 잠겼다.

얼마 되지 않은 일이 새록새록 떠오르고 있었다.

'너를 다 알진 못해. 그래서 너한테 고백하는 것도 신중하게 하고 싶었어. 아직 내 감정도 호감일 뿐이라 생각하고 그 호감에서 더 넘어간다면, 네가 나를 받아 줄 준비가 된 상태라면 그때 말하고 싶었어. 근데 그 남자 연락에 조금이라도 흔들리는 모습이 왜 그렇게 싫던지! 너 그 남자한테 가는 꼴은 더더욱 못 보겠고 싫어. 당장 뭐 받아 달라고 하지 않을 거니까 나라는 남자를, 너라는 여자를 알아 가는 시간을 만들게 해 달라고. 지금은 그거면 돼.'

한준의 목소리가 초록의 귓가에 생생히 맴돌았다.

"회의 시작하겠습니다."

회의실 가득 모여 앉은 직원들.

초록과 운정 역시 수첩을 들고 자리에 앉았다. 멀지 않은 곳에 한준이 앉아 있었다.

일부러 그녀는 한준 쪽을 쳐다보지 않았다.

아무래도 그를 의식한 행동이지만, 그는 역시 일에 있어서 프로였다. 평소와 똑같은 모습의 그를 보니 초록은 긴장했던 마음을 조금이나마 풀 수 있었다.

"임원 회의에서 최종 결론 났고, 사장님 사인만 남은 상태야. 아무튼 다들 고생했어요! 박수!"

팀장은 신이 난 듯 박수를 유도하며 기뻐했다.

"그리고, 우리 기획부 디자인 2팀 김초록 사원에게도 박수! 사내에서 실시한 네이밍 공모전에서 대상을 받았고, 그 이름으로 우리가 개발을 하게 됐습니다! 박수!"

초록은 괜히 쑥스럽다는 듯 머리를 쓸어 넘겼다.

어찌 보면 이게 다 한준의 격려와 조언 덕분이었는데…….

초록은 슬쩍 한준의 표정을 살폈다. 그는 여전히 포커페이스다.

"김초록 씨, 잠시만 들어와 볼래요?"

"네, 팀장님."

내부 회의가 끝난 뒤, 팀장은 초록을 따로 불렀다.

팀장실에 앉아 그를 기다리던 초록은 볼펜을 살살 굴리며 눈을 깜빡였다.

"미안. 기다리게 해서!"

"아, 아닙니다."

"앉아요. 할 이야기 있으니까."

팀장은 초록과 마주 앉았다. 사실 초록은 예상하고 있었다. 그는 분명 재계약에 대한 이야기를 할 것 같다.

"이번에 제이피플 협력 건 말인데. 새로운 부서가 생길 거야."

"네? 진짜요?"

"응. 그래서 말인데, 신사업 개발팀이라고 아마 개발팀에서 자체적으로 파생되어 몇몇 직원들을 그쪽으로 보낼 것 같은데. 초록 씨도 포함이고."

"네? 저도요?"

초록은 깜짝 놀라 팀장의 얼굴을 바로 보았다.

"좋은 기회가 될 거야. 초록 씨가 앱 디자인을 비롯해 참여를 하게 될 거고, 네이밍에 큰 기여를 한 만큼 내가 적극 추천했으니까 잘 해 보라고."

"팀장님……."

"이번 기회 잘 잡아 봐. 정직원 전환 기회도 올 수 있을 거야."

깜깜한 어둠 속에 갇힌 기분이었는데. 희망의 빛 한 줄기가 보였다.

초록은 조심스럽게 팀장실의 문을 닫고 나왔다.

며칠 뒤, 팀장의 말대로 신사업 개발팀이라는 새로운 부서가 생겼다.

회사 홈페이지의 공문을 꼼꼼하게 살피던 운정은 두 눈이 휘둥그레졌다.

〈신사업 개발팀 파견 명단〉

〔협력사〕

제이피플 - 지한준 대표이사

제이피플 - 김영호 팀장

제이피플 - 윤아라 대리

〔본사〕

브랜드 기획부 - 정민호 팀장(총괄)

브랜드 기획부 - 이서준 차장(기획, 서무)

브랜드 기획부 - 김초록 / 고운정 사원(디자인)

총무부 - 박승규 과장(예산)

운정은 자신의 이름이 신사업팀에 속해 있다는 것을 확인했다. 미친 사람처럼 방방 뛰며 초록에게 향했다.

"언니야! 나도 포함이야. 봤어?"

"응. 방금 확인했어!"

"뭐지? 진짜 뭐지? 나는 왜 포함이지?"

"팀장님한테 너랑 같이 디자인하고 싶다고 했어. 잘했지?"

운정은 갑자기 초록을 얼싸안고 등을 두드렸다.

"아이고! 우리 예쁜 내 자기! 의리 하나는 끝내주는 내 자기! 진짜 복덩이여. 복덩이!"

"야! 숨 막혀!"

"진짜 언니가 날 얼마나 생각하고 있는지 다시금 깨닫는다! 진심으로 고마워!"

"복은 나눠야지 두 배가 된다. 알지?"

초록은 흐뭇하게 웃었다.

이번 일이 어떤 의미인지를 너무나도 잘 아는 두 사람이었다.

"운정아, 근데 우린 이제 헬게이트야. 너무 좋아하진 마."

"왜?"

"팀장님이 그러셨는데, 평일 하루하고 주말 하루는 무조건 외근이랬어. 그리고 전국 방방곡곡을 돌아다녀야 할지도 모르고."

"완전 개꿀 아님?"

"주말은 강제 반납이고, 여기저기 다니는 거 많이 힘들 거야. 꼭 좋은 것도 아님."

"경비 지원은 해 줄 거 아냐?"

"당연하지. 주말 수당도 주실 거야."

"아니, 그럼 뭐가 문제임? 완전 꿀단지에 빠져 허우적거리는 소리네. 당장 짐부터 미리 싸야겠다!"

운정은 폴짝폴짝 뛰며 아이처럼 좋아했다.

퇴근길이었다.

초록은 스크린 도어에 비친 낯익은 실루엣을 보고 고개를 돌렸다. 한준이 그녀의 옆에 서 있었다.

"뭐야? 너 왜 지하철 타?"

"왜?"

"너 원래 지하철 타는 거 싫어하잖아."

"응. 사람 많아서 진짜 싫지."

"차 고장 났어?"

"아니."

"근데 왜 탔어?"

"너랑 같이 가고 싶어서."

초록의 두 뺨이 발그레해졌다.

"나랑?"

"다 알면서 두 번 물어보는 건 확인 사살이냐?"

초록은 씨익 미소를 지었다.

"다음 주부터 신사업 팀 외근 시작이래."

"알아."

"어디부터 갈지 모르지만, 멀리는 가지 않았으면 좋겠다."

"왜?"

"피곤하니까. 여기저기 다니는 거."

"난 좋은데. 여행 가는 기분으로 다니려고 해."

-스크린 도어가 열립니다.

어느새 지하철이 왔다. 북적거리는 사람들 틈에 끼어 버린 초록과 한준.

그때, 한준의 눈에 거슬리는 중년의 남자가 보였다. 한준은 슬쩍 중년의 남성을 가로막고 초록을 감쌌다.

"뭐야? 지한준. 안 비켜?"

"비킬 곳이 어딨냐?"

"아니, 너 지금!"

"가만히 있어. 늙은 아저씨랑 엉덩이 부비기 싫으면."

한준은 최대한 초록과 닿지 않으려 힘을 주었다.

초록이 슬쩍 고개를 옆으로 돌리자 험상궂게 생긴 중년의 남성이 일부러 여성들에게 가까이 다가가 서 있다는 사실을 알게 되었다.

"조금만 참아라. 나도 힘들다."

초록은 피식 웃었다. 그가 나름 배려해 주는 것이 싫지 않다는 것을 느끼면서.

드디어 잠실역에 도착한 두 사람. 한준이 오만 가지 인상을 쓰며 지하철에서 내렸다.

"야, 앞으로 그냥 카풀 해 줄 테니 내 차 타고 가라."

"싫어. 아침마다 커피 대령하는 이유가 뭔데? 네 차는 절대 안타."

"또 토하려고?"

"아니! 그게 아니라 민폐 끼치기 싫다는 거야."

민폐.

한준은 몹시 그 단어가 거슬렸다.

"너 왜 선 긋냐?"

"무슨?"

"나한테 왜 선을 긋냐고."

"무슨 선을 그어?"

"어차피 나도 집 방향이 같은데, 같이 가는 게 어때서?"

"난 지하철이 편해."

"웃기네. 저런 늙은이들 사이에 끼여 가는 게 편하냐?"

"야, 다들 그렇게 살아! 너처럼 넉넉하지 않다고."

"나도 넉넉하지 않아."

"말장난하자는 거 아니다!"

한준은 깊은 한숨을 내쉬었다.

정말이지, 김초록은 똥고집. 체구도 작은 여자가 고집 하나는 대단했다.

"어디까지 오려고?"

초록은 졸졸 따라오는 한준에게 말했다.

"집 앞까지 모셔다 주려고."

"됐거든?"

"세상이 흉흉하다. 아까 봤지? 그 늙은이가 여자들한테 딱 달라붙어서 엉덩이 들이대는 거!"

"네가 더 흉흉해. 빨리 가!"

한준은 어이없다는 듯이 코웃음을 쳤다.

"응. 나도 흉흉하지. 믿어선 안 돼. 라면 말고 우동 먹고 가는 남자니까!"

"나 괜찮으니까 집에 가."

"싫어."

끝까지 한준은 거머리마냥 초록의 옆에 달라붙었다.

오만가지 인상을 찌푸리며 귀찮다는 듯이 한준을 떼어 내던 그녀가 갑자기 걸음을 딱 멈춰 세웠다.

"왜?"

한준은 걸음을 멈춘 초록을 응시했다. 그녀의 시선을 따라 한준이 고개를 돌렸다.

머리가 백지화된다는 것이 바로 이런 것을 두고 하는 말인가 보다. 초록은 넋이 빠진 사람 같았다.

초록의 집 앞에서 기다리던 한 남자.

5년이란 긴 시간을 사랑해 온 그 남자.

바로 석진하.

그가 서 있었다.

"너……."

초록이 말을 잇지 못하는 사이 한준은 직감적으로 알 수 있었다.

그가 초록의 마음의 방에 아직도 상주하고 있는 남자라는 것을.

마음에 들지 않는다.

그래서, 더욱더 한준의 주먹이 꽉 쥐어졌다.

한준은 미간에 힘을 꽉 주고 초록의 어깨를 끌어당겼다. 맥없이 서 있던 탓에 초록은 순식간에 한준에게 끌려갔다.

그리고, 팽팽한 신경전을 하듯 두 남자는 서로를 경계 어린 눈빛으로 마주하고 있었다. 차라리 이 시간이 멈춰 버렸으면 싶었다.

가끔 상상을 하긴 했었다. 진하가 집 앞에 찾아와 기다리고 있다면 어떨까.

하지만 석진하라는 남자의 성격상 절대 있을 수 없는 일이라고 생각했었고 초록은 기대조차 하지 않았었다. 서로에 대한 예의를 중요시하던 두 사람이었기에.

불과 얼마 전까지만 해도, 그녀의 어깨를 감싸 안고 있을 남자가 남처럼 서 있다.

그리고 그런 그녀의 곁에서 온몸에 힘을 잔뜩 준 채 서 있는 남자.

두 남자의 사이에 낀 그녀는 제법 슬프고 허탈한 눈빛이었다.

초록이 한 걸음 앞으로 나서려 했다. 한준은 그녀를 꼭 붙잡고 인상을 찌푸렸다.

"판단 잘 해. 여기서 한 걸음만 더 가면 저 남자한테 지는 거야."

솔직히 흔들리지 않았다고 하면 거짓이다.

초록은 천천히 한준의 손을 떼어 냈다. 그리고 연한 미소를 짓고 조용히 속삭였다.

"사람과의 관계에서 이기고 지고 하는 건 없어. 내가 알아서 잘할게. 우선 넌 집에 가."

"야, 김초록!"

"괜찮아. 나 진짜 괜찮아. 내가 알아서 할 문제야."

"그래. 네 맘대로 해."

한준은 그대로 돌아서 버렸다. 이건 정말 한 획을 긋는 선이다.

허탈했다. 걱정도 된다. 그리고 무엇보다 마음에 들지 않고 짜증이 난다.

하지만 초록이 원하지 않는 행동을 할 수는 없다.

아무것도 하지 못하는 자신이 무능력해 보여도 어쩔 수 없다. 지금은 초록에게 아무 존재도 아니기에.

한준은 깊은 한숨을 내쉬며 돌아섰다.

침묵, 그리고 또 침묵.

진하와 초록은 말이 없었다.

그 무거운 공기와 압박감이 서로의 입을 떨어지지 못하게 하고 있다.

"휴가야?"

초록이 먼저 진하를 향해 말했다.

"휴가?"

"네가 지금 왜 서울에 있냐고. 교육 받으러 왔어?"

진하는 작게 한숨을 내쉬었다.

"아니. 나 본사로 왔어. 한 달 됐다."

"……그래? 축하해."

그토록 가까워지고 싶었는데, 취업 후에 몇 년을 떨어져 있었는데.

헤어지고 나서야 좁혀진 거리.

초록은 모든 것을 체념한 듯 웃었다.

"아까 그 사람, 남자친구야?"

그의 질문에 뭐라고 대답해야 좋을지 모르겠다.

남자친구라고 해 볼까. 그럼 석진하는 무슨 표정을 지을까.

초록은 알 수 없는 미소를 지었다.

"그냥 좋은 사람."

"좋은 사람?"

"응. 나한테 잘해 주는 사람."

"결혼식에 너 데리러 왔던 그 남자 맞지?"

"응. 맞아."

"후우……."

진하는 고개를 숙였다.

이렇게 빨리 그녀에게 새 사람이 생길 줄은 몰랐다.

늦은 걸까?

만감이 교차하던 그가 다시 고개를 들었다.

"초록아, 이렇게 너한테 불쑥 찾아오는 거, 예의 아니라고 생각해. 그래서 정말 미안하고."

"……근데?"

"새 사람까지 곁에 두고 있는 마당에 내 입장이 참 찌질해 보이고 우습지만, 그냥 답답하더라. 너무 단번에 끝나 버린 우리 관계가 허무하기도 하고……. 물론 내 잘못이 많지. 너에게 확신을 주지 못해 너무 미안한 건 사실이니까."

"석진하."

"보고 싶었어. 그냥 마냥 보고 싶더라. 네 입장에선 당연히 어이 없고 황당할 거야."

"아니. 그렇지 않아."

그녀 역시 일말의 미련이라도 남아 있는 걸까?

진하는 희망에 찬 눈빛으로 초록을 응시했다.

"왜 안 보고 싶었겠어. 너랑 나랑 5년을 만났어. 그 5년 동안, 이십 대의 절반을 너와 보내면서 많은 추억을 쌓았지. 게다가 우린 어릴 때부터 알고 지낸 사이니까 그 세월까지 합치면 우리 둘 관계 무시 못 해. 과하게 포장해서 말하자면 인생을 함께했다고 볼 수도 있어."

"맞아. 너랑 나랑은 절대 헤어질 수 없는……."

"근데, 근데 진하야. 우린 이미 헤어졌잖아."

헤어졌다는 그 말 한마디가 두 사람의 가슴을 후벼 팠다.

초록도, 진하도.

그렇게 한참을 서로 바라보았다.

"너랑 헤어질 줄 몰랐어. 마지막이라고 생각했으니까. 너하고 결혼할 거라고, 당연히 그렇게 생각하고 있었으니까. 그래서 두려웠어. 너랑 헤어지고 나면 이제 난 어떻게 연애를 해야 하고 어떻게 사람을 만나야 하나 싶어서! 그래, 만나지긴 하겠지. 이 사람 저 사람 만날 수야 있지. 세상에 남자도 여자도 많은데 왜 못 만나겠어. 하지만 우리 두 사람의 관계가 이렇게 끊어지고 나면…… 솔직히 자신이 없어. 지금도 마찬가지고. 나하고 너한테 열정이라는 게 남아 있을까? 사람 하나만 보고 죽자고 달려들어서 열정을 가지고 아무것도 재지 않고 그저 감정이 시키는 대로 연애라는 것을 할 수 있을까? 솔직히 두려워. 그래서 너를 놓지 못했던 것도 사실이고."

초록은 담담하게 말했다.

"김초록, 그래서 더 늦기 전에 널 잡으러 온 거야. 나도 알아. 이게 얼마나 실례되는 행동인지."

"나는, 나는 널 잡고 싶지 않았을 것 같아? 너한테 연락 한 통 하는 것도 망설여졌어. 왜? 나는 끝까지 너에게 좋은 사람으로 기억되고 싶으니까. 널 흔들고 싶지 않아서! 끝난 마당에 너란 남자를 흔들 수는 없으니까!"

"끝? 아니야. 이거 끝 아니야. 다시 돌릴 수 있어."

"아니. 솔직히 자신도 없고 우린 이미 깨진 유리에 불과해. 다시 이어 붙인다 해도 똑같이 깨져 버릴 테니까."

"초록아."

"다시는 연락하지 마. 널 위해서가 아니야. 날 위해서야."

초록은 가방을 가지고 잽싸게 카페를 나섰다. 그리고 미친 듯이 뛰었다. 아무 생각도 하고 싶지 않았다.

마음이 너무 아팠다.

아니, 마음이 찢어졌다고 표현하는 게 맞을까?

아리고 아려서, 그 아픈 소리가 목구멍 밖으로까지 터져 나올 지경이었다.

집 안으로 들어선 초록은 끙끙거리다 못해 소리를 지르며 펑펑 울기 시작했다.

"흐어엉…… 으아악!"

얼마나 바라던 순간인지 모른다.

석진하가 와서 매달렸으면 좋겠다.

석진하가 내 앞에서 빌었으면 좋겠다.

석진하가 다시 만나자고 했으면 좋겠다.

그런 상상을 하며 그가 후회하기를 바란 적이 있다.

하지만 막상 그 상황이 닥치고 보니 하나도 기쁘지 않았다.

"왜 그렇게 야윈 거야? 나쁜 자식아!"

한편으로는 그가 걱정이 되기도 한다.

도무지 무슨 마음인지 모르겠다. 사람이라는 것은 참 알다가도 모를 일이다.

내 속마음이라고는 하지만, 가끔 사람들은 나 자신도 나를 잘 모를 때가 많다.

적어도 그렇게 보내지 말걸.

그냥 따뜻하게 격려라도 해 주고 보내 줄걸.

하지만 이런 생각을 하고 있다는 자체가 한심하게 느껴진다.

오전 회의 내내 초록은 집중을 하지 못했다. 정신을 어디다 뒀냐는 운정의 말도 듣지 못했다. 운정은 자꾸 초록의 팔꿈치를 치며 눈치를 줬다.

"자기야, 점심 먹고 출발이래. 들었어?"

"어? 응……."

"이 언니 또 왜 이래? 지한준 대표랑 뭔 일 있었어?"

"응?"

맞다. 초록은 한준을 잊고 있었다.

슬쩍 그를 응시했다. 역시 아무렇지도 않아 보이는 한준이다.

"아니. 지 대표랑은 그냥 회사에선 좋은 동료고, 밖에선 누나 동생일 뿐이야."

"뭐라는 거야. 저런 벤츠남이 들이대는데 그냥 보내려고?"

하긴, 진짜 벤츠를 타긴 한다.

"자기 미친 거 아니야? 연하에, 돈도 많아, 능력 있어. 뭐가 문제야?"

"그래서 문제지."

"그건 문제가 아니라 횡재야. 나 같으면 덥석 문다."

"저런 애가 나 같은 애를 얼마나 만나겠냐? 그것도 진지하게 생각할 것 같아?"

"아오! 이 언니 또 이러네! 제발 좀 결혼에 대한 강박관념을 버려. 그냥 만나다가 좋으면 계속 더 사귀는 기고, 그러다 눈 맞아서 '난 이 사람과 평생을 함께하겠어요.'라는 생각이 들 때 결혼하면 되지!"

"알다시피 난 서른이다. 아무나 막 만날 시기는 아니지."

"그것 참, 서른이 대수야? 서른다섯 여자들도 가벼운 연애 잘만 하더라!"

"난 빨리 결혼할 사람을 만나야 한다고."

"지한준 잘 키워서 결혼하면 되지. 확 그냥 자빠트려 버려!"

"얘가 언니한테 못 하는 소리가 없네."

운정은 초록을 보며 고개를 저었다. 한심한 언니 같으니라고. 가끔 보면 언니가 아니라 동생 같을 때가 있다.

"석진하가 어제 집 앞에 왔었어."

"미친!"

회의 도중에 운정이 큰 소리로 쌍욕을 했다.

그 바람에 모든 시선이 두 여자에게 집중됐다. 운정은 헛기침을 하며 목소리를 가다듬었다.

"그래서? 뭐래?"

"다시 만나자고 했어."

"지랄하네."

"야! 그래도 욕은 좀……."

"욕먹어도 싸지. 세 달이면 백 일이야. 백 일 가까이 뭘 하다가 이제 와서 난리 브루스야? 지한준 같은 남자가 곁에 떡하니 있으니 남의 떡이 될까 봐 무섭대?"

"아니라고. 제발 좀!"

"언니한텐 아련한 전 남친이겠지만 제삼자의 눈으로 보면 그 남자는 영 아니올시다."

"나도 물론 잘못이 있어. 진하한테만 잘못이 있는 게 아니야."

"그래서? 언니가 하고 싶은 말이 뭐야? 석진하 씨랑 다시 만나고 싶다는 뜻이야?"

"그건 아니지만……."

솔직히 한숨만 나왔다. 그에게 말은 세게 했지만 정작 속마음은 뭔지 모르겠다.

"언니, 솔직히 5년이라는 시간 무시 못 하잖아. 지지고 볶고 결혼 이야기까지 나왔으면 두 사람 사이가 얼마나 돈독했는지 알겠는데, 곁에서 내가 2년 정도 지켜본 바로는 언니가 너무 동동거렸어. 물론 우리가 위치적으로 불안한 상태잖아. 당장 나만 해도 걱정인데 언니는 서른 앞두고 오죽했겠어? 다만 언니가 결혼이라는 것에 너무 목을 매는 것 같아서 안타까웠단 말이지. 언니 전 남친이 그걸 몰랐을 것 같아? 아니. 다 알고 있었을 거야. 언니가 어떤 상황인지, 언니가 어떤 생각을 하고 있는지를. 그걸 모르면 인간도 아니지! 아무리 눈치가 없어도 그걸 모르진 않을 거란 말이야."

잠자코 그녀의 말을 듣고 있던 초록은 고개를 끄덕였다.

"난 솔직히 언니 전 남친이 언니를 왜 붙잡으러 왔는지 알 것 같아."

"왜?"

"생각해 봐. 언니가 늘 입버릇처럼 말하는 그거. 순수하게 사람만 보고 사람을 사랑하는 연애. 두 사람은 그런 연애를 했었지만 지금은 상황이 많이 달라. 소개팅만 해도 서로의 집안 환경, 직업, 모은 돈은 얼마인지, 수입은 얼마인지, 먹고 살아가는 데 지장은 없는 직업인지, 미래를 함께하기에 버겁진 않은지를 보잖아. 그 남자도 분명 여럿은 아니더라도 몇몇의 여자를 만나 보고 아니다 싶었을 거란 말이지. 그래서 언니한테 다시 돌아오고 싶을 뿐이야. 한마디로 추억팔이, 감성팔이라고!"

"그건 나도 마찬가지야. 근데 그게 나쁜 건 아니잖아?"

"그래. 나쁜 건 아니지. 모르겠다! 선택은 언니가 하는 거지만, 이미 두 사람은 끝이야. 가망이 없다고!"

"……그렇구나."

"하여튼 남자들은 왜 여자들이 괜찮아질 무렵에 연락을 하는 걸까? 타이밍도 참."

운정은 시무룩해진 초록에게 냉정한 충고를 할 수밖에 없었다. 바보 같은 언니가 과거에 집착하지 않고 미래를 설계했으면 하는 바람에서 말이다.

"초록 씨, 운정 씨. 지금 내 말 듣고 있나?"

팀장이 잔뜩 인상을 쓰고 두 사람에게 말했다.

"예? 아…… 죄송합니다."

"흠, 무슨 사담이 그렇게 길어! 오후에 지 대표님 차 타고 춘천으로 오라고. 오전 조는 지금 출발해야 하니까!"

"네. 알겠습니다."

하필이면 한준의 차를 타고 이동을 해야 한다. 그나마 운정이 끼어 있어 다행이지만. 초록은 괜히 한준의 눈치를 살폈다.

그는 서류를 정리하며 초록에게 눈길조차 주지 않았다.

"대표님, 과자 드실래요?"

한준에게 과자를 내민 운정. 그는 고개를 저으며 사양했다.

가시방석이 따로 없었다.

이 두 사람은 대체 무슨 일이 있었기에 아무 말도 없는 걸까?

한준의 차량으로 출장을 떠나던 세 사람은 잠시 휴게소에 내렸다. 운정은 마냥 신나서 푸드코너로 질주했다.

"통감자! 통감자!"

"점심 먹은 지 얼마나 됐다고."

"원래 밥 배 따로, 간식 배 따로야! 알 만한 사람이 왜 그래?"

운정이 푸드코너로 향하자 초록은 화장실을 다녀왔다.

남자 화장실 입구에서 나오던 한준과 마주친 초록은 마치 다른 곳을 향하는 척 돌아섰다.

"김초록."

한준이 그녀를 불러 세웠다.

"어…… 엉?"

엉거주춤. 초록은 당황한 목소리였다.

"너, 나한테 뭐 죄지었냐?"

"죄? 무슨 죄?"

"너 하는 행동을 보면 무슨 죄지은 사람 같아서."

"죄는 무슨! 난 아무렇지도 않아!"

"그래? 근데 왜 슬금슬금 나 피하는데?"

"내가? 내가 언제?"

"후, 됐다."

"……아니야. 그런 거."

괜히 더 어색할 뿐이었다.

핸드폰을 손에 꼭 쥐고 있는 초록을 보자 한준은 그날의 일이 궁금해졌다.

저 여자는 과연 옛 사람과 연락을 주고받고 있을까. 아니면 단호하게 잘라 버렸을까.

"너 그렇게 가고 나서…… 그 사람이랑 이야기를 좀 했어."

초록이 먼저 입을 열었다.

"네가 날 도와주려고, 체면 세워 주려고, 그 사람 도발하려고 내 친구 결혼식 때부터 노력해 줬는데…… 미안하더라고. 근데 그렇게까지 하지 않아도 돼. 나도 꽤 단호하거든. 헤헤."

답답해 미칠 지경이다.

"너, 일부러 그러는 건 아니지?"

"응?"

"넌 여우과도 곰과도 아닌 것 같은데. 그럼 모자란 건가?"

"뭐? 참 나."

"다시 말하지만, 너의 그 잘난 옛사람 도발하려는 것도, 너 체면 세워 주려는 것도 아니야. 모르겠어? 한국말 몰라? 나 너 좋다고 분명히 말했고 당연히 좋아하는 사람이 힘든 거 싫고, 그게 전 남친 때문이라면 더더욱 싫고 마음에 안 들어. 그뿐이다. 근데 난 너한테 지금은 아무것도 아닌 존재니까 딱히 나설 수도 없는 입장이었어. 그래서 답답하다는 거야! 내가 할 수 있는 건 마냥 기다리는 것뿐이니까. 넌 근데 지금 이런 식으로 나한테 또 선을 긋고 있어. 대체 얼마나 마음을 표현해야 알아먹을 건데?"

128

꿀 먹은 벙어리가 될 수밖에 없었다.

멀리서 운정이 통감자와 핫바를 들고 뛰어왔다.

"대표님! 핫바 드실……."

한준이 그대로 지나쳐 버렸다. 운정은 아리송한 얼굴로 초록의 옆구리를 쿡 찔렀다.

"뭐야? 싸웠어? 둘이 진짜 왜 그래!"

"아니야. 아무것도."

"이래서 사내 연애가 무섭다니까. 둘이 삼귀냐?"

"삼귀냐고? 그게 뭐야?"

"요즘은 썸 타는 걸 삼귄다고 말해. 빨리 와! 대표님 시동 걸었다!"

초록은 시무룩한 얼굴로 차에 탔다. 차창 밖을 바라보며 생각에 잠긴 그녀는 작은 한숨 소리를 내며 눈을 감았다.

사실, 알고 있다. 그의 마음이 어떤 마음인지.

모른다고 변명하지 않겠다.

하지만 본인 스스로조차 마음을 알 수 없는데 남의 마음을 헤아리고 돌볼 여유가 없었다는 핑계를 대 본다.

혹자는 말한다. 사람은 사람으로 잊는다고.

그래서 아픈 사랑과 끝이 났어도 새로운 사랑이 왔을 때 그 기회를 덥석 물어 마음의 병을 치유하라고.

하지만 초록의 생각은 달랐다.

새 사람이 다가온다 해도, 내 마음이 완고하게 옛사람의 잔재를 없앴다고 자부하였을 때, 비로소 안정적이고 행복한 연애를 하게 될 거라고 믿었기 때문에 한준의 마음을 알면서도 쉽게 받아들이지 못했었다.

그것이 새롭게 다가온 사람에 대한 예의라고 생각했는데.

그래서 한준이 주장하는 '선 긋기'가 어쩌면 초록의 그런 철벽 같은 방어인지도 모른다.

게다가 오랜 연애가 끝나고, 자신이 없었다.

머릿속엔 오만 가지 생각이 맴돌았다.

현재의 상황, 사회적인 계약직 신분, 미래에 대한 계획, 그리고 결혼까지.

이 모든 것을 생각해 보면 과연 지한준이라는 남자와 시작을 해도 될까라는 의문이 생기고, 그 의문과 생각들이 꼬리에 꼬리를 물고 상상의 나래를 펼치다 보면 더욱더 복잡해질 수밖에 없다.

"후……."

초록과 한준의 귀에는 들리지 않았겠지만, 두 사람은 한숨을 내쉬고 있었다.

핫바를 양 볼 가득 우물거리던 운정은 괜히 두 사람의 사이에서 눈치를 볼 뿐이었다.

"와, 청평 진짜 오랜만에 와 본다."

목적지에 도착한 초록 일행은 양손 가득 짐 가방을 들고 숙소로 향했다.

먼저 도착했던 이서준 차장과 박승규 과장은 벌써부터 장을 본다며 마트에 갈 준비를 하고 있었다.

"뭐예요! 차장님 일하러 오신 거 맞아요?"

운정이 이서준 차장에게 다가가 슬쩍 말을 걸었다.

"운정 씨가 더 신났네. 무슨 6박 7일 치 짐을 싸 왔어?"

"여자란 그런 것이죠."

"에이, 초록 씨는 아닌데?"

"저 언닌 내 거 빌려 써서 그래요."

"일단 저녁부터 해결하자. 마트 다녀올 테니 쉬고 있어!"

"차장님! 잠깐만요! 저도 데려가 주세요. 제발."

운정은 구원의 눈빛으로 이서준 차장을 향해 눈을 깜빡였다. 팀원과 함께 마트에 간다며 사라져 버린 운정 때문에 초록은 한준과 펜션에 덩그러니 남겨져 버렸다.

"윤 대리, 어디쯤 왔어?"

한준이 통화를 하고 있었다. 초록은 살금살금 펜션을 빠져나와 근처 산책로를 걸었다.

청평의 공기는 제법 맑았다. 미세먼지 하나 없는 청명한 하늘이었다.

가끔 이런 곳에 나와 여유를 만끽하고 서울로 돌아가는 것도 스트레스를 푸는 방법 중의 하나였다. 비록 출장이지만 운정의 말처럼 놀면서 돈 버는 기분으로 업무를 즐겨 보기로 했다.

'내가 어떻게 해야 할까?'

아무리 생각해도 답이 나오지 않았다.

초록은 걷고 또 걸었다. 어두컴컴한 밤이 될 때까지.

"석진하! 여기!"

다슬이 손을 흔들며 진하를 향해 활짝 웃었다. 진하는 다슬을 발견하고 그녀의 곁에 다가갔다.

"네 회사 근처에 왔다가 혹시나 해서 연락했어. 근데 어떻게 딱 맞아떨어졌네? 하하!"

다슬은 어색할 정도로 크게 웃었다. 진하는 괜히 어설픈 그녀를 보자 누군가 떠올랐는지 피식 미소를 지었다.

"넌 그럼 아예 서울로 온 거야?"

파스타를 돌돌 말아 먹던 다슬이 진하에게 물었다.

"응. 이제 본사 근무지."

"다시 대전으로 갈 일은 없겠네?"

"아마도?"

"그래. 근데 여기서 결혼하고 하려면 돈도 많이 들겠다."

"돈 바짝 모아야지."

"응. 서울살이가 그렇지 뭐."

저 말인즉, 진하는 여자친구가 있다는 뜻일까?

다슬은 눈을 요리조리 굴리며 다시 질문했다.

"넌 연애는 하냐?"

"했었지."

다슬의 표정이 밝아졌다.

"그럼 지금은? 여자친구랑 헤어졌어?"

"응. 세 달 넘었다. 작년 말 크리스마스 전이니까."

"아…… 얼마나 만났는데?"

"5년."

"엄청 오래 만났네……. 힘들겠다."

다슬은 포크를 내려놓고 한숨을 내쉬었다. 그녀의 한숨 소리를 듣던 진하가 물었다.

"넌 왜 또 한숨이야? 너도 최근에 남자친구랑 헤어졌어?"

"아니. 난 유학 가서 브레드랑 연애하다가 귀국하면서 라이스랑 연애하고 있어."

"외국인 남자친구?"

"푸핫. 아니! 빵만 먹다가 밥으로 바꿨다고!"

진하는 그녀의 말이 이해가 되질 않는다.

고개를 갸웃거리는 그를 보며 웃는 다슬.

"스물넷 이후로는 쭉 혼자였어. 그만큼 바쁘기도 했었고!"

"뭐야. 난 또 외국인만 골라 사귀는 줄 알았네."

"나 은근 보수적이다? 한국 남자 좋아해."

"너라면 외국인도 나쁘지 않아. 만나!"

"나라면? 내가 어떤 사람 같은데?"

"넌 어렸을 때부터 완전 장군감이었잖냐. 개방적이고 활발하고, 그냥 에너지가 넘치는 엄청난 화려함?"

진하는 주머니에서 진동이 울리자 핸드폰을 꺼내 화면 속 이름을 확인했다.

"나 잠깐 전화 좀. 회사다!"

진하가 핸드폰을 쥐고 밖으로 나갔다.

다슬은 그가 나간 뒤, 가방에서 거울을 꺼내 들었다.

'화려함?'

거울 속에 비친 자신의 모습.

레드 브라운의 강렬한 머리색에 화려한 블랙스톤 네일아트. 그리고 기다란 속눈썹, 굵은 아이라인, 빨갛다 못해 도톰한 입술, 풍성한 퍼 코트에 가죽 롱부츠까지.

나름 석진하 그를 만난다고 좋아서 꾸민 것들인데, 진하는 본인의 겉모습을 보고 화려하다고 말했다.

"미안. 회사에서 전화가 와서!"

진하가 황급히 들어왔다. 스테이크를 썰어 먹던 다슬이 뜬금없이 진하에게 말했다.

"야, 석진하."

"왜?"

"너 어떤 타입 좋아해? 화려한 여자는 별로 안 좋아하는 것 같은데."

"소개팅 시켜 주려고? 나 소개팅 안 해."

"왜? 전 여친 때문에?"

"그냥. 지인의 지인을 소개받아서 불편해지는 거 별로더라."

다슬이 씨익 웃었다.

"아는 사람은?"

"아는 사람?"

"응. 나는 어때?"

그는 하마터면 마시던 물을 뿜어낼 뻔했다.

"왜 그러냐? 진짜."

"뭘?"

"말이 되는 소릴 해야지."

"왜 말이 안 돼?"

"시끄럽고, 빨리 밥이나 먹어."

"석진하, 나 진심인데?"

장난으로 받아치는 진하와는 다르게 사뭇 진지한 그녀였다.

다슬이 심각하게 진하의 눈을 마주하며 굳게 입을 다물고 있었다. 진하는 뭔가 불편한 듯이 물을 마셨다.

"애들이 말 안 해 줬나 본데, 나랑 5년 만난 여자친구. 그거 김초록이야."

"뭐?"

"결혼식에서 네가 그렇게 반갑다고 손잡고 펄쩍 뛰던 여자. 그 여자가 내 전 여친이라고."

"초록이? 진짜야?"

진하의 쓸쓸한 얼굴을 보아하니 진짜 같았다.

다슬은 뭔가 한 대 맞은 듯한 기분이 들었다.

하필이면.

하필이면 진하의 전 여자친구가 초록이라니.

4. 각자의 이유

"아, 좀 팍팍 구워 주세요! 감자랑 버섯도! 저기 양파도 좀!"

운정은 마치 이 구역의 골목대장이었다. 한창 삼겹살 파티가 열리고 있었다. 초록은 마시던 캔 맥주가 다 떨어지자 앞에 놓인 맥주를 집어 들었다. 그러자 운정이 캔 맥주를 확 빼앗았다.

"언니는 딱 캔 맥주 두 개. 오케이?"

"그건 좀 너무하잖아."

"내 앞에서 술하고 친구하는 꼴은 절대 안 돼. 알겠어?"

"그런 게 어딨……."

초록과 운정이 티격태격할 때였다. 고기를 굽던 이서준 차장이 초록에게 말했다.

"초록 씨, 결혼 준비는 잘 하고 있어요?"

그의 한마디로 초록을 비롯한 운정, 한준의 표정이 싸늘하게 굳어 버렸다.

운정이 초록에게 속삭였다.

"뭐야. 저 인간! 모르는 거지? 아님 알고 확인 사살인가?"

"아냐. 말 안 했어. 뭐 좋다고 그런 걸 회사에 말해."

"아무튼 오지랖도 태평양이네. 뭐라고 할 거야?"

잘 모르겠다.

하지만 초록은 금세 어두운 표정을 감췄다.

"미뤘어요. 둘 다 여건이 안돼서."

"응? 언제로?"

"내후년이나 뭐……. 아무튼 조금 천천히 생각해 보기로 했어요."

"에이! 남자친구가 결혼하자고 안 보채?"

초록의 입가에 쓴 미소가 번졌다.

"제가 문제죠. 아직 자리가 잡힌 것도 아니고……. 제가 늦게 하자고 했어요!"

"에이~ 남자들은 자기 여자다 생각하면 확 끌고 간다니까! 남자친구가 결혼하자고 조르는 거 아니면, 그 남자는 결혼 생각이 딱히 없는 거야. 그냥 차 버리고 다른 사람 만나서 얼른 결혼해. 좋은 남자 많아!"

초록의 커다란 두 눈에 눈물이 그렁그렁 맺혔다.

운정은 테이블 밑으로 초록의 손을 꽉 잡았다.

"저 미친 꼰대가 뭐라는 거냐. 하여튼 오지랖이 태평양을 건너, 대서양을 건너, 아주 인도양까지 가네."

"괜찮아. 괜찮아!"

괜히 운정이 화를 버럭 내고 있었다.

저녁 파티는 그렇게 어색한 분위기 속에 막을 내렸다. 테이블을 치우던 초록에게 운정이 슬쩍 다가왔다.

"냅둬. 내가 할게."

"아냐. 같이 하자!"

"자기야, 가서 머리나 식히고 와. 내가 치워 줄게. 이건 내 소원이다!"

"그래도……."

"어휴, 가서 쉬다 와! 차장이랑 내가 다 치울게. 걱정 마! 차장 부려 먹기는 내 전공이야! 아주 혹독한 대가를 치르게 해 주지!"

운정은 초록의 등을 떠밀다시피 밀어냈다.

초록은 다시 산책로를 걸었다. 길고 긴 한숨 소리와 함께 그녀는 복잡한 심경으로 생각 없이 한 걸음씩 내디뎠다.

털썩. 그녀는 그 자리에 주저앉았다.

뭔가 마음이 어지러웠다. 그리고 슬펐다.

눈물이 뚝뚝 떨어졌다. 그냥 힘들었다.

나는 언제까지 이렇게 아파야 할까.

분명 다 지나갈 거라 믿어 의심치 않지만 지금 당장은 많이 힘들었다.

쪼그려 앉은 그녀가 어깨를 들썩이며 얼굴을 파묻고 울고 있을 때였다. 뭔가 따뜻하고 포근한 것이 그녀를 감싸는 것 같았다.

초록은 조금씩 고개를 들었다.

한준이 자신의 겉옷을 벗어 그녀를 감싸 준 것이었다.

그는 옷을 벗어 초록을 감싸 준 뒤, 천천히 그녀의 눈높이에 맞춰 몸을 낮췄다.

"힘들지?"

그 한마디에 더욱더 눈물이 났다.

"울어. 마음껏 울어라. 힘들 때는 그게 약이니까."

"흐흑……."

초록이 펑펑 울고 있었다. 한준은 그런 그녀를 끌어당겨 품에 안았다.

바보 김초록.

멍청이 김초록.

"야, 못 참겠다."

한준은 갑자기 초록을 품에서 떼어 냈다. 그리고 천천히 두 손으로 초록의 얼굴을 잡아 눈을 마주 보게 했다.

조금씩 가까워지는 그의 얼굴.

눈물로 인해 화장이 다 번진 그녀의 얼굴 또한 그에게 가까워지고 있었다.

"진하야, 나 결혼한다."

스물아홉의 어느 여름이었다. 그는 회사 동기로부터 청첩장을 받았다.

겨우 두 살 차이가 나는 형이지만 가끔 점심을 먹거나 술자리에서 하는 이야기를 들어 보면 출발점이 다른 사람이었다.

"형, 집은 그럼 어디다 구했어?"

일명 '청첩장 모임'을 가지게 된, 진하를 비롯한 동기 네 명이 둘러앉아 술잔을 기울였다.

"반포 스타즈."

"대박! 거기 작년에 지은 거 아니야?"

"응. 운 좋게 들어가게 됐어."

진하는 동기들의 이야기에 알 수 없는 미소를 지었다.

그가 어느 대기업 임원의 자제라는 것쯤은 이미 동기들 사이에서 소문이 파다했기에.

"니들은 결혼 일찍 하지 마라. 난 집에서 하도 가라고, 가라고 성화라 억지로 떠밀려 하는 결혼인데, 솔직히 여친이랑 노는 것보다 니들이랑 노는 게 더 재밌다. 2차는 내가 쏠 테니, 압구정 쪽으로 자리 옮길까?"

동기 형은 오랜만에 지갑을 열겠다고 한다.

진하는 가방을 정리하며 씨익 웃었디.

"형, 미안한데 난 여자친구랑 약속 있어."

"야! 석진하! 네가 메인인데, 메인이 빠지면 쓰나!"

"미안. 가서 재밌게 즐기고 와."

"뭐야! 여친한테 내일 보자 해~ 내일 주말이잖아!"

"선약이 우선이지. 간다!"

진하는 동기들의 원망 어린 목소리를 뒤로한 채 자리를 떠났다.

일명 불금이라 칭하는 금요일이라 그런지 강남역은 사람으로 북적였다.

[나 지금 출발. 20분 내로 감!]

초록에게 문자를 보낸 뒤, 진하는 핸드폰을 주머니에 넣고 음악을 들었다.

얼마 지나지 않아 그는 초록의 집 앞에 도착했고, 초록이 편한 복장으로 내려왔다.

"술 많이 마셨어?"

"아니. 멀쩡한데?"

"일단, 호수 산책부터 하고 심야영화 보자! 그리고 배고프면 닭발에 소주를 먹고 내일까지 늘어지게 자는 거야. 어때?"

"그래. 좋네."

언제부턴가 초록이 뭐든 계획을 세웠다.

석촌역 부근 호숫가를 걷고 있던 진하는 지그시 초록의 손을 잡았다.

"나 손에 땀 엄청 나는데."

"뭐 어때."

햇수로만 5년의 연애. 이젠 편할 만큼 편해진 두 사람이었다.

"동기 형은 언제 결혼한대?"

"다음 달."

"그분이 그때 그분 아냐? 여자친구 몰래 클럽 갔다가 걸려서 어디 갈 때마다 인증샷 보내는 분."

"김초록, 기억력 좋네."

초록은 진하의 동기 형을 잘 알고 있었다. 워낙 술과 여자를 좋아해 항상 진하를 괴롭히는, 아니 정확히 말하자면 초록을 괴롭히는 남자였다.

"난 그 동기 형 싫어. 가까이하지 않았으면 싶어."

"나쁜 사람은 아닌데 말이지."

"자기 혼자 그러면 상관없는데, 자꾸 널 끌어들이려고 하니까 싫은 거야. 뭐, 네가 알아서 잘 처신한다고 하지만 여자 입장에선 그게 아니야."

"걱정 마라. 오늘도 너하고 약속 있다고 일찍 왔잖아!"

"응. 그래서 우리 진하 예뻐 죽겠다!"

초록은 진하의 볼을 꼬집었다.

"진하야, 근데 세정이도 곧 결혼할 것 같더라."

"누구? 이세정?"

"응. 저번에 뭐 상견례 한다고 하던데?"

신기하게도 스물여덟을 넘어서고부터 몇몇 친구들이 결혼을 하더니 한두 해가 지날수록 너도나도 결혼을 하고 있었다. 초록과 진하의 나이 스물아홉. 진하에게는 급한 나이가 아니었다. 물론 초록 역시 마찬가지겠지만 남녀의 입장은 완전히 달랐다.

그녀에겐 걱정거리가 하나 있었다.

물론 결혼도 결혼이지만, 올해를 마지막으로 회사를 정리해야 할지도 모르는 상황이었다.

재계약이 될지, 아니면 다른 회사로 이직을 해야 할지 모르는 상황.

게다가 진하는 대전에서 터를 잡았고, 그와 결혼을 한다면 형편상 초록이 서울의 모든 환경을 정리하고 진하를 따라가야 하는 입장이었다.

"넌 언제쯤 결혼하고 싶어?"

진하가 초록에게 물었다.

"그게 마음대로 될 문제는 아니긴 한데…… 실은 서울에서 살아가는 게 너무 힘들어. 난 내년에 대체 어떻게 해야 하나. 공부를 다시 시작하기에도 뭔가 걸리고, 그렇다고 해서 지금 회사에만 절절매고 있기도 애매하고. 이직 준비를 조금씩 하고 있기는 한데…… 이직을 해도 문제야. 너랑 나랑 장거리다 보니까 여러 가지로 마음이 복잡하네."

진하는 조금씩 고개를 끄덕였다.

뭔가 생각이 깊어지는 밤이었다.

"말하는 거 들어 보면, 결혼은 하고 싶어 하는 것 같은데. 그냥 초록이한테 싹 정리해서 대전으로 오라고 해."

또다시 초록과 멀어진 평일 어느 저녁.

퇴근 후 동기와 함께 술을 마시던 그는 한숨을 내쉬었다.

"초록이가 나름 설계한 미래가 있더라. 솔직히 서울보단 대전에서 살면 사실 내가 혼자 벌어도 먹고는 살아. 근데 문제는 김초록이 그 모든 것을 포기하고 내려오면, 나한테 의지하면서 눈치 볼까 봐 그게 걱정이라 하더라."

"왜? 뭘 걱정해?"

"지금 혼자 벌고 혼자 쓸 때는 아무도 터치를 하지 않지만 나랑 결혼하면 달라질 문제라나."

"모든 걸 다 얻을 수는 없어. 초록 씨도 너도 뭐가 타협점을 찾아야지."

"흠."

"야, 그러지 말고 내 후배 소개받아 볼래? 대전 시청 쪽에서 근무하는데 얘는 지방 공무원이다 보니 어디든 자유롭게 옮길 수도 있고 탄탄한 직업이야."

"미친 소리 하지 말고 술이나 마셔."

"야, 너처럼 고지식한 놈이 어디 있어? 요샌 다 이렇게 두루두루 만나 본다고. 평생 살아야 하는데 선택 잘 해야지!"

그렇게 나눴던, 정말 아무것도 아니라고 생각했던 대화들이 결국 동기의 실천으로 이어졌다.

진하에게 말도 없이 여자의 사진을 전송한 동기 때문에 초록은 크게 오해를 하고 말았다.

[야, 그때 말했던 후배. 예쁘지? 사진 몇 장 더 줄 테니까 보고 판단 요망!]

초록이 진하의 핸드폰으로 사진첩을 구경하던 그때였다.

사생활은 지켜 주고 싶은 마음에 평소엔 절대 그의 핸드폰엔 관심

없던 그녀였다.

하필 그때라니.

하필.

"아니라고. 정말 진짜 맹세코 아니라고!"

"근데? 아닌데 저런 사진을 왜 보내? 네가 소개해 달라고 했으니 사진까지 보낸 거잖아!"

"정말 아니라고. 내가 너랑 연애한 5년이란 시간을 걸고 아니라고!"

"너 이렇게 뒤로 딴생각하고 다녀서, 그래서 결혼 생각이 없었던 거지?"

"아, 뭐라는 거야. 진짜! 아니라고 했잖아!"

"왜? 다른 여자랑 재면서 환승하려고 했어?"

"김초록, 말 가려서 해!"

"진짜 너무한다."

현명하고 순한 사람이라도, 여자는 여자다.

왜 진하의 이야기를 좀 더 들어 보려 하지도 않고 돌아서게 된 것일까?

물론 상황이 상황인 만큼 초록은 화가 많이 난 상태였다.

펑펑 울며 집으로 돌아온 그녀는 장거리 연애 탓에 며칠이 지나고 나서야 진하를 만날 수 있었고, 조금 더 진정된 상태에서 대화를 나누며 풀었다.

이런 상황이 조금씩 쌓이고, 쌓여 갈 무렵.

절친한 친구의 결혼을 시작으로 한 해를 마무리하는 달이 왔다.

12월.

연말 콘서트와 여행 준비로 모든 커플들이 행복한 계획을 짜고 있을 그 시기.

회사 일로 무척이나 바빴던 진하는 나름대로 최선을 다해 프러포즈 계획을 짜고 있었다.

"석진하, 내가 진짜 뜯어말리고 싶은데. 결혼은 아니야!"

"어차피 할 결혼, 그냥 해 버리지 뭐."

"그런 마음으로 하면 위험하다고! 쫓기듯이 그렇게 하는 게 결혼이냐?"

"그런 거 아니거든!"

"솔직해 보자. 너보다 상대방 때문에 서두르는 거 아니야?"

"요새 많이 싸워. 헤어지자는 말만 안 나왔지 그런 말도 나올 기세야. 멀리 있으니까 더 그런 것 같아. 같이 있을 땐 전혀 싸움이 없는데. 걔한테 안정이라는 것을 주면 조금 나아지지 않을까 싶어서. 그리고 나도 초록이도 서로가 아니면 누구랑 결혼을 하겠어."

그런 마음으로 조금씩 결혼에 대한 준비를 해 나가던 진하였다.

가끔 초록이 그 마음에 주춤하는 말들만 꺼내지 않았다면.

"혼자 매달리는 기분이 들어."

"무슨 소리야?"

"솔직히 넌 결혼 같은 거 지금 관심도 없잖아. 때가 아니라고 생각하잖아."

"이른 감이 있긴 해. 동기 중에도 형들 빼고는 아직 다 미혼이니까."

"내년이면 서른인데……."

서른.

대체 그 서른 살이 무엇이기에 초록을 그토록 초조하게 만들었을까.

사회적으로 서른이라는 게 그렇게 심리적인 압박감을 가져다주는 걸까?

마흔 살이, 쉰 살이 보기엔 그저 귀엽고 웃긴 고민일 것이다. 그땐 그랬지. 그땐 서른만 넘으면 인생이 끝나는 줄 알았지 하면서.

"김초록, 조선시대도 아니고 서른에 너무 집착하지 마."

"너랑 만약에 헤어지면, 이젠 사람을 민니는 것도 연애하기도 힘들겠지."

가끔 초록이 혼자 중얼거리던 말들.

물론 혼자 불안한 마음에 그런 생각을 품었을 수도 있다. 하지만 진하를 심리적으로 괴롭게 만들던 요인이 바로 그것이었다.

초록이 말하는 확신.

그 확신을 가지고 있어도 불안했다.

혹시라도 자신이 이끌고 갔을 때, 초록이 만약 원망이라도 한다면 어떻게 될까?

정말 금전적으로 풍족해서 초록을 편안하게 해 준다면야 문제 될 것도 없었겠지만, 진하는 이제 막 사회에 첫발을 내딛게 된 햇병아리에 불과했다.

마음은 그녀와 항상 함께하고 싶었다. 어디를 가든, 무엇을 먹든, 재미난 소식을 들어도 제일 먼저 생각나는 것이 초록이었다.

그러나 현실은 참 갑갑하고 답답했다. 초록의 심정 역시 이해하지 못하는 것이 아니었기에 더욱더 주춤하게 된 상황들이었다.

그런데 초록은 진하에게 말한다.

'넌 나에게 확신이 없다고.'

천천히 다가온 손길. 그리고 따스한 체온이 초록을 감싸 안았다.

눈물 때문인지 초록의 시야가 흐릿해졌다.

정신없이 울다가, 또 정신없이 무엇엔가 이끌리다 보니 자신의 앞엔 한준이 있었고, 그는 초록에게 천천히 다가오고 있었다.

그 짧은 순간, 참 많은 생각이 교차했다.

여기서 멈춘다면? 멈추지 않는다면?

초록은 결국 고개를 돌렸다. 한준의 손길이 멈췄다.

"이건 위로가 아니야."

초록이 조금씩 뒤로 물러났다.

"미안. 내가 너무 과했네."

"아니야. 괜찮아."

초록의 눈빛엔 많은 것이 담겨 있었다. 미안함, 어색함, 당혹감. 그리고 알 수 없는 슬픈 감정까지.

그 모든 게 한준에게 전달되고 있었다.

초록의 손끝이 파르르 떨리고 있다. 한준은 그마저도 놓치지 않았다.

"그럼, 이건 괜찮지?"

한준은 차가워진 초록의 손을 잡았다. 그의 손은 따스했다.

초록의 손을 맞잡은 한준이 평온하게 웃었다.

"나 솔직히 너를 잘 몰라."

"……."

"네가 무슨 생각을 하는지 몰라."

"……."

"너 힘든 거, 너의 그런 힘든 점에 나를 이용하지 않으려고 하는 것도 알겠어. 그래서 고맙고, 미안하고, 복잡하고."

"한준아, 너 충분히 좋은 사람인데."

"그런 건 생각하지 마. 나 좋은 사람 맞고 너도 좋은 여자 맞아. 그러니까 그런 거 생각하지 말고 그냥 힘들거나 복잡하거나 답답하면 기대. 내가 아니더라도 고운정 씨라든가 네 친구들이라든가 좀 기댈 줄도 알아야 해. 혼자 그렇게 끙끙 앓아 봤자 알아주는 사람 하나 없어. 너만 힘들지."

"너한테 미안해. 정말 미안해."

그는 고개를 숙인 초록에게 한 걸음 더 다가섰다.

망설이던 한준은 초록의 어깨를 끌어당겨 그녀를 품에 안았다.

두근.

두근.

그들의 심장 소리가 귓가에 퍼졌다.

"미안해할 필요도 없지. 내가 시작한 거야. 내가 좋아서 기다리는 거고. 누가 그랬는데 사랑한 시간만큼 두 배의 시간이 지나야 그 아픔이 조금 무뎌진다고 하더라고. 5년은 길고 긴 시간들이었으니까."

"후……."

"다시 말하지만, 내가 좋아서 시작한 거다. 그리고 끝내는 것도 내가 알아서 할 문제야. 네가 내 감정까지 이래라저래라 할 필요도 없어. 난 그냥 너란 여자가 좋아서 옆에서 기다리는 거야. 하나도 힘들다고 생각하지 않아. 과정이라 생각할 뿐이지. 이후에도 네가 감정을 다잡고 나란 사람을 아니라고 한다면, 그땐 정말 깔끔하게 끝내면 그만이야."

그와 함께 천천히 숙소로 이동하던 내내 초록은 그에 대한 미안한 마음을 감추려 애썼다. 미안할 필요 없다는 한준의 말을 신경 쓰고 있었지만 마음은 그에 대한 고마움과 미안함으로 가득했다.

"고마워. 나 이제 들어갈게!"

초록이 걸치고 있던 한준의 옷을 벗어 줬다.

터벅터벅. 힘없이 축 늘어진 그녀의 뒷모습을 응시하던 한준이 초록을 불렀다.

"어이~ 멍청한 누님아!"

초록이 돌아섰다.

"내가 미친 건가?"

"응? 뭐가?"

"너 그렇게 힘들어하는 모습도, 진심으로 아파하는 모습도 예뻐 보인다면."

"뭐래. 그게 나한테 할 소리냐? 너도 참 멍청하다."

"아니, 그냥 사람 대 사람으로. 네가 적어도 전 사람에게 그만큼 진심이었다는 거잖아? 그래서 그냥 그 과정이 예뻐 보인다고."

"나한테 그렇게 힘주려고 애쓰지 않아도 돼."

초록의 얼굴에 살짝 미소가 보인다.

초록이 숙소로 들어가자 한준은 주머니에서 핸드폰을 꺼내 초록에게 문자를 보냈다.

[얼굴이 예쁘다는 거 아니니까 자만하지 마라.]

혼자 피식 웃음을 짓던 그는 불 켜진 초록의 숙소를 응시하며 돌아섰다.

"좋은 아침!"

부스스한 얼굴로 눈을 뜬 초록은 새벽부터 달그락거리는 운정 때문에 일찍 일어나야 했다. 천천히 씻고 옷을 갈아입고 보니 8시가 채 안 된 시각이었다.

"지긋지긋한 회사가 아니라서 좋다. 야유회 온 기분이랄까?"

운정은 얼굴에 파우더를 톡톡 두드리며 말했다.

"난 너 때문에 잠 하나도 못 잤어."

"왜?"

"코를 얼마나 고는지."

"웃기네. 언니가 잠을 설친 건, 나 때문이 아니야."

"그럼?"

"지한준 씨 때문이겠지. 나 어제 언니 찾으러 갔다가 다 봤다!"

"컥, 컥!"

냉장고에서 물을 꺼내 마시던 초록이 냅다 물을 뿜었다.

"뭐야. 이 반응은?"

"뭘 봤다는 거야!"

"내가 본 것은 무엇이었을까? 사람일까? 귀신일까?"

"저리 좀 가! 귀찮아!"

"자기, 나 이제 귀찮아졌어?"

운정은 끈질기게 초록을 쫓아다녔다. 결국 초록이 숙소의 문을 열고 밖으로 나왔다. 맞은편 숙소의 문이 열리고 운동복 차림의 한준이 걸어 나왔다.

"오, 대표님! 마침 잘 나왔어요. 어젯밤에…… 우웁!"

초록은 운정의 입을 틀어막았다. 당황한 초록에 비해 한준은 아무렇지 않은 표정으로 그들의 곁으로 다가왔다. 초록은 손을 내저으며 한준에게 저리 가라는 듯한 제스처로 몸부림을 쳤다.

"뭐야. 이거 내 옷 같은데?"

한준은 표정 하나 변함없이 운정을, 아니 운정이 입은 후드티를 응시했다.

"운정 씨, 혹시 강찬영이랑 만나요?"

"네? 그…… 그게 무슨……."

이번엔 운정이 매우 당황한 눈치다.

"이 새끼 남의 옷 빌려 가서 언제 주나 싶었는데. 옷이 번지수를 잘못 짚었네."

"아…… 아니에요! 대표님!"

"깨끗하게 입고 세탁해서 돌려줘요. 여동생이 사 준 거라 돌려받기는 해야 해서."

한준이 피식 웃으며 자리를 뜨자, 운정은 열이 귀까지 달아올라 연신 손으로 부채질을 했다.

"야, 너 진짜 찬영 씨하고……."

"그게……."

"요것 봐라! 너 찬영 씨랑 언제 그런 사이가 됐어? 응?"

"안 들린다. 아무것도 안 들린다! 아아아!"

운정은 새빨개진 얼굴로 후다닥 자리를 떠났다.

"야! 미운정! 너 이 언니랑 대화라는 것을 좀 할까? 응?"

초록은 운정을 뒤따라 뛰기 시작했다.

고운정, 오늘 넌 제대로 임자를 만난 게지.

오후 4시.

다슬은 벌써 커피만 세 잔을 마시고 있었다. 그녀는 누군가를 기다리며 책을 읽는 중이었다. 카페 출입문이 열리고, 세정이 들어왔다. 세정은 결혼 후 더욱더 얼굴이 밝아 보였다.

"야, 아주 얼굴이 폈다?"

"그래? 보는 사람마다 다 그 소리 하더라."

"남편이 잘해 주나 보네."

"남편도 남편이지만, 남편의 돈이 나를 행복하게 만들어 주지."

"그래. 부정하지 않으마."

솔직히 세정은 의아했다. 따지고 보면 다슬과 그리 절친한 사이도 아닌데, 그녀가 자신의 집 근처까지 와서 자신을 만나야 할 이유가 있었을까 싶었다.

"근데 무슨 일로 보자고 한 거야?"

세정의 앞에 주문한 커피가 놓이고, 다슬은 우물쭈물거리며 어렵사리 말을 꺼냈다.

"나 궁금한 게 있는데, 진짜 석진하랑 김초록이랑 5년을 만났어?"

"응? 누가 그래?"

"진하가 직접."

세정은 한숨을 내쉬었다.

동창들 사이에서 두 사람의 이야기는 거의 금기였다. 굳이 남의 일에 끼어들고 싶지도 않았다. 그런데 진하가 직접 인정을 했다면, 다슬의 질문엔 답을 해야만 했다.

"본인 입으로 말해 준 거면, 뭐. 사실이야!"

"그리고 최근에 헤어진 것도 맞고?"

"응. 근데 그게 왜 궁금해? 그게 궁금해서 나 보자고 했어?"

"아……."

망연자실. 다슬의 표정을 설명하자면 그러했다.

세정은 고개를 갸웃거리며 물었다.

"왜? 무슨 문제라도 있어? 둘이 다시 사귄대?"

"아니. 그게 아니라…… 나 사실……."

"사실 뭐?"

"나 사실은…… 진하한테 관심 있어. 어릴 적 첫사랑이라는 어이없는 이유가 있기도 한데, 그냥 오랜만에 보고 나서부터 마음이 좀 오묘해졌거든. 만나서 밥 한 끼 먹었는데 너무 좋은 거야. 그 느낌이……. 근데 진하가 초록이랑 만났었다고 말해 줬어."

세정의 표정이 슬쩍 굳어졌다.

"야, 미쳤어? 절대 안 돼."

"솔직히 안 될 것도 없잖아!"

세정은 펄쩍 뛰며 고개를 저었다.

"안 돼. 친구들이랑 연을 다 끊을 거라면 만나. 근데 진하가 너한테 그 얘길 한 거 보면, 너랑 만날 생각도 너한테 관심도 없다는 뜻이야. 모르겠어?"

"알아. 나도 눈치가 있는데……."

"근데도 진하를 만나고 싶다고? 나 불러내서 이런 말을 하는 건, 설마 나보고 도와 달라, 뭐 이런 뜻이니?"

"……."

다슬은 고개를 푹 숙였다.

세정은 답답한 듯이 컵 안에 있던 각얼음을 와그작거리며 씹어 먹었다.

"아, 속 타 죽겠네. 야! 김다슬. 절대 안 돼. 난 오늘 못 들었어!"

"그게 그렇게 안 될 일이야? 정말?"

"아니, 그니까 내가 뭐라 할 입장은 아닌데, 너희 둘 문제야. 진하가 널 좋아하면 어쩔 수 없는 문제지만, 일단 진하는 선을 그은 거잖아?"

"만약에…… 만약에 진하가 나를 좋다고 하면?"

"아, 몰라! 너희 둘이 알아서 해! 나까지 끌어들일 생각 하지 말고. 그리고 나 분명히 말했다? 오늘 난 못 들었어. 간다!"

세정은 가방을 챙겨 자리에서 일어났다. 덩그러니 남겨진 다슬은 핸드폰을 꺼내 진하의 연락처만 들여다보고 있었다.

내심 짝궁이었던 세정이 도와주길 바랐는데. 긴긴 세월 멀리 떨어져 있던 친구는 남과 다를 바가 없었다.

답사를 마치고 서울로 향하는 길.

한준은 슬쩍 거울 사이로 비치는 초록을 보았다.

한결 편해진 얼굴. 그리고 입가에 띄워진 미소.

한준 역시 미소가 잔잔하게 피어올랐다.

"대표님! 저 여기 세워 주세요!"

운정은 짐을 챙겨 차 문을 열었다. 한준은 막 내리려던 운정을 향해 말했다.

"저녁에 강찬영 만나면 전해 줄래요? 신발도 좀 빨리 달라고. 그거 운정 씨 발에 안 맞는다고."

"아, 진짜! 왜 그러세요!"

운정은 토라진 목소리로 차에서 내렸다.

남겨진 초록과 한준은 큭큭 웃으며 출발했다.

"내가 저럴 줄 알았다."

"뭘? 찬영 씨랑 운정이?"

"응. 어쩐지 뭔가 묘하다 싶더라. 저녁마다 술 마시자고 전화질하던 놈이 어느 날부터 소식이 끊기더니."

"그렇다고 운정이랑 사귀는 건 어떻게 알았어? 정말 옷 보고 추측한 거야?"

“응. 강찬영이 입고 갔던 내 옷이랑 똑같아서.”

“하하, 운정이는 그 옷이 네 거라고는 꿈에도 몰랐겠지. 아까 얼굴 빨개지는 거 봤어? 귀여워.”

초록은 배시시 웃었다.

“네가 더 귀엽다.”

한준이 중얼거렸다. 어느새 초록의 표정을 살피게 된 한준은 그녀가 해맑게 웃는 모습이 좋았다.

“김초록, 저녁에 약속 있어?”

“아니.”

“나랑 치맥이나 할래?”

“음…… 다이어트해야 하는데.”

“알았어. 집에 가라.”

“뭐야! 포기가 너무 빠르잖아!”

“뭘 어쩌란 거야? 다이어트한다며.”

“아니, 그래도 살살 꼬시면 넘어갈 순 있는데.”

“그래? 그럼 어떻게 꼬시지?”

“한 번이 아니라 두세 번 꼬시면 훌쩍 넘어가겠지.”

“나랑 사귈래?”

초록은 고개를 돌려 한준을 응시했다. 운전에 집중하는 그의 모습에 초록은 그가 대수롭지 않게 내뱉은 장난이라 생각했다.

“한 번 말했고, 두 번 말해 본다. 나랑 사귈까?”

“뭐래.”

“두세 번 꼬시면 넘어온다고 했잖아. 이제 세 번 말한다. 나랑 사귀자고.”

“장난치지 마라!”

한준은 핸들을 돌려 갓길에 차를 세웠다. 멍하니 어딘가 허공을 응시하던 한준이 휙 고개를 돌려 초록에게 말했다.

"사람이 사람을 좋아하면 말이야. 그 사람의 눈을 마주 보고 싶고, 손을 잡고 싶고, 안고 싶고, 키스하고 싶어져."

"……야."

한준은 안전벨트를 풀었다. 그리고 천천히 그녀와 눈을 맞췄다. 초록은 당황스러운 나머지 그의 눈을 피하려 했다.

"피하지 말고."

"…….."

"눈 봐."

"왜…… 왜 이래. 너!"

"혹시 지금 너 떨리냐?"

"그…… 그런가?"

사실 그의 얼굴을 가까이한 적은 몇 번 있지만, 눈을 마주 보며 제대로 눈빛을 느껴 보는 것은 이번이 처음이었다.

초록은 마른침을 꼴깍 삼켰다. 왜 이렇게 가슴이 뛰는 걸까. 정말 이 남자에게 설레기라도 하는 걸까?

초록이 혼란스러운 생각을 하고 있을 때, 한준이 초록의 오른쪽 손을 잡았다.

"손도 잡았어."

"…….."

"그럼 이제, 다음으로 넘어가 본다."

천천히 또다시 다가오는 한준에게 옴짝달싹할 수도 없었다.

이제는 고개를 돌릴 수도, 돌려서도 안 될 것 같아 초록은 눈을 질끈 감았다.

"김초록, 네가 나를 진짜 너무 싫어하고 경멸스러워서 당장이라도 뺨따귀를 날려 버리고 발로 까서 지구 반 바퀴를 돌리고 싶으면 여기서 딱 멈춘다. 어때?"

그녀는 어이가 없을 뿐이다.

양쪽 입꼬리가 스윽 올라갈 때였다. 그는 그 좋은 타이밍을 절대 놓치지 않았다.

강하게 파고드는 입술. 도톰한 그의 입술엔 따스한 온기가 있었다.

힘이 넘치는 혀끝엔 달콤함이 깃들어 있었고, 초록은 그렇게 서서히 한준을 받아들였다.

부드럽게, 때로는 강하게.

천천히, 또는 빠르게.

그는 능숙하게 그녀를 이끌었다. 두 눈을 질끈 감았던 초록의 찌푸려진 미간이 서서히 풀려 갔다.

심장이 쫄깃하고 뜨거워지는 것을 느낄 수 있었다.

머리가 멍했고, 귓가엔 그저 들뜬 숨소리만 메아리처럼 맴돌았다.

초록의 어깨를 감싸 안았던 한준의 팔이 스르르 풀렸다.

감겨 있던 그녀의 눈도 천천히 뜨였다.

다시 서로의 눈을 맞추게 된 그들은 어색함 없이 미소를 지었다.

"후……."

집에 도착하자마자 침대와 한 몸이 된 초록은 자세를 바르게 하고 누워 눈을 깜빡였다.

정신이 몽롱해졌다. 마치 술을 마신 것처럼.

"네가 내 남자친구야? 하여튼 감시 쩔어."

아니나 다를까, 귀신같이 냄새라도 맡은 건지 운정이 전화를 했다.

-자기, 잘 들어갔어? 혹시 데이트 중?

"데이트는 무슨. 집이다!"

-뭐야, 일부러 데이트하라고 빠져 준 건데!

"후…… 모르겠다. 모르겠어!"

-얼레? 또 왜 병이 도져서 그래? 뭐가 문젠데!

"넌 왜 전화했어?"

-아! 언니 혹시 다음 주 주말에 시간 되면 연극이나 보러 갈래?

"좋지. 몇 시에?"

-아니, 나랑 가는 거 아니고. 내가 예매했는데 사정이 생겨서 못 가. 언니한테 표 줄 테니까 지한준 대표랑 연극이나 보라고!

"찬영 씨랑 어디 가냐?"

-헤헤…… 다 걸린 마당에 뭘 숨기겠어. 찬영이가 속초 가자고 해서!

"와, 너네 진짜 빠르다? 벌써 여행이냐?"

초록은 의외의 전개에 피식 웃었다.

-빠르긴! 서로 마음 맞으면 가는 거지!

"내가 알던 고운정이 맞나 싶어서. 분명 네 스타일은 찬영 씨가 아닌데!"

-자주 보면 정든다더니, 강찬영이 워낙 일방통행 직진을 좋아하니까. 꽤 귀엽더라고! 언니도 언니 좋다는 놈 있을 때 그냥 확 잡아채 버려!

"나 씻을래. 잘 자라!"

운정의 목소리를 들어 보니 사랑꾼이 다 됐다.

바른 자세로 누워 있던 초록이 몸을 옆으로 웅크렸다.

스르르 눈이 감겨 온다. 피로가 몰려오는 듯했다.

2년 전.

이력서를 작성하던 초록은 컴퓨터 앞에 앉아 길고 긴 한숨만 내쉬고 있었다.

"아, 진짜 노답이다!"

입 밖으로 탄식이 절로 나올 뿐이다.

이 정도면 착하고, 성실하게, 열심히 살아왔다. 적어도 남 앞에 부끄러운 짓은 안 하고 살았다.

민망한 말이겠지만 천성이 착해 빠진 초록은 항상 남을 돕고 살았다.

본인 앞가림이나 할 것을.

그렇다고 해서 돌려받기를 원하거나 돌아오지 않았을 때, 상대방을 탓하지 않았다. 어릴 땐 그랬던 것 같은데 지금은 아무런 의미가 없다고 생각했다. 그냥 해 주고 싶으면 해 주고, 돌아오면 감사한 것이고 아니면 아닌 거고.

첫 월급을 받았을 때, 어려워진 집안에 보탬이 되거나 혹은 차비가 없는 친구들에게 차비를 대 주거나 군대 간 친구들에게 과자와 편지를 보내 주기도 했었다.

나름 이만하면 착하게 산 것 같은데.

스스로를 원망하는 것은 딱 하나였다.

대체 김초록은 김초록을 위해 뭘 하고 살았지? 라는 것.

일이 안 풀리는 것은 아직 그만큼 역량이 부족하다는 것이고 운이 트이지 않았다고 치자. 하지만 김초록은, 김초록 스스로를 사랑하긴 했었나 하는 의문이 들었다.

지렁이도 밟으면 꿈틀한다고 이런 선량한 마음을 이용하는 것들에게 악다구니를 쓰고 발톱을 드러내면 그마저도 또 사람이 변했다고 탓을 해 왔다.

사람들은 참 웃기다.

빽빽 소리를 지르고 이 구역의 미친년이 되면 찍소리도 못 하는데, 예스맨처럼 마냥 오케이를 외쳐 대면 그다음엔 무시하기 바쁘니까.

"아, 어디 돈 많은 남자 없나?"

초록이 아무 생각 없이 내뱉은 말에 커피를 마시던 세정이 콜록거렸다.

"김초록 입에서 그런 말이 나오다니. 대박."

"왜?"

"넌 나 같은 부류가 아닌 줄 알았어."

"너 같은 부류가 뭐야?"

"사랑보다 돈. 금전이 무조건 1순위. 사랑 따윈 필요 없는? 대놓고 돈 밝히는 비호감 같은 거 있잖아."

"세정아, 너 솔직히 재수 없다고 생각한 적 있는데."

"알아. 애들 다 그래. 너만 그런 거 아니야."

"근데 생각해 보니까, 각자 추구하는 게 다르고 원하는 게 다르고 저마다의 사정이 있는 거잖아. 누가 누구를 함부로 판단하고 그럴 필요는 없는 것 같아."

"너 무슨 일 있어? 석진하가 속 썩여? 헤어지재?"

"아니! 그게 아니라, 요새 너무 힘이 들어서. 스물여덟이란 나이가 이렇게 힘든 나이인 줄 몰랐어. 좀 더 열심히 살 걸 그랬어."

초록이 시무룩한 얼굴로 고개를 숙였다.

"야, 너 정도면 열심히 산 거지. 넌 적어도 꿈이라는 게 있잖아? 꿈도 없고 답도 없는 내 인생보단 네가 백배 낫지."

"후……."

연이어 한숨 파티였다.

세정은 처음 보는 초록의 모습에 고개를 갸웃거렸다.

"너 진짜 무슨 일 있어? 왜 그러는데?"

"그냥. 삶이 팍팍하고 힘들어서. 아예 다 때려치우고 누가 나를 돈으로 사 갔으면 하는 못난 생각까지 들 정도야."

"그 정도야? 대체 왜?"

"내가 못나서 그렇지 뭐."

"이유가 있을 거 아니야! 왜 그런 생각을 하는데? 진하는 알아? 너 이렇게 힘들어하는 거."

"아니. 석진하도 회사 들어간 지 얼마 안 됐잖아. 대전 생활 적응하는 것도 힘들 텐데 나까지 징징거리면 되나."

세정은 초록을 물끄러미 바라보았다.

"너, 차라리 결혼해."

"에? 무슨 결혼을 해!"

"너 아까 그랬잖아. 돈 많은 남자 어디 없냐고. 지금부터 찾아. 지금부터 돈 많은 남자 찾아서 그 남자랑 결혼하면 되겠네."

"무슨 말이 되는 소릴 해라!"

세정이 깔깔거리고 웃었다.

"그 봐. 넌 나랑은 다른 부류야. 말과 행동이 따로 놀 거든."

"너 이상한 거 아니라니까! 자꾸 부류 타령 할 거야?"

깔깔거리며 웃던 세정이 어딘가 씁쓸한 표정을 지었다.

초록에게 고마우면서도 뭔가 허탈한 마음이 들던 그녀가 다시 밝게 웃었다.

"김초록, 내가 너 왜 좋아하는지 알아?"

"너 나 좋아했어?"

"야, 이! 들어 봐."

"알겠어."

"넌 배려심이 많아. 상대방이 어떤 사고방식을 가졌는지, 어떤 생각을 하는지, 너랑 다르다고 해서 그 사람을 탓하거나 욕을 하지도 않지. 그런 사람 흔치 않거든! 그래서 난 너를 좋아하는 거야."

"야, 인생에 정답이 어디 있냐? 위축될 필요 없어. 남들이 하는 말에 신경 쓰지 마. 넌 그냥 너의 소신대로 살아. 난 나의 소신대로 살면 그만이야."

세정이 고개를 끄덕였다.

"석진하는, 진짜 복 받은 놈이다. 그걸 알아야 할 텐데."

그렇게 스물여덟의 시간도 가 버렸다.

진하와의 연애가 5년으로 접어들던 스물아홉의 막바지에 친구 세정이 결혼을 했다. 그녀의 소신대로 결국 부유한 남자를 만나 결혼을 한 것이다.

모두 모여 한마음으로 축하를 했지만 그녀를 평가하는 시선은 각각이었다.

박수를 보내던 초록은 그녀가 행복하기를 진심으로 바랐다. 그리고 원하던 것을 성취한 세정이 한편으로 부럽기도 했다.

"얼굴 예쁘장하더니 결국 좋은 곳에 시집갔네. 좋겠다!"

배추를 절이던 초록의 모친 혜경이 말했다.

혜경은 옆에서 토끼마냥 배추를 뜯어 질경질경 씹고 있는 초록을 유심히 바라보았다.

"엄마, 왜?"

"넌 진하랑 준비는 잘 돼 가냐?"

"뭐…… 알아서 흘러가겠지."

"너희 5년째다. 그건 알고 있지?"

"5년이 대수야? 근데 지금 결혼도 결혼인데, 내 앞가림도 못 하고 있어. 모은 돈도 별로 없고 이직을 할지, 재계약을 할지 그것도 불투명한 상태야."

"그럼 그냥 바리바리 싸 들고 대전으로 가든가."

"진하한테 짐이 될 수는 없지."

"김초록, 결혼이 장난은 아니라는 것만 알아 둬. 네가 생각하는 그런 꽃길 로맨스는 없어. 말 그대로 현실이야. 잘 살 자신 없으면 그냥 혼자 살아."

초록은 땅이 꺼져라 한숨을 내쉬었다.

"야, 이년아! 땅 꺼지겠다."

"엄마, 나 근데 좀 변한 것 같지 않아?"

"뭐가. 또!"

"그냥…… 예전에는 잘 웃고, 잘 울고, 화도 잘 내고, 표현도 잘하고. 마냥 깔깔거리고 해맑았는데 지금은 그렇지 않잖아. 뭘 해도 의욕이 없고 힘이 들고. 세상 사람들 다 이렇게 사는 건가? 지금 내가 잘 하고 있는 건지 회의감이 들어. 말 그대로 번아웃 상태야."

"번 뭐라고?"

"번아웃. 그냥 퓨즈가 끊긴 것 같다고."

"미친년. 배가 불러서 저 모양이지. 너 엄마가 젊었을 땐 어떻게 살았는지 알아?"

그래. 6070 엄마 세대는 절대 이해하지 못할 것이라고 생각했다.

그저 엄마에게도 공감을 바랄 뿐인데, 초록은 피식 웃어넘기고 만다.

"넌 어째 결혼하고 더 예뻐지는 것 같다?"

여자끼리 정기적으로 모이는 동창회의 날. 모두 한껏 꾸미고 모였다. 그중에서도 단연 세정이 독보적으로 돋보였다. 그녀는 결혼을 한 뒤 얼굴이 점점 좋아지는 것 같았다.

세정은 초록의 앞에 앉았다. 피자를 오물거리던 초록을 지그시 응시하던 세정. 그런 그녀와 눈이 마주친 초록이 말했다.

"뭐야. 너 왜 그렇게 날 봐?"

"너 이따가 시간 돼?"

"왜?"

"나 좀 잠깐 보자. 따로 빠져서 얘기 좀 하자고."

세정과 초록은 친구들과 헤어져 가까운 카페로 이동했다.

커피를 시키고 자리를 잡은 두 사람. 세정이 먼저 말을 꺼냈다.

"너, 요새 만나는 남자 있어?"

"응? 갑자기 왜?"

"진하랑 아예 끝났냐고."

"흠…… 그런 셈이지, 뭐."

"그런 셈은 뭐야? 똑바로 알아듣게 확실하게 말해."

"너 왜 그래? 끝났어."

"그래? 그럼 됐어. 혹시라도 석진하한테 여자친구 생겨도 괜찮은 거지?"

"왜? 네가 소개해 주려고?"

"미쳤냐? 내 성격 알면서."

"근데 그건 왜 물어보는데?"

"그냥. 안타까워서 그런다."

"안타깝기는 뭐가 안타까워. 인연이 아닌 거지."

주문한 커피가 나왔다.

초록은 뜬금없는 행동을 하는 세정이 이해가 가질 않았다. 원래 이런 친구가 아닌데 말이다.

"너 프러포즈는 받고 깨진 거야?"

"프러포즈는 무슨. 석진하가 그딴 걸 해 줄 위인이야?"

"뭔 소리야. 진하가 나한테 프러포즈 링 어디 거 받았냐고 물어봤었는데. 내가 이왕 해 주는 거 좋은 거 해 주라고 명품으로 추천해 줬는데. 진짜 못 받고 헤어진 거야?"

"무슨 소리 하는 건지 모르겠다. 그런 거 없었어."

"이상하다. 분명히 크리스마스 전에 한다고 반지까지 다 사고 이벤트까지 짰다고 너 만나러 간다고 그랬었는데. 난 네가 프러포즈까지 받고도 진하랑 헤어진 줄 알았어. 결혼 준비하다 보면 많이 싸우고 헤어지니까. 근데 프러포즈를 못 받고 헤어진 거라면……."

"몰라. 그게 무슨 의미가 있어. 아무튼 이제 이세정 너도 내 앞에서 석진하 이야긴 금지야. 알겠어?"

혹시 그날이었나 싶다. 초록이 이별을 말하던 날, 진하는 프러포즈를 준비하고 있었나 보다.

바보 같은 놈.

허탈하다. 그 모든 것이 허탈했다.

집으로 돌아오던 길, 괜히 눈물이 났다.

아무에게도 말하지 못할 아픔. 아무에게도 털어놓지 못할 속내.

그렇게 집으로 돌아와 엉엉 울었다.

마음이 그녀에게 묻는다. 넌 지금 왜 울고 있냐고.

내가 너무 힘들다 보니 자꾸 누군가에게 기대려 했어. 그리고 현실이 너무 힘들어서 도망치고 싶었고 결혼이 도피처가 될 줄 알았던 거야. 사랑하는 사람 곁에 있으면 다시 행복해질 거라 생각했었는데 그건 내 착각이고 오산이었어. 어쩌면 나는 인연을 놓친 걸지도 모르니까. 그래서 타이밍이 무섭다고 하나 봐. 성숙하지 못했고 마음이 어지러워서.

샤워를 막 마친 한준은 수건으로 머리를 털어 말리며 냉장고 문을 열었다.

맥주를 꺼내 침대에 걸터앉은 그는 핸드폰을 쥐고 전원 버튼을 켰다.

역시나.

초록에게 연락이 없었다.

[자? 말도 없이 자냐! 집에 잘 들어간 거지?]

그녀의 집 앞에서 헤어졌는데도 뭔가 걱정이 된다.

한준은 핸드폰을 책상에 툭 내려놓고 맥주를 마셨다.

입꼬리가 잔뜩 올라간 그는 조금 전의 황당하고도 어이없는, 또한 묘하게 설레는 상황에 대해 생각했다.

김초록에게 그런 적극적인 면이 있을 줄은 몰랐는데.

한준은 다시 맥주를 마셨다.

오늘 밤은, 그녀와 처음 만났던 기괴한 날이 떠오른다.

"으."

한준은 그날의 악몽 같은 기억을 떠올리며 고개를 저었다.

하지만 지금은 그 악몽 같은 날 만난 이상한 여자에게 한없이 끌리고 있었으니.

참 아이러니하다. 인생은 역시 어떤 방향으로 흘러갈지 모르고, 인연이 어디서 어떻게 나타날지 예측할 수 없나 보다.

새해를 맞이했던 어느 겨울날. 주말 밤의 이태원은 많은 사람으로 북적거렸다.

한준은 허탈하게 웃었다. 찬영은 그의 눈치를 살피며 말했다.

"그래서? 답은 해 줬어?"

"아니. 바로 차단."

"잘했어. 사람이 말이야, 염치가 있어야지!"

찬영은 누구보다 한준의 사정을 잘 알고 있었다.

오랫동안 한준의 연인이었던 혜린은 한준이 가장 힘들 당시 떠나 버렸고, 그는 죽고 싶을 만큼 괴로운 나날을 보냈었다.

그러나 하늘은 무심하지 않았다. 나름 실연의 아픔이 있었던 그에게 좋은 기회를 가져다주었고, 그 기회를 잘 잡은 한준은 원하던 창업을 함과 동시에 어엿한 회사 대표가 되었다.

물론 소규모의 스타트업 회사였지만, 그의 뛰어난 재능으로 인해 회사는 점점 발전하고 있던 터였다.

그런데, 하필이면 그 좋은 시기에 다시 연락을 해 온 친구의 전 여자친구.

"야, 저 여자 내 스타일이야!"

찬영은 혀가 반쯤 꼬부라져서 한준에게 말했다. 찬영의 손을 따라 시선을 돌린 그는 별 관심도 없다는 듯이 무심하게 대답했다.

"왼쪽, 오른쪽?"

"왼쪽! 단발머리 여자!"

"둘 다 별론데."

"저 정도면 훈훈하지! 단발머리 왼쪽은 내 거다! 가서 합석하자고 해 볼까? 괜찮지?"

그러거나 말거나.

불쌍한 찬영을 도와줘야겠다는 생각에 한준은 고개를 끄덕였다.

이윽고 찬영이 초록과 운정이 있는 테이블로 향했다.

"합석하실래요? 저희도 둘이 왔거든요."

찬영이 그녀들에게 말을 걸어왔다. 헌팅 바에 처음 발을 들인 초록은 운정의 뒤에 숨어서 나이에 어울리지 않게 고개만 빼꼼 내밀었다.

결국 초록과 운정은 찬영을 따라 합석을 하게 되었고, 활발한 찬영과는 다르게 말수가 적은, 매사가 귀찮아 보이는 한준은 그저 술이나 마실 뿐이었다.

"우헤헤, 운정아, 저 여자 가슴 대박 크다!"

"어…… 언니, 왜 그래? 취했어?"

"운정아! 자연산이겠지? 헤헤."

"몰라. 입 좀 다물고 있어. 제발!"

"나는 A컵이야."

초록은 이미 반쯤 넋이 나가 헛소리를 늘어놓고 있었다.

한준은 표정 하나 변함없이 초록을 응시했다.

"야, 강찬영! 나 집에 갈래. 재미없어."

"뭐야. 3차 안 가?"

"3차는 무슨. 머리가 다 아프다. 저 여자 보니까 스트레스받아."

한준은 술주정을 하는 초록을 바라보며 고개를 돌렸다.

사실 그녀에 대해 별생각도 없었다.

그런데, 그가 애지중지하는 신차 카시트에 초록이 구토를 하는 바람에 온 세상의 시간이 멈춘 기분을 느꼈었다.

"아악! 아아악! 내 차!"

뭐 저런 미친 여자가 다 있을꼬.

"아아아아아악!"

비록 헌팅 바에서 처음 만난 사이라고 하지만, 술에 찌든 여자 두 명을 밖에 방치할 수도 없는 노릇이었다. 그나마 정신이 멀쩡했던 찬영에게 한준이 버럭 소리를 질렀다.

"야! 저 여자가 내 조수석에 토했잖아!"

"응. 나도 봤어. 3분 전에."

말이 끝나기 무섭게 초록이 휙 고개를 돌려 뒷좌석으로 몸을 틀었다.

그리고 또다시 들려오는 초록의 괴성과 함께 한준은 거의 울상이 되었다.

"안 돼! 미친!"

"어으윽…… 어지러워. 속이 너무…… 으웩."

초록은 마치 영역 표시라도 하듯 한준의 새 차에 구토를 했다. 백미러로 보이는 대리운전 기사의 경악스러운 표정을 본 한준이 눈을 질끈 감았다.

"기사님, 죄송하지만 행선지 변경이요. 잠실 아트빌리지로 가 주시겠어요?"

근처 지구대로 향하던 그들의 행선지는 한준의 집으로 바뀌었다. 차 안은 차마 형용할 수 없는 냄새로 가득했다. 한준은 이 상황이 제발 꿈이었으면 싶었다. 당장 눈에 보이는 게 없었다. 빨리 집에 가서 온몸을 구석구석 씻고 더러운 저 여자를 차 안에서 끌어 내리고 싶을 뿐이었다.

김초록에겐 일생일대의 엄청난 실수이자 흑역사로 남은 날.

그리고 한준은 두 번 다시 초록과 마주칠 일이 없었으면 싶었다. 우연이라도 다시는 마주치고 싶지 않았던 여자였다.

그. 러. 나!

"안녕하……세요. 김초록이라고 합니다."

그녀는 함께 프로젝트를 진행할 회사의 직원이라고 한다.

세상 참 좁다.

그는 불쾌한 첫인상을 지닌 초록과 최대한 마주치지 않으려 했다. 일부러 더 냉정하고 차갑게 굴었고, 존댓말을 쓰지도 않았다.

그래서 그녀는, 한준의 앞길을 막고 큰 소리로 외치기도 했다.

"아니, 뭐. 물론 내가 실수를 했어. 그래서 나한테 화가 난 것도 알겠고, 정말 너무너무 미안한데! 그래도 회사에서 꾸준히 얼굴 볼 사람한테 이렇게 무례하게 행동하는 건 너무 심하잖아!"

"그래서?"

"……내가 당장은 그 돈, 한 방에 갚아 주지는 못하지만!"

"못하지만?"

"할부로라도 갚을게. 아침 점심마다 프로젝트 끝날 때까지 커피 사서 책상에 올려 둘 테니, 그걸로라도 퉁쳐……요…….."

처음엔 얼마나 가려나 싶었다. 게다가 오전 7시 반이라는 출근 시간보다 훨씬 이른 시간을 내세웠으니, 한준은 그녀가 얼마 가지 못해 포기할 것이라 여겼다.

"아저씨! 이거 드시고 하세요!"

"아니, 뭘 이런 걸 다 주고!"

"아침 일찍 나오셔서 피곤하실 텐데, 커피 드시고 하세요! 파이팅!"

초록은 의외로 정이 많고 따뜻한 여자였다.

출근길, 그녀의 모습을 뒤에서 유심히 지켜보던 한준은 자신도 모르게 입가에 미소가 번지는 것을 발견했다.

그리고 점점 그녀의 아침 인사가, 커피가 기다려지기도 했다.

"연애하고 싶냐?"

"미쳤냐? 아직 헤어진 지 두 달도 안 됐어."

김초록이 연애의 종지부를 찍은 지 두 달도 안 됐다고 한다.

"그게 뭐? 헤어진 다음 날 만나도 뭔 상관이야."

"그건 너 같은 바람둥이들이나 하는 소리고, 난 이별에도 예의가 있다고 보거든?"

"예의? 차릴 예의가 없어서 헤어진 놈들한테 차리고 앉아 있나?"

"헤어지고 어떻게 바로 이성을 만나나! 상대를 얼마나 우습게 알면 그런 행동이 나와?"

"케바케(case-by-case). 너의 기준에 맞춰 타인의 기준에 엄격한 잣대를 들이밀지 말지어다."

"바람둥이, 넌 헤어지자마자 바로 환승하나 봐? 하긴. 너는 그럴지도 모르지."

"누님, 누님 전 남친도 지금쯤 소개팅 겁나게 많이 하고 있을걸?"

"걔 그런 애 아니거든!"

저 바보 같은 누님은 때론 동생 같기도 하고, 때론 엄마 같기도 하면서 애 같기도 한, 신기한 여자였다.

순수한 건지, 순진한 건지. 아니면 멍청한 건지도 모른다.

"5년이나 만났는데, 쉽게 끊어질 정은 아니겠지. 근데 말이야, 어차피 너랑 그 남자의 인연이 끝난 인연이라면, 네 영혼까지 갉아먹으면서 힘들 필요는 없어. 그냥 끝이면 끝이라 생각해. 쉽진 않겠지만…… 이 또한 지나가리라 믿고 참는 수밖에 없어."

"넌 지금껏 그래 왔어?"

"응. 난 헤어지면 끝이었어. 작은 미련도 가져 본 적 없어."

"그럼 사랑한 게 아니네."

"뭐야. 뭘 안다고 그렇게 쉽게 말해? 나도 진지하게 사랑했어."

"근데 그렇게 쉽게 딱 무 자르듯이 끊어진다고? 정말 너란 애는 더럽게 매정하구나!"

"물론 너처럼 힘들어했던 적도 있지. 근데 이별과 이별을 겪다 보면, 그것도 무뎌지니까 괜한 기운 빼지 않으려 하는 거지. 어차피 한번 끝난 사람들은 두 번 다시 이어지기 힘드니까. 악순환의 반복이거든!"

적어도 지한준이라는 놈은 그렇게 냉정하게 사람을 끊어 왔다고 주장했건만.

초록은 담담하게 본인의 생각과 느낌을 전해 주었다.

"결국 내 인생인데, 남에게 의존할 수도 없고 내가 알아서 개척하는 게 내 인생인데, 너무 결혼이라는 틀에 나를 고정시키려 했던 건 아닐까 싶었어. 인연이라는 것도 억지로 엮는다 해서 되는 일도 아닌데, 그냥 그렇게 아파할 시간에 사랑이나 더 할 것을, 그저 아무 생각 없이 웃고 떠들고 함께 있어 누리던 행복과 기쁨을 누리면서 자연스럽게 시간에 맡겼어야 했을 문제인데. 내가 너무 어리석었던 거야."

헤어짐에 있어서도 본인의 잘못을 돌아보고 탓하며 마음 아파하는 멍청한 여자.

아마 그때부터인 것 같다. 지한준이라는 남자가 본격적으로 김초록이라는 여자에게 호감을 느끼고 확신을 가졌던 것은.

김초록, 솔직히 난 말이지. 네가 전 사람을 다 잊지 못하고 아파하고 있다는 것도 알아. 어쩌면 그 사람과의 추억을 놓지 못하고 그리워하고 있는지도 모르지. 근데 내가 내 마음을 포기하기에는 이미 너무 멀리 와 버렸다. 난 이미 시작됐고, 너라는 좋은 여자를 놓치고 싶지 않아졌어. 기다린다. 그리고 얼마든지 날 이용해도 좋아. 그 사람을 잊기 위한 도구여도 상관없다. 그만큼 너라는 존재가 내 마음에 커지고 있어. 난 적어도 네게 똑같은 상처는 주지 않을게. 묵묵히 기다릴 테니, 울타리가 될 테니 믿어 봐.

"좋은 아침!"

팀장은 매우 기분이 좋아 보였다. 요즘 부쩍 업무가 늘어 스트레스를 받는 직원들과 다르게 콧노래까지 부르며 등장한 그는 여기저기 팀원들에게 추근거리듯 말을 걸었다. 운정의 표정이 갈변한 사과마냥 거무틱틱해졌다.

[왜 저러는 거야? 진심 짜증. 누구 놀리는 것도 아니고!]

[원래 성격이 그러하심. 신경 쓰지 마!]

[뭐야. 자기 요즘 변했어! 지한준이랑 연애라도 하나?]

[야! 메신저에 지한준 쓰지 마. 혹시 몰라!]

[뭘? 뭘 혹시 모르는데? 요즘 언니 수상해! 뭔데! 진짜 사귀는 거야?]

[아니라고. 아니라고!]

[아니긴 뭐가 아니야! 당장 면담 좀 하자!]

운정은 슬그머니 자리에서 일어나 수첩을 챙겼다. 마치 회의라도 하러 가는 듯 초록의 자리로 다가가 그녀의 팔을 이끌고 복도로 나왔다. 호들갑스러운 그녀의 목소리가 쩌렁쩌렁 울려 퍼질 것을 두려워한 초록은 사내 카페로 이동해 구석에 자리를 잡았다.

"농땡이 치러 나온 거 알면 난리 날 텐데. 얼른 들어가자!"

"우린 어차피 사라져 있어도 뭐라 할 사람 없다. 알지?"

그래. 그래서 더 씁쓸하다.

"암튼 뭔데? 지나가는 말이 아니라, 요새 언니 진짜 수상해!"

"뭐가 수상한데?"

"뭐랄까. 그냥 수상한 냄새가 난단 말이지."

"나 어제 씻었어. 오늘 아침에도!"

"이 언니가! 아재 개그 집어치우고, 혹시나 해서 말하는 건데…… 언니 삼천포로 빠진 건 아니지?"

"삼천포? 뭔 소리야?"

"지한준 길이 아니라 석진하 길로 빠진 건 아니겠지? 거긴 대형 사고야! 박살!"

"아니야. 정말 아니라니까!"

"정말 아닌 거지?"

"응. 아니야!"

"석진하만 아니면 됐어."

"넌 내가 진하랑 다시 잘될까 봐 그게 걱정이야?"

"걱정이 아니라, 사실 헤어졌다 다시 만날 수도 있고 그렇지. 근데 석진하 그 사람은 내가 봤을 때 언니를 지켜 줄 사람이 아니라서 하는 말이야. 내가 사정을 다 아는 건 아니지만, 내가 언니보다 어려서 뭘 모른다고 생각할지도 모르지만! 그냥 언니를 아끼는 사람의 입장에서 그 남자는 좀 많이 아니었어."

운정에게 진하 욕이라도 했나 싶다. 초록은 고개를 갸웃거렸다.

의미 없이 했던 푸념들이 아마도 운정에게 그를 향한 부정적 요소들을 심어 놓은 계기가 된 것 같았다.

"운정아, 궁금한 게 있어. 진하는 왜 아니었어?"

"그건 언니가 더 잘 알겠지만, 답해 주자면…… 언니. 연인이 왜 연인인 줄 알아? 뒤집어도 인연이기 때문이야. 근데 두 사람은 연인 사이가 끝났으니까 인연도 끝인 거야."

"오…… 고운정! 너 작가 해도 되겠다. 아주 멋진 말이다."

"언니야, 나는 언니가 좀 더 자신감을 가지고 자신을 사랑하고 자존감을 높게 만든 다음에 연애를 했으면 싶어. 그리고 가장 힘들 때, 고민이 많을 때 떠난 사람은 내 사람이 아니야. 그건 이성이나 동성이나 마찬가지라고! 사람 힘들 때 손 놓는 거 아니라는 말이 어디서 나왔겠어? 언니 솔직히 많이 힘들었잖아…… 물론 석진하 그분도 힘들었겠지만 어쨌든 지나간 과거는 다시 돌이킬 수도 없고 다시 잡는다 해도 똑같은, 비슷한 이유로 놓게 될 거야. 그럼 그때는 상처가 두 배가 되지. 첫 번째 받았던 데미지를 더해서 다시 잘 해 보겠다는 용기와 희망을 품어 시작했는데 그마저도 어그러지면 그때는 두 배의 데미지를 입는 거야."

운정은 지극히 현실적이고 미래지향적인 사람이다.

물론, 김초록 역시 이론적으로는 운정과 같은 생각이었다. 하지만 사람 마음이라는 게, 막상 그 상황에 직면하게 되면 감성이라는 것이 이성의 끈을 자극한다. 그래서 실수나 시행착오를 겪게 되는 거고.

"진하도…… 너처럼 그렇게 생각할까?"

"그럴 수도 있지. 극단적으로 말하자면 그 사람에겐 언니가 나쁜 년이고, 언니에겐 그 남자가 나쁜 놈인 거야."

세상에 좋은 이별은 없다.

'우린 좋게 헤어졌어요!'

'친구로 지내고 있습니다.'

'서로 응원하고 밥 한 끼 정도는 먹는 사이죠. 하하!'

그딴 건 없다.

물론 시간이 엄청 많이 지나 꼬부랑 할머니가 된다면 또 모르겠다. 경로당에 마주 앉아 쎄쎄쎄 할 나이가 된다면 모르겠다.

"가끔은 보고 싶어."

"누가? 석진하 씨?"

"응."

"미쳐. 그래. 5년 만났으니까 보고 싶기도 하겠지."

"뭐 하고 사나…… 새 여자친구는 생겼을까…… 운동은 열심히 하고 있나…… 뭐, 그런 것들이 궁금해질 때도 있어."

"언니, 정확히 언니 마음이 뭐야? 다시 그 사람이랑 잘 해 보고 싶은 거야? 미련이 남아 있어?"

"운정아."

"내 허락 받으려 하지 말고, 나를 납득시키려 하지도 말고, 그냥 언니의 솔직한 마음을 말해. 뭔데?"

"그게 아니야. 난 있잖아. 진하에게 좋은 사람으로 기억되고 싶어. 그래서 보고 싶거나 감정이 남아 있을 때도 연락을 할 수가 없었어. 왜냐면 내 연락 한 통만으로도 그 애한테는 엄청난 고민이 될 수도 있고 혼란을 가져다줄 수도 있으니까. 그런데 네 말처럼 우린 이미 끝났고, 앞으로 다시 시작한다 해도 다를 바 없이 헤어지게 된다면 두 배의 상처를 받을 텐데, 그런 건 싫었어. 그래서 가장 예쁘고 좋았던 시절을 추억하는 것만으로도 좋으니 남겨 두자 싶어서 죽을 만큼 힘이 들어도 이를 악물고 견디고 있어."

"미치겠네. 이 언니. 아직 사랑하는 거잖아!"

"그런가?"

"그런 셈이지! 아니야?"

"근데…… 키스는 좋았어."

"이 언니가 지금 뭐라는 거야? 석진하 씨랑……."

"아니. 지한준이랑."

운정은 경악스러운 표정으로 초록의 등짝을 때렸다. 철썩철썩 소리가 찰지게 났다.

"야! 아파!"

"미쳤어! 이 언니가 진짜 미쳤어!"

"왜 그래! 악!"

"노선 확실히 해! 지한준이야, 석진하야?"

"아니, 그냥…… 그 순간에는 설레었는데……."

"그래서! 그래서 잤어?"

"야, 아직 사귀지도 않는데 무슨 거기까지."

"아니, 자고 안 자고 그게 중요한 게 아니야. 언니, 확실히 해! 지한준하고 지금 그렇고 그런 단계야? 사귀는 건 아닌 것 같으니까 썸 뭐 그런 단계 같은데. 지한준이 언니 마음 이렇게 어지러운 거 알면 좋기도 하겠다. 빨리 과거는 청산하기를 바란다!"

"지한준도 알고 있어. 나 이렇게 갈팡질팡하는 거."

"하긴 그 남자도 보통내기는 아닌 것 같던데. 눈치를 못 채면 등신이지. 그래서?"

"기다려…… 준다고 하더라."

"언제까지? 언니 마음이 괜찮아질 때까지? 그게 언젠데?"

그러게. 초록은 알 수 없는 미소를 지었다.

그러고 보니 한준이 마냥 해바라기처럼 기다리고 있을 이유도 없었다.

"사람은 사람으로, 사랑은 사랑으로 치유하라는 말이 있지. 언니야."

"난 그렇지 못해. 지한준한테 미안해서라도 그렇게는 못 해."

"아니, 꼭 그렇게 하라는 건 아닌데…… 시작을 두려워하지 말고 있는 그대로 받아들여 보는 것도 나쁘지 않을 것 같다는 생각이 드네. 언니가 그 남자랑 키스할 때 설레었다며? 거부 반응이 없었다는 건 그만큼 그 남자에게 호감이 있다는 거잖아. 아니야?"

"내가 짐승은 아닐까?"

"아 씨! 그렇게 따지면 난 뭐냐? 난 강찬영이랑……!"

운정은 순간 입을 틀어막았다. 초록이 빵빵 터져 웃었다.

"야, 찬영 씨랑 뭐?"

"아니야. 아무것도."

"그래. 너의 프라이버시는 존중해 줄게."

"아주 고~오맙습니다!"

초록은 카페 벽에 붙어 있던 시계를 보고 벌떡 일어났다.

"야, 완전 오래 있었다. 들어가자!"

"초록 언니랑 같이 갔으면 더 좋았겠어요!"

하필이면 한준과 단둘이 외근을 나서게 된 운정은 어색함을 풀어 보고자 초록의 이야기를 꺼냈다. 한준은 역시 표정 하나 변함없이 운전을 했다.

"공과 사는 지키는 게 좋죠. 게다가 운정 씨도 맡은 업무가 있으니 팀장님이 둘이 보낸 거겠죠?"

"아, 그렇긴 하죠!"

"밥시간 좀 지났는데. 배 안 고파요? 밥 먹고 이동합시다."

"네! 안 그래도 죽을 것 같았습니다!"

"뭐 좋아해요?"

"전 아무거나 다 잘 먹어요! 초록 언니랑 입맛 완전 비슷해요!"

"김초록 씨는 음식 담긴 접시 빼고는 다 먹잖아요."

"전 접시도 먹을 자신 있거든요."

"되게 웃긴 게 뭔지 알아요? 두 사람, 말투부터 시작해서 완전 똑같은 사람 같아."

"그런 말 많이 들어요. 회사에서도 세트라고 불리죠."

"둘이 많이 친한가 보네."

"영혼의 소울 메이트죠. 질투하셔도 소용없어요. 언닌 내 거랍니다."

"가져요."

"뭐야. 포기가 너무 빠르잖아요?"

근처 한식집으로 자리를 잡은 운정과 한준. 운정은 조용히 밥을 먹고 있는 한준을 보며 어색한 듯 숟가락을 들었다.

"고운정 씨."

"네!"

"나 궁금한 거 있는데. 물어봐도 될까요?"

"그럼요. 뭔데요?"

"강찬영 어디가 좋아요?"

"컥! 커흡!"

운정은 예상치 못한 질문에 당황했다. 초록과 관련된 질문이겠거니 싶었는데.

방심했다.

"아무리 생각해도 이해가 안 가서. 원래 싫어했잖아요?"

"아! 대표님! 너무하시네."

"분명히 내가 느낄 땐 강찬영 혼자 삽질하는 것 같았는데."

"그 삽질로 인해 구덩이가 생겼고 거기 풍덩 빠져 버렸나 보죠."

"농담이고요. 착한 놈이니까 잘 민나 봐요. 촐랑거리고 좀 까불거리는 것 같아도 속은 깊은 애거든."

"그럼 대표님은 어떤 사람이에요?"

"나요?"

"네. 친구는 끼리끼리 다닌다는 말이 있는데, 찬영이가 좋은 남자면 대표님도 좋은 남자겠죠? 적어도 초록 언니를 상처 주지 않고 따뜻하게 보듬어 줄 사람."

"이거 테스트인가요?"

"테스트까지는 아니고, 그 언니 생각이 좀 많은 여자거든요. 신중하다 못해 지나치게 생각이 깊어서 그 구렁텅이에서 혼자 허우적거리는 바보 같은 여자라서 그 언니한테는 직진할 수 있는 남자가 좋거든요. 아주 헤어 나오지도 못하게 옴짝달싹 못하게 끌고 가는 확실한 남자요."

한준이 씨익 웃었다.

그 웃음의 의미는 무엇이었을까?

운정은 사뭇 진지하게 그를 응시했다.

"그런 거라면, 걱정하지 말아요. 나도 확실히 찍으면 끝장을 보니까."

운정은 뭔가 의구심이 들었다.

강한 긍정은 강한 부정이라는 말처럼 혹시 입만 살아 있는 놈팡이가 아닐까 싶은 의구심.

"언니의 지금 상황을 이해하신다는 말이죠?"

"지금 상황? 그게 뭔데요."

"그 언니의 과거도 현재도. 그리고 앞으로 닥칠 미래도."

"난 운정 씨가 무슨 말을 하는지 모르겠어요. 원하는 답이 따로 있는 건가?"

"초록 언니는 상처를 많이 받은 상태라서 시간이 필요한 사람이라는 말이죠. 그런데 대표님이 언니한테 마음을 표현하고 호감을 보이니까 그 언니는 이러지도 저러지도 못하는 상태라고 설명하면 이해가 되시려나요?"

한준은 숟가락을 내려놓았다.

운정은 갑자기 아차 싶었다.

"제가 너무 주제넘게 말했다면 죄송합니다."

"아뇨. 아끼는 사람이 이상한 놈한테 걸려들까 봐 걱정하는 거라는 것쯤은 나도 알아요."

한준이 굳어 있던 표정을 풀고 미소를 지었다.

"그 여자, 되게 좋은 여자라는 거 알죠? 운정 씨가 이렇게 걱정하는 걸 보면 운정 씨 본인도 알 거야. 그 여자가 얼마나 좋은 사람인지. 나도 그거 너무 잘 알아서 놓치고 싶지 않아졌다랄까. 해 볼 수 있는 만큼, 있는 힘껏 달려 보려고. 그거면 답이 됐을까요?"

한준은 다시 숟가락을 들고 밥을 먹었다.

운정 역시 그의 눈치를 살피다 천천히 국을 떠먹었다.

"석 대리, 저번에 나 줬던 전략회의 자료 좀 출력해서 다시 줄래?"

"네, 부장님."

진하는 책상 서랍을 열어 USB를 찾았다.

막 서랍을 닫으려던 찰나, 작은 액자가 눈에 들어왔다.

사진 속 주인공은 환하게 웃고 있는 초록이었다. 지금보다 살이 더 통통하게 오른 모습은 앳된 그녀의 귀여운 모습을 한층 더 부각시켰다.

잘 살고 있을까.

밥은 잘 먹고 다닐까.

순간 머릿속에 많은 생각들이 스쳐 지나갔다.

5년의 기억. 그리고 추억.

이별 후, 기억이 미화되는 시점이 있다고 한다. 안 좋았던 모든 상황들이 정리되고, 마음속 깊은 정들이 불쑥 튀어나와 좋았던 순간만 기억하게 만든다.

그땐 왜 그랬을까? 하는 의문부터 시작해 꼬리에 꼬리를 물고 조금만 더 성숙했더라면, 조금 더 앞을 내다봤더라면 달라졌을 문제들이 보인다.

"석 대리, 출력했어?"

"아! 네."

진하는 부장에게 서류를 전달하고 다시 자리에 앉았다.

핸드폰 전원을 켰다, 껐다 반복을 했다.

그러다 사진첩을 열었고, 그 사진첩 안에는 초록을 추억할 만한 사진이 한 장도 남아 있지 않았다.

자의적으로 지웠던 것도 아니었다.

김초록 잔인한 여자.

나쁜 여자.

헤어지고 얼마 지나지 않아 사실 초록을 찾아갔었다.

하지만 초록은 그런 진하에게.

'핸드폰 줘!'

'뭐 하려고?'

'빨리 달라고!'

초록에게 핸드폰을 넘겨준 진하는 한숨을 내쉬었다.

그녀는 갑자기 진하 핸드폰 속의 모든 자신의 존재를 하나씩 지워 내기 시작했다.

'야! 김초록! 너 뭐 하는 거야!'

'이거 봐! 다 지워 버릴 거니까.'

'너 지금 뭐 하냐고! 빨리 줘! 그거 내 핸드폰이야. 네가 뭔데 그걸 다 지워?'

'너 다시는 안 보고 싶어. 날 추억할 권리도 없어. 네 머릿속에서 내가 싹싹 다 지워졌으면 좋겠어! 정말 그 정도로 너 싫어! 알아?'

약한 여자와 다를 바 없는 남자도 역시 상처를 입는다.

그녀의 말 한마디에 모든 손길이 멈췄다. 초록은 멈추지 않고 결국 자신의 사진, 연락처, 메시지까지 모두 지워 버렸다. 그리고 핸드폰을 툭 던지다시피 진하에게 넘겨주고 돌아서 버렸다.

지금 생각해 봐도 그녀의 그런 행동을 이해할 수 없었다.

어째서.

그 정도로 싫었던 걸까?

싹싹 다 지워 내고 비워 내고 싶을 만큼, 정 떨어지고 소름 끼쳤던 걸까?

그래서 진하는, 초록에게 더 이상 다가갈 수가 없었던 것이었다.

미련이 있다 한들, 그녀의 그런 행동들에 상처를 입은 그는 쉽게 연락을 할 수도 없는 상황이었다.

초록에겐 핑계가 될지 모르는 이유겠지만.

"그런 미친 짓을 왜 했어? 언니도 참 징하다."

초록은 운정과 오랜만에 술을 마시고 있었다.

고운정이 김초록에게 술을 허락해 주다니. 대신 초록에게는 맥주만 허용됐다.

"사진을 지우든 말든 언니가 무슨 상관이라고 그 짓을 했어? 내가 남자라면 언니한테 오만 정 다 떨어졌을 거 같아."

"그게…… 나름의 이유가 있었어."

초록은 맥주를 벌컥벌컥 마셨다.

"속도 조절 잘 해라. 언니는 500cc 두 잔이다."

"알았어. 걱정하지 마."

"이유가 뭐야? 들어나 보자. 왜 그랬어?"

운정이 오이를 집어 잘근잘근 씹었다.

"진하랑 처음에 만났을 때 말이야. 진하 자취방에 놀러 갔다가 진하 컴퓨터랑 핸드폰에서 예전 여자친구 사진을 발견한 적이 있어. 근데 나는 그때 당시에 그게 굉장히 충격적이었거든. 물론 지금 와서 생각해 보면 그때는 참 어린 마음이었어. 뭐, 추억이라 생각해서 남겼을 수도 있고 미련이 아니었을 수도 있는데, 난 너무 기분이 안 좋았거든."

"에이, 나도 그건 별로다. 헤어지면 싹 다 정리하고 지워야지!"

"그래. 그런데, 안 그런 사람들도 있잖아. 예외라는 게 있을 테고."

"그건 그렇지. 근데 난 싫다니까!"

"나도 싫었어. 그래서 내가 그때 진하랑 엄청 싸우고 울고불고 난리가 났었거든. 그러다 진하랑 헤어질 때 갑자기 그런 생각이 드는 거야. 석진하 성격에 분명 사진을 남겨 둘 텐데, 그런 거 들여다보고 추억하고 힘들어하고 새로운 사람 만났을 때 정리도 못 할까 봐. 나한테 조금의 미련이라도 가지게 될까 봐. 나름대로 내 바보 같은 배려였어."

"그게 배려냐? 등신 같은 짓이지. 언니 무슨 착한 여자 콤플렉스 있어? 왜 그 모양이냐. 답답해 죽겠네."

"새로 만날 인연에 대한 예의가 아니니까. 내가 너무 뼈저리게 느껴 봐서 아니까."

"아니, 그러니까 언니가 왜 얼굴도 모를 석진하 씨 새 여친에 대해 배려를 하냐고? 진짜 내가 이런 말 해서 미안한데, 왜 그러고 사냐?"

"나 한심하지?"

"응. 진심으로 한심해."

"나도 내가 한심하다."

"고쳐. 지한준 씨랑 만날 때는 그런 모습 싹 고쳐. 알겠어?"

"지한준은 어떤 사람 같아?"

"그걸 내가 어떻게 알아! 언니가 더 잘 알겠지. 아휴! 이 답답이 언니는 나이만 먹었지 완전 애기여. 애기! 이모~ 여기 소주 한 병이요!"

운정은 소주를 시켰다.

"내가 진짜, 답답해서 소주로 종목을 바꾼다."

"나도 한 잔……."

"시끄러. 이건 나만 먹을 거야."

이 여자, 정말 상여자다. 초록은 미소를 지으며 안주를 집어 먹었다.

"내가 지한준 대표를 자세히 겪어 본 건 아니지만, 언니를 많이 좋아하는 건 확실하더라."

"그래?"

"기회 왔을 때 잡아. 놓치고 나서 후회하지 말고."

"조금 걱정돼."

운정은 또다시 한숨을 내쉬었다.

이 언니란 작자는 대체 뭔 생각이 이렇게도 많은 것일까!

"뭐! 뭐가 또 걱정인데!"

"운정아, 나 요새 좀 이상해."

"응. 언니 원래 이상해."

"장난이 아니라, 정말 이상해. 연애 어떻게 하는지 모르겠어. 그냥 사람과 사람이 만나 좋으면 시작하고 아무 생각 없이 연애하면 되는데, 이상하게 그게 안 돼. 이젠 어느 정도 나이가 먹어서 기운을 빼거나 힘을 쓰는 것도 싫고, 머리싸움은 더더욱 싫어. 어릴 때는 그냥 마냥 이 사람이 좋으면 시작을 하고 쉽게 진행이 됐는데…… 이렇게 삼십 대가 되니까 자꾸만 가슴보다 머리로 뭔가를 계산하게 돼. 나랑 조금이라도 맞지 않으면 포기하고 그만두고 아무것도 하지 않게 되고, 상대방도 마찬가지로 나한테 간절하지 않을 테니 나 역시도 간절하지 않게 되고……. 그런 상황들이 반복되면 연애도 자신이 없어지는 거야."

"지한준은 간절하잖아."

"그것도 모르는 일이잖아."

"아, 진짜! 이 언니야, 의심하지 말라니까! 그럼 평생 연애 못 해.

그냥 가볍게 생각해. 가벼움이 이놈 저놈 만나라는 그 가벼움이 아니라, 그냥 그런 거 있잖아. 물 흐르듯이 흘러가게 내버려 두는 거. 지한준이 언니 좋다고 하고, 언니도 그 남자에 대해 나쁘지 않게 생각하니까 서로 호감이 가는 건 맞잖아? 그냥 만나 봐. 만나다가 정 아니다 싶으면 헤어지면 그만이잖아."

운정이 무슨 말을 하는지 안다.

초록은 스스로도 자신이 초라하고 답답하게만 느껴졌다.

진하와 연애가 끝나면서 모든 것이 박살 나 버렸다.

꼭 연애가 끝이 나서 그런 것은 아니다. 본인의 현실, 상황, 그리고 지금껏 살아오며 모든 피로와 우울과 복잡함이 한꺼번에 터지는 시기가 바로 지금 같았다.

그래서 사실 망설여졌다. 이런 좋지 못한 상황에, 자존감도 없고 최악인 이 상황에 누군가를 만나 연애를 한다면 그 우울함이 상대방에게 전달이 되고 그 상대방 역시 초록에게 질려 떠나가게 될까 봐.

그래서 초록은 신중하고 또 신중할 수밖에 없었던 것이다.

운정이 하는 말이 다 맞다. 머리로는 분명 다 수긍하고 이해하고 알아듣는다.

초록은 머리와 가슴이 따로 노는 듯한 상황이 답답하게 느껴졌다.

집으로 돌아가는 길.

터벅터벅 힘없이 걸어가고 있었다.

축 처진 어깨. 힘없는 몸뚱이.

그건 누군가의 표적이 되기 쉬운 연약한 여자의 모습이었다. 아니나 다를까, 골목길에 들어서 어두운 길을 걸어갈 때였다. 갑자기 그녀의 뒤에 한 남자가 나타났다.

초록의 걸음이 빨라지면, 그 역시 빨라졌다. 초록이 천천히 걸으면, 그도 천천히 걸었다.

그녀는 심장이 쿵, 떨어지는 기분이었다.

초록은 순간 공포심에 확 주저앉아 버렸다.

"아악!"

엄마는 말했지. 낯선 놈이 혹시라도 따라붙거든 그 자리에 주저앉아 드러누워 버리라고.

이 멍청한 여자는 정말 엄마의 말처럼 도로변에 주저앉아 드러누워 버렸다.

"너 뭐야? 왜 그래?"

"사…… 살려…….""

초록은 질끈 감았던 눈을 번쩍 떴다.

한준이 어이없이 초록을 위에서 빤히 쳐다보고 있었다.

"야! 지한준! 놀랐잖아!"

초록이 그대로 바닥에 주저앉아 고래고래 소리를 질렀다. 한준은 고개를 갸웃거리며 덜덜 떨고 있는 초록을 일으켜 세웠다.

"너 때문에 내가 얼마나 놀랐는지 알아? 왜 그렇게 무섭게 따라왔어!"

"내가 뭐? 김초록 네가 정신 줄 놓고 걸어서 그래. 누가 그렇게 힘없이 걸으랬어? 너 그렇게 걸어 다니면 진짜 이상한 놈들이 납치한다!"

"아, 몰라!"

겨우 몸을 일으킨 초록이 옷을 툭툭 털었다.

"술 마셨어?"

"응."

"누구랑?"

"운정이랑."

"고운정 씨 술 엄청 잘 먹는 듯. 강찬영이 학을 떼더라."

"그래? 근데 난 알코올 쓰레기야."

"너무 잘 알지. 내 빠방이가 그래서 너 싫대."

"그 얘기 좀 그만할래? 이제 커피 할부도 끝나 가는데."

커피 할부.

한준은 피식 웃었다. 그러고 보니 이제 초록의 회사와 안녕할 때가 슬슬 다가오고 있었다.

"너 근데 나 만나러 오는 길이었어?"

"응."

"왜?"

"꼭 이유가 필요해?"

"아니, 그런 건 아닌데."

"이유를 듣고 싶어?"

"응?"

"꼭 기어이 들어야 속이 시원하겠어?"

"뭐라는 거야. 뭐래!"

"보고 싶어서. 석촌 호수 걸으면서 운동하는데, 보름달이 떠 있더라고. 갑자기 찐빵 같은 김초록 얼굴이 떠올라서 운동을 할 수가 있어야 말이지."

"살쪘다는 표현을 그렇게 돌려서 하지 마라."

"아무튼, 보고 싶었어."

한준은 초록의 손을 잡아 깍지를 낀 채 걸었다.

싫지만은 않은 이 느낌. 초록은 천천히 그의 걸음에 맞춰 걸었다.

어느새 호숫가 근처까지 오게 된 그들은 천천히 걸으며 일상적인 이야기를 나눴다.

"김초록."

"응?"

"고운정 씨가 너 걱정 많이 하더라."

"운정이? 왜? 운정이가 너한테 뭐라고 했어?"

"아니. 그런 건 아닌데. 그냥 어쩌다 보니 너에 대해 얘기를 하게 됐는데, 너 없는 자리에서 너에 대한 얘기 꺼낸 건 미안해."

"욕만 아니면 됐어."

"겁나 욕했어."

"응. 그럴 것 같더라."

생각 없이 지어지는 미소.

한준과 함께 있으면 툭툭 튀어나오는 웃음이 좋았다.

"내가 널 기다리겠다고 했었잖아."

"그랬지."

"지금도 그 생각에 변함은 없거든?"

"응……."

"나도 처음엔 그렇게 생각했어. 너 힘들 거 다 힘들고, 전부 털어 내고, 비워 내고 나랑 시작하려는 게 어쩌면 나에 대한 예의라고 생각해서 그러는구나 하고 고마웠지. 근데 너 힘들어하는 거 지켜보면서 마음이 너무 아프더라. 내가 아무것도 할 수 없다는 게 슬펐고 조금이나마 도움이 되고 싶은데 그것마저 할 수 없는 상황이라 답답했지. 그래서 하는 말인데…… 이제 내 여자친구 해 주지 않을래? 어쩌면 내가 지금처럼 아무 생각 없이 널 웃게 만들면서 조금씩 치유가 될지도 모르고, 나 역시 널 위해 뭐라도 하고 싶어서 그래."

초록은 사뭇 진지해진 그의 말에 귀를 기울였다.

"그리고 김초록, 나 부탁이 있어."

"뭔데?"

"내가 도와줄 테니 조금 더 당당해지고 멋있어지자. 넌 충분히 해낼 수 있는 기운을 가졌어."

왜 눈물이 나려 하는 걸까. 초록은 애써 꾸욱 감정을 눌렀다.

마음속 깊은 곳에서 북받친 감정이 솟구쳐 올라왔다. 고마움, 미안함, 상처받은 마음들. 복합적인 모든 것들이 쏟아져 내렸다.

"나 같은 남자 만나는 여자는, 진짜 멋진 여자거든? 그러니 네 자존감 스스로 올려. 도와줄 순 있지만 그건 너 혼자 힘으로 해야 해. 같이 노력해 줄 수 있어? 내가 잡아 줄게. 근데 그 이후에 따라오는 건 김초록 네 몫이야. 어때? 해 볼 수 있겠어?"

그녀 역시 변하고 싶었다.

과거의 슬픔이나 아픔, 미래에 대한 불안함으로 인해 자신 없는 모습들.

내려갈 대로 내려간 자존감, 박살 난 연애관.

이 모든 것들을 다 뜯어고치고 멋진 사람이 되고 싶었다.

"어머님!"

진하는 카페에 앉아 있는 혜경을 발견하고 황급히 빠른 걸음으로 다가갔다.

혜경은 손을 흔들며 진하에게 웃어 주었다.

"어떻게 여길 다 오셨어요!"

"그러게. 초록이 지지배 알면 난리 나겠지?"

초록이 나이를 먹고 늙어 갈 때, 혜경과 같은 모습일까? 초록은 외적으로 엄마를 많이 닮아 있었다.

이윽고 혜경이 먼저 말문을 열었다.

"놀랐지? 내가 여기까지 와서."

"네. 저 본사에서 일하게 됐다고 초록이가 말씀드렸군요."

"아니야. 초록이는 진하 네 얘기 일절 안 했어. 내가 너희 부서에 전화했는데…… 자리를 옮겼다고 하더라고. 축하해."

"아…… 감사합니다."

"내가 갑자기 불쑥 전화까지 하고 찾아와서 놀랐지?"

"무슨 일 있으세요? 어머님이 갑자기 이렇게까지……."

혜경은 머쓱하게 웃으며 가방에서 무언가를 꺼냈다.

진하는 혜경이 꺼낸 것을 보고 조금씩 표정이 굳어져 갔다.

"어머님, 이거……."

"맞아. 우리 진하가 속 깊은 행동 했던 거. 이제 돌려줘야지."

진하는 깊은 한숨을 내쉬었다.

사실 초록과 결혼 준비를 할 때, 진하는 혜경을 몰래 찾아갔었다.

그가 대학생 시절부터 아르바이트를 해서 작게 모아 뒀던 소정의 금액.

언젠가 비상금이 필요하게 될지 몰라 모았던 돈이 있었다. 진하는 초록 몰래 그 돈을 혜경에게 주었고, 결혼 비용에 보태 달라는 말을 했다.

'진하야, 뭐 하는 거야?'

'초록이 성격 잘 아시잖아요. 스스로 본인이 부족하다고 생각하고 위축된 모습이 너무 안쓰러웠었는데…… 어머니가 이 돈 보태서 초록이 저한테 보내 주세요.'

'진하야, 너 진짜 이러면…… 내 입장이 뭐가 돼. 어머님도 아시는 내용이야?'

'집에선 이 돈에 대해 모르세요. 제가 어릴 때부터 모은 거라서……'

혜경은 과거 일을 떠올리며 진하를 안쓰럽게 바라보았다.

"이걸 어떻게 쥐고 있어. 게다가 너희 둘 헤어졌다는 소식 듣고…… 내 가슴도 철렁 내려앉더라고."

"어머님, 이건 그래도……."

"아니. 이건 진하 네가 가져가야 맞아."

"어머니, 저 이거 못 받습니다. 사실 죄책감이 컸어요. 처음에 저희 어머니가 초록이한테 실수를 한 부분이 있어서……. 물론 초록이 겪어 보시고 지켜보신 후에는 달라지셨지만…… 그래도 그 부분 때문에 초록이가 다쳤던 건 사실이니까요."

"진하야."

"네, 어머님."

"우리 초록이 말이야, 정말 능력 없는 부모 만나 힘들게 살았어. 지 오빠 공부할 때 그거 밀어 주겠다고 그 좋아하던 취미 생활이고 꿈이고 미래고 다 포기하고, 오로지 가족을 위해 살았던 애야. 그래서 항상 내가 모진 말 많이 해 가며 독하게 키웠어. 나한테는 최고의 딸이었거든."

"네. 저도 알아요. 그래서 더 제가 감쌌어야 하는데…… 제가 초록이한테 처음부터 상처를 준 게 많았어요. 어머니 일도 그렇고……."

"물론 진하네 집에서는 우리 초록이가 탐탁지 않다 여기시고 부족하다 여기셨을지도 모르지만, 부모 마음에서 그 입장을 충분히 알기 때문에 엄만 다 이해할 수 있었어."

하나씩 모든 상황이 정리되고 있었다.

이런 결말이 나올 줄은 꿈에도 몰랐었는데…… 다시금 아픈 상처가 후벼 파지는 기분이었다.

혜경은 고개를 숙인 진하의 손을 잡았다.

"진하야, 엄만 말이지…… 너희 둘이 결혼해서 잘 살 거라 믿어 의심치 않았었어. 내 사위는 너 하나라고 여기고 있었으니까."

"……."

"엄마는 다 알아. 너희가 어떻게 사랑하고 아꼈는지……. 그래서 더 안타깝고 아플 뿐이지."

"죄송해요. 죄송해요…… 어머님."

혜경의 따스한 말 한마디가 진하에게 와닿아서였을까. 그는 갑자기 감정이 북받쳐 눈물이 났다. 덩달아 지켜보던 혜경 역시 마음이 찡했다.

"많이 힘들지?"

"네…… 조금 힘드네요."

"다시…… 잘될 가능성은 없는 거야? 정말 끝인 거야?"

"죄송합니다. 너무 죄송하다는 말씀밖에 못 드려서 죄송해요."

혜경은 고개를 끄덕였다.

다시 누군가 끊어진 인연을 잡는다 해도, 이어지기엔 쉽지 않았다. 수많은 장애물이 있을 것이며 이미 시간은 점점 흐르고 있었다. 이대로 과거의 인연을 정리하고 보내 주며 놓아주어야 한다는 것이 맞는 거라 여겼다.

"어머님, 초록이 끝까지 모르게 해 주세요."

혜경은 진하를 두고 카페를 나서며 떨어지지 않는 발길을 억지로 돌렸다.

진하는 한참 동안 자리를 떠나지 못하고 흐느꼈다.

남자의 눈물.

바보 같고 멍청해 보일지 모르지만 그는 진심으로 아파하고 있었다.

"무슨 툭하면 모이냐고! 너 어느 초등학교 나왔어?"

카페에 마주 앉아 커피를 마시고 있던 초록과 한준.

초록의 핸드폰 문자를 함께 보던 한준이 입을 삐죽 내밀고 토라졌다. 분명 그 연락은 초록의 전 남친인 진하도 받았을 것이기 때문에.

"무슨 놈의 동창회에, 청첩장 모임에, 돌잔치에! 니들이 무슨 의열단이야? 맨날 밥 먹고 심심하면 모이게!"

"넌 친구 없어? 그럼 너도 만나!"

한준은 벌떡 일어나 초록의 옆으로 다가와 앉았다.

"나 데려가. 그럼."

"어딜?"

"초등학교 모임."

"야! 넌 우리 학교 아니잖아!"

"네 남친으로 가면 되잖아!"

"얘가 왜 이래? 너 이럴 땐 진짜 연하남 같긴 하다."

"아, 싫어! 싫다고! 넌 너 같으면 내가 전 여친 등장하는 모임에 가면 좋겠어?"

"음…… 그건……."

"그것 봐! 싫지? 그냥 싫은 것도 아니야. 개싫지?"

"아, 좀 떨어져서 말해!"

"싫어. 좋은데 어떻게 떨어지냐?"

"아, 머리 아파. 넌 대체 정체가 뭐야? 어떨 때는 어른스럽다가도 이럴 때 보면 완전 애기 같아."

"너 닮아서 그런다! 아무튼 같이 가는 거야. 알겠어?"

초록은 모임에 안 간다고 하면 신경 쓰이는 것처럼 보일까 봐 차마 안 간다는 말도 못 했다.

그토록 친구들에게 인사를 하고 싶다고 징징거리는 꼴을 보다니.

"내가 아는 지한준이 맞나 싶더라."

-언니, 남자는 다 애야. 남자도 질투한다? 솔직히 이제 사귀겠다, 내 여자겠다. 영역 표시 확실히 하고 싶은 거지. 수컷의 본능이랄까!

"아, 몰라. 진짜 같이 가야 하나?"

-같이 가. 가서 석진하 씨 보란 듯이 지한준 팔짱 끼고 돌아다녀. 다시는 미련이고 나발이고 생기지도 않게!

"너무 잔인하다. 그건. 솔직히 반대로 생각해 보면……."

운정과 통화를 하던 초록은 갑자기 생각에 잠겼다.

진하가 만약 여자친구를 모임에 데리고 나온다면 나는 어떤 표정으로 앉아 그를 바라보게 될까.

또 그의 여자친구를 어떤 시선으로 보게 될까.

한숨이 절로 나왔다.

동창 모임의 날.

한준은 초록을 데리고 모임 장소로 향하고 있었다.

뭔가 마음이 무거워 보이는 듯한 그녀는 작게 한숨을 내쉬었다. 이윽고 모임 장소에 도착했고, 초록은 차에서 내리지 않는 한준을 빤히 응시했다.

"안 내려?"

"다녀와. 너 데려다주려고 일부러 온 거야."

"응? 같이 가자며. 며칠 내내 땡깡 부리더니!"

"내가 같이 갈 수 있는 거리는 딱 여기까지다. 모임 장소 앞. 내가 그렇게 생각이 없는 줄 알아? 너네 동창회에 내가 왜 가냐! 김초록의 잘난 전 남친 때문에 짜증이 나긴 하는데, 알아서 잘 하리라 믿고 보내 주는 거다."

"오올…… 지한준."

"빨리 내려. 안 그러면 확 납치해서 어디 가는 수가 있으니까."

입을 삐쭉 내민 한준의 볼을 살짝 꼬집은 초록이 씨익 웃으며 차 문을 열려 할 때였다. 한준이 그녀의 손을 휙 낚아채듯 잡아 그대로 두 눈을 마주 보게 만들었다.

"그냥 가면 쓰나?"

"어…… 음……."

"뽀뽀."

한준은 초록의 입술에 쪽 하고 가볍게 키스했다. 초록의 두 뺨이 발그레 분홍빛으로 물들었다.

"가…… 갔다 올게!"

"한 번 더. 한 번만 더!"

자꾸만 그녀를 놓아주지 않으려는 한준이 아이처럼 보챘다.

초록이 슬쩍 그의 입술에 입술을 포개던 그 찰나, 그는 초록의 허리를 휙 감싸 안았다. 이어지는 그의 진한 키스에 초록은 이내 놀라는 듯했으나 아무렇지 않게 그를 받아들였다.

"나 이러다 진짜 늦겠다!"

초록은 허겁지겁 차에서 내렸다. 한준 역시 차에서 내려 못내 아쉽다는 듯 손을 세차게 흔들었다.

"어이~ 여자친구! 황금 같은 주말에 너무 독수공방시키지 마라! 무슨 일 있으면 전화하고!"

초록은 돌아선 채 손을 들어 올려 흔들었다.

뒤도 돌아보지 않는 매정한 여자친구라 생각하던 한준과 달리 초록은 돌아선 내내 입가에 피어난 웃음을 어찌할 바 모르고 앞만 보고 걷고 있었다.

그 모든 모습을 지켜보던 한 남자를 의식하지 못한 채.

"최대한 자리는 멀찌감치 떨어트리라고."

"누굴? 아~ 석진하하고 김초록을?"

"야, 그럼 누구겠어? 너 붕어 대가리냐?"

"아, 깜빡하고 있었을 수도 있지! 좀 오래 사귀었어야지!"

"야, 야. 초록이 온다. 입 다물어!"

동창 몇몇은 초록의 등장으로 인해 꿀 먹은 벙어리가 되어 미소만 머금었다. 초록은 싸늘해진 분위기에 적응하지 못하고 그들에게 다가가 어깨를 툭 쳤다.

"뭐야. 내 욕이라도 했어?"

"그래! 쌍욕을 퍼붓고 있던 중이다!"

세정이 나서서 초록에게 횡설수설할 때, 친구들은 초록의 이름이 적힌 팻말을 맨 뒷자리로 끌어 누군가와 바꿔 놓았다.

"각자 자기 이름 앞에 앉으면 돼!"

초록은 두리번거리며 자신의 이름을 찾고 있었다.

"뭐야. 명패까지 만든 거야? 하여튼 우리 반장은 추진력 하난 끝내준단 말이야."

초록이 생긋 웃으며 명패 앞에 앉았다. 세정이 가슴을 쓸어내리며 한숨을 내쉬던 찰나, 진하의 명패 옆에 놓인 다슬의 명패를 보고 인상을 구겼다.

"아오! 저 닭대가리들! 미치겠……."

"이세정. 너 왜 그래?"

"여우를 피하려다 호랑이를 만난 꼴이라서 그런다! 왜!"

"뭐래."

다슬의 사심을 알고 있는 세정으로서는 답답할 노릇이었다. 하필이면 초록과 자리를 바꿔 놓은 사람이 다슬이라니. 세정은 어이없다는 듯이 고개를 저으며 자리에 앉았다.

"넌 유부녀인데도 동창 모임은 꼭 나오는 게 신기하다."

초록이 넋 빠진 세정에게 말했다.

"나 백수잖아. 먹고 노는 프로 집순이."

"하긴 나도 주말에 프로 집순이지."

한창 수다 삼매경에 빠진 그녀들이 키득거리고 있을 때, 몇몇의 동창들이 등장하기 시작했다. 초록의 시야에 멀리서 걸어오는 진하가 보였다. 초록은 일부러 고개를 돌린 채 진하 쪽은 쳐다보지 않으려 했다.

"저놈도 동창 모임은 주구장창 잘 나온단 말이야."

세정이 삐죽거렸다.

"야, 김초록. 너네 솔직히 기 싸움이지?"

가만히 초록과 세정의 이야기를 듣고 있던 친구 한 명이 불쑥 튀어나와 초록에게 말했다.

"기 싸움? 무슨 기 싸움?"

"아니, 모임 안 나오면 괜히 신경 쓰는 것 같으니까 자존심 상해서 서로 기를 쓰고 동창회 나오는 거 아니냐고."

"그런 거 아니야. 친구들 보고 싶으니까 나오는 거지."

초록은 언제부턴가 친구들과 함께하는 자리가 불편해졌다.

바로 이런 질문을 받을 때. 너무 씁쓸하고 슬프다. 사람들은 친구 김초록을 보는 게 아니라, 석진하와 헤어진 김초록이라는 수식어를 붙여 바라보기 때문이었다. 그건 진하도 마찬가지겠지만.

"야, 이렇게라도 얼굴 보니까 너무 좋다. 다들 짠 하자!"

어딜 가나 활기찬 우리의 반장만 신이 났다.

초록은 술잔을 옆에 치우고 사이다를 마셨다. 그런 초록을 유심히 지켜보던 세정이 물었다.

"술 끊었어?"

"응. 나 취하면 곤란하다고 술 못 마시게 하더라고."

"누가? 그 잘생긴 연하남이?"

"아니. 고운정이라고 친한 동생이 그랬어."

"뭐야! 난 또, 연하남이 술 절대 못 마시게 하는 줄 알았네."

세정의 목소리가 큰 탓일까? 갑자기 동창들은 초록을 화제로 삼아 이야기를 꺼냈다.

그중, 연지라는 친구가 초록에게 묻기 시작했다.

"야! 김초록! 너 그러고 보니 그때, 삐까뻔쩍한 벤츠 몰고 온 금수저 느낌 물씬 나는 남자 누구야? 설마…… 남자친구야?"

"그때는 아니었고……."

"그럼 지금은 사귄다는 소리네?"

"뭐…… 그렇게 됐네."

"이야, 대박이다. 어디서 그런 능력자를 물었어?"

"……."

갑자기 분위기가 싸늘해지기 시작한다.

저 멀리 진하를 의식해서였을까. 세정은 아랫입술을 앙 다물고 연지의 옆구리를 쿡 찔렀다.

"초록이가 걔냐? 뭘 물어. 그냥 좋은 애니까 능력 있는 애가 온 거지."

"그래. 초록이가 좋은 애긴 하지. 착하고, 예쁘고, 어른들한테 예쁨 받는 스타일이고. 근데 넌 무슨 능력으로 남편 꼬셨어?"

"야, 김연지! 말이 심하다?"

"장난이야. 장난! 왜 열을 내고 그래?"

"장난? 넌 사람 면전에 대고 그딴 식으로 말하는 게 취미냐? 너처럼 남자를 물었다는 표현을 쓰는 애들은 죽었다 깨어나도 좋은 남자 못 만나. 알아? 부러우면 그냥 부럽다고 하면 될 것이지! 이 나쁜 년아!"

갑자기 세정과 연지가 언성을 높이며 말다툼을 하기 시작했다. 초록은 옆에서 세정을 뜯어말리며 난감해했다. 결국 연지는 기분이 나쁘다며 가방을 챙겨 밖으로 사라졌고, 괜히 분위기가 무거워지자 초록의 테이블에 앉아 있던 동창들은 하나둘 자리에서 일어났다.

"나쁜 년. 꼬여 가지고."

"참아. 그냥 네 말대로 부러워서 그런가 보다 넘겨."

"넌 그딴 말 듣고 기분 안 나빠?"

"뭐, 어쩌겠어. 사람은 보이는 대로 보는 거야. 연지 눈에 그렇게 보인다고 해서 그걸 내가 해명하거나 뜯어말리거나 그럴 필요는 없지. 사람마다 생각하는 차이가 있고 가치관이 다른데 그걸 어떻게 억지로 내 식대로 끼워 맞추겠어?"

"보살 났네. 아주 그냥!"

"세정아, 시집갔으면 이제 성질 좀 죽여."

"몰라. 나도 집에 갈래. 넌 여기 더 있을 거야?"

"난 선생님 오시면 뵙고 갈래."

"나 없어도 괜찮겠어?"

"내가 왕따냐? 난 아무랑 잘 어울리니까 걱정 마."

"하긴. 너 석진하네 테이블만 가지 마라."

"미쳤어? 내가 거길 왜 가."

"재미 본다고 끌고 가는 무개념도 있을 테니 말려들지 말라고!"

"알았어. 얼른 집에 가서 쉬어!"

세정은 머리를 쓸어 넘기며 가방을 챙겨 집으로 돌아갔다. 초록은 덩그러니 남아 사이다를 마셨다. 괜히 뻘쭘한 나머지 핸드폰만 만지작거리고 앉아 있을 때였다. 갑자기 누군가 초록의 옆에 앉았다.

"안녕, 초록아."

그녀는 몇 달 전에 마주쳤던 모습이 아니었다. 자유분방함을 자랑하듯 화려했던 모습과는 달리 지금은 한층 차분해진, 메이크업마저 연해진 다슬이었다.

"다슬아! 완전 분위기가 바뀐 것 같네!"

"응. 나도 이제 너처럼 여리여리한 여자가 되어 볼까 해."

"훨씬 예쁘다."

"고마워. 네가 그렇게 말해 주니까 좋네."

초록은 괜히 마른침을 삼켰다. 혹시라도 다슬이 또 진하의 곁으로 끌고 갈까 봐 노심초사였다. 다슬은 진하와 자신의 관계를 모를 거라 생각했기 때문에.

"초록아, 너 어릴 때 진하랑 나랑 셋이 엄청 친했는데 기억 나?"

"아…… 그랬나?"

정확히 말하자면, 석진하와는 친하지 않았다. 다슬과 진하가 친하게 지냈었고, 초록은 다슬과 친했기 때문에 셋이 등하교를 같이 했었던 기억이 있었다.

"근데 초등학교 다닐 때라, 잘 기억은 안 나네."

"그래? 난 너무 또렷하게 기억이 나는데."

"넌 똑똑하니까 기억력도 좋겠지."

"아니. 그게 아니라, 나 사실 진하가 첫사랑이거든. 어릴 때니까 풋사랑이라고 표현을 하나? 아무튼 초등학교 다닐 때, 석진하 좋아했었어."

이건 또 무슨 소리람.

초록은 물을 한 컵 마시며 건성으로 고개를 끄덕였다.

"근데 다 크고 나서 쟤를 보는데…… 가슴이 막 뛰는 거야."

"푸읍!"

물을 마시던 초록이 결국 온 사방에 물을 뿜어냈다.

그녀의 반응은 당연했다.

"어머, 초록아! 왜 그래!"

"아, 아니야. 아무것도!"

놀란 초록과 다르게 다슬은 그녀의 반응을 예상하고 있었던 터라 크게 놀라지도 않았다.

"저번에 밥도 같이 먹었는데, 난 그때 확실하게 알았어. 내가 정말 진하에게 호감을 느끼고 있구나 하고. 그래서 쟤랑 잘해 보고 싶은데. 여자친구도 없다고 하더라고!"

"아…… 그래? 그렇구나."

"응. 그러니까 초록이 네가 나 좀 도와줄래?"

"뭘?"

"석진하랑 잘될 수 있도록."

지금 이 아이는 무슨 말을 하고 있는 걸까? 초록은 황당하기 짝이 없었다.

요즘 표현으로 '웃프다'라는 표현을 써야 하나? 웃기면서 슬프기도 한, 이런 거지같은 상황을 만들어 주신 하느님께 영광을 돌려야 하나.

오. 주여.

아버지여.

종교는 없다만 어찌 이런 일을 겪게 하시나이까.

종교가 없어서 이런 가혹한 일을 겪게 하시나이까.

"그…… 그건 다슬이 네가 알아서 할 문제야. 내가 어떻게 도와주겠어?"

"그냥. 진하한테 내 얘기 잘 해 줘. 기회 되면 말이야."

그 기회는 평생 오지 않을지도 모른다.

왜냐하면, 김초록은 석진하의 과거이기 때문에.

"아무튼, 너도 진하랑 친했으니까 부탁하는 거야. 나 진하 좋아해도 괜찮은 거지?"

"내가 허락해야 하는 문제는 아니잖아."

다슬은 묘하게 미소를 지었다.

초록은 이때부터 뭔가 꺼림칙했다. 혹시 다슬이 모든 사실을 알고 일부러 그러는 건가 싶기도 했다.

초록을 모임에 보낸 뒤, 모임 장소 근처 카페에서 책을 읽으며 커피를 마시던 한준은 시계를 보고 픽 웃었다.

벌써 두 시간이 훌쩍 넘었다.

'찌질하게 이게 뭐 하는 짓인지.'

쿨한 척 그녀를 보냈지만 근처를 배회하고 있는 자신의 모습에 고개를 절레절레 내저었다.

그는 커피 잔을 트레이에 올려놓고 일어섰다. 천천히 계단을 내려가던 그는 발아래로 시선을 두었기 때문에 앞 사람이 누군지도 전혀 눈치채지 못했다. 관심도 없었지만.

적어도 그녀가 그를 부르기 전까지는, 기분이 매우 좋았는데.

"오빠. 여기서 오빠를 다 보네."

한준은 고개를 들었다.

아직도 그녀는 한없이 깡말랐다. 작고 여린 체구에 와인빛 긴 웨이브 머리를 가진, 정말 눈동자가 까맣다 못해 조명을 받으면 빛이 나던 눈망울을 가진, 눈빛이 치명적인 그의 전 여자친구 혜린. 그녀가 커피를 들고 서 있었다.

"그렇게 우연은 아닌 것 같네. 여긴 너네 동네니까."

한준은 의외로 담담하게 말했다. 마치 어제 본 편의점 알바생을 대하듯.

"잘 지냈어? 회사 창업했다는 소식 들었는데, 축하해."

"그래. 너도 잘 지내라."

한준은 아무렇지 않게 그녀를 지나쳤다.

살다 보면 뭐, 한 번쯤은 마주칠 수도 있다고 생각했기에 그리 놀라지도 않았다.

무심하게 지나치는 그를 보자 혜린은 고개를 휙 돌렸다.

정말 아깝고 아까운 남자.

지금 와서 아까워진 남자.

과거엔 볼품없던 그 남자는 어느새 환하게 빛이 났다.

하지만 이젠 옆에 없는 남자였다.

"오빠!"

혜린은 어느새 카페 밖까지 따라 나왔다.

급하게 뛰어온 것처럼 보였다. 과거엔 절대 볼 수 없던 모습이었다.

"약속 없으면 오늘 밥이나 한 끼 먹을래?"

그녀가 생긋 웃었다.

"아니. 난 혼밥이 좋아서."

돌아서는 그를 보자 자존심이 상한 혜린은 그의 뒤통수에 대고 말했다.

"너무 기분 나빠하지 마. 어차피 같은 하늘 아래에 숨 쉬고 있다는 건, 언제고 마주칠 수 있다는 뜻인데. 내가 일부러 오빠 앞에 뿅 하고 나타난 것도 아니잖아? 우리 나쁘게 헤어진 것도 아닌데."

차 문을 열었던 한준이 피식 웃었다.

"그래. 언제든 마주칠 수 있는 사람일지도 모르는데, 너 그땐 왜 그렇게 모질었냐?"

"뭐?"

"네 주장대로 언제든 다시 볼 수 있을지도 모르는데, 네가 했던 행동을 돌아보면 나한테 이렇게 못 하지. 안 그래?"

"그게 무슨……."

"혜린아, 너 예뻐. 섹시하고 귀엽고 여성스럽고 아주 치명적인 여자 맞는데, 예쁜 옷 입고 예쁜 구두 신고 나한테 인사해 봤자 내 눈엔 그냥 예쁜 여자일 뿐이지 밥 먹고 싶고 연락하고 싶고 생각나는 여자는 아니야. 그러니 앞으로 전 남친들 마주치면 그렇게 인사하지 말라고."

혜린의 표정이 구겨졌다. 한준은 차에 올라 시동을 켜고 그대로 사라져 버렸다.

그녀는 한동안 한준의 사라지는 모습을 노려보며 입술을 꽉 깨물었다.

"뭐야, 강찬영. 데이트 중 아니야?"

어딘가로 이동하던 그는 찬영의 전화를 받았다. 찬영은 시무룩한 목소리로 한준을 불렀다.

-야, 지한준. 어디야?

"강남."

-강남 어디?

"강남역."

-아, 미친 새끼. 그러니까 강남역 어디!

"테헤란로 8길."

-아, 장난하나. 진짜!

한준이 혼자 실실거리고 웃었다.

-야, 나 지금 잠실 쪽 갈 테니까 술이나 마실래?

"고운정 씨랑 벌써 데이트 끝났냐?"

-싸워서 집에 갔어.

"왜. 운정 씨한테 무슨 짓을 했어?"

-몰라. 술이나 먹자.

한준은 고개를 저으며 전화를 끊었다.

-별일 없는 거지?

걱정스런 한준의 말에 초록은 미소를 지었다.

"그럼, 당연히 없지!"

-미안해. 찬영이 놈이 하도 징징거려서 위로하러 왔어. 근처에서 기다렸다가 너 끝나면 픽업해서 데려다주려고 했는데.

"괜찮아. 내가 애야?"

-술 마셔서 데리러는 못 갈 것 같고, 혹시 진짜 무슨 일 생기면 전화해. 택시 타고 갈게.

"나 애기 아니라고요, 이 사람아! 집에 가서 연락할게. 찬영 씨랑 좋은 시간 보내!"

-소름 돋게 그런 말 하지 마라. 좋은 시간은 무슨.

초록은 피식 웃으며 전화를 끊었다. 화장실에서 빠져나온 초록은 바로 앞에서 진하와 마주치고 말았다.

휴, 그토록 잘 피해 다녔건만, 마지막에 이렇게 될 줄이야!

초록은 애써 담담한 척, 그를 지나쳤다.

그런데…….

"김초록, 나 뭐 하나만 물어봐도 될까?"

진하는 차분할 정도로 가라앉은 목소리였다.

걸음을 옮기려던 초록이 멈춰 섰다.

"궁금한 게 뭔데?"

"나 이렇게 보는 거, 혹시 불편해?"

초록은 알 수 없는 미소를 지었다. 진하가 왜 저런 질문을 하는 건지 사실 잘 모르겠다.

그는 불편함을 느끼고 있는 걸까? 이렇게 마주한다는 것에 대해서.

"불편? 전혀 그런 거 없어. 왜?"

"모임 같은 거 빠지지 않고 나오니까. 혹시 애들한테 뒷말 나올까 봐 자존심 때문에 억지로 나오는 자리라면 그만두라고. 내가 안 나오면 그만이니까."

"왜? 전혀 불편하다거나 그런 거 없어."

"그래. 그럼 됐어. 난 앞으로 나오지 않을 테니, 조금이라도 불편했다면 마음 편히 먹어라."

초록이 두 눈을 깜빡였다.

진하는 초록을 마주한 뒤, 솔직히 알 수 없는 감정에 휩싸여 그녀의 얼굴을 똑바로 마주하지 못할 것만 같았다.

그래서, 얼른 돌아서고 싶었다. 조금이라도 더 보면, 정말 몹쓸 미련이라도 생기게 될까 봐.

"석진하."

나지막한 그녀의 목소리가 진하를 불러 세웠다.

"응."

그는 다시 돌아섰다.

초록은 마른 입술을 적시며 한숨을 내쉬었다.

"있지, 우리 앞으로도 서로에 대해 미워하거나 원망하거나 그러진 말자."

이번엔 진하가 알 수 없는 미소를 짓는다.

처음부터 원망 따위 한 적 없다고, 미워한 적은 더더욱 없었다고 속으로 말해 본다.

"난 말야, 우리가 어찌 됐든 긴 시간을 함께했고 좋은 추억을 쌓았던 만큼 그 시간들을 헛되이 날리고 싶지는 않아. 비록 과거지만 너와 나는 어렸고 풋풋했잖아? 그러니까 난 진심으로 진하 네가 잘되길 빌어 줄 거야. 그러니까 너도 그랬으면 좋겠다고. 내가 아무리 밉고 싫고 원망스러워도 조금이나마 날 이해해 줬으면 하는 작은 바람이 있어."

그녀는 정말 진심 같았다.

"새 연애는 잘되냐?"

먹먹해진 마음 뒤로 툭 던져진 한마디. 진하 스스로도 그런 말이 튀어나올 줄은 몰랐다.

"응. 나한테 너무 잘해 줘. 착하고, 속 깊고, 배려심 넘치고."

"다행이네."

도대체 뭐가 다행이라는 걸까?

"넌? 아까 보니까 다슬이가 널 좋아하는 것 같던데. 그 애랑 혹시 연락해?"

"아니. 그 애긴 하지 말자."

진하는 다슬의 이야기가 나오자 표정이 살짝 굳어졌다.

초록은 고개를 끄덕이며 가만히 서 있었다.

진하는 다시 한번 씁쓸한 미소를 지었다. 가깝지만 닿을 수 없고, 가까웠던 내 여자는 이제 다른 남자의 여자가 되어 새로운 사랑을 하고 있었다.

그를 떠올리며 볼이 선홍빛으로 물들어 발그레해지는 모습을 보니 정말 좋은 연애를 시작한 것만 같아 한편으로 다행이면서도 가슴 한쪽이 저렸다.

왜 몰랐을까. 이렇게 마음이 저릿저릿할 정도라면, 분명 그는 초록에게 미련이 있다는 것인데.

익숙한 향기가 코끝을 찔렀다. 김초록의 향수는 아직도 싱그럽고 맑은 향기였다.

"난 이제 가야겠다. 잘 지내!"

조금이라도 더 그녀와 마주 보고 있으면, 참지 못하고 안을 것만 같았다.

보고 싶었다고. 사실 난 아직도 널 생각하고 있다고.

그가 착각한 것이 하나 있다.

헤어짐을 통보받은 상황에, 더 이상 연락을 지속하고 싶지 않다는 상대방에게 매달리듯 미련을 떤다 해도 변하지 않을까 봐 두려웠고 조금이나마 좋게 기억되고 싶어 망설여지던 연락이었다.

그토록 고민하고, 또 고민하던 밤이 모여 일주일, 한 달, 그리고 지금이 되었다.

떠난 버스는 돌아오지 않는다.

그리고 놓친 것도, 놓은 것도 결국 두 사람이다.

진하는 근처 버스 정류장에 걸터앉아 고개를 숙였다.

정말 더럽게 좋아 보이던 그의 근황.

살이 조금 빠졌지만 그래도 얼굴은 더 좋아진 것만 같은 진하는 차분한 모습으로 돌아섰다.

터벅터벅 걸으며 하늘을 올려다본 초록은 한숨이 절로 나왔다.

"하."

그토록 열정적이고 전부를 다 바쳤던 이십 대의 연애.

5년간 그와 사랑을 나누며 평생을 함께하자고 약속하던 날들이 많았는데…….

눈물이 나왔다.

끝난 사랑에 미련이 많아 흘리는 눈물이 아니었다. 많은 의미가 담겨 있었다.

다시 열정적인, 적극적인 감정을 가질 수 있을까.

그저 감정만으로 뛰어들던, 불타오르던 그런 감정을 다시 느낄 수 있을까.

물론, 한준과 함께하는 시간들이 많아질수록 초록은 그에 대한 감정이 조금씩 깊어지고 있었다.

하지만 그 느낌이 나지 않는다.

열과 성을 다해 내 모든 것들을 바치던 날들.

그저 사람 하나만 보고 좋아서 미쳐 날뛰던 그런 날들.

함께 걷다가 구두굽이 나가는 바람에 진하에게 업혀 잔소리를 들어야 했고, 막차를 기다리며 아쉬운 발길을 돌렸었다.

가는 방향이 달라 지하철 맞은편에 서서 스크린 도어 앞에서 연신 손을 흔들며 서로 사진을 찍었고, 그 더운 날 땀을 뻘뻘 흘리면서도 걷는 게 좋아 손을 잡고 걸었었다.

기차를 타고 전국을 누비며 내일로 여행을 했고, 밥값을 아끼고 아껴 차비를 만들고 데이트 비용을 만들었다.

그런 그를, 이제는 마음에서 내보내야 한다는 것이 가슴 아팠다.

그녀는 진심으로 아파해야 성숙할 수 있다는 것을 안다.

그래서, 눈물이 나왔다.

집으로 돌아온 초록은 미처 정리하지 못했던 진하의 흔적을 지우기로 마음먹었다.

사진, 편지, 그리고 그간 받았던 사랑까지도.

"너 아무 잘못 없어, 진하야."

한때는 그를 마냥 원망한 적이 있었다. 왜 그때는 내가 옳았다고만 생각이 들었을까?

왜 그런 고집을 피우고 내 생각을 강요하며 모든 것을 맞추길 바랐을까?

아니, 나와 조금 다르면 왜 틀리다고 생각해서 상대방에게 상처를 줬던 걸까?

초록은 그동안 받았던 편지를 펼치며 울었다. 닭똥 같은 눈물이 툭, 툭 편지로 흘러내렸다.

"흐으윽…… 후."

다 아팠다고만 생각했는데 차마 꺼내지 못했던 그의 흔적을 꺼내 보니 마음이 너무 아팠다.

엇갈린 인연. 그리고 다시 돌아갈 수도 없는 인연.

"혹시, 어제 울었어?"

한준은 퉁퉁 부어 있는 초록을 보고 경악했다. 이미 눈은 부을 만큼 부어올라 꼭 몇 대 맞은 사람 같았다.

"아…… 슬픈 영화를 좀 보고 잤어."

"거짓말. 너 어제 전 남친 보고 와서 무슨 일 있었지?"

"그런 거 아니라니까."

"안경은 왜 썼어? 그래 봤자 부은 거 안 가려져."

주먹만 한 안경을 쓰고 나온 초록이 머쓱한 듯 안경을 슬쩍 올렸다.

"괜찮아?"

"뭐가?"

"너 괜찮냐고. 어제 동창회에서 무슨 일 있었지?"

"아니. 정말 없었어! 난 어제 타이타닉을 보고 디카프리오가 너무 멋있어서 운 거야."

"차라리 동물농장을 보고 울었다고 해라."

"어. 나 동물농장 가끔 보는데 유기견 나오면 울어."

한준은 고개를 저었다.

이 김초록이라는 바보는 티를 내도 너무 낸다.

아니, 어떤 여자가 전 남친 관련된 일로 이렇게 티를 팍팍 낸단 말인가.

한준은 스스로 생각해도 본인이 보살 같다고 느껴졌다.

물론, 김초록이 아파하는 모든 과정을 함께하겠다고 약속한 건 지한준이었으니까.

"나 이제 헬스장 등록해서 운동 열심히 하려고!"

초록은 뭔가 결심한 듯 비장하게 말했다.

"너 그 얘기 지겹지도 않아? 아주 한 달 내내 그 얘기야."

"진짜야! 운동도 열심히 하고, 건강 챙기면서 취미 생활도 가지고 내 일도 열심히 해서 회사에서 인정받고 싶어. 나 진짜 잘 살고 싶어."

"전 남친이 여자친구라도 생겼대? 아니면 어제 애들한테 상처를 좀 받고 왔어?"

"이게 아주! 누나한테 까분다?"

초록은 운전하고 있던 한준의 볼을 꼬집었다.

"그 열심히 산다는 건 참 좋은데, 김초록은 자존감을 올려야 해."

"응. 그래서 나도 자존감을 팍팍 올릴 생각이야."

"그게 올린다고 올려지나? 스스로 경험하고 다듬는 거지."

"맞아. 내 남친님 말씀처럼 스스로 경험해서 다듬고 깎고 그러는 거지!"

"남친님? 남친님이 뭐냐! 넌 고운정 씨한테는 자기라고 하면서 나한테는 왜 이렇게 무뚝뚝한 거야?"

"너한테 자기? 어우."

"어우? 자기라고 해. 빨리."

"자기이."

"그따위로 늘어지게 느끼하게 하지 말고, 제대로 해 봐."

"자아기이~"

"야! 하지 마. 하지 마!"

한준은 투덜거리며 틱틱거렸다. 초록은 가만히 한준의 옆모습을 관찰하며 씨익 웃었다.

"왜? 네가 생각해도 너무 잘생겼어?"

"응."

"그래? 그럼 계속 봐."

"그럴까?"

초록은 한준을 빤히 응시하며 연신 미소를 지었다.

"한준아."

"엄마처럼 부르지 마라. 좀 다정하게 불러 봐."

초록은 이내 웃음이 터져 나왔다.

"있지. 너한테 정말 고마워."

초록은 진심을 담아 한준에게 말했다.

"뭐가 고마운데?"

"그냥. 나 지켜봐 주고 응원해 줘서."

"다시 말하지만, 나는 네 아빠가 아니야, 김초록아! 남자친구라니까!"

"알아! 근데 뭐!"

"남자친구니까, 사랑하는 남자니까! 너 지켜봐 주고 응원하는 건 당연한 거야."

"아니, 그게 아니라…… 사실 나 어제 전 남자친구 물건 전부 정리했거든. 관련된 거 전부 다. 사진도, 물건도, 편지도."

올라갔던 한준의 입꼬리가 제자리를 찾고 있었나.

"오해하지 마. 잊지 못해서 가지고 있었다기보단 그냥 추억이라 생각해서 가지고 있었어. 너한테 예의도 아니고……."

"나 그런 거에 그렇게 민감하진 않아. 추억이라 생각할 수도 있지. 그 남자만 그 시간을 보낸 건 아니니까. 너도 과거에 존재했던 사람이니까."

초록은 배시시 웃었다.

"근데, 무슨 생각이 들었는지 알아? 처음엔 사실 그 애를 원망했었어. 우리 관계가 이렇게 어그러진 것에 대해서 말이야. 그런데 시간이 지나고 보니까 내 문제점도 너무 잘 보였고 그동안 내가 얼마나 어린애처럼 굴었는지 깨닫고 돌아보게 됐어. 그리고 정말 멋있는 사람이 되고 싶다는 생각을 했거든. 열심히 살아서 지금보다 더 좋은 위치에 서면, 그 애를 포함한 나를 스쳐 갔던 사람들이 저렇게 좋은 여자를 만났었구나, 정말 멋있는 여자였구나, 하는 생각을 하며 나를 응원해 줬으면 싶었어. 그래서 더욱더 열심히 살고 싶어졌고, 내 스스로 자존감도 올려서 앞으로 같은 실수를 반복하고 싶지 않아졌다랄까……."

천천히 그녀의 말에 귀를 기울이고 있던 한준이 갓길에 차를 세웠다.

그는 안전벨트를 풀고 초록의 머리를 헝클듯 쓰다듬었다.

"누나, 어른스럽네?"

"오~ 그렇게 부르니까 색다르다."

초록이 머리를 쓰다듬던 한준의 손을 잡으며 싱긋 웃었다.

"나도 잘해 줄게, 초록아."

"지금도 충분히 잘하고 있어."

"너 웃는 게 정말 예쁜 사람이야. 그러니 항상 웃게 만들어 줄게. 근데 가끔은 울릴 수도 있는데……."

"감동으로 울리겠다고?"

"아니. 내가 좀 독한 남자라서…… 팩트 폭행을 제대로 하면 웬만한 여자들 다 울던데……."

"야!"

이놈은 잘 나가다 꼭 이런 식이다.

버럭 소리를 지르던 초록의 어깨를 잡고 한준이 그녀의 눈을 똑바로 맞췄다.

"그래서, 뽀뽀해? 안 해?"

한준은 참 신기하다. 가끔은 어른스럽기도 하면서, 또 한편으로는 애 같은 면이 있다.

눈을 감고 검지로 볼을 쿡쿡 찍어 누르는 그의 모습이 꽤나 귀여워 보였다.

"그래. 뽀뽀!"

초록은 한준의 볼에 쪽 소리가 나도록 애교 있게 뽀뽀를 했다.

"너, 연상의 매력이 뭔지 알아?"

초록이 싱긋 웃었다.

"연상의 매력이 뭔데."

"적극성."

초록은 말이 끝나기 무섭게 한준의 고개를 젖혀 거침없이 입술을 맞췄다. 갑작스러운 그녀의 행동에 오히려 순한 양이 된 것 같은 한준이 당황했다.

"이런 면이 있어? 김초록한테?"

"이쁜 짓 많이 해. 그럼 질리도록 해 줄게."

한준은 억지로 웃음을 참고 있었다.

그는 사실 안다. 그녀가 연상임을 내세워 당당해 보이려 한다는 것을.

저 바보 같고 순진한 여자는 알까?

전부 티가 난다는 것을.

"오늘은 뭐 하고 싶어?"

한준은 다시 운전을 하며 방향을 잡았다.

"음…… 일단 배고프니까 밥부터 먹자."

"먹고 싶은 건 있어?"

"오늘따라 파스타가 먹고 싶어. 파스타 먹을래?"

"너 로제 파스타 좋아해? 기가 막히게 잘하는 집 아는데."

"응. 먹으러 가자!"

"콜!"

한준이 초록을 데리고 향한 곳은 경기도 일산 근처의 외진 경양식 레스토랑이었다. 예쁜 꽃길이 펼쳐진 정원이 한눈에 들어왔다.

초록은 차에서 내리자마자 감탄해서 입을 다물지 못했다.

"대박 예쁘다!"

한준은 초록의 손을 잡고 레스토랑 안으로 들어갔다.

"어? 한준아!"

"형, 오랜만이네!"

한준은 마치 레스토랑 매니저와 잘 아는 듯이 반갑게 인사했다.

"누구야? 여자친구?"

"응. 인사해. 내 여자친구 김초록."

한준은 지인에게 초록을 여자친구라 소개했다. 초록은 어색하게 웃으며 인사를 건넸다.

"안녕하세요! 박상원이라고 합니다."

"네. 안녕하세요! 이로써 지한준이 데려온 열일곱 번째 여성분이시네요."

상원의 어색한 농담에 한준은 고개를 저었다.

초록은 빙그레 웃으며 당황하지 않고 답했다.

"괜찮아요. 전 한준이가 열여덟 번째 남자라서."

"어우, 이런 거지같은 농담도 잘 받아 주시는 걸 보니 된 분이시네! 하하!"

"거지같은 농담인 건 알아? 형. 우리 로제 파스타 먹으러 왔어. 진짜 맛있게 만들어 줘야 해. 초록이한테 자랑 엄청 해 놨어."

두 사람은 상원의 안내를 받아 자리를 잡았다.

겉옷을 벗어 의자에 걸쳐 두던 초록은 갑자기 한준에게 궁금증이 생겼다.

"지한준."

"또 그렇게 부르네. 좀 다정하고 스윗하게 불러 봐."

"음…… 내가 연하는 처음이라 너를 뭐라고 불러야 할지."

"나도 연상은 처음이거든?"

"댕댕이라고 부를 수는 없고……."

"내가 개야?"

"그렇다고 자기라고 부르자니 온몸에 소름이 끼치고……."

"내가 그 정도로 소름 끼치고 역겨워?"

"조용히 해 봐. 생각 중이니까."

"여보. 여보 어때? 여보라고 해."

"너랑 나랑 결혼한 사이도 아닌데, 그런 말이 쉽게 나와?"

"또 시작이네. 그냥 애칭이지, 멍청아!"

"넌 사귄 사람마다 전부 여보라고 불렀나 뵈? 가벼운 자식."

"야! 솔직히 그건 아니다. 사람마다 다른 거지! 너처럼 애칭에 진지한 사람이 있는 반면, 적극적으로 부르는 사람도 있다고. 그게 가벼워서 그런 건 아니잖아? 요즘은 중고딩도 다 여보, 자기 하던데."

"으, 징그러워."

"난 네가 더 이상하다. 아, 몰라! 기대할 걸 기대해야지. 근데 나 왜 불렀어?"

"아, 맞다. 나 너한테 궁금한 게 있어."

"뭔데?"

"이런 거 물어봐도 될지 모르겠는데, 넌 마지막 연애가 언제야?"

한준이 어이없이 웃었다.

"그런 건 왜 물어봐?"

"그냥. 너는 나에 대해 다 알고 있는데, 나는 정작 너에 대해 모르는 것 같아서."

"여자들은 왜 그걸 궁금해하는지 모르겠어. 전 연애에 왜 그렇게 집착을 해?"

"집착이 아니라…… 같은 실수를 해서 헤어질까 봐 조심하려고 하는 것도 있어. 그리고 궁금하기도 하고 말이야. 원래 연애라는 두 글자가 제일 재미있는 얘기잖아."

"그게 무슨…… 어휴."

곧이어 두 사람의 앞에 파스타 접시가 놓였다.

"초록 씨 많이 드세요!"

"아, 감사합니다!"

상원이 파스타를 놓고 사라졌다. 한준은 말없이 파스타를 포크로 돌돌 말다가 툭 던지듯 말했다.

"그렇게 궁금해? 마지막 연애에 대해?"

"응!"

"아무튼, 네가 해 달라고 해서 하는 얘기니까 기분 나빠하지 마."

"기분이 왜 나빠. 난 듣는 거 좋아. 헤헤."

한준은 고개를 절레절레 흔들었다. 김초록은 정말 알 수 없는 신기한 여자다.

지나치게 쿨하거나, 오지랖이 넓거나 둘 중에 하나겠지.

"난 2년 전에 헤어졌어. 꽤 됐어."

"진짜?"

"응."

"왜 그동안 연애 안 했어? 너 정도면 줄을 설 텐데."

"고맙다. 그렇게 남 얘기 하듯 치켜세워 줘서."

"하하, 사실인걸. 운정이가 그러더라고. 너 정도면 여자들이 줄을 설 남자니까 꽉 잡으라고!"

"고운정 씨가 사람 볼 줄 아시네."

초록이 해맑게 웃었다.

"헤어진 이유는?"

"야, 꼭 인터뷰하는 거 같아. 진짜 듣고 싶어?"

"뭐 어때! 어차피 넌 이제 내 남자친군데."

"오, 그 말 듣기 좋다. 날 소유했다 이거지?"

"왜 헤어졌냐고!"

"아, 좀! 얘기해 줄게."

저 여자, 진심으로 궁금하긴 한가 보다. 한준은 천천히 입을 떼었다.

"난 대학생이었고, 여자친구는 비행하던 승무원이었어."

"와, 대박 예뻤겠네."

"외모로 따지자면 그렇지. 내 눈에도 예쁘지만 남 눈에도 예뻐야 어느 정도 유리한 직업이니까. 근데 그 친구 주변엔 능력 있고 재력 있는 연상들이 득실거렸고 가난한 대학생을 만나기엔 그 친구가 아까웠다고 주변에서 하도 주입을 시키니 나름대로 그 애도 스트레스였나 봐. 원래 그런 애가 아니었는데, 점점 변하더라고. 장미꽃 한 송이보다 장미꽃 삼백 송이를 좋아하게 됐고, 떡볶이보다 호텔 브런치를 더 좋아하게 됐고, 대중교통보다는 외제차에 더 익숙해진 그 친구는 결국 재고 따지게 됐어. 그걸 나한테 들켜 버렸고 서로 끝이 난 거지."

"그렇구나. 근데 결국 너도 어린 나이에 나름대로 성공한 케이스잖아?"

"참 사람 일 모른다는 게, 그 애랑 그렇게 헤어지고 취업을 했어. 그리고 그 와중에 평소에 준비하던 일을 투잡으로 병행하면서 마음 맞는 친구들이랑 창업을 했는데 결국 그게 잘 풀려서 이 자리까지 오게 된 거지."

"잘 풀리고 나서 돌아가고 싶진 않았어? 과시하고 싶거나 뭐 그런 거."

"아니. 과시하고 싶진 않고 그냥 뿌듯했어. 나이 많은 남자들이 그 애한테 해 주던 거, 지금 나도 해 줄 수 있는데 결국엔 헤어졌으니 다른 여자가 누릴 행복인 거잖아. 바로 김초록 네가."

가만히 그의 이야기를 듣던 초록의 표정이 살짝 굳어졌다.

"한준아, 근데 말이야. 아주 만약에, 네가 학생 신분이거나 어려운 상황이었다면 내가 너를 만났을까?"

"아니. 안 만났겠지. 냉정한 말이지만 아마 안 만났을 거야."

초록이 씁쓸한 미소를 지었다. 뭔가 죄스러운 기분이 들기도 했다.

"근데 내가 여자라도, 당연히 그런 생각 했을 거야. 게다가 김초록 네 나이라면 더더욱 그랬을 거고. 전혀 서운하거나 섭섭하거나 그렇지 않으니까 그런 표정 짓지 마."

"나 속물 같아?"

"아니. 속물이고 싶은 바보 같아. 너."

한준은 초록에게 손을 내밀고 미소 지었다. 초록은 테이블 위에 손을 올리고 한준의 손을 잡았다.

"좋은 여자를 만나고 싶어서 노력하며 살았고, 아무나 만나지 않으려고 지금껏 기다려 왔었어. 내가 본 너는 충분히 예쁘고 착하고 올바른 사람인데 조금만 끌어당기면 더 멋진 여자가 될 것 같아. 어쩌면 네가 나보다 더 멋있어질지도 모르지. 난 이제 누군가에게 해 줄 능력을 갖춰 가는 남자니까 놓치지 말고 꽉 잡아라."

초록에겐 더할 나위 없이 뭉클한 말들이었다.

"넌 나를 믿어?"

초록이 떨리는 목소리로 물었다.

"응. 정확히 말하자면 너보다 네가 가진 기운을 믿어. 넌 잠재력이 엄청난 여자거든."

"대체 뭘 보고 그런 생각을 하는 건데? 우리 만난 지······."

"얼마 안 됐지. 근데 그런 사람 있지? 하나를 보면 열을 안다고. 넌 마음씨도 착하고 배려심 많고 감사할 줄 아는 여자거든. 이런 사람은 뭘 해도 성공할 거야. 내가 믿어. 그러니까 너도 너를 믿고 너의 잠재력을 최대한 이끌어서 세상에 펼쳐 봐. 내가 도울게."

그래. 지한준은 이럴 때 정말 연상 같은 남자다.

초록은 고개를 끄덕였다. 어느새 눈시울마저 붉어진 그녀는 어딘가 마음이 꽉 채워지는 느낌을 받았다.

정말 좋은 남자.

좋은 사람.

나를 좋은 쪽으로 변화시키는 사람.

그리고, 정말 변하고 싶게 만드는 사람.

"진하야!"

두리번거리던 진하에게 세정은 손을 흔들었다.

진하는 세정의 곁으로 다가가 앉았다.

"줄 거 있다며. 줄 게 뭐야?"

진하는 세정에게 전해 줄 것이 있다며 그녀를 불러냈던 참이다. 그는 커다란 대형 쇼핑백에 가득 무언가를 담아 세정에게 건넸다.

"이게 뭔데?"

"초록이 거야. 서울로 이사 오면서 정리하다 보니 초록이 물건이 꽤 많더라고. 버리기도 좀 뭐하고, 세정이 네가 대신 전해 줬으면 좋겠어. 둘이 친하잖아."

"하여튼 내가 너희 둘 때문에 늙는다. 중간에서 이게 대체 뭐 하는 짓이야? 어휴."

"미안. 밥이나 먹으러 가자! 내가 밥 사 줄게."

"안 돼. 나 남편하고 저녁에 뮤지컬 보러 가기로 했어. 아주 잠깐 나온 거야. 커피 마시고 일어나야 해."

"신혼 생활은 어때? 좋아?"

"혼자보단 둘이 낫지만, 둘보단 혼자가 나을 때가 있지. 그냥 사람 사는 건 다 똑같더라."

"난 결혼이라는 거에 두려움을 많이 느꼈었어. 근데 결혼한 사람들 말 들어 보니 별거 아니라고 하더라."

"원래 예정대로라면 초록이랑 너, 지금쯤 딴딴딴 했겠지."

"다 지난 일이다. 이젠 돌이킬 수도 없지."

진하는 어딘가 쓸쓸해 보였다.

"석진하, 이미 버스는 떠났어. 초록이 다시 연애하고 있고, 너도 새 사람 만나야지."

"아직은 누굴 만날 생각 없어. 일에 집중하고 내 시간을 좀 가져보려고 해."

커피를 마시던 진하의 입꼬리가 미세하게 움직였다.

"근데, 너 다슬이랑 정말 아무 사이도 아니지?"

세정은 걱정스러운 말투로 그에게 물었다.

"갑자기 왜?"

세정이 다슬에 대해 질문하는 것을 보니, 진하는 뭔가 자신이 모르는 두 사람만의 이야기가 오고 간 것 같아 불쾌한 표정을 감출 수 없었다. 그의 표정을 캐치한 세정이 황급히 수습하기 시작했다.

"아니, 별다른 뜻은 없고! 보니까 김다슬이 너한테 관심이 아주 많은 것 같아서. 넌 어떤지 궁금하니까!"

"별로 아무 생각 없어. 마주칠 일도 없을 테고. 나 이제부터 가급적이면 모임 안 나간다. 초록이가 신경 쓸까 봐 일부러 더 빠짐없이 나간 것도 있는데 오히려 서로 좋을 것도 없더라."

"그래. 잘 생각했어. 그리고 다시 물어봐서 미안한데, 너 정말 다슬이한테 아무런 호감 없는 거지?"

"왜 자꾸 물어봐! 없다니까."

"그래. 그럼 됐어. 괜히 엮이지 말라고! 초록이도 애들도 기겁하는 상황 만들지 말라는 얘기야! 물론 네가 호감이 있다면 달라질 문제겠지만……."

"당분간은 연애할 생각 없다. 쉬고 싶어."

그는 뭔가 지쳐 보였다.

"왜. 석진하 너 정도면 금방 연애할 텐데. 초록이도 하는 마당에 너도 여러 사람 만나보고 해 봐. 너희 둘, 꽤 오래 서로한테 집중하느라 서로한테만 맞춰져 있잖아."

"두려워서."

그의 씁쓸한 표정이 모든 것을 말하고 있었다.

"뭐가 그렇게 두려운데?"

"사람이야 만날 수 있겠지. 근데 난 이번에 깨달은 게 뭔지 알아? 가장 평범하고 소소한 게 어렵다는 걸 알았어. 그냥 사람들은 이 사람 저 사람 만나다 보면 자연스럽게 결혼으로 이어지고 가정을 꾸리고 평생 책임지고 산다지만, 그게 얼마나 어려운 건지 알았다. 죽고 못 살던 사이라도 남보다 못한 사이 되는 거 시간문제더라."

세정은 깊은 한숨을 내쉬었다. 도무지 이해할 수 없는 석진하와 김초록.

"아니, 이럴 거면 왜 헤어진 거야? 너희 두 사람."

진하는 오묘한 미소를 흘리며 커피를 마실 뿐이었다. 이젠 그의 옆에 초록은 없다.

이별 뒤 얻은 큰 깨달음만으로 초록에게 감사할 뿐이다. 그리고 정말 김초록이라는 여자의 행복을 빌어야만 했다.

그게 헤어진 연인에 대한 예의였고, 초록에 대한 의리를 지키는 길이었다.

왜 사람들은 그 당시 상황에 직면하면 앞뒤가 안 보이는 걸까. 지나고 보면 아무것도 아닌 일들이거나, 조금의 이해심이 있었다면 혹은 상대방에 대한 예의를 지켰다면 달라졌을 부분일 수도 있는데.

세정은 멍청이 친구 두 사람이 너무나도 안타까웠다.

하지만 되돌릴 수 없고, 더 이상 미련을 두어서도 안 될 사람들이다.

"아무튼, 이 물건 초록이한테 잘 전해 줄게."

"고마워."

"넌 그럼 쭉 서울에 있는 거야?"

"응. 근데 당분간은 서울에 없을 거야."

"뭔 소리야? 서울에 있는데 당분간은 없다니?"

"나 해외파견 신청했어. 아마 1~2년 걸릴 거야."

세정의 두 눈이 번쩍 뜨이며 커졌다. 진하는 씨익 미소를 지었다.

"너 많이 힘들구나."

"조금? 아주 안 힘들다면 거짓말이고."

누군가 그랬었다. 후폭풍은 엄청난 아픔과 고통이라고.

세정은 바로 진하가 그 빌어먹을 후폭풍이라는 것에 시달리고 있다는 생각이 들었다.

"그래. 뭐, 넓디넓은 곳에 다녀오면 좀 나아질지도 모르지. 어디로 가는데?"

"미국."

"진짜? 석진하 진짜 능력 있네. 그거 아무나 가는 거 아닐 텐데? 특히 너희 회사에선."

"부장님이 추천해 주셔서. 부장님 가산점이라는 것을 좀 받았지."

세정은 그래도 스스로 이겨 내 보겠다고 발버둥 치는 그가 멋있어 보이기도 했다.

초록과 진하를 누구보다 곁에서 지켜본 그녀의 입장에서는 두 사람 모두 멋진 친구들이었으니까.

"나 슬슬 일어나야 해."

"아, 너 차 놓고 왔지? 데려다줄까?"

"아니야. 남편이 근처에 있거든. 데리러 올 거야."

세정의 입에서 남편이라는 소리가 나오자 매우 어색하게 느껴졌다. 진하는 아직도 왈가닥 이세정이 결혼을 했다는 게 너무 신기했다.

"석진하, 건강하게 잘 다녀와. 초록이 물건은 내가 잘 전해 줄게."

"고마워. 다녀오면 나중에 한번 보자."

"응. 몸 잘 챙기고! 힘들어하지 말고!"

"그래. 잘 가라."

세정은 손을 흔들며 진하가 건넨 쇼핑백을 들고 사라졌다. 진하는 그녀가 들고 있던 쇼핑백에서 눈을 떼지 못했다.

만감이 교차했다.

마치 초록이 떠나는 것만 같아서.

"파프리카도 살까? 양파랑 같이 넣어도 맛있겠다!"

카트를 밀고 한 시간째 초록을 쫓아다니던 한준의 표정은 거의 울상이었다. 초록은 한준에게 요리를 해 주겠다며 이것저것 고르고 또 골랐다.

"누나, 대체 뭘 만들 건데?"

한준이 그녀를 '누나'라고 칭할 때는, 정말 한계가 왔다는 뜻이기도 했다.

초록은 천진난만하게 휙 돌아서서 시식코너에 있던 만두를 한준의 입속에 넣어 주었다.

"만두도 살까?"

"아니. 나 저녁 안 먹어도 될 것 같아. 시식만으로도 만족해."

"아니야. 내가 맛있게 해 줄게."

"여기 계신 어머님들의 사랑의 손맛이 나를 배부르게 만들었어."

"음, 대충 다 산 것 같다!"

그녀는 한준의 말 따윈 들리지 않는 듯했다. 양손 가득 장을 보고 겨우겨우 짐을 트렁크에 밀어 넣고서야 만족한 표정으로 씨익 웃는 초록을 보니 한준은 피곤한 내색을 할 수 없었다.

"강아지. 요물."

"응? 내가 뭐?"

"여우가 별게 여우가 아니야. 남자가 여자를 좋아하는 순간, 그건 권력이 되는 것 같아."

"뭐라는 거야. 빨리 출발이나 하세요!"

한준은 갑자기 안전벨트를 풀고 휙 돌았다.

"여보."

"어우우, 여보래. 징그러워!"

애칭을 부르는 남자친구에게 징그럽다고 표현하는 여자는 또 처음이었다.

"여보!"

"그 여보 소리 하지 마!"

"싫어. 여보, 빨리 대답해."

"악! 간지러워!"

초록을 쿡쿡 찌르며 괴롭히듯 간지럽히던 한준이 초록을 덥석 품에 안았다.

"내 집에 가면 뭐 만들어 줄 건데?"

"밥."

"그럼 일단 우리 집에 들어온다는 거네?"

"그…… 그렇지. 너 갑자기 왜 그……."

한준은 뭔가 말하려던 초록의 입술을 막았다.

고른 숨결과 부드러운 입술의 촉감이 그녀의 온 정신을 휘감듯 몽롱하게 만들었다.

서서히 떼진 입술은 천천히 초록의 이마로 향했다. 살포시 이마로 내려앉은 그의 입술이 다시 초록의 시야에 보였다.

"일단 집에 가서 마저 한다."

"웃겨! 딱 밥만 해 주고 먹고 가는 거야. 알겠어?"

"싫은데?"

"너! 내 허락 없이 내 몸에 손대기라도 하면 죽어!"

"연상의 매력은 적극성이라며?"

"그랬지."

"그럼 연하의 매력도 적극성이야. 오늘 나를 너무 믿지 마라."

"빨리 출발이나 하세요. 배고파!"

아이 다루듯 한준을 밀어내고 초록은 안전벨트를 했다.

입가에 피식 지어지는 미소. 한준의 모든 행동이 귀엽게 느껴졌다.

"어? 비 온다!"

차를 타고 이동하던 두 사람은 신호 대기 중 비가 쏟아지자 창 밖으로 시선을 돌렸다.

"비 온다는 말 없었는데."

"그러게. 그냥 소나기겠지?"

"어차피 집에 가니까!"

"금방 그치겠지."

어느새 한준의 집 근처에 도착한 두 사람. 비가 오는 탓에 오피스텔 주차장엔 자리가 없었다. 어쩔 수 없이 지하 주차장을 빠져나와 지상에 차를 세운 한준이 안전벨트를 풀고 말했다.

"나 장본 거 꺼내서 갈 테니까 먼저 뛰어가. 알겠지?"

"아냐. 나도 같이 들어 줄게!"

"어허, 이런 건 내가 합니다."

"같이 들자. 너 두 번이나 왔다 갔다 해야 하잖아."

초록은 막무가내로 내려 냉큼 트렁크에서 짐을 들었다. 쏟아지는 빗줄기에 두 사람은 조금씩 몸이 젖어 갔다. 겨우겨우 뛰어 오피스텔 입구에 들어선 두 사람은 생쥐 꼴이 된 서로를 보며 씨익 웃었다.

"감기 걸리겠다. 빨리 들어가자."

한준이 서둘러 현관 비밀번호를 눌렀다. 짐을 대충 현관 근처에 내려놓은 한준이 초록을 덥석 안아 버렸다. 초록은 화들짝 놀라 그대로 몸을 돌리려 했다. 현관문 센서 등이 깜빡이며 사방이 어두컴컴해지자 한준이 그녀의 귀에 속삭였다.

"8421. 언제든지 와도 괜찮아."

"뭐가?"

"우리 집 비밀번호."

"야, 축축해! 일단 이것 좀 놓고!"

부끄러운 건지 아니면 어색한 건지 초록은 애정 표현에 서툴렀다. 한준은 웃음이 터져 나오려던 것을 꾹 참고 화장실에서 수건을 가져왔다. 초록의 머리를 털어 주던 한준이 말했다.

"김초록."

"응?"

"밥 나중에 먹고……."

"응?"

한준은 갑자기 초록을 번쩍 안아 들고 천천히 소파에 기대 눕혔다. 당황한 그녀가 두 눈이 휘둥그레져 한준을 바라보자 한준은 씨익 미소를 지었다.

"너! 너 뭐 하려고!"

"궁금해?"

"야! 너 진짜 나한테 혼……."

초록은 알까.

온종일 눈을 마주칠 때마다 입술에 이렇게 닿고 싶었다는 것을.

자꾸만 화들짝 놀라고 움찔거리는 그녀를 배려하느라 꾹꾹 마음을 눌렀다는 것을.

"걱정 마. 너 싫다는 짓은 안 하니까."

"시…… 싫은 게 아니라."

"키스는 해도 되지?"

별걸 다 물어본다.

"그런 걸 물어보고 하냐!"

"그럼 어쩌라고? 허락 없이는 아무것도 하지 말라는데?"

한준의 말도 일리는 있다.

초록이 헛기침을 하며 고개를 살포시 끄덕였다.

"내 맘대로 하면 진짜 큰일 나?"

"어허, 어디서 누나한테!"

괜스레 얼굴이 붉어진 초록이었다. 한준은 몸을 일으켜 침실로 들어가 이불을 가져왔다. 비를 맞은 탓에 초록이 조금씩 몸을 떠는 모습에 그는 가만히 이불을 덮어 주었다.

"밥은 나중에 해 줘도 괜찮으니까, 너 일단 한숨 푹 자. 졸려 보여."

사실 온종일 돌아다닌 탓에 피로가 몰려오고 있던 참이었다.

세심한 그는 그런 것까지 짚어 냈다. 운전하느라 본인이 더 고생했을 텐데 말이다.

"넌 뭐 하려고?"

초록이 화장실로 향하려던 한준에게 말했다.

"나? 난 씻고 옷 좀 갈아입으려고."

초록은 슬그머니 이불을 끌어당겨 온몸을 감쌌다. 한준은 그런 초록의 행동에 어이가 없다는 듯이 실소를 터트렸다.

"야, 비 맞아서 찝찝해서 그래!"

"누가 뭐래? 난 아무 말도 안 했어!"

"너도 옷 줄까? 갈아입어."

한준은 옷장에서 트레이닝복을 꺼내 초록의 옆에 툭 던졌다. 고개를 절레절레 저으며 화장실로 향하던 그는 다시 몸을 휙 돌려 초록을 응시했다. 초록은 이불을 뒤집어쓰고 아무렇지 않은 척 누워 있었다.

샤워를 마친 한준이 머리를 털며 화장실에서 나왔다.

스킨을 얼굴에 톡톡 두드리며 거울을 보고 있는 그를 힐끗거리던 초록은 이불을 털고 일어났다.

"나도 머리 감아도 돼?"

"당연히. 근데 그걸 왜 물어?"

초록은 배시시 웃으며 말했다.

"물 쓰고 전기 쓰는데 집주인 허락받아야지."

"이상한 소리 하지 말고 찝찝할 텐데 깨끗하게 씻어라. 샤워를 해도 좋으니 그런 거 물어보지 말고."

"샤…… 샤워는 괜찮아."

초록의 얼굴이 빨갛게 달아올랐다. 초록이 화장실로 들어가자 한준은 터져 나오는 웃음을 참지 못하고 큭큭거리며 웃었다.

"정말 어지간히 신경 쓰네. 바보."

한준은 현관에 어지럽혀진 봉투를 집어 들어 하나둘씩 정리하기 시작했다.

그가 야채와 햄을 꺼내 큼지막하게 썰고 있을 때였다. 초록이 나타났다.

"지한준, 너 뭐 해?"

"보면 몰라? 요리하잖아."

"뭐야? 나와! 내가 해 주기로 했잖아!"

"누가 하면 어때. 나도 하면 한다! 가서 앉아 있어. 피곤해 보이던데 좀 더 자든가."

한준은 기어코 요리를 하겠다며 초록을 거실로 이끌었다. 하는 수 없이 TV를 시청하며 앉아 있던 초록은 내심 신경이 많이 쓰이는지 한준을 바라보고 있었다.

"내가 도와줄 건 없어?"

"응. 그냥 가만히 앉아 있어."

"내가 해 주고 싶었는데."

"오늘은 너 피곤해 보여서 쉬게 해 주려는 거야."

그의 서툰 칼질 소리가 초록을 불안하게 만들면서 흐뭇하게 만들었다. 한 시간이 꼬박 지나서야 초록은 그의 요리를 먹어 볼 수 있었다. 나름 보기에는 먹음직스러워 보이는 야채 볶음밥이었다.

"오, 지한준! 너 제법이다?"

"먹어 보지도 않고 제법 소리가 나와?"

"아니, 뭐. 야채 볶음밥이 다 거기서 거기겠지. 일단 시각적으로는 합격이야!"

"그래? 그럼 이제 미각적으로 평가를 해 봐."

초록은 야채 볶음밥을 떠서 한입에 넣었다. 오물오물거리며 볶음밥을 먹던 초록의 표정이 구겨지기 시작했다.

"맛없어?"

"그…… 그런 건 아닌데……."

초록의 구겨졌던 미간은 점점 더 찌푸려지고 있었다.

"너무 짜……."

"아, 그래? 어디 한번!"

한준은 볶음밥을 입에 넣고 얼마 되지 않아 벌떡 일어나 뱉어 버렸다. 도저히 짜서 먹을 수가 없었다.

"아…… 뭐지? 분명히 블로그 보고 따라 했는데. 소금을 괜히 뿌렸나?"

"소금을 왜 뿌렸어. 아으……."

"버려야겠다! 먹지 마. 속 버린다!"

한준은 볶음밥이 담긴 그릇을 치우려 했다. 초록은 그런 그를 만류하며 그릇을 빼앗았다.

"왜 그래?"

"아냐. 내가 이 밥, 고쳐 줄게! 버리긴 왜 버려! 아까운데!"

초록은 자리에서 일어나 밥을 다시 볶았다. 양파를 비롯해 각종 야채와 해산물까지 곁들여 짠맛을 죽였다.

얼마 지나지 않아 그녀는 야채 볶음밥을 훌륭한 해산물 볶음밥으로 재탄생시켰다.

"짜잔! 해산물 볶음밥 대령이오!"

흡족한 맛이었다. 엄지손을 치켜올리며 맛있게 밥을 먹는 한준을 보니 초록은 뿌듯해졌다.

"김초록, 너 진짜 마법사네. 그따위 소금 볶음밥을 이렇게 만드는 거 보면."

"제가 자취 경력이 좀 되거든요."

"고마워. 이렇게 맛있는 저녁 만들어 줘서!"

"너와 나의 합작품이야. 많이 먹어!"

함께 저녁을 먹으며 이런저런 이야기를 나누던 두 사람은 설거지까지 완벽하게 끝내고 거실 소파에 나란히 앉아 영화를 봤다. 한준의 어깨에 기대있던 초록은 눈이 반쯤 감겨 있었다. 초록이 꾸벅꾸벅 졸고 있다는 것을 눈치챈 한준은 리모컨으로 TV를 껐다.

"자자."

"으응?"

"자자고!"

한준이 초록을 번쩍 안아 들고 침실로 향했다. 초록을 조심스레 침대에 눕힌 그는 슬그머니 초록의 옆에 누우려 했다. 그런데!

"어딜 누우려고!"

눈을 껌뻑이며 졸던 그녀는 온데간데없었다. 이불을 돌돌 말아 몸을 감싼 초록은 경계의 눈빛으로 한준을 응시했다.

"뭐야! 옆에 누우면 안 돼?"

"응."

"왜?"

"우리 아빠가 남자는 다 늑대랬어."

한준은 어이가 없을 지경이었다. 하도 기가 막혀서 말문이 막혀 버렸다.

"너…… 하나도 안 웃겨."

"뭐가 웃겨?"

"네가 스무 살이면 귀엽기라도 하겠는데, 이건 아니지."

"뭐가 아닌데?"

"아, 몰라! 나도 졸려. 비켜 봐! 옆에 눕게!"

"그럼 네가 침대에서 자. 내가 바닥에서 잘게!"

이 여자 왜 이러는 걸까?

"와, 진짜 돌겠네. 난 네 남자친구지, 괴물 아니거든요?"

"괴물이 되어 덮치면 어떻게 해?"

정말 초록은 알다가도 모를 여자다.

한준은 고개를 저으며 한숨을 내쉬었다.

"야, 됐어! 내가 바닥에서 잔다. 너야말로 내 옆에 오면 죽는다!"

한준은 투덜거리며 바닥에 철퍼덕 누워 버렸다. 몸을 돌려 누워 있던 그는 얼마 가지 않아 슬쩍 고개를 들어 몸을 틀었다.

"김초록, 자냐?"

"……."

"아, 추워. 이불도 없고. 추워 죽겠네!"

"……."

"아, 추워서 안 되겠다. 옆으로 간다?"

"……."

"강한 부정은 강한 긍정이랬다!"

한준은 벌떡 일어나 침대로 향했다. 갑자기 이불을 휙 차 버린 초록이 두 팔을 벌렸다.

대체 이건 뭐 하자는 거야?

"뭐 하냐?"

"춥다면서."

"옆에 오지 말라며!"

"너 귀여워서 장난 좀 친 거야!"

기가 막혀서.

한준은 그대로 초록에게 돌진하듯 그녀의 품에 파고들었다.

연하의 매력이란 바로 이런 것이지.

"누나."

"너는 꼭 이 순간에 그렇게 불러야겠어?"

"나도 억울해서 그래."

"유치하기는!"

활짝 미소를 짓는 입술 사이로 그녀의 하얀 치아가 보인다. 한준은 살며시 그녀에게 입술을 포개었다.

혀끝의 감촉이 부드러웠다. 부드러운 그의 입술은 자연스럽게 천천히 그녀의 목덜미로 향했다.

입술의 감촉이, 숨결이 피부에 닿을 때마다 초록은 움찔거렸다.

그의 손길은 초록의 옷 속으로 파고들어 왔다. 온몸이 조금씩 달아오르며 뜨거워지려 할 때, 초록은 감고 있던 두 눈을 번쩍 뜨고 일어났다.

"왜 그래?"

"그…… 그거."

"뭐?"

"그 있잖아. 그거…… 있어?"

한준은 고개를 갸웃거리다 피식 웃었다.

"걱정 마, 인마! 오빠 모르냐?"

"너 내가 무슨 말 하는지 알지?"

귀여운 것 같으니라고!

한준의 두 눈이 반달처럼 변했다.

초록은 때론 그 미소를 볼 때마다 가슴이 쿵 내려앉으며 설레곤 했다.

그의 눈이 반달이 되어 입꼬리가 슬쩍 올라갈 때.

바로 지금 이 순간처럼.

"널 걱정시키는 일은 없어."

부드러운 손길이 다시금 시작됐다.

숨소리가 본격적으로 거칠어지기도 전에 그는 그녀의 모든 것을 무장 해제시켜 버리고 말았다.

몸도, 마음도.

양쪽 미간에 잔뜩 인상을 쓰고 파르르 떨던 초록이 조금씩 긴장을 풀었다.

지금 눈을 뜨면, 그의 얼굴이 바로 보이겠지.

지금 이 두 손으로 그의 얼굴을 만지면 그는 어떤 표정을 지을까.

초록은 조금씩 감았던 눈을 떴다.

"무서워?"

이번엔 초록이 피식 웃었다.

"내가 애야?"

"아니."

"근데 왜 무섭냐고 물어봐?"

"네 마음이 다 열리지 않았을까 봐. 나한테 확신이 없을까 봐."

오히려 두렵고 무서운 것은 한준일지도 모른다.

초록은 천천히 두 팔로 한준의 목덜미를 감싸 안았다.

그녀가 천천히 그를 끌어당기며 말했다.

"한 가지 분명한 건……."

"분명한 건?"

"내가 설레고 있다는 거야. 떨리고 있다는 것."

한준이 알 수 없는 미소를 지었다.

"왜? 만족스러운 답이 아니었어?"

"아니. 그거면 충분해."

그는 살포시 초록의 이마에 입술을 맞췄다.

"너는 느려도 돼. 내가 천천히 맞춰 줄게."

한준의 한마디가 가슴속 깊은 곳에 울림을 전했다.

초록의 마음이 벅차오르던 밤, 비로소 그녀는 그를 받아들였다.

누군가의 사람이 되어.
누군가의 완벽한 여자가 되어.
그렇게.
연인이라는 이름으로 거듭나게 되었다.

5. 연애와 결혼 사이

"어쩌지? 나 오늘 야근할 것 같아."

어느새 길게 늘어지던 생머리는 짧은 단발머리가 되어 있었다.

누군가와 전화를 하던 초록은 전화를 끊고 다시 책상에 앉아 흐뭇하게 웃었다.

"거짓말도 이젠 선수 급이네."

운정이 슬그머니 다가와 말했다.

"우리 여보 서프라이즈 해 줄 거야!"

"세상에, 마상에."

초록이 한쪽 눈을 찡긋거리며 애교를 피우자 운정은 고개를 저었다.

저 언니, 2년이라는 시간 동안 대체 무슨 일이 일어났던 거야?

"여보라니. 김초록의 입에서 여보라는 소리가 나오다니!"

"헤헤, 어색해?"

"아니. 내 자기를 빼앗긴 기분이야."

"아잉~ 왜 그래~"

"이젠 안 되던 애교까지?"

"히히."

연애란 무릇 그런 것인가 보다.

연하남 한준은 2년 동안 초록을 참 많이도 바꿔 놓았다.

나긋나긋한 목소리, 애교 있는 말투.

운정은 초록의 변화를 좋게 받아들이기로 했다. 적어도 행복해 보였으니까!

"그래서, 뭘 어떻게 해 줄 작정인데?"

한준의 서른 번째 생일.

하필이면 그의 출장이 생일에 잡혔고, 결국 한준의 출장 전날 초록은 서프라이즈 이벤트를 해 줄 생각이었다.

"일단 오늘은 반차 쓰고 한준이 집에 가서 싸악 청소부터 할 거야."

"우렁각시를 하겠다?"

"미역국도 끓여 놓고, 맛있는 것도 만들어 놓고! 저녁은 집밥 먹일 거야. 퇴근 시간에 맞춰서 몰래 몸만 나오고, 한준이 집에 들어가는 거 보고 따라 들어가서 짜잔~"

"참, 김초록답다. 쯧."

"뭐가?"

"요즘 누가 그런 구닥다리 이벤트를 하냐."

"뭐가 어때서!"

"그냥 돈 주고 선물을 사."

"선물도 샀어!"

"참 지극 정성이다. 그냥 돈 주고 선물 사면 그만이지!"

"추억을 만들어 주는 것도 큰 선물이란다."

"그래? 그럼 나도 서른인데 나한테는 뭘 해 줄 거야?"

"우리 미운정은 또 내가 특별히…… 생각해 볼게."

"변했어. 자기 변했어! 완전히 돌아섰어!"

운정은 입을 삐죽거리며 자리로 돌아갔다. 초록은 책상 위에 있던 포스트잇을 바라보며 미소 지었다.

빼곡하게 적힌 음식 재료들이 그녀를 기분 좋게 만들었다.

오후 4시.

분명히 4시라고 했었다. 근데 코빼기도 보이질 않는다.

다슬은 두리번거리며 누군가를 열심히 찾고 있었다.

"야! 석진하!"

베이지색 롱코트를 입고 천천히 공항을 빠져나오려던 진하는 낯익은 얼굴을 발견하고 한숨을 내쉬었다.

저 거머리. 완벽한 거머리.

대체 어떻게 알고 또 따라왔단 말인가!

진하는 고개를 푹 숙였다.

"너, 내가 별로 안 반가운 모양새다?"

"응. 어제 본 사람 같아서."

"어제 본 거 맞지 뭐. 영상 통화도 얼굴이긴 얼굴이니까!"

"넌 일 안 해? 왜 그렇게 한가하냐?"

"너 때문에 연차 썼단 말이야!"

"그러니까 왜 그런 무모한 짓을 하는데?"

다슬은 진하의 말이 끝나기 무섭게 그에게 달려들어 세차게 안았다.

"귀국 축하해, 석진하! 보고 싶었어!"

진하는 갑작스럽게 달라붙다시피 안겨 버린 다슬을 떼어 냈다.

"적당히 좀 해."

정색, 무뚝뚝한 말투.

다슬은 그의 곁에서 뚝 떨어져 입술을 삐죽 내밀었다.

"너, 솔직히 너무해."

"뭐가."

"2년을 넘도록 주구장창 너만 따라다녔어."

"그러니까, 왜 그러는 거야?"

"몰라서 물어? 내가 너 좋아한다니까!"

"나는 너 안 좋아해."

"참 진짜. 그런 표정으로 아무렇지 않게 말하니까 상할 자존심도 없네."

"사람이 선을 긋고 아니라고 부정하면 어느 정도 거기에 수긍해야지. 이건 고문이다."

고문.

고문이라…….

다슬은 가던 길을 멈춰 세웠다. 냉정한 석진하는 절대 뒤를 돌아보지도 않는다.

그녀는 곧 재빨리 걸음을 옮겨 진하 옆으로 바싹 붙었다.

"야, 석진하!"

"……."

"야!"

커다란 다슬의 고함 소리에 진하가 미간에 잔뜩 인상을 찌푸리며 돌아섰다.

그의 얼굴 표정엔 '왜?'라는 의문도 없었다.

"그래. 너 나한테 관심 없지. 너무 잘 알아. 너 미국 가고 2년을 징징거리면서 매달렸던 것도 나야. 누가 등 떠밀어 시킨 거 아니니까 널 원망하는 마음 추호도 없어. 하지만 내가 널 좋아하는 마음은 진심이야. 그 진심마저 고문이라는 말로 욕보이지는 말아 줘."

그래. 물론 사람 마음이라는 게 마음먹은 대로 되지 않는 것쯤이야 진하 역시 너무나 잘 안다. 하지만 그는 다슬의 행동이 매우 부담스러울 뿐이었다.

"난 지금 당장 누굴 만날 마음 없어. 그리고 김다슬 너라면 더더욱."

"김초록 때문에?"

김초록.

잊으려 했으나 잊히지 않는, 봄날의 아지랑이처럼 은은하게 퍼져 올라오는 그런 존재.

진하는 긴 한숨을 내쉬었다.

"그 봐. 초록이 이름만 들어도 멈칫거리는 너. 아직인 거야? 그렇게 잊기가 힘들어?"

"선 넘지 말랬지."

진하의 중저음 톤 목소리가 그의 기분을 여과 없이 드러냈다.

"석진하, 나도 딱 3년 더 매달릴 거야. 초록이랑 너랑 보낸 그 5년. 그래야 공평하겠지."

"공평? 애초에 너랑 난 아무 사이도 아니었어. 그런 쓸데없고 무모한 짓 하지 마. 앞으로 전화하거나 연락하지 말고. 받아 줄 의향 없어."

진하는 택시를 잡아타고 유유히 사라져 버렸다.

다슬은 주먹을 꽉 쥔 채 아랫입술을 지그시 깨물었다.

"후, 대충 다 했다!"

묶이지 않는 단발머리를 겨우 귀 뒤로 쓸어 넘기며 초록은 뿌듯하게 미소 지었다.

빼곡하게 채워진 냉장고, 그리고 그녀가 만든 음식들.

어느새 한준의 집엔 초록의 손길로 가득 채워지고 있었다.

2년이라는 시간 동안 쌓아 왔던 추억이 늘어나는 만큼, 두 사람 역시 서로에게 익숙해지던 날들이었다.

[날 버리고 가는 이, 10㎝도 못 가서 발병 나리.]

운정의 귀여운 문자에 초록은 피식 웃었다. 시계를 보니 벌써 한준의 퇴근 시간이 다가오고 있었다. 슬금슬금 코트를 가지고 몸만 쏙 빠져나온 초록은 핫팩을 양손 가득 쥐고 한준의 집 근처에 숨어 있었다.

"어디야? 퇴근했어?"

-응. 지금 집 앞에 거의 다 왔어. 저녁 먹었어?

"응. 나는 운정이랑 대충 먹었어. 이제 야근해야지!"

-끝나면 전화해. 데리러 갈게.

"아니야! 무슨 데리러 와! 너 내일 공항 가려면 일찍 자야지! 끊어!"

초록은 전화를 급하게 끊어 버렸다.

흐뭇하게 미소를 짓던 그녀는 잠시 뒤 나타난 한준의 차를 응시하며 익살맞은 표정으로 서 있었다.

빨리 그가 집 안으로 들어가기를.

서둘러 뒤따라가려던 초록은 그대로 멈칫 서 버렸다.

조수석 문을 열고 나오는 낯선 여자.

그리고 그 여자는 곧 한준의 팔짱을 끼고 자연스럽게 건물 안으로 들어서고 있었다.

보통 이런 상황이 오면, 온몸이 부들부들 떨린다고 한다.

하지만 초록은 침착하게 마음을 가다듬었다.

나쁜 놈. 나쁜 새끼.

혹시 바람이라도 났나?

머릿속엔 입에 담을 수 없는 험악한 욕설들과 복잡한 마음이 뒤엉켜 버렸다.

대담한 자식.

비밀번호를 공유하는 여자친구를 두고, 다른 여자를 집 안에 들이다니.

초록은 한준의 집 문 앞에 서서 심호흡을 했다.

이 문이 열리면 펼쳐질 광경에 두려움이 엄습했다. 하지만 확인해야 했다.

이 두 눈으로.

똑똑히!

-삐.

재빠르게 비밀번호를 누르고 문을 활짝 열었다.

어디 한번 다 죽어 보자던 그녀의 표정. 그리고 그런 그녀를 멀뚱멀뚱 바라보며 서 있는 여자.

"누구세요?"

누구세요? 기가 막힐 노릇이다.

"그쪽은 누구세요?"

"한준 오빠 여자친군데요."

지금, 이 여자가 뭐라고 하는 걸까? 초록은 어이가 없을 뿐이었다.

이 망할 놈의 자식, 지한준은 어디에 있을까? 그가 보이질 않았다.

초록은 얼굴이 빨갛게 익다시피 달아올랐다.

오늘 너희 둘, 다 죽여 버리…….

"김초록. 야근이라며?"

옷방에서 옷을 갈아입고 나타난 한준이 초록을 보고 놀란 표정으로 말했다.

그래, 놀라기도 했겠지! 현장을 들켰으니까!

"지한준, 너 이거 무슨 상황이야?"

"응? 뭐가?"

"저 여자가 방금 그러던데? 네 여자친구라고."

"뭐래? 누가 누구 여자친구야?"

"네가 데리고 온 저 여자가 그랬다고! 네 여자친구라고!"

악다구니를 쓰고 싶진 않았는데 말이다.

뻔뻔하게 아무렇지 않은 척하는 한준의 행동에 기가 막히고 코가 막혔다.

"좀 각별한 사이기는 한데, 여자친구는 아니고."

"우리, 한 이불 덮고 자는 사이였죠."

초록은 코웃음을 쳤다.

전 여친 뭐, 그런 존재라는 말인가?

사람을 바보 만들어도 유분수지.

초록은 그대로 돌아섰다.

상종할 가치도 없을 것 같아서.

기운 빼고 싶지 않아서.

"어디 가!"

"놔! 이 나쁜 놈아!"

한준은 돌아서 나가려던 초록을 붙잡았다.

초록의 두 눈에 눈물이 가득 고여 있었다. 한준은 필사적으로 나가려던 초록을 붙잡았다.

그때!

"초록 언니, 만나서 반가워요. 지한경이라고 합니다."

자신을 한경이라고 소개한 여자가 천천히 그들의 곁으로 걸어 왔다.

지한경? 초록은 한경을 응시한 채 뻣뻣한 몸으로 서 있었다.

"농담해서 미안해요. 안 속을 줄 알았는데⋯⋯. 오빠가 제 사진 안 보여 줬어요?"

"⋯⋯네?"

이건 또 무슨 소리.

"제 얼굴 아실 줄 알고 장난친 건데."

"그⋯⋯ 그럼 그쪽이⋯⋯."

"맞아요. 오빠 친동생."

바보가 된 기분이다.

초록은 목소리를 가다듬고 한경에게 말했다.

"아, 안녕하세요. 김초록이라고 해요."

"알아요. 언니 얘기는 지겹도록 들어 왔어요. 오빠가 아주 껌뻑 죽던데요? 우리 오빠, 원래 이런 타입 아닌데."

"시끄러."

괜히 민망해지는 순간이었다. 초록은 머리가 멍해졌다. 정말 상상하기도 싫었던 한준의 바람.

사실이 아니라 다행이었고, 잠깐이라도 속았다는 사실이 약 오르기도 했다.

"야근한다고 하더니, 설마 이거 준비하느라고?"

"아. 으아악!"

한준이 뭔가를 가리키자 초록이 후다닥 뛰어가 두 팔을 벌리고 상황을 감추려 애썼다. 이곳저곳 바닥에서 굴러다니는 풍선과 케이크를 비롯한 음식들이 보였다.

"와, 이거 다 언니가 준비했어요? 근데 내가 망친 거네?"

한경이 감탄했다는 듯이 주변을 둘러보자, 초록은 고개를 푹 숙인 채 자신이 준비한 모든 것을 가리고자 애를 썼다.

"오빠, 나 때문에 초록 언니 이벤트가 망한 것 같아."

"그치? 그럼 어떻게 해야 할까?"

"내가 사라져 드려야겠지."

"잘 알았으면 이제 꺼져."

"뭐야! 왜 쌍욕이야? 기껏 밥 한 끼 먹어 주려고 왔는데! 여자친구 왔다고 이러기야?"

"어딜 가세요! 저녁 같이 먹고 가요!"

초록은 한경을 붙잡으며 한준에게 눈을 흘겼다.

"아니요. 그냥 저는 갈게요. 오붓하게 둘이 저녁 먹고 데이트해요! 저도 사실 남자친구랑 약속 미루고 오빠 생일 챙겨 주러 온 거라서, 다시 남자친구한테 가 보려고요."

"아……."

"저 때문에 이벤트 망쳤는데, 너무 미안해요. 또 뵙겠습니다!"

"안녕히 가세요……."

한경은 가방을 챙겨 밖으로 나갔다. 한경이 사라지자 초록은 다리에 힘이 쫙 풀려 그대로 테이블 의자에 주저앉았다.

"김초록, 이걸 다 네가 했단 말이야?"

"……."

"초록아!"

"응? 응."

"화났어? 장난이야. 화 풀어. 응?"

"그런 거 아니야."

초록은 한편으로 창피했지만 다행이란 생각이 들었다.

한준은 초록을 품에 꼬옥 안았다. 힘없이 이끌려 한준의 품에 안긴 초록은 작게 한숨을 내쉬었다.

"내가 널 얼마나 사랑하는데 한눈을 팔겠어."

"그래. 지한준은 김초록을 엄청 사랑하지."

"그럼. 대한민국에 이런 남자가 어디 있냐? 너, 이런 행운 쉽게 오는 거 아니다?"

"너도 마찬가지야. 이런 여자 없거든?"

"오, 이제 좀 자신감이 생기나 봐?"

"나 원래 자신감은 있었어. 자존감이 없었다 뿐이지!"

"아주 좋은 현상이야. 그리고…… 내 생일 준비해 줘서 너무 고마워."

한준은 갑자기 가방을 찾아 무언가를 꺼냈다. 그리고…….

"선물."

"에? 나한테?"

"응."

"왜? 생일의 주인공은 너잖아?"

"풀어 봐."

"뭐지?"

초록은 선물 케이스를 열었다. 솔직히 목걸이나 귀걸이, 팔찌 같은 케이스라 생각했지만 예상외로 그 케이스 안에는 작고 반짝이는 비슷한 디자인의 반지가 두 개 들어 있었다. 고개를 들어 두 눈을 깜빡이던 초록에게 한준이 말했다.

"나한텐 네가 선물이야, 김초록."

"와…… 커플링…… 처음이야."

한준은 반지 하나를 빼서 초록의 손에 끼워 주었다. 정말 기가 막히게 쏙 들어가는 반지.

초록은 어안이 벙벙해 말문이 막혔다.

"앞으로 쭈욱 내 옆에서 행복해야 한다. 알겠지?"

초록은 싱그러운 미소를 지으며 두 팔을 벌렸다.

한준은 사랑스럽고 귀여운 두 살 연상의 그녀를 한 품에 꼬옥 안아 주었다.

이 행복이, 영원히 지속되길 바라면서.

-데려다준다니까! 고집은.

투덜거리는 한준의 목소리에 초록은 수줍게 웃으며 걸었다.

새벽 비행기를 타고 출장을 가야 하는 한준에게 밤늦게 운전을 시킬 수 없었다.

한 동네에 살던 그들은 초록이 이사를 가게 되면서 왕복 한 시간 거리가 되었다.

"됐고, 얼른 일찍 자!"

초록은 손가락에 끼워진 반지를 바라보며 흐뭇하게 웃었다.

-너, 족쇄 채워 놨으니 나 출장 간 동안 한눈팔지 마라!

"한눈? 내가?"

-응.

"누가 서른둘한테 찝쩍거리겠어?"

-서른둘이 어때서? 너 머리 자르고 겁나 귀여워졌단 말이야. 성숙하게 다시 길러.

"뭔 말 같지도 않은 소리를 하고 있어."

-요즘은 붙임 머리 그런 것도 있다는데, 붙이러 갈래?

"뭐라는 거야. 헛소리 말고 끊어! 얼른 잠이나 자!"

-아, 머리가 길어지면 또 놈들이 여성스럽다고 달라붙겠지? 그럼 삭발할래? 투블럭 할까?

"지랄도."

-이쁜아, 그런 험한 말 쓰는 거 아니야!

"알았으니 끊으라고요."

-빨리 나밖에 없다고 해 줘. 그러기 전엔 안 끊어.

"네. 네. 김초록은 지한준의 여자입니다. 지한준의 보물이고 지한준의 전부입니다!"

-좋았어. 짜식! 잘 자라!

초록은 전화를 끊고, 입가에 끊이지 않는 미소를 짓고 있다는 것을 인지하고 기분 좋게 걸었다.

사실 그녀는 잘 알고 있다. 한준이 늘 자존감을 세워 주려고 노력한다는 것을.

그래서, 초록은 매일 아무 생각 없이 웃게 된다.

"춥다. 후~"

두꺼운 코트를 입었음에도 몸이 으슬으슬 떨렸다. 초록이 두 손을 호호 불며 오피스텔 건물 입구 비밀번호를 누르려 할 때였다.

갑자기 엘리베이터 문이 열리고 한 남자가 걸어 나왔다.

"아……."

초록은 건물 입구 유리문 앞에서 마주한 남자에게서 눈을 떼지 못했다.

2년 만이던가.

과거가 된 남자.

내가 사랑했던 남자.

잊으려 발버둥 쳤던 남자.

그리고, 아련하게 어딘가 남아 있는 남자.

석진하였다.

아무 말도, 그저 작은 몸짓 하나도 할 수 없었던 아주 짧은 시간.

너무 당황한 나머지 초록은 익숙한 얼굴을 확인하고 자신도 모르게 고개를 푹 숙였다.

쓰레기를 잔뜩 버리러 나가는 그의 뒷모습만 봐도 알 수 있었다. 그는 완벽한 석진하였다.

왜 이 건물에서 쓰레기를 들고 나오는 걸까?

세정으로부터 진하가 미국으로 연수를 떠났다는 이야기를 듣고 한국에 없는 줄만 알고 있었는데.

그런 그가 나타났다. 그것도 한 건물에 사는 사람으로!

'아니야. 잘못 봤을지도 모르고…… 확실한 거 아니니까!'

초록은 엘리베이터를 타지 않고 계단으로 걸어 올라갈 생각을 했다. 그때, 1층에서 엘리베이터 문이 열리는 소리가 들렸다.

그리고 진하로 보이는 남자가 엘리베이터에 탔고, 그 엘리베이터는 정확히 5층에서 멈췄다. 초록은 5층 계단 앞에서 얼굴을 빼꼼 내밀고 살그머니 엘리베이터의 숫자 5를 확인하고 경악을 금치 못했다.

심지어 같은 층.

초록은 504호에 산다. 그럼 그는 몇 호에 살까?

5층의 세대수는 총 6세대.

그저 한숨만 나온다.

머리가 멍하다.

어떻게 이런 우연이 있단 말인가…….

"세정아, 나 뭐 하나만 물어볼게."

다급한 나머지 초록은 세정에게 전화를 걸었다.

"혹시 진하…… 귀국했어?"

-진하? 왜?

"한국에 있지?"

-음…… SNS 보니까 최근에 귀국한 것 같은데, 왜?

또다시 정신이 멍해진다.

"그럼…… 진하 어디 사는지…… 그러니까 어느 동네에 사는지 누구 아는 사람 없나?"

-너 왜 그래? 갑자기 뜬금없이 진하 소식은 왜?

"진하가…… 나랑 같은 건물에 사는 것 같아서……."

-뭐? 그게 무슨 말 같지도 않은…….

"진짜야! 그래서 지금 너한테 확인하는 거잖아!"

-만났어? 석진하랑 만났어?

"아니야. 그런 게 아니라…… 나만 진하를 본 것 같아. 진하는 날 못 봤고……."

-후, 그게 무슨…….

세정 역시 믿을 수 없다는 듯 말끝을 흐렸다.

-너희 둘, 진짜 뭐가 있긴 있나 보다. 참, 이것도 인연이라면 인연인가?

끔찍한 소리다.

다시는 마주치지 않는 편이 좋을 것 같은데.

초록은 깊은 한숨을 내쉬며 전화를 끊었다.

그리고 얼마 지나지 않아 다시 세정에게 전화가 왔다.

떨리는 손끝으로 핸드폰을 잡자 곧 수화기 너머로 세정의 목소리가 들려왔다.

-직접 통화했어.

역시 한다면 하는 이세정이다.

"뭐래?"

-네가 본 사람이 진하가 맞나 봐. 맞대. 잠원동으로 이사했다고 하더라.

아, 왜 하필!

왜 하필 같은 건물이라는 말인가!

"그래…… 고마워."

-너 괜찮아?

"응. 괜찮아."

사실 괜찮지 않다.

그가 근처에 살고 있다는 것만으로도 머리가 한쪽으로 쏠리고 있었다.

만약 매번 마주친다면?

그래서 혹시라도 한준이 알게 된다면?

복잡한 상황이 오게 될까 봐 여러모로 신경이 쓰였다.

초록은 화장대 옆에 놓인 전신거울을 슬쩍 보고 머리카락을 쓸어 넘겼다.

2년 새 뭔가 달라지긴 했다.

일단 외적으로는 긴 생머리에서 앞머리가 있는 단발머리가 되었고 나름 살도 조금 빠진 것 같다.

동그란 안경을 쓰고 있던 탓에 진하는 전혀 앞사람이 초록이라는 것을 인지하지 못했는지도 모른다.

초록은 유심히 손에 끼워진 반지를 응시했다.

"후."

이어지는 한숨. 그리고 또 한숨.

'너 귀국했지? 어디 살아?'

갑자기 걸려 온 세정의 전화.

그리고 뭔가 이상했던 그녀의 행동이 계속 생각이 났다.

아직 정리되지 않은 어지러운 방들.

그 많은 짐들 사이로 자리를 잡은 소파에 기댄 진하는 피곤한 듯이 눈을 살짝 감았다.

"잘 지내?"

어느새 입 밖으로 튀어나온 진심.

말 못 할 이야기들.

그 흔한 전 남자친구들의 구닥다리 멘트.

절대 본인은 하지 않으리라 다짐했던 그 멘트가 입에서 튀어나오고 말았다.

김초록.

이 세 글자의 이름이 그의 마음을 또다시 아리게 만든다.

가끔 들려오던 소식.

두 살이나 어리고 능력 있는 남자를 만나 행복하다는 것.

그래서, 절대로 구질구질하게 굴거나 연락을 할 수 없었다.

그래야만 했다. 적어도 김초록에게는 좋은 사람으로 기억되고 싶었으니까.

그거라도 하고 싶었다.

과거로 남았지만 좋은 사람으로라도 기억되면 좋겠다.

"어디냐. 술이나 마시러 나와라!"

진하는 친구 준영을 밖으로 불러냈다. 그 역시 초록과 함께 초등학교를 나온 동창 중의 한 명이었다.

준영은 몰라보게 살이 빠진 진하를 보며 말했다.

"뭐야. 미국물이 왜 이래?"

"뭘?"

"살이 왜 이렇게 빠졌냐고?"

"관리 좀 했지. 운동도 하고."

예전 진하의 모습이 다부진 체격이었다면, 지금은 어깨가 넓어지고 슬림해졌다.

"있는 것들이 더하다고 하더니만."

"칭찬으로 들을게."

오랜만에 만난 준영은 곧 결혼을 앞두고 있는 친구였다.

그러고 보니, 이제 진하의 나이도 서른둘. 이번 겨울이 넘어가면 서른셋이다.

친구들 모두 하나둘씩 떠나고 있다. 떠나는 놈들을 보니 가끔은 부럽기도 하다.

순간 진하 스스로 놀라고 말았다.

청첩장을 건네주는 준영을 부러운 눈으로 바라보게 될 줄이야.

"넌 여자친구 없어?"

"응."

"왜? 언제 헤어졌는데?"

"알잖아."

진하가 피식 웃었다.

"뭐야. 설마 김초록이랑 헤어지고 연애 안 했냐?"

"그렇게 됐네."

"아니, 왜? 석진하 같은 남자가 왜?"

"나 같은 남자가 뭔데."

진하가 고개를 저으며 맥주를 마셨다.

"와, 석진하가 연애를 안 하다니! 게다가 2년이라니. 내가 한 명 소개해 줄까?"

"됐어."

진하가 연애를 하지 않고 있다는 사실에 새삼 놀란 준영은 어떻게 해서든 지인과 진하를 연결해 주고 싶었다. 외적으로 준수한 진하를 혼자 두기에는 아까웠다.

"초록이…… 뭐 하고 사냐?"

아주 어렵게 꺼낸 말.

준영은 망설임 없이 대답했다.

"걔? 요즘 아주 살판났지. 여자애들이 그러는데, 사업하는 두 살 연하남 만나서 잘 산다고 하더라."

"……결혼은 했어?"

"아직 안 했을 걸? 그게 왜 궁금…….'

준영은 질문을 하려다 맥주를 테이블에 내려놓고 큰 소리로 말했다.

"너답지 않게 미련 떨지 마라!"

"미련?"

"그래. 너 지금 되게 별로야. 질척거리는 전 남친 코스프레."

"그런가?"

미련이라……

소식을 궁금해한다는 자체도 미련이라면, 그런 거라면 미련인가 보다.

"그냥 궁금해서. 결혼했나 싶기도 하고."

"그러니까 그걸 왜 궁금해하냐고! 너희 둘, 이미 끝난 사이잖아."

"그렇지."

"게다가 초록이는 아주 잘나가는 연하 남자친구도 있는데, 괜히 망신당하기 싫으면 일말의 미련이라도 접는 게 좋을 거다."

"야, 내가 어때서? 나도 이제 내년에 과장 달고 승진하는데."

"그러니까 새 사람 만나서 빨리 결혼이나 하라고. 나처럼!"

진하는 말없이 웃기만 했다.

사실, 새 사람을 만나려 하지 않았던 것도 아니다. 미국에 있을 때도 지사에 있는 사람들에게 소개를 받아 종종 차를 마시고, 밥을 먹었다.

말 몇 마디 나누어만 봐도 이젠 어느 정도 그 사람의 인품이 보였다.

연륜이란 이래서 무서운가 보다.

그 사람의 말투, 눈빛, 행동거지 하나하나가 그 사람의 인물 됨됨이를 나타낸다. 그리고 나이를 먹을수록 그것을 알아채는 능력이 생긴다.

예전 같은 사랑은 절대 할 수 없다.

사람을 만날 때, 어쩔 수 없이 감정을 계산하게 되고 기운을 빼기 꺼려한다.

세상에 여자는 많고 기회는 많으니까.

물론 그 말은 여자에게도 해당이 된다.

세상에 남자는 많고 기회는 많으니까.

굳이, 이 사람과 저 사람이 아니라 해도 매달릴 필요가 없으니 말이다.

진하는 가끔 그 시절이 그리워지곤 했다.

아무 생각 없이 감정만으로 연애를 하던 시절. 사람이 좋으면 그저 좋아서 따라다니던 시절.

그래서 초록이 더 많이 생각나는 것일지도 모른다.

물론 이제 초록은 옆에 없다.

아니, 앞으로도 없을 것이다. 뒤에 있을 그녀 역시 지워 가야 한다.

그것이 초록에 대한 예의이자 본인을 위한 길이다.

혹시라도 진하가 자신을 알아보기라도 할까 봐 모자를 푹 눌러 쓴 채 마스크까지 완전 중무장을 하고 나온 초록이었다. 편의점에서 잔뜩 먹거리를 사 오던 그녀는 횡단보도 옆에서 자신을 애처롭게 바라보는 한 노인을 응시하게 되었다.

영하는 아니지만 꽤 쌀쌀한 날씨.

게다가 노인의 옷은 너무나도 엉망이었다. 옷뿐만 아니라 청결 상태까지도.

초록은 신호등이 녹색불로 바뀌어 깜빡이는 순간에도 노인을 지나치지 못했다.

편의점으로 다시 들어가 흰 우유와 단팥빵을 샀다. 초록은 슬그머니 노인을 향해 빵과 우유를 건넸다.

"할머니, 이거 드실래요?"

"……."

길거리에 주저앉아 있던 노인은 초록에게 빵과 우유를 잽싸게 빼앗아 허겁지겁 먹어 치우기 시작했다.

그 모습을 안쓰럽게 바라보던 초록은 입고 있던 경량 조끼 패딩을 벗어 노인의 어깨에 걸쳐 주었다.

"할머니, 날이 너무 추워요. 근처 지구대에 연락해 드릴게요. 경찰분들 오시면 같이 가셔야 해요!"

노인은 초록의 말이 무슨 말인지도 모르는 듯했다.

초록은 천천히 웅크리고 있던 몸을 일으켜 전화를 걸었다.

"안녕하세요. 여기 잠원동 신동 초등학교 사거린데요! 여기 근처에 어떤 할머님이……."

초록은 몸을 돌려 주변을 두리번거렸다.

그런데.

경찰서로 전화를 걸었던 그녀는 더 이상 말을 하지 못했다.

심장이 쿵 떨어지는 것만 같다.

온몸이 경직되어 긴장된 듯 요동치는 심장이 그녀의 모든 신경을 마비시키고 말았다.

석진하. 그가 그녀를 뚫어져라 바라보고 있었다.

익숙한 목소리. 익숙한 친절함.

그리고 익숙했던 그 향기까지.

완벽한 김초록이었다.

그래. 너는 그런 사람이었지.

너무나도 착해서 어려운 사람들을 지나치지 못하던 그런 오지랖 넓은 사람이었지.

진하는 뭔가 그 모습이 흐뭇했다.

보고 싶었는데. 정말 많이 그리워했었는데.

정말 우연히라도 딱 한 번은 마주치길 바랐는데.

그럼 정말 아무렇지 않게 고개라도 까딱할 수 있는 인사를 할 수 있을 것만 같았는데.

막상 그런 그녀를 마주한 진하는 멀지만 멀지 않은 곳에 서 있었다.

가끔 진하도, 초록도 그런 생각을 했다.

혹시라도 살면서 서로 마주치게 된다면 어떻게 해야 할까.

과연 덤덤하게 인사를 하고 웃으며 스쳐 갈 수 있을까.

진하는 지금 이 상황이 어떻게 설명이 될 수 있을까 싶었다.

물론, 보고 싶었으나 볼 수 없었고 끝이라 생각했던 초록이 눈앞에 서서 자신을 바라보고 있다는 것을.

"아…… 안녕? 오랜만이지?"

초록은 순간 튀어나온 괴상한 인사에 입을 꾹 다물었다.

"응. 그러네. 오랜만이네."

진하 역시 어색하게 말했다.

"그럼…… 잘 가!"

초록은 신호등 신호가 바뀌자 빠른 걸음으로 횡단보도를 걸었다.

진하는 뭔가 이대로 초록을 보내기에 아쉬움이 가득 남았다.

재빨리 그녀의 걸음을 쫓아 뛰어 앞에 섰다.

초록은 당황스러운 듯 걸음을 멈췄다.

"괜찮으면 차라도 한잔할래?"

"어? 그…… 그게."

"약속 있어?"

"아, 아니. 그런 건 아니고……."

"너 아직 잠실 살지? 택시 타고 잠실 가서 마셔도 좋으니까 그리로 가자."

"어? 저기 있잖아! 진하야!"

뭔가 택시를 잡으려 하는 진하를 가로막은 초록은 어찌할 바를 모르고 당황해 버렸다.

한 동네에, 그것도 한 건물 같은 층을 쓴다는 사실을 들킬까 걱정이 되었다.

머릿속에 온갖 복잡한 생각들이 그녀를 어지럽게 만들었고, 결국 그녀는 근처 카페에서 진하와 마주 앉게 되었다.

"미안해. 가는 사람 붙잡고 막무가내로 끌고 와서."

"막무가내로 끌려온 건 아니지. 그냥 내 발로 내가 왔으니까."

어색한 기류가 흘렀다.

침묵.

또 침묵.

커피만 홀짝홀짝 마시던 초록이 잔을 내려놓고 말했다.

"한국엔 언제 왔어?"

"얼마 안 됐어."

"아주 왔어?"

"응."

"그렇구나. 잠원동으로 이사했나 봐?"

"응. 이사 온 지 얼마 안 됐어. 아직도 풀어야 할 짐이 가득하다."

초록이 고개를 끄덕였다.

"근데, 너는 날 보고 당황하지는 않더라?"

"내…… 내가?"

"응. 난 사실 너 마주치고 당황스러웠는데, 넌 전혀 그런 건 없더라고."

"그게 아마 같은 층에…… 읍!"

본인도 모르게 튀어나오려던 말. 초록은 입을 꾹 닫고 눈치를 본다.

다행인지 진하는 못 알아들은 것 같다.

"세정이 통해서 내 물건들 잘 받았어. 고마워."

"뭐가 고맙냐."

"난 다 버릴 줄 알았는데, 차곡차곡 챙겨서 돌려줬잖아."

"그걸 왜 버리냐. 내 물건도 아닌데."

"그럴 수도 있지. 대부분 헤어지면 다 버리잖아."

"너한테 소중한 것들은 버릴 수 없지. 돌려주는 게 맞다고 생각했어."

초록은 창밖으로 고개를 돌렸다.

아주 오랜만에 만난 전 남자친구. 그와 함께 커피를 마시고 있다는 사실이 뭔가 한준에게 죄스러웠다.

"너, 연애 잘하고 있다며?"

"나? 뭐……."

말끝을 흐리는 초록을 바라보며 씩 웃는 진하.

"너는? 넌 만나는 사람 있어?"

"곧 생기겠지."

"아직도?"

"그래. 벌받나 보다."

초록의 표정이 어두워지기 시작했다.

그가 빨리 좋은 사람을 만나길 빌었는데, 옆엔 아무도 없다고 한다.

"야, 농담이야! 뭘 그렇게 심각하게 받아들여?"

진하가 미소를 지었다.

"미국에서 지사 사람들 소개도 받고, 몇 번 데이트도 하고 밥도 먹고 차도 마시고 그랬어."

"아, 그래……."

사실 초록은 무슨 말을 어떻게 이어 나가야 할지 몰랐다.

진하 역시 마찬가지였다. 어떻게든 뭐라도 말하고 싶은데, 도저히 겉과 속이 따로 놀아 어찌할 바를 모르고 있었다.

"갈 길 바쁜 사람 붙잡고 미안하네."

"아냐. 너 얼굴 좋아 보여서 나도 마음이 놓이네."

"내 얼굴이 좋아 보인다고?"

"응. 너 운동하고 있지? 뭔가 건강해 보여서."

"맞아. 미국에서도 여유 생기면 운동만 했어."

"좋네."

진하는 초록과 눈이 마주쳤다. 어딘가 모르게 변한 이미지…… 달라진 분위기.

그리고 무엇보다 풍겨져 나오는 향기는 익숙한 그 향이 아니었다.

익숙한 초록이지만 낯선 초록.

그리고 이젠 다른 남자의 여자.

완벽한 남남.

"초록아."

진하가 그녀의 이름을 불렀다.

"응?"

"너 활기차 보인다. 좋아 보여."

"아…… 으응. 긍정적으로 열심히 살았지!"

"사실 그동안 너한테 상처를 준 것 같아서 괴로웠거든. 헤어지던 마지막 그 순간까지도."

"뭘 그런 걸 생각하고 있어? 그냥 훌훌 털어 버리면 그만이지. 너도 나도 지금 좋아 보이면 된 거야!"

"그렇게 생각해 준다면 다행이고."

또다시 어색한 미소.

참 이상했다.

한때나마 가장 가까운 사이였고, 뭐든 나눌 수 있는 사이였는데.

어색함 없는 자연스러움, 그리고 그 누구보다 사랑하는 사람이라 생각했었다.

하지만 그런 존재가 흔히 말해 남보다 못한 사이가 되었다.

불편하기보다는, 무슨 말을 어떻게 꺼내야 할지 머리가 백지처럼 하애졌다.

"진하야, 나 이제 갈게."

"아, 그럴래?"

초록은 겉옷을 챙겨 밖으로 나왔다. 진하 역시 그녀를 뒤따라 나왔다.

택시를 잡아 주려는 듯한 그의 모습. 초록은 극구 사양하며 손을 흔들었다.

"나 저쪽으로 그냥 갈게. 너 먼저 가!"

"여기 우리 집 근천데, 술을 마시는 바람에 데려다줄 수가 없네. 미안해."

"야, 무슨! 내가 애야?"

"늦었어. 밤길은 조심해야 하니까."

진하의 말에 초록은 생각해 본다.

그러고 보니 그는 5년 내내 초록을 혼자 들여보낸 적이 없었던 것 같다.

늘 무심하다고만 했었지, 그런 작은 것들.

아니, 어쩌면 커다란 그의 마음을 잊고 있었는지도 모른다.

오히려, 익숙함에 속아 소중한 것을 놓치고 있었던 것은 초록 자신일지도 모른다는 생각을 했다.

"잘 가, 진하야!"

"너도. 건강해."

진하는 초록의 뒷모습을 바라보며 아쉬운 걸음을 돌렸다.

이젠 다시는 못 보게 되겠지.

어쩌다 찾아온 우연이 그녀를 마주치게 만들었다.

그 우연이 나쁘진 않았다.

정말 어떻게 사는지 궁금했었는데.

가슴 한구석에 남았었는데.

'행복하게 잘 살아라, 김초록.'

언젠간 잊히겠지.

언젠간 무뎌지겠지.

하고 버텨 온 지난 2년.

진하는 초록의 행복한 모습을 보니 안심할 수 있었다.

-그래서, 지금까지 밖에서 덜덜 떨다 오셨다?

"응. 진짜 돌겠어."

속이 답답한 듯 가슴을 치며 운정과 통화를 하던 초록은 한숨이 절로 나왔다.

집에 들어올 때마다 조마조마해 죽겠다. 혹시라도 진하를 마주치게 될까 봐.

-아니 어떻게 그런 일이 다 있어? 석진하 그 사람, 혹시 스토커 아닐까?

"에이. 내가 여기 사는지 어떻게 알고!"

-친구들한테 물어봤으면 그럴 수도 있잖아!

"내가 솔직히 진하를 5년 동안 만나서 잘 아는데, 걘 그런 사이코가 아니거든요?"

-모를 일이지!

"아니라니까! 아무튼 난 이제 어떻게 해야 돼? 이사를 가야 하나?"

-계약 기간 얼마나 남았지?

"아직도 일 년 넘게 남았지! 건물 자체가 신축이고 이 가격에 이런 곳도 못 찾을 텐데."

-뭐야. 그럼 그냥 살아! 뭐 어때? 마주치면 그냥 마주치는 거고.

"그게 말처럼 쉽냐? 한준이한테는 뭐라고 해?"

-헐. 그러게! 언니, 지한준 씨 모르지?

"당연히 모르지. 지금 출장 중이라 한창 바빠."

-솔직히 지한준 씨도 언니 데려다주거나 왔다 갔다 하면서 볼 수도 있을 텐데. 어쩌려고 그래?

"아오. 아아악!"

정말 환장할 노릇이다.

석진하, 하필이면 많고 많은 오피스텔 중에 전 여친이 사는 오피스텔로 이사를 올 게 뭐람!

주말이 지나 돌아온 월요일. 출근길 역시 바짝 긴장을 한 초록이 검은 마스크를 꺼냈다. 얼굴의 절반을 가린 그녀는 패딩에 달린 후드 모자를 쓰고 천천히 현관을 나섰다.

'휴, 다행이다. 없다!'

지하철까지 무사히 온 그녀는 회사에 출근하는 내내 진땀이 났다. 추운 줄도 모르겠다.

책상에 앉자마자 퇴근하고 싶어지는 날이다. 피곤함이 몰려와 머리가 지끈지끈 아팠다.

"자기야. 커피 마셔!"

"고마워."

운정이 커피를 내밀었다. 초록은 따뜻한 커피를 마시며 긴장을 풀었다.

이 짓을 매일같이 해야 한다니. 너무 끔찍했다.

"언젠간 알게 될 텐데, 매도 먼저 맞는 게 낫지 않을까?"

"한준이?"

"응. 지한준 씨 출장 끝나면 말하는 게 나을 것 같아."

"음……."

"막말로 언니 잘못도 아니잖아. 언니가 뭐 바람을 피웠어, 연락을 했어? 빌어 처먹을 우연이 그렇게 만든 거지."

"그렇지? 내 잘못 없지?"

"당연하지. 그냥 솔직하게 말해. 그리고 웬만하면 그 마스크도 벗고 다니고! 언니가 죄인이야? 이건 뭐 IS도 아니고."

"맞아. 난 죄인이 아니지!"

초록은 마스크를 책상에 휙 던져 버렸다.

그때, 팀장이 다가와 초록을 불렀다.

"김초록 씨, 잠깐 나 좀 볼래요?"

"네, 팀장님!"

초록은 자리에서 일어나 팀상을 뒤따랐다.

회의실 한쪽에 팀장과 마주 앉은 초록은 수첩을 펼쳐 놓고 볼펜을 들어 메모할 준비를 했다.

"아, 회의 아니니까 편하게 앉아요."

"네, 팀장님."

초록은 볼펜을 내려놓고 다소곳한 자세로 팀장을 응시했다.

분위기가 영 이상했다. 그는 뭔가 말을 꺼내기 상당히 어려워 보였다.

"팀장님? 무슨 일이세요?"

"아…… 그게 말이야. 초록 씨."

말끝을 흐리던 팀장이 조심스럽게 말했다.

"정말 미안한 말인데, 디자인 1, 2팀을 아마 합치게 될 것 같아."

"아, 정말요? 근데 그게 왜 미안하시다는……."

"흐음, 그게…… 초록 씨나 운정 씨나…… 아마 재계약은 없을 것 같거든……."

"네?"

초록은 순간 귀를 의심했다.

"아무래도 정부 방침도 있고, 계약직 사원들을 정직원으로 전환시키자는 말도 나왔었는데…… 공채로 당당하게 입사한 직원들의 반발이 심할 것 같아. 그 문제로 회사 익명 게시판에도 올라

왔었잖아. 알지?"

"……네."

"초록 씨, 정말 미안해."

"후…… 하……."

갑자기 온몸에 힘이 풀리면서 눈물이 날 것 같았다.

물론, 이런 일이 언젠간 일어날 것 같긴 했지만, 그래도 이렇게 빨리 위기가 찾아올 줄은 몰랐다.

초록의 시야가 흐릿해졌다. 눈물이 툭, 툭 떨어졌다.

팀장은 어찌할 바를 모르고 휴지를 가져와 초록에게 전했다.

"초록 씨, 이렇게 울면 어떻게 해. 나도 참…… 내 입장도 좀 그래. 아무리 대표님 결정이라지만, 이건 좀 너무했다 싶어서……."

초록은 눈물을 닦으며 심호흡을 했다.

블라인드 창문 너머 운정이 회사 동료와 장난을 치는 모습이 보였다.

마음이 불편해졌다.

운정은 이 소식을 듣게 된다면 어떤 반응을 보일까. 정말 나처럼 이렇게 나약하게 울게 될까?

한편으로 두 살 어린 동생이 신경 쓰였다. 초록은 아무 말 없이 회의실 창문 밖의 운정을 응시하고 있었다.

"어머, 대표님. 여자친구죠?"

출장지에서 초록의 사진을 보던 한준에게 다가온 윤아라 대리가 한준의 핸드폰을 힐끗 보더니 말했다.

한준은 핸드폰 방향을 돌려 그녀에게 초록의 사진을 보여 줬다.

"예쁘지?"

"네. 근데 조심스럽게 말씀드리지만 대표님 전 여자친구분이 더 미인이세요."

"응. 제삼자의 시선에서 냉정하게 말하면 솔직히 맞는 말인데, 내 눈에는 지금 내 여자친구가 백만 배는 예쁘지."

"그러고 보니, 뭔가 좀 낯이 익네요."

"누구? 내 여친?"

"네. 어디서 본 것 같은데."

"윤 대리 눈썰미 좋네. 우리 그때 협약했던 아트엘로 직원."

"그쵸? 대박. 어디서 봤다 했더니만! 그때부터 썸 타셨군요!"

"응."

아라는 가방을 정리하며 실실 웃는 한준을 보고 신기한 듯이 말했다.

"대표님, 잠깐 친구 타임으로 갈까요?"

"그러시든가요."

아라는 한준의 앞에 앉았다. 한준은 여전히 핸드폰에서 눈을 떼지 못하고 웃고 있었다.

"팔불출 진짜. 이런 모습 처음이네."

"그치? 나도 내가 이럴 줄은 몰랐어."

"그렇게 좋냐?"

"응. 여자친군데 그럼 안 좋아?"

"신기하네. 근데 나 궁금한 게 있는데, 그렇게 좋으면서 왜 연애하는 티를 안 내?"

"뭐가?"

"아니, 그렇잖아. 나 솔직히 너 연애하는 거 최근에 알았고, 사진은 지금 봤어. 2년이나 사귄 사이라면서 왜 주변에는 공개를 안 하는 거야?"

"꼭 공개하고 사귀어야 하냐? 난 내 사생활 간섭받는 거 싫어."

"혜린이 만날 때는 동네방네 자랑하고 다녔잖아. 여신급 여자친구라 그런가?"

"후, 적당히 좀 해라, 아라야. 기분이 사알짝 나빠질라고 하거든? 조금만 더 기분이 나빠지면 약 30초 뒤에 꺼지라고 소리 지를 것 같아."

한준은 아라에게 눈길조차 주지 않았다.

아라는 벌떡 일어나 고개를 저으며 밖으로 나갔다. 한준은 몹시 초록이 보고 싶어졌다.

이상하리만큼 그녀가 보고 싶은 날이었다.

신기하게도.

한국에 있는 그녀에게 무슨 일이 벌어졌는지도 모르면서.

신기하게도.

"갑자기 이런 법이 어딨어? 언니. 진짜 너무하다고 생각하지 않아?"

운정은 나름 차분한 목소리였다.

울고불고 소리를 지를 줄만 알았는데, 의외로 침착한 운정을 보며 초록은 한숨을 내쉬었다.

"그러게. 그래도 많이 버텼다."

"이게 말이 돼? 아니, 갑자기 이렇게 무 자르듯 사람을 자른다고?"

"별수 없잖아. 우리 신세가 달랑달랑인데. 대책 없이 나도 너무 방심하고 있었어. 머리 한 대 얻어맞은 기분이다."

"이건 진짜, 말도 안 돼!"

비록 계약직이었지만 회사에 애착을 가지고 열심히 일했던 초록과 운정은 앞이 캄캄해졌다.

"그래서, 언니는 팀장이 언제까지 나오래?"

"이번 주."

"대박. 이번 주? 진짜 이번 주라고? 정널어시네."

"운정아, 이건 우리 탓도 있어. 너무 안일했다. 이직 준비라도 하고 있었어야 하는데."

"이게 왜 우리 탓이야? 미리 낌새라도 주든가! 이게 뭐야! 사람 가지고 노는 것도 아니고! 이제 우리 삼십 대야. 언니 이 바닥 몰라? 우리 경력으론 당장 오라는 곳도 없어."

"머리 아프다. 일단 실업급여 신청하고, 알바라도 하면서 재취업 준비해야지, 뭐."

"이참에 결혼이나 해. 언닌 지한준 씨 있잖아."

엎친 데 덮친 격이었다.

사실 운정의 말이 하나도 들리지 않았다.

막막해서.

너무나도 막막해서.

위기는 갑자기 찾아왔다. 그리고 그 위기를 극복할 수 있을지는 잘 모르겠다.

초록은 또다시 땅이 꺼져라 한숨만 쉬었다.

한준이 너무나도 보고 싶은 날이었다.

그에게 뭐라고 말해야 할지, 사실 잘 모르겠다.

그가 돌아오면 꼭 해야 할 이야기가 두 개나 생겨 버렸다.

하나는 진하에 관련된 이야기.

또 다른 하나는 이제 회사를 그만 떠나야 한다는 이야기.

그 어려운 이야기들을 할 자신이 없었다.

감당하기 어려운 일이 터지고 말았다.

잔잔한 클래식이 흘러나오는 레스토랑. 식사를 하던 한준이 와인 잔을 들었다.

앞에 앉아 있던 한준의 회사 직원들 역시 그와 함께 와인 잔을 들었다.

"대표님, 오늘 기분 되게 좋아 보이시네! 계약 성사돼서 그런가?"

"그런 것도 있고. 그냥 여러분들이랑 회사 처음 꾸릴 때 생각도 나고. 초심으로 돌아가서 더욱더 발전하겠다는 다짐도 해서 그런가 봐요."

승승장구. 한준은 그 말과 참 잘 어울리는 남자였다.

"윤 대리, 왜 이렇게 못 먹어?"

한준은 접시에 손도 대지 않은 아라를 보며 말했다.

"앞으로 저는 출장에 데려오지 마세요."

"왜?"

"저는 해외 체질이 아닌 듯해요. 여행도 싫고, 그냥 한국이 좋아요."

"신기하네. 남들은 못 와서 난리인 미국인데?"

"사실…… 남자친구가 보고 싶어서요."

"뭐? 하여튼!"

"다음부터 비행기 표 하나만 더 얹어 주시면, 그땐 신나게 일할 수 있을 것 같아요!"

"됐거든?"

직원들은 아라의 농담에 피식거리며 웃었다.

한준 역시 아라의 말에 초록이 떠올랐다.

그러고 보니, 시차가 난다는 이유로 초록과 연락을 자주 못 했었다.

시계를 보던 한준은 조심스럽게 초록에게 문자를 했다.

[난 저녁 먹어. 여보는 자고 있겠지? 보고 싶다, 김초록.]

[혹시 갖고 싶은 거 있어? 선물 사서 갈게!]

[잘 자, 내 공주.]

문자를 보낸 한준의 입가에 미소가 피어올랐다.

식사를 마치고 숙소로 뿔뿔이 흩어진 직원들을 뒤로한 채 한준은 호텔방 발코니에서 맥주를 마셨다.

"혼술 방해해서 미안한데, 같이 마실래?"

뒤에서 맥주를 들고 나타난 아라. 한준은 고개를 끄덕였다.

"너, 남자한테 그렇게 매달리면 매력 없다?"

"누가? 내가?"

"그래, 인마! 천하의 윤아라가 어쩌다 그렇게 됐냐?"

"남 말 하네. 넌 그럼 어떻게 된 건데? 아까 여자친구한테 문자한 거 맞지? 아주 그냥 좋아 죽을라고 하더만."

"그래. 좋아 죽겠다!"

"그렇게 좋으면서, 결혼 안 해?"

"결혼?"

"그래. 2년 사귀었다고 했나? 이제 슬슬 결혼할 때 됐잖아."

"흠."

한준은 '결혼'이라는 단어가 나오자 뭔가 상심에 잠긴 듯했다.

"뭐야? 그 표정은? 좋아 죽는 표정이 아닌데?"

"모르겠어."

"뭘 몰라?"

"내 여자친구, 정말 좋아. 결혼하고 싶고."

"근데? 하면 되잖아."

"집에서, 천천히 하라고 자꾸 그러시네."

"어머님이?"

"응."

"왜?"

"내 나이가 아직 서른밖에 안 됐다고. 근데…… 난 어머니 의도를 알아."

아라는 고개를 갸웃거렸다.

"설마…… 혹시 어머님이 여자친구 반대하시니?"

"반대라고 하기보단, 조건을 마음에 안 들어 하시지."

"뭐야. 너 여자친구 사랑한다며. 좋아 죽겠다며."

"좋아 죽지."

"근데 어머니를 설득 못 해?"

"아니. 그게 아니라, 안 그래도 어머니가 여자친구 보고 싶어 하셔. 근데 괜히 또 상처 줄까 봐 그게 걱정인 거야. 어머니 스타일 알잖아?"

"그건 남자가 하기 나름이야. 네가 네 여친이랑 어머님 중간에서 어떻게 하느냐에 따라 달라질 문제야."

"알지. 근데 괜히 또 상처 줄까 걱정인 거야."

한준은 깊은 한숨을 내쉬었다.

"어머니가 혜린이를 참 좋아했어. 집안이 좋다는 이유만으로.

그 애의 인성이나 인품, 그런 건 어머니 눈엔 보이지도 않았나 봐. 그저 화려하고 예쁘고 싹싹하고 집안이 좋다는 것이 내 짝으로 적합하다고 여기셨나 봐."

"어머니 입장에서는 그러실 수 있지. 평생 살아야 하는데 이왕이면 다홍치마가 낫겠다고 생각하셨을 수도 있어. 엄마 세대는 원래 다 그래. 구닥다리 같고 구식 같고. 근데 요즘 세상에 부모 반대한다고 결혼 못 할까? 그건 아니거든. 막말로 아들이 그렇게 좋아하는 여잔데 그만큼 다 이유가 있겠지, 하고 이해하시지 않을까?"

아라는 지그시 한준의 얼굴을 응시했다.

"한준아."

"응?"

"근데 너, 그거 알아?"

"뭘?"

"너, 그거 다 핑계다?"

"핑계? 무슨 핑계?"

"너 말이야. 아직 결혼하고 싶지 않은 거야. 내가 볼 땐 적어도 그래."

"무슨 소리야. 내가 초록이 얼마나 좋아하는데."

"좋아하는 거랑 결혼은 달라. 그러니까 네가 지금 선뜻 뭔가를 못 하는 거고. 그리고 너, 회사 점점 커져가고 있고 일적으로 비중이 커지잖아. 일에 미친 너, 지금 결혼하면 좋은 남편 역할 하기는 글러먹었어. 때가 아니란 소리야. 그걸 알기 때문에 망설이는 거 아니야? 내가 널 모르냐? 너랑 나랑 몇 년인데."

"글쎄. 그런 걸까?"

한준은 뭔가 아라의 말이 전부 맞지는 않지만 아주 조금은 마음을 들킨 것만 같았다.

은연중에 그는 아직 때가 아니라고 생각하고 있었는지도 모른다.

"네 여친 연상이라며. 여자 나이 서른둘이면 결혼 생각해야 할 나이거든? 아무리 결혼 적령기가 늦춰진다 해도, 지금 네 여친 많이 불안할 거야. 둘이 헤어진다 해도 손해는 여친 쪽이 크거든. 넌 헤어져도 네 능력에 다섯 살 연하 못 만나겠냐? 너한테 다섯 살 연하면 스물다섯이야. 근데 여자친구 나이로 헤어져 버리면 애매하거든. 누굴 만나야 할지. 소개팅 같은 거 한다 해도 승산이 있겠어? 쉽지 않을 거야. 그러니까 잘 생각해. 아니다 싶으면 빨리 발 빼고 맞다 싶으면 괜히 남의 집 귀한 딸 맘고생 시키지 말고 데려오든가."

그래. 똑 부러진 친구의 말이 다 맞다.

한준은 자신의 손에 끼워진 커플링을 응시했다. 이 반지도, 은연중에 초록이 느끼는 불안함을 잠재워 주기 위한 도구였는지도 모른다.

연애, 그리고 결혼.

정말 이 두 단어는 너무나도 달랐다.

〈스타트업 성공의 신화 - 제이피플 지한준 대표〉

"응? 이 남자…… 어디서 봤더라?"

사무실에서 커피를 마시던 다슬은 인터넷 신문 기사를 읽으며 사진 속 낯익은 남자를 떠올리기 위해 애를 썼다.

그리고 얼마 지나지 않아 그가 동창의 결혼식에서 초록을 데리러 왔던 남자라는 사실을 깨달았다.

"설마 김초록…… 남자친구?"

다슬은 어이가 없다는 듯 미소를 지었다.

그녀는 곧바로 연락처에 저장된 초록의 번호로 전화를 걸었다.

"초록아, 내 목소리 기억하지? 나 다슬이야."

-아, 그래. 다슬아!

초록은 다슬의 전화를 받고 조금 낭황한 목소리였다.

동창회 이후 몇 년 만의 전화였다.

"너 서울에 있지? 잠깐 보자. 밥이나 먹자. 괜찮아?"

-아…… 응. 괜찮아.

"오늘 저녁은 어때? 내가 너 있는 데로 갈게."

-아니야. 우리 그냥 중간에 보자. 그게 빠르잖아.

"그래. 그럼 강남역에서 보자. 그게 편하지?"

-응. 7시에 보자.

초록은 다슬의 전화를 끊고 고개를 갸웃거렸다.

"누구야?"

운정이 심각한 표정의 초록을 살피며 말했다.

"친구. 오랜만에 보자네."

"근데 왜 그렇게 똥 씹은 표정이야? 별로 안 친하구나?"

"그보단 그 친구, 내 전 남친한테 호감을 가진 애거든."

"뭐? 미친 거 아니야? 아니, 어디 남자가 없어서 친구 전 남친한테 호감을 가져? 친구 맞아?"

"그러게 말이다. 왜 보자 했을까?"

"가지 마. 뭐 하러 가! 안 그래도 기분 잡치는 일만 생기는데, 뭐하러 나가! 가지 마!"

"약속했는데 어떻게 안 가?"

"배탈 났다 그래."

"갑자기?"

"응. 아주 설사 똥을 주룩주룩 싼다 그래!"

"악! 더러워!"

"그래. 지금 자기 친구가 딱 그 설사 똥 같은 존재야! 더럽다고!"

"아무렴 무슨 말을 그렇게 하냐!"

"이 언니가 진짜, 세상을 너무 아름답게 살아서 그런가. 이번 주에 우리가 당한 일, 잊었어? 세상은 아름답지 않아. 더럽다고!"

"운정아, 너 기분 안 좋은 거 알겠는데 너무 부정적으로만 생각하지 말자. 좋은 일 반드시 올 거야."

"언니, 다음 생엔 석가모니의 딸로 태어나지 그래. 나무아미타불! 관세음보살~ 김초록은 보살이오!"

운정은 초록을 조롱하듯 두 손으로 귀를 팔랑거리는 시늉을 하며 의자를 끌고 자리로 돌아갔다.

초록은 시계를 보며 한숨을 내쉬었다. 요즘 들어 한숨이 늘고 있었다.

저녁 7시. 사람이 붐비는 강남역.

초록은 고개를 두리번거리며 다슬을 기다리고 있었다.

"초록아!"

누군가 초록을 불렀다.

다슬이 에스컬레이터를 타고 올라오며 초록을 응시한 채 손을 흔들었다.

"오랜만이야. 잘 지냈어?"

"응. 난 뭐…… 늘 똑같지."

"내가 갑자기 전화해서 놀랐지?"

"사실 좀 놀랐어. 오랜만에 전화했길래."

"밥부터 먹으러 가자! 너 뭐 좋아하니? 한식? 중식? 일식? 양식?"

"난 다 잘 먹어. 다슬이 네가 좋아하는 거 먹자."

초록과 다슬은 근처 일식집에 자리를 잡았다.

다슬은 말없이 초밥만 집어먹는 초록을 보며 말을 붙였다.

"회사 일은 어때?"

"크헉!"

'회사'라는 단어에 괜히 움찔하는 초록이었다.

"괜찮아? 휴지 여기 있어!"

"아, 괜찮아!"

초록이 입 매무새를 정리했다.

"그럭저럭. 그냥 그렇지 뭐. 다슬이 너는?"

"난 적응 잘하고 있어. 해외에 오래 있다가 오니까 한국 정서랑은 잘 안 맞는 것 같긴 해."

"다시 외국 갈 생각은 없고?"

"솔직히 가고 싶어. 근데 내가 좋아하는 것들이 한국에 많거든."

"좋아하는 게 뭔데?"

"음…… 매운 라면, 신 김치, 비빔밥, 그리고…… 석진하!"

초록은 또다시 헛기침을 했다.

그녀는 도무지 다슬을 이해할 수 없었다. 대체 왜 이런 이야기를 하는지.

초록은 천천히 고개를 들었다. 그리고 다슬의 눈을 맞춰 빤히 응시했다. 다슬 역시 아무렇지 않은 눈빛으로 천진난만하게 미소지었다.

"너, 나한테 자꾸 왜 그러는 거야?"

주인에게 꼬리를 살랑거리듯 온화해 보이던 맹물 같은 초록의 모습은 없었다.

차갑게 변한 초록의 낯선 모습과 말투. 초록은 기분 나쁜 티를 팍팍 내고 있었다.

"초록아, 내가 뭘?"

초록은 어처구니가 없다는 듯이 실소를 터트렸다. 아무것도 모른다는 듯 순진한 연기를 펼치는 다슬이 황당하기 짝이 없다.

"너, 진하 좋아하지?"

"응."

"나랑 진하랑 사귄 사실도 알잖아. 그것도 5년이나!"

"⋯⋯뭐?"

"몰랐다고 하지 마. 예전에 세정이한테 도와 달라고 했다며? 나 만나기 전에. 그럼 너, 나랑 진하랑 만났다는 사실을 알면서도 날 떠보려고 했다는 거잖아. 아니야?"

"그, 그런 건 아니고!"

초록은 한숨이 절로 나왔다.

대체 눈앞에 앉아 있는 이 아이는, 무슨 사고방식을 가진 사람일까 싶다.

"그냥 너한테 물어보고 싶었는지도 몰라. 내가 진하를 좋아하는데 우리가 서로 얽혀 있는 동창들이니까!"

"후, 그걸 왜 나한테 물어봐! 그건 너희 둘의 문제인 거지 나까지 끌어들이지 말아 줬으면 좋겠어. 다시는 이런 문제로 장난치거나 날 떠보려고 하지 말았으면 해. 안 그래도 이 말이 너무 하고 싶어서 안 친한 네가 불러내도 응해 준 거야. 알아? 따지고 보면 우리가 친구 사이도 아니잖아. 네 말대로 그저 십수 년 지나 만난 동창일 뿐이지!"

화가 치밀어 오르는 것을 억지로 꾹꾹 눌러 참아 좋게 말했다.

초록은 자리에서 일어났다.

"그리고 내가 충고 하나만 할게. 네가 좋다고 진하 따라다닌 거, 따지고 보면 2년째잖아. 근데노 어띤 시그널을 주지 않는다면 그건 진하한테 네가 여자로 안 보인다는 거야. 동창이라서가 아니라, 나 때문이 아니라 네가 석진하한테 여자로 안 보인다는 거라고. 그러니까 그 책임 남한테 전가하지 말고 네 스스로 알아서 해."

"야! 김초록! 말 다 했어?"

"아니. 더 하고 싶은데 이 정도로 참는 거야. 짝사랑하는 너 불쌍해서 참는 거라고."

"……!!!"

"이렇게 사람 불러내서 감정 상하는 것도 너나 나나 득 될 게 없는데, 왜 이런 짓을 하는 거야? 정말 이해할 수 없다."

"야!"

다슬의 언성이 높아졌다. 초록은 그대로 가방을 가지고 그녀를 무시한 채 지나쳤다.

초록은 아랫입술을 꽉 깨물고 그대로 도심 한복판을 씩씩하게 걸었다.

아무 생각도 들지 않았다. 짜증, 그리고 분노가 치밀어 오를 뿐이다.

"운정아, 네 말은 곧 법이야. 틀린 게 없더라."

-왜, 또?

"그냥. 네 말 들을 걸 그랬나 봐."

-뭐야. 그 설사 똥은 잘 만났어?

"그래. 그 설사 똥 같은 년한테 아주 있는 대로 퍼부어 주고 나왔어."

-엥? 뭘 퍼부어 줘?

"자꾸 얌생이같이 날 떠보잖아! 한 방 먹이고 나와 버렸어."

-뭐라고 했는데?

"그냥. 대놓고 석진하 좋다고 하니까 내 앞에서 그러지 말라 했지."

-그게 무슨 한 방이냐? 개똥같은 년아 다시는 연락하지 마. 이빨 한 번만 더 털면 뒤진다. 정도는 해 줘야지?

초록은 운정과 대화를 나눌 때가 제일 재밌었다.

피식거리며 집으로 향하던 그녀는 집 근처 편의점 앞에 붙은 전단지를 보고 걸음을 멈춰 세웠다.

〈편의점 평일 오전 아르바이트 구함. am:09~pm:14:00〉

"운정아, 다음 주부터 평일에 알바할까?"

-무슨 알바?

"편의점. 집 앞에서 알바 뽑는다."

-집 앞? 그러다 석진하 씨 마주치면 어떻게 해?

"어차피 진하는 회사 가잖아. 평일 오전이면 할 만하겠는데?"

-휴, 난 모르겠다. 어쩌다 우리가 이런 걱정을 하게 됐는지!

퇴사가 코앞으로 다가와 버렸다.

그리고 보니 퇴사가 앞당겨질수록 한준의 귀국날도 가까워지고 있었다.

"한준이 곧 귀국이야."

-그 동네도 곧 전쟁이겠네.

"하, 뭐라고 말해야 할지 모르겠다."

-힘내, 언니야.

힘이 하나도 나질 않는다.

왜 항상 나쁜 일은 한꺼번에 몰려오는 건지 모르겠다.

"그동안 감사했습니다."

라는 인사는 1분이면 족했다.

초록은 운정과 함께 쇼핑백에 짐을 잔뜩 담아 들고 회사를 나섰다.

운정은 투덜거리며 버스 정류장 의자에 앉았다.

"짜증 나. 그동안 내가 얼마나 잘해 줬는데, 송별식도 없냐?"

"난 오히려 다행이라고 생각해. 송별식 그딴 거 해 봤자 내 마음만 더 무거웠을 것 같아."

"하여튼 저놈들, 단물만 쪽쪽 빨아먹고 사람 내치네. 얼마나 승승장구하나 두고 본다! 대기업 따라가긴 글렀어. 영원히 중소기업에서 만족하고 살아라! 개놈들아!"

"후우……."

초록은 한숨만 나왔다.

"넌 그래도 돌아갈 집이라도 있지, 난 이제 월세며 생활비며 다 어떻게 하냐."

당장 먹고살 길이 막막해졌다.

더욱이 하나부터 열까지 모든 것을 알아서 해 왔던 그녀기에 갑작스런 퇴사가 현실적으로 너무 버거웠다.

"그러네. 언니는 나보다 더 최악이네."

"그러니까 날 보며 힘을 내렴."

"무슨 소리야! 불행을 위안으로 삼자는 거야? 김치나 반찬 같은 거 필요하면 말해. 내가 집에서 훔쳐 올게."

"퍽이나 위안이 되는 소리다."

"지한준 씨 언제 와?"

"오늘 저녁."

"그럼 오늘 그냥 시원하게 다 까발려 버려."

"운정아, 나 집에 가서 한숨 자고 한준이 보러 가야 하거든? 먼저 갈게."

축 처진 초록의 어깨가 너무나도 안쓰러웠다.

운정은 그녀의 뒷모습에서 눈을 떼지 못하고 혀끝을 찼다.

불쌍한 우리 언니.

이 시련을 어떻게 극복해 나갈지 걱정이 되었다.

-삑. 삑. 삐빅.

현관 비밀번호를 누르고 집 안으로 들어서자 뭔가 느낌이 이상했다.

초록은 고개를 두리번거리며 거실로 들어서는데, 갑자기 한준이 불쑥 나타났다.

"서프라이즈!"

"악!"

초록은 너무 놀라 냅다 비명을 질렀다.

한준이 초록을 와락 안았다. 초록은 어리둥절한 표정이었다.

"뭐야? 뭐야!"

"보고 싶었어. 대박 보고 싶었다고. 넌 어떻게 연락도 안 해?"

"뭐야! 지한준! 어떻게 된 건데?"

"너 보고 싶어서 비행시간 다르게 알려 준 거야. 그래서 네 집에 몰래 일찍 와 있었는데. 넌 어떻게 된 거야? 지금 회사 있어야 할 시간 아니야?"

"그…… 그게…… 바…… 반차. 반차 썼지. 너 마중 가려고!"

"그래? 어쨌든! 우리 초록이 너무너무 보고 싶었어!"

정말 몇 주 만에 보는 한준의 얼굴.

초록은 그의 품에 안겨 마냥 행복한 표정을 짓지 못했다.

네가 없는 동안 너무 힘들었다고.

너무 지옥 같은 날들이 많았다고 말하고 싶었다.

한준은 뭔가 조용한 초록을 보며 이상한 낌새를 느끼고 그녀를 품에서 떼어 냈다.

"왜 그래? 무슨 일 있어?"

"아니. 그냥 좋아서. 좋아서 그래!"

"아닌데. 너 분명 무슨 일 있는 것 같은데. 맞지? 나 안 그래도 출장 내내 너 생각 많이 했거든. 아무래도 무슨 일이 있는 건가 싶어서 짐 풀기도 전에 달려왔다고!"

"아니야. 진짜 많이 보고 싶었어. 그래서 그래!"

"진짜? 얼마나 보고 싶었는데?"

"많이. 아주 많이."

"오, 무뚝뚝이 김초록 입에서 그런 말이 튀어나오는 거 보니, 나 없는 동안 철들었나 보네!"

"철은 네가 들어야지."

"그래? 그럼 그놈의 철, 번쩍 좀 들어 보자."

한준은 초록을 번쩍 안아 들었다.

더욱이 가벼워진 그녀를 느낀 그가 초록을 다시 내려놓고 말했다.

"뭐야. 밥 안 먹었어? 몸이 왜 이래?"

"뭐가?"

"뼈밖에 없잖아."

"그건 지한준 사랑을 못 먹어서 그런가 봐."

"아, 너무 속상한데. 그럼 사랑부터 줄 테니 실컷 먹고 밥도 푸짐하게 먹으러 가자. 너 오늘 배 터져 죽을 각오하고."

"악! 하지 마! 야!"

한준은 또다시 초록을 번쩍 안아 들고 소파에 몸을 뉘었다.

그래. 이 향기가 너무나도 그리웠었다. 한준은 초록의 시선을 똑바로 마주한 채로 씩 웃었다.

"안고 싶어 죽는 줄."

"너 말이 짧다?"

"길면 그만큼 키스할 시간도 줄어드니까."

"흐읍."

가끔은 거침없고, 저돌적인 그녀의 연하남은 갑자기 훅 들어오는 게 매력이다.

초록은 그의 입술을 받아들이며 천천히 눈을 감았다. 그녀의 두 팔이 한준의 목을 부드럽게 감싸 안았다.

"초록아."

"응?"

"우리, 결혼할까?"

"뭐?"

야릇해지던 분위기는 결혼이라는 단어 때문인지 사뭇 진지해지고 말았다.

초록은 소파에서 벌떡 일어나 한준에게 말했다.

"결혼?"

"응. 이제 초록이도 어느 정도 결혼할 나이고, 우리 3년은 넘기지 말았으면 해서. 어때?"

초록의 머릿속이 복잡해지기 시작했다.

물론, 결혼이라는 것을 생각하지 않았던 것은 아니었다.

하지만 상황이 최악인 지금, 한준은 모든 사실을 알고도 결혼을 진행할 수 있을까 하는 의문이 들었다.

물론, 한준을 믿어야 했다.

하지만 과거의 실패가 그녀에겐 강한 트라우마로 남았고, 완벽한 자립을 해야만 행복할 수 있다는 두려움 속에 자리 잡은 가치관이 그녀의 마음을 복잡하게 만들었다.

"뭐야. 김초록. 나랑 결혼하기 싫은가 보네?"

"아니, 그게 아니라. 저기……."

"언제쯤이 좋을까?"

"음…… 내년 여름? 아니면 내년 겨울? 아니다. 내후년도 좋겠어."

"뭐가 그렇게 늦어. 할 거면 빨리하는 게 좋지."

"한준아, 너 일도 이제 어느 정도 풀려 가고 있고, 바쁘잖아. 회사부터 자리 잘 잡고 여유 될 때, 그때 하는 게 나을 것 같아. 아하하!"

"나는 괜찮아. 정말 나 때문에 미루려고 하는 거면, 진짜 괜찮아. 그러니까……."

"아니야! 내가, 내가 문제야. 나 하고 싶은 게 많거든! 하하하! 결혼 전에 전부 다 해 보고 싶어서."

횡설수설.

무슨 말이 튀어나오는 건지도 몰랐다.

바보 김초록.

집 근처 편의점. 초록은 맥주를 세 캔째 벌컥벌컥 들이켜고 있었다.

며칠째 땅이 꺼져라 한숨만 푹푹 내쉬던 그녀는 고개를 떨궜다.

'우리, 결혼할까?'

한준의 그 말 한마디가 너무나도 고마웠다.

게다가 흠잡을 데 없는 그는 능력까지 갖춘 벤츠남이었다.

근데 하필이면 가장 최악의 상황일 때 결혼 이야기를 꺼내다니.

그녀는 자신이 없었다.

사람은 한없이 초라해질 때가 있다.

자존감이 올라갔다고 생각했는데 말이다.

'언니, 그런 벤츠남이 언니 좋다고 하는 덴 다 이유가 있는 거야. 좀 거지같은 상상 좀 하지 마. 알겠어?'

운정의 목소리가 들려오는 듯했다.

"그래! 그런 벤츠남이 나 좋다는데! 결혼하자는데! 나도 모자란 거 없어! 없지!"

초록은 맥주를 퍼마시며 깔깔거리고 웃었다.

이미 반쯤 정신이 나가 있는 모자란 여자 콘셉트인 것 같았다.

그녀가 큰 소리로 깔깔거리며 웃을 때였다. 순간 초록의 시야에 낯익은 남자의 얼굴이 보였다. 택시에서 내린 남자는 천천히 그녀의 앞에 가까워지고 있었다.

"아오! 쟤는 또 왜 저기서 나와?"

낯익은 남자는 다름 아닌 진하였다.

진하는 천천히 오피스텔 단지로 걸어오고 있었다. 편의점 앞에서 땅콩과 오징어를 잘근잘근 씹으며 맥주를 마시던 초록은 허둥지둥 검은 비닐봉지에 모든 것을 쏟아붓고 벌떡 일어나 주위를 두리번거렸다.

귀신이라도 본 양 초록은 냅다 뛰기 시작했다. 오피스텔 건물에 들어서자마자 출입문 비밀번호를 미친 듯이 누르던 그녀는 조금씩 가까워지는 진하의 모습에 잔뜩 긴장했다.

-비밀번호를 다시 입력해 주세요.

이놈의 손은 수전증도 아닌데 왜 이렇게 덜덜 떨리는 건지. 초록이 허둥지둥 출입문 비밀번호를 누르자마자 계단으로 뛰었다. 뒤따라오던 진하는 엘리베이터 버튼을 누르고 서 있었다.

-문이 열립니다.

진하가 엘리베이터에서 내려 복도를 걷는 발소리가 들렸다.

초록은 그가 현관 비밀번호를 누르고 집 안으로 들어가는 것까지 확인한 뒤, 안도의 한숨을 내쉬며 비상계단 문 앞에서 몸을 빼꼼 내밀고 걸어 나왔다.

"후우."

초록이 긴 한숨을 내쉬고 살금살금 집으로 들어가려던 그때였다. 갑자기 재활용 쓰레기를 잔뜩 들고 진하가 나왔다.

"꺄아악!"

그래.

일이 터지고 말았다.

그녀는 진하를 마주하고 비명을 지르다시피 소리를 질렀다.

초록의 등장에 황당하다는 듯, 놀란 눈치로 진하가 말했다.

"김초록, 뭐야? 너 왜 여기 있어?"

신도 무심하시지.

이렇게 빨리 석진하를 마주하게 하시다니.

초록은 조금씩 그에게 멀어지듯 뒷걸음질을 쳤다.

"하하. 하하하! 안녕! 안녕, 진하야!"

"뭐야? 너!"

"네…… 네가 생각하는 그런 거 절대 아니고, 나 스토커 그런 거 아니거든?"

"뭐라고?"

"아니, 그러니까 나는! 너를 따라 여기 온 게 아니라는 말이지. 나는 그러니까……."

"뭐라는 거야. 너 왜 여기 있어?"

"황당하지? 그래. 그럴 만도 할 거야."

사람이 당황하면 횡설수설 아무 말이나 마구 튀어나오곤 한다. 초록 역시 그러한 상황이었다.

도무지 그녀를 알 수 없다는 듯이 바라보는 진하와 그런 그의 앞에서 진땀을 빼는 초록.

결국 초록은 입을 열었다.

"사실, 나 여기 살아."

"뭐?"

"그것도 네 앞집에 살아."

"아니, 진심으로? 진짜로?"

그럼 가짜겠니.

"나도 믿기지 않았는데 그렇다더라."

초록은 마치 남 이야기 하듯 말했다.

"정말 앞집에 산다고? 진짜로?"

"응. 못 믿겠으면 보여 줄게."

초록은 조심스럽게 현관 비밀번호를 눌렀다. 현관문이 열리며 센서 등이 켜졌다.

초록은 다시 문을 닫으며 진하를 응시했다.

그는 많이 놀란 눈치였다.

그래. 그럴 만도 하지.

초록은 헛웃음이 나왔다.

불과 한 시간 전에 지금 앉아 있는 자리에서 혼자 맥주를 마시고 있었는데, 지금은 그토록 피하려던 진하와 마주 앉아 있다니.

"왜 웃어?"

진하는 아직도 믿기지 않는 얼굴이다.

"사실 나 아까 여기서 네가 택시에서 내리는 거 봤거든."

"그래? 그래서 뛰었어?"

"뛰다니. 그냥 난 껄끄러울 것 같아서 자리를 피한 거야."

"그게 뛴 거지 뭐냐."

그래. 꽁지가 빠지게 뛰었다고 치자.

"참, 이런 일이 다 있네."

"그러게."

진하는 천천히 초록을 응시했다. 앞머리를 정리하는 초록의 오른손에 끼워진 반지가 보였다.

반지…….

그녀의 손에 반짝이는 반지가 끼워져 있었다.

"결혼해?"

"어?"

초록은 진하의 시선을 따라 자신의 손을 응시했다.

"아! 이거. 커플링이야."

"커플링?"

"응. 남자친구가 사 줬……."

초록은 입을 꾹 다물었다. 그녀의 입에서 남자친구가 사 준 반지라는 말이 튀어나올 뻔했다.

진하는 고개를 끄덕이며 어설프게 미소를 지었다.

"그러고 보니…… 5년이나 만나면서 커플링 하나 없었네."

"네가 실용성이 없다고 했잖아. 커플링 끼지도 않는다면서. 결혼하면 결혼반지 할 텐데 뭐 하러 그런 거 끼냐고!"

"내가?"

"그래. 솔직히 난 같이 나눠 끼는 의미로 싼 거라도 하고 싶었는데."

"미안해."

"미안할 게 뭐야. 어차피 다 지난 일이고 너랑 나랑 아무런 사이도 아닌데."

그래. 초록의 말처럼 이제 두 사람은 아무런 사이가 아니다.

진하는 뭔가 기분이 묘했다. 그래서 그런지 자꾸만 초록의 손으로 눈길이 간다.

"남자친구는 알아?"

"뭘?"

"내가 앞집에 산다는 거."

"아, 그거……. 흐음."

"모르나 보네."

"으응……."

"말, 할 거야?"

"음……."

한준에게 언제 이야기를 털어놔야 하나 고민하고 있었다.

그러나 그 타이밍이라는 게 참.

"이야기…… 해야 하는데."

"흠. 하긴, 꺼내기 쉽지 않겠다."

"하, 그래도 시한폭탄이 두 개였는데 하나는 터져서 다행이다."

"시한폭탄? 설마 나를 두고 말하는 거야?"

"응. 솔직히 너나 내 남자친구나 언젠가 폭탄처럼 터질 거라 생각했어. 매도 먼저 맞는 게 낫다더니 그나마 마음은 편하네. 이젠 죄인처럼 숨어서 집에 들락날락 안 해도 되니까!"

진하는 뭔가 이상하리만큼 심술이 났다. 초록이 다른 남자를 챙기고 있는 모습이 썩 마음에 들지 않았다.

이건 대체 무슨 감정일까.

단순한 심술일까, 아니면 질투일까.

"남자친구를 집 근처에 못 오게 하면 되겠네. 발도 못 붙이게 하면 되지."

"뭐?"

"집에 데려오지 마. 여자 혼자 사는 집에 남자 끌어들이는 거 아니다!"

"참 나."

"먼저 일어난다."

진하는 자리에서 일어났다. 심란한 표정의 초록을 뒤로한 채.

돌아선 그는 내심 착잡한 마음이었다.

잊으려 갖은 애를 써 온 그녀인데.

눈앞에 나타나 자꾸만 행복한 모습을 보일수록 마음이 무거웠다.

이러면 안 되는데.

초록이 새 사람과 행복하길 바란다고 수천 번 되뇌며 응원했었는데.

다 거짓이었나 보다.

[아침 조금이라도 챙겨 먹어. 이따가 오후에 영화 보자.]

주말 오전. 한준은 눈을 뜨자마자 초록에게 문자를 보냈다.

눈을 비비며 시계를 보던 그는 이맛살을 찌푸렸다.

그는 오랜만에 본가에 방문했다.

자신의 방 안에, 침대에 누워 있던 그였지만 뭔가 낯설었다.

여러모로 독립된 바깥생활이 그런 기분을 느끼게 하는 것 같다.

그때, 방문이 쾅- 하고 열렸다.

"오빠, 일어나! 아침 먹어."

"아…… 머리 아파. 더 잘래."

동생 한경이 슬그머니 다가와 요란한 박수를 쳤다.

짝짝거리던 그 소리가 거슬려 한준은 벌떡 일어났다.

"아, 뭐야. 안 꺼져?"

"일어나라고. 엄마랑 할머니 기다리신단 말이야."

한경이 한준을 발로 툭툭 건드렸다.

한준은 오만 가지 인상을 찌푸리며 부스스한 머리칼을 넘기고 응접실로 향했다.

"뭐야. 더 자고 싶은데."

"이제 그만 일어나야지. 해가 우리 아들 보고 싶대."

"난 별로 보고 싶지 않다고 전해 줘."

"엄마! 이 오빠 여자친구 외엔 아무것도 보고 싶지 않을걸?"

아침상을 차리던 한준의 모친인 선주는 한경이 말한 한준의 '여자친구'라는 단어에 몹시 호기심이 발동했다.

그녀는 자리에 앉아 밥을 먹던 한준에게 넌지시 이야기를 꺼냈다.

"그래서, 언제 보여 줄 거야?"

"뭘?"

"여자친구. 소개시켜 준다며?"

"아, 슬슬 그래야죠."

한준의 옆에 앉아 있던 한경이 씨익 웃으며 말했다.

"되게 단아하게 생겼어. 예쁘더라고."

"한경이 너도 봤어?"

한경의 말에 선주의 호기심이 더욱 증폭되고 있었다.

"응. 한 번 우연히 봤는데, 단정하고 예쁘시더라고. 대체 왜 그런 언니가 저런 찌질이 찐따를 만나는지 이해가 안 갔지만."

"네 오빠가 어때서?"

"솔직히 오빠 뭐 볼 게 있어? 어쩌다 얻어걸려서 회사 잘되고, 그것도 사람을 잘 만나서 잘 풀린 거지."

"미친. 나 나름대로 열심히 살고 있거든?"

한준이 고개를 저었다.

"뭐 하는 사람이랬지?"

선주는 계속해서 한준에게 질문했다.

"그냥. 회사 다녀요."

"무슨 회사?"

"그냥 IT 회사인데, 산업디자인 쪽으로 일하고 있어요."

"그래? 가족들은?"

"아버지, 어머니 다 건강하게 계시고 오빠 한 명 있는 걸로 알아요."

"아니, 그게 아니라 그 댁 어르신들은 뭐 하는 분들이시냐고."

"제 여자친구 아버님, 어머님 되시죠."

"지한준."

"저 밥 다 먹었어요! 먼저 일어납니다!"

한준이 자리에서 일어나자 한경이 고개를 절레절레 저으며 젓가락으로 밥을 푹, 푹 휘저었다.

"너, 그거 하지 마! 밥맛 떨어지게 어디 가서 그러기만 해 봐!"

"엄마, 지금이 조선 시대야?"

"너 그런 행동, 어디 가서 가정교육 제대로 못 받은 애 취급……."

"그게 아니라, 오빠 말이야."

"네 오빠가 뭐!"

"오빠 여자친구 부모님이 뭘 하시든 무슨 상관이래? 핵심은 오빠 여자친구 아니야?"

"궁금할 수도 있지!"

"물론 엄마 입장에선 궁금할 수도 있는데, 아직 정식으로 소개받은 것도 아닌데 뭘 그리 캐물어? 내가 오빠 같아도 기분 안 좋았을 것 같아."

"걱정이 되니까 그렇지!"

"오빠가 애도 아니고, 알아서 잘 만나고 있는데 엄마가 그렇게 감 놔라 배 놔라 할 건 아닌 것 같아. 엄마, 요즘은 그러시면 꼰대 소리 듣는단 말이야."

"뭐야? 꼰대? 지한경! 이게 정말!"

"반대로 생각해 봐. 내가 어느 댁 아들을 만났어. 근데 그 집에서 아들한테 여자친구 부모님은 뭐 하시니 꼬치꼬치 물어본다 생각하면 머리가 다 아파.”

“아니, 네가 어때서? 해외에서 난다 긴다 하는 애들 다 제치고 독주회도 하는 일류 음대 나온 네가 어때서?”

“그 봐. 내 자식 귀한 줄 알면 남의 자식도 귀한 줄 알아야지! 똑똑하고 스마트하고 우아하신 우리 박 여사님께서 왜 그걸 모르실까!”

선주는 숟가락을 내려놓고 한숨을 내쉬었다.

“오빠를 전적으로 믿어 보자고. 엄마의 귀한 아드님이 선택하신 여자면 더더욱!”

“아니, 그러니까 내가 한번 보자는 건데, 그게 그렇게 어려워?”

“엄마가 잡아먹을 듯이 그러지만 않는다면 오빠가 마음을 열지 않을까?”

“내가 잡아먹어?”

“응. 부담스러워. 아주아주 많이 부담스러워.”

“후우, 나는 그냥 혜린이랑 쭉 잘됐으면 하는 마음이었는데.”

한경은 손사래를 쳤다.

“그 여우 년이랑 오빠랑 결혼했으면 오빠 인생은 종 치는 거였어.”

“넌 무슨 말을 그리 험하게 해? 혜린이가 어때서!”

“아, 몰라! 나도 입맛 없어!”

“저것들이 진짜!”

한경은 양 볼에 바람을 가득 넣고 선주를 놀리듯 입을 삐쭉 내밀며 사라졌다.

선주는 더욱이 아들 여자친구에 대한 궁금증이 커져만 갔다.

대체 어떤 여자일까.

어떤 여자기에 두 살 연상임에도 아들의 혼을 쏙 빼 갔을까.

선주는 앞에 놓인 빈 그릇들을 치우며 고개를 갸웃거렸다.

[정말 미안한데, 딱 10분만 집 앞에 나오지 마. 부탁이야!]

문자를 확인한 진하는 기가 찼다.

초록의 이름이 떠 있기에 뭔가 싶어 재빠르게 문자를 확인했는데.

현재의 남자친구에게 과거 남자친구의 존재를 들킬까 봐 전전 긍긍하는 애단 문자라니.

입술을 삐쭉 내민 그가 소파에 핸드폰을 툭 던졌다.

"어이없네, 김초록."

진하 본인 같으면 그냥 솔직하게 이야기할 수도 있을 것만 같다는…… 뭐 그런 생각을 하기도 했지만.

"뭐, 그럴 수도 있지."

그래. 그럴 수도 있다.

진하는 소파에 몸을 기댄 채 눈을 감았다.

"아! 짜증 나!"

사람이라는 것이 본래 호기심의 동물이라고 한다.

진하는 벌떡 일어나 창가로 향했다. 우드 블라인드 사이로 한 대의 검은 세단이 보였다.

"요즘은 개나 소나 벤츠지."

진하는 우드 블라인드를 검지 손으로 툭 튕기며 돌아서려 했다.

그때, 한껏 차려입은 초록이 시야에 들어왔다.

"얼씨구. 아주 어려 보이려고 발악을 하네."

그는 짜증 섞인 목소리로 혼자 중얼거리다 핸드폰을 들었다.

왜 갑자기 그런 행동이 나왔는지는 모르겠다.

손가락이 어느새 초록의 전화번호를 누르고 있었고 결국 그는 초록에게 전화를 걸고 말았다.

집 근처에 주차된 한준의 차를 발견하고 초록은 환한 미소를 지었다.

천천히 한준의 차 조수석 문에 가까워지려 할 때였다. 재킷 주머니에 넣어 놨던 핸드폰에서 진동이 울리기 시작했다.

핸드폰 화면 속의 번호를 확인하자마자 초록은 입가에 미소가 싹 가시고 말았다.

'뭐야. 왜 전화했어?'

초록은 다시 재킷 주머니에 핸드폰을 밀어 넣었다.

그 모습을 멀리서 지켜보고 있던 진하는 코웃음을 치며 다시 번호를 눌렀다.

"빨리 왔네?"

초록이 조수석 문을 열었다.

조수석 문을 열자마자 그녀의 시야에 들어온 것은 예쁜 장미꽃 한 송이였다.

"어? 이거 뭐야? 나 주는 거야?"

"그럼, 내 여자친구를 주지 누굴 줘?"

"분홍 장미네. 진짜 예쁘다!"

"앞으로 만나러 올 때마다 한 송이씩 사 줘야겠어. 너 꽃 좋아하잖아."

시작이 좋군.

초록은 한준의 입술에 가벼운 키스를 해 줬다.

"출발해 볼까? 우리 공주님, 안전벨트 하셔야죠!"

한준이 초록에게 벨트를 매 주려던 그때였다.

초록은 아차 싶어 그의 손을 잡고 말했다.

"맞다! 티켓 두고 온 것 같아."

"현장 수령 아니었어?"

"아니야. 입장 전에 사람 많아서 미리 배송받았거든. 금방 갔다 올게!"

"천천히 와! 기다리고 있을게."

초록은 조수석 문을 열고 후다닥 뛰어 집으로 향했다.

집 안으로 들어가 화장대 서랍에 있던 공연 티켓을 꺼내 주머니에 넣고 다시 밖으로 나왔다.

그때, 앞집 문이 열리고 진하가 재활용 쓰레기를 잔뜩 들고 나왔다.

곰돌이 모양이 잔뜩 그려진, 어울리지도 않는 수면바지를 입은 그의 모양새가 참.

"뭐야. 왜 전화했어?"

"잘못 눌렀어."

얼씨구. 두 번이나?

초록은 황당하다는 듯 고개를 저었다.

"너 어디 가?"

"보면 몰라? 쓰레기 버리러 가는데."

"설마 지금 밖에 나가겠다는 소리야?"

"응."

대환장 파티다.

"네가 지금 밖에 나가면, 게다가 그런 프리한 복장으로 나가면 내가 오해를 받기 딱 쉬운 상황이잖아!"

"근데?"

"내 남자친구는 아직 너랑 앞집에 산다는 거 모른단 말이야!"

"그래서?"

"10분만, 아니 5분 정도 늦게 나와 주면 참 고마울 것 같아서."

"싫은데. 난 지금 쓰레기를 버리러 나가고 싶은데."

초록은 아랫입술을 꽉 깨문 채 진하의 손에 들려 있던 쓰레기를 거칠게 빼앗았다.

의외로 힘이 센 그녀는 진하를 노려보며 엘리베이터로 향했다.

"내가 버려 줄게! 그럼 되지?"

"그럴래? 아, 그럼 이것도 좀 부탁해."

진하는 집 안으로 들어가 각종 맥주 캔이 담긴 쇼핑백을 가지고 나왔다.

초록은 기가 차다는 듯 진하를 응시했다.

"진짜. 유치해서 못 봐 주겠네. 너 일부러 그러는 거지?"

"뭐가?"

"나 지금 데이트 간다고 일부러 그러는 거잖아!"

"웃기시네. 내가?"

"아. 몰라! 쓰레기 버려 줄 테니 너 진짜 한 발자국이라도 기어 나오면 나한테 죽는다!"

초록은 투덜거리며 엘리베이터에 탔다.

"야. 김초록! 나 오늘 하루 종일 집에 있을 거니까 웬만하면 남자친구 집에 데려오지 마라! 알겠냐?"

"참 나. 내가 집에 안 들어오면 그만이지!"

-문이 닫힙니다.

엘리베이터 문이 닫히고, 진하는 뭔가 통쾌하다는 듯이 웃으며 돌아섰다.

'내가 집에 안 들어오면 그만이지!'

그러나 진하는 방금 전 초록이 했던 말을 떠올리며 굳어진 표정으로 걸음을 멈췄다.

"유치한 자식! 남 잘되는 꼴은 못 본다 이거지? 원래 그렇게 쫌생이었나?"

초록은 투덜거리며 재활용 쓰레기를 분리수거하기 시작했다. 옷을 탁탁 털어 내며 다시 한준에게로 향했다.

"쓰레기 버렸어? 나한테 시키지."

누구와는 다르게 다정하기도 하지. 초록은 금세 표정을 풀었다.

"아니야. 그냥 올라간 김에 버렸어."

"근데, 원래 저렇게 맥주를 많이 마셔?"

"응?"

"아니, 재활용 쓰레기 보니까 무슨 맥주를…… 술도 못하면서!"

"아! 저거! 친구들이 놀러 와서 마신 거야."

"친구? 누구?"

"우…… 운정이랑, 세정이라는 친구랑, 또 누가 있더라. 아하하!"

"뭐야. 너 수상해. 밤마다 술 마셔?"

"아니야. 아니라니까!"

"혼자 청승 떨지 말고 고민 있으면 꼭 말해. 알겠지?"

"알았어. 걱정 마세요!"

"그럼 진짜 출발합니다, 공주마마!"

초록은 힐끔거리며 주변을 살폈다. 다행히 진하는 보이지 않았다.

이어지는 안도의 한숨.

정말 언제쯤 이야기를 꺼내야 할지, 어떻게 꺼내야 할지 막막해졌다.

죄를 지은 것도 아닌데, 일부러 그런 것도 아닌데

괜히 마음이 무거워지고 있었다.

'오늘 기회 봐서, 말해야겠다.'

라고 다짐하는 그녀였다.

"뭐? 푸하핫! 진짜 그랬다고? 아악!"

새집엔 사람이 북적거리며 방바닥을 밟아 줘야 잘 산다고 했다.

진하는 오랜만에 만난 친구들과 함께 새집에서 술을 마시고 있었다.

그들 중, 진하와 초록의 사연을 너무나 잘 알고 있는 승현은 미친 듯이 웃으며 방바닥을 구를 기세였다.

"아니, 어떻게 앞집에 김초록이 살아. 대박이다."

"나도 난감해 죽겠다. 마주칠 때마다 아주 심장이 철렁 내려앉거든."

"왜? 설레냐? 다시 막 두근두근거려?"

"미친놈."

"야, 석진하. 너 솔직히 말해. 아직 초록이 못 잊은 거지?"

"뭔 개소리야. 다른 남자 잘 만나는 애를 왜 못 잊어."

"그럼 왜 자꾸 질척거려! 안 어울리게. 이 자식은 생긴 거는 안 그런데 가끔 보면 겁나 찌질해. 안 그러냐?"

"닥쳐. 나도 지금 이불킥이니까."

진하는 괴로운 표정을 지으며 맥주를 마셨다.

낄낄거리며 진하를 놀리던 승현이 그에게 물었다.

"야, 석진하."

"왜."

"근데 나 뭐 하나만 물어보자."

"싫어. 그냥 이상한 소리 할 거면 닥치고 술이나 먹어."

"초록이 얘기 아니야. 너 김다슬이랑 무슨 사이야?"

"제발 그 얘기 좀 그만해라. 뭐 볼 때마다 자꾸 김다슬이야."

"아니, 다슬이가 자꾸 애들한테 네 얘기만 하니까 나는 혹시나 둘이 잘돼 가나 싶어서 물어보는 거지."

"전혀 아니거든."

"이상하네. 걔는 잘돼 간다는 듯이 말하고 다녀. 이거 좀 문제 있는 거 아니냐?"

"그냥 무시해. 그러다 말겠지."

"뭐 아무튼 간에, 너도 이제 연애 좀 해. 찌질한 전 남친 놀이 하지 말고. 들어 보니 김초록은 연하에 돈도 많은 남자 만나서 팔자가 폈다는데 넌 왜 아직도 뭐 이렇게 아련해. 빨리 연애해서 너도 결혼해야지."

"연애랑 결혼이 내 맘대로 쉽게 되는 문제냐? 모르겠다. 때 되면 자연스럽게 만나지겠지."

진하는 가끔 그런 생각을 했다.

단순히 초록에 대한 감정적 정리가 덜 됐다기보단, 가끔 지쳐 있는 자신이 또다시 연애를 하게 된다면 누군가에게 상처를 줄까 봐, 혹은 지치게 만들까 봐 두려움이 생겨 그동안 연애를 하지 못

했던 것 같다고 말이다.

초록이처럼.

온 마음과 힘을, 정성을 쏟아부어 연애를 했지만 그녀는 떠나가 버렸고 또다시 그런 열정을 쏟을 수 있을지에 대한, 거절에 대한 두려움이 어쩌면 진하의 마음을 무겁게 만들고 있었는지도 모른다.

치열하고 바쁘게 살았다. 회사 일도 그렇지만 개인적인 일도, 약속도, 하다못해 취미 생활까지도.

게다가 과거 준비되지 않았던 상태에서 무리하게 진행하려던 결혼은 심리적 압박으로 다가왔고 결국 타이밍이 맞지 않아 초록과 헤어지게 된 케이스였다.

세상에 예쁘고 착한 여자는 많다.

하지만 그는 여전히 혼자였다.

6. 어른의 성장통

"이건 내가 사 줄래!"

초록은 레스토랑 직원에게 카드를 내밀었다.

한준은 극구 사양하며 본인이 저녁을 사겠다고 했지만 초록은 한준의 카드를 빼앗아 지갑에 다시 넣었다.

"뭐야. 왜?"

"아냐. 공연도 네가 보여 주고 커피도 샀는데, 밥은 내가 사야 지!"

"넌 자취하잖아. 생활비며 이것저것 나가는 곳도 많을 텐데, 이런 거는 걱정하지 마."

"에이, 됐어요! 나 화장실 좀 다녀올게!"

초록은 결제가 끝난 뒤, 화장실로 향했다.

핸드폰 문자를 확인한 그녀는 긴 한숨을 내쉬었다.

맛있고, 분위기 있는 곳으로 한준이 이끄는 데이트를 다니다 보니 초록은 가끔 부담스럽고 버거울 때가 많았다.

물론 부담을 하는 것은 거의 한준이었지만.

일정한 수입을 가지던 직장인 시절과는 또 다른 문제였다.

오늘은 털어놔야 할 것들이 많았다.

사실, 별것도 아니라 생각할지 모르지만.

솔직하면 그만인 것들이지만.

그놈의 자존심이 뭐라고.

'우리, 최대한 돈 아끼는 데이트를 해 보자고!'

초록은 자신 있고 당당하게 말하던 과거의 모습이 떠올랐다.

진하 역시 취업 준비생일 때, 본인 스스로도 생활비에 빠듯한 시절일 때, 아무렇지 않게 솔직하게 말하곤 했는데.

한준과 연애를 하며 진하를 만날 때와 조금 다른 점이 있다면, 초록은 지나치게 마음을 다 드러내지 않는다는 것이었다.

그렇다고 해서 한준을 덜 사랑하거나 덜 좋아하는 것도 아닌데.

나의 모든 면을 다 드러내고 하는 연애는 아니었다.

힘든 일이 생기거나 고민이 생길 때, 웬만하면 참게 된다.

스스로 이겨 낼 줄 알게 됐고, 혼자 조용히 털어 버리는 법을 알게 됐다.

더 이상 연락에 집착하지 않게 됐고, 한준이 여자들과 함께 있다고 한들 그를 온전히 믿어 줄 수 있었다.

의심하지 않게 됐고, 조금 더 편하고 안정적인 연애를 할 수 있었다.

그래서일까? 늘 초조한 쪽은 한준이었고, 표현을 많이 하는 쪽도 한준이었다. 초록은 한준에게 있어 아쉬울 것이 없는 그런 여자로 각인이 되어 있었다.

진하와 만날 때와는 사뭇 다른 모습이었다.

오히려 진하를 만날 땐, 의존적이거나 나약한 모습을 보일 때가 많았었는데.

그렇다고 해서 그게 맞다는 것이 아니다.

그 어느 쪽도 정답이 될 수 없었다.

사람마다 성격과 가치관이 다른 것처럼 연애에 있어서도 엄연히 스타일이 다르기 때문에.

"미안해. 오래 걸렸지?"

초록은 자리로 돌아와 가방을 챙겼다.

한준은 옷매무새를 정리하던 초록을 바라보며 미소 지었다.

"초록아."

"응?"

"어머니가 언제 한번 보자고 하시네. 괜찮겠어?"

"어?"

갑작스런 그의 말에 초록은 물컵을 떨어트릴 뻔했다.

-언니, 지금 내 말 듣고 있는 거 맞지?

사실 미안한 말이지만 운정의 말은 하나도 귀에 들어오지 않았다.

초록은 데려다주겠다는 한준을 거절하고 버스에 올라 집으로 향하는 길이었다.

"아, 미안해! 버스 타고 집에 가는 중이라서 잘 안 들리네."

-자기야, 다 티 나.

"응? 뭐가?"

-뭔데! 무슨 고민인데!

"고민 같은 거 없어."

-개뺑치네. 언니 목소리만 들어도 이젠 다 보여.

역시 운정은 귀신이다.

"그냥. 재취업도 알아봐야 하고 면접 보러 다닐 준비도 해야 하니까 머리가 아프네."

-쉽게 생각해. 어차피 언니 당분간 편의점 알바한다며?

나이 서른둘에 편의점 알바라니.

초록은 한숨을 푹푹 내쉬었다.

"운정아."

-응. 말해.

"한준이 어머님이 나를 만나고 싶다고 하시네."

-엥? 드디어? 언니 결혼해?

"아니. 결혼 얘기는 안 했고."

-그게 결혼 얘기지 뭐. 어머니 뵙고 나면 슬슬 결혼 얘기 나오겠지!

"하……."

또다시 땅이 꺼져라 한숨을 내쉬는 초록이었다.

하필이면 지금 이런 초라한 상황에, 자존감이 모두 박살난 상황에 한준의 부모님을 뵙는다는 자체가 부담스러웠다.

"나 아직 말 못 했어."

-회사? 아니면 전 남친이 옆집에 산다는 거?

"둘 다."

-아휴, 언니야. 섭섭하게 듣지 말고 잘 들어. 언니 여기서 타이밍 놓치면 신뢰 금 가는 거 금방이야. 얼른 이야기해! 대충 언니 상황이 무슨 상황인지는 알겠어. 언니가 지금 얼마나 힘들지, 고민이 많을지도 잘 알아. 나도 여자고 이제 서른인데 충분히 무슨 입장인

314

지 알거든? 남자들은 말 안 하면 몰라. 내 여자가 힘든지 안 힘든지 말 안 하면 캐치를 잘 못 하는 경우가 많더라고. 그러니까 제발 표현도 많이 하고 힘들 때는 힘들다고 칭얼거리기도 하란 말이야. 그렇다고 해서 그 남자가 언니를 떠나면 어쩔 수 없는 거고, 언니를 정말 아끼고 사랑하면 끝까지 옆에 남아서 챙겨 줄 테니 두려워하지 말라고.

초록은 전화를 끊고 걸음을 멈춰 세웠다.

이어지는 한숨 소리.

그녀는 고개를 들어 하늘을 올려다봤다.

깜깜한 밤.

그리고 보이지 않는 별들.

쓸쓸하게 미소 짓던 초록은 다시 천천히 걸었다.

운정의 말이 무슨 말인지 안다. 과거엔 초록 역시 그랬었다. 힘들면 기대려 하고 의지하려 했고 모든 것을 보여 주고 연애를 했었다.

물론, 진하와 한준은 다르다. 나쁜 의미에서 다르다는 것이 아니라 진하는 진하만의 스타일이 있었고 한준은 한준만의 스타일이 있었다.

한 살이라도 조금 더 어릴 땐 그랬다.

앞뒤 재는 것도 보는 것도 없이 그저 물불 가리지 않고 달려드는 연애였다면, 지금은 그저 감정 소모하는 연애 자체가 싫었다.

그래서 늘 힘이 들면 혼자 털어 내고 감내하는 방법을 터득했고 물 흐르듯이 잘 흘러갔다.

'나 연상은 처음 만나 보는데, 솔직히 왜 연상을 만나는지 알 것 같기도 해.'

'왜?'

'편하니까. 난 철든 김초록이 너무 편하고 좋아.'

'철든 김초록?'

지난날, 한준이 그 한마디를 하지 않았다면 어땠을까 생각해 봤다.

물론 나쁜 의도 없이 툭 내던진 한마디지만 초록은 그 말을 듣고 더욱더 속마음을 꽁꽁 감추곤 했다.

가끔 의문이 들 때도 있었다.

지한준이 보는 김초록은 어떤 여자일까?

어른스럽고 철든, 사려 깊고 현명한 여자.

과연 그 거창한 수식어들이 나에게 어울리는 건지 의문이었다.

'우리 초록이는, 질투 같은 거 없는 여자거든.'

'야, 질투 없는 여자가 어딨냐?'

'진짜야. 김초록은 그런 부분에서 완전 쿨내 진동이야.'

한준의 친구를 소개받던 날, 우연히 한준이 술에 취해 친구와 하는 이야기를 듣게 된 적이 있었다.

초록은 피식 웃었다.

정말 내 모습이 무엇인지 모르겠다.

과연 김초록다운 게 뭘까.

사실 지금 이 순간, 너무 외롭고 힘이 들었다.

그래도 한 가지 사실은 변함이 없다.

한준은 초록을 사랑하고, 초록 역시 한준을 사랑하고 있다는 것.

나머진 초록과 한준이 풀어야 할 숙제들이었다.

"떨지 마. 그냥 동네 아줌마랑 밥 한 끼 먹는 자리라고 생각해."

"야, 너도 우리 엄마랑 밥 먹는다 생각해 봐. 안 떨리나!"

"난 안 떨 건데? 아이고, 초록이가 누굴 닮았나 했는데 어머니는 안 닮았네요. 이런 미인이 지구상에 존재……."

"좀 입 다물고 가만히 있어. 정신 사나워."

"미안."

촐싹거리던 한준 때문에 긴장이 풀리긴커녕 더욱더 마음이 초조했다.

이윽고 그들 앞에 나타난 한준의 어머니 선주. 그녀는 멀리서 보아도 엄청난 포스를 자랑하는 여자였다.

마르고 작은 체구와는 달리 무게감 있는 걸음걸이. 분위기부터 남달랐다. 푸근하고 정겨운 느낌이라곤 없는 딱딱한 사무적인 여성상이었다.

한 기업에서 성공한 여자 팀장님이라고 묘사하면 되겠다.

그런 느낌을 주는, 그런 첫인상을 주는 여자였다.

"반가워요."

"안녕하세요. 김초록이라고 합니다."

초록은 잔뜩 긴장한 채 선주를 응시했다.

초록은 알 수 있었다. 선주가 티 내지 않고 자신의 모든 것을 살피고 있다는 것을.

그래서 더욱더 긴장하게 되었다.

어깨가 저절로 움츠러들기 시작했다. 등에선 식은땀이 나기도 했다.

"뭐 좀 시키자. 뭐 좋아해요?"

"저는 다 잘 먹습니다. 어머님이 좋으신 걸로 먹을게요."

"그래요? 그럼 보자…… 간단하게 파스타랑 피자랑 샐러드랑 이것저것 시켜서 먹지 뭐."

"네. 그렇게 하세요!"

음식을 시키고 내내 긴장한 초록은 목이 타들어 가는 기분이었다.

"초록 씨는 무슨 일을 한다고 했죠?"

"저번에 말했잖아. 디자인 한다고."

한준이 대신 답을 했다.

초록이 팔꿈치로 한준을 쿡 찔렀다. 한준은 입을 꾹 닫았다.

"전공이 원래 그런 미술 계통인가?"

"아, 그래픽 디자인 전공했습니다."

"학교는 어디 나왔어요?"

"원경대학교 다녔습니다."

"응? 원경대? 어디에 있어요?"

"경기도에 있습니다."

초록은 얼굴이 빨갛게 달아올랐다.

물론 처음 보는 아들의 여자친구 정보가 궁금한 부모의 마음을 이해할 수 있기에 아무렇지 않은 척 넘기고 있었다.

"회사 생활은 어때요? 옐로 쪽이면 나름 대기업인데. 복지도 좋지 않나?"

"……네."

회사 이야기가 나오자 초록은 의기소침해지기 시작했다.

무기 계약직 신세에서 단칼에 내쳐진 처지라 뭐라 입을 떼기가 민망했다.

차라리 한준이라도 이 사실을 알고 있었다면 솔직하게 털어놓을 수 있었을지도 모른다.

"나 잠깐 실례. 전화 좀 하고 올게요!"

선주가 핸드폰을 들고 밖으로 나갔다.

초록은 음식이 잘 넘어가지 않았다. 체할 것 같은 기분이었다.

초록의 손을 꼭 잡아 주던 한준이 미지근한 온수를 가져와 초록에게 건네줬다.

하얗게 질린 초록의 얼굴을 보던 한준이 자리에서 벌떡 일어나 밖으로 나갔다.

초록은 이 순간 정신이 없어 그 무엇도 인지하지 못했다.

"사람 불러 놓고, 취조하듯이 그러면 어쩌자는 건데?"

화장실에서 나오던 선주는 손을 툭, 툭 털었다.

"밥이 목구멍으로 넘어가겠냐고."

"내가 뭘 어쨌다고 그러는 거야?"

"그냥 편하게 대해 주면 안 돼?"

"내가 불편하게 했어?"

"응. 솔직히 나 같았어도 불쾌했을 거야."

"아들 여자친구로 만나는 거면 그랬겠지. 근데 너 저 애랑 결혼할 거라며? 내가 그 정도도 못 물어봐?"

"천천히. 제발 좀 천천히 하자고! 처음 보는 자리에서 꼭 그렇게 호구조사 하듯 그래야 해? 엄마가 그러면 나는 초록이 얼굴을 어떻게 보라는 거야?"

"예민한 놈. 알겠어. 알았다고!"

선주는 고개를 저으며 한준을 지나쳤다.

자리로 돌아온 한준은 어두운 얼굴의 초록을 보며 작게나마 한숨을 내쉬었다.

"음식은 입에 맞아요?"

"네. 맛있어요!"

거짓말.

무슨 맛인지도 잘 모르겠다.

"만나서 반가웠어요."

"조심히 들어가세요!"

형식적인 인사가 오고 간 뒤에야 모든 것이 끝났다.

택시를 잡으려던 선주를 보고 초록이 한준을 쿡 찔렀다.

"어머니랑 집에 들어가. 나 오늘 혼자 갈게."

"아냐. 어차피 나 집에 안 가. 오피스텔로 갈 거야."

"그래도 어머님 모셔다 드려. 알겠지?"

"야! 김초록!"

초록은 후다닥 뛰어가다가 돌아서서 선주에게 꾸벅 인사를 했다.

선주는 오른손으로 손을 흔들다 한준의 곁으로 다가왔다.

"그래도 눈치 없는 애는 아닌가 보다."

"뭐가 또!"

"초록인가 쟤 말이야. 나 데려다주라고 한 거 아니야?"

"그냥 혼자 알아서 가세요. 짜증 나서 엄마랑 못 가겠어."

"너, 대체 왜 그렇게 툴툴거리는 거야?"

"정말 모르시는 건 아니죠?"

"지한준, 난 네 엄마로서 충분히 아들 여자친구에 대해 궁금해할 권리가 있어."

"대체 뭐가 그렇게 마음에 안 들어요?"

"마음에 안 든다고 안 했어."

"그게 그 소리잖아."

한준은 굳어진 얼굴로 주머니에서 차 키를 꺼내 들었다.

선주는 빠른 걸음으로 한준의 앞을 막아 세웠다.

"그래. 솔직히 까놓고 말해서 나 그 애 맘에 안 차."

"오늘 한 번 봤잖아요."

"학벌, 집안, 능력 모든 면에서 너랑은 너무 차이가 커."

"그래서요?"

"결혼은 현실이야."

"나랑 살지, 엄마랑 산대요?"

"아, 몰라! 그리고 결론적으로 너무 우울해. 인상 자체가 너무 어둡단 말이야. 사람이 밝은 면이 있어야지!"

"누가요? 초록이가요?"

"그래! 내가 너보다 30년이나 더 살았으니 말해 주는 건데 그 초록이라는 애, 너무 어두워. 그늘이 있단 말이야! 못 느끼니?"

"무슨 말씀을 하시는 건지 잘 모르겠어요. 그냥 엄마 눈엔 모든 게 마음에 안 드시는 거겠죠."

두 사람이 실랑이를 벌이고 있을 때였다. 그들 사이로 한 대의 택시가 멈췄다.

"제가 아까 택시 불렀어요. 무사 귀가 하세요."

한준은 그대로 차에 올라 시동을 걸었다.

기막히다는 듯 떠나가는 아들을 바라보고 있던 선주는 코웃음을 치며 택시에 올랐다.

"오늘은 말하려고 했는데……."

-잘 안됐구나? 에휴.

편의점 파라솔에 앉아 운정과 통화를 하며 맥주를 마시던 초록은 전화를 끊고 훌쩍거리기 시작했다.

본인 스스로가 너무나도 초라해지는 순간이었다.

진하에게도, 한준에게도.

비슷하면서 다른 듯한 똑같은 상처를 받고 있다.

무엇이 문제일까.

자존감이 있느냐 없느냐의 차이라고만 생각해 왔다.

열심히 살았다고 생각했는데.

정말 그 누구보다 열심히 착하게 잘 살아왔는데.

초록은 터벅터벅 걸어 어느덧 집 앞에 도착했다.

-삑-삐비빅.

-삑-삐익.

이상하게도 비밀번호가 자꾸 틀린다.

"뭐야. 왜 자꾸 틀려. 응?"

혼잣말로 중얼거리던 그녀는 계속해서 현관 비밀번호를 눌렀으나 연속으로 비밀번호를 틀린 탓에 갑자기 현관문에서 요란한 사이렌 소리가 나기 시작했다.

-삐이이익-삐익-삐이이이익.

커다란 소리가 복도 한가운데 울려 퍼지자 같은 층을 쓰고 있는 오피스텔 입주자들이 나와 불만스러운 얼굴로 초록을 응시했다. 그녀는 무슨 정신인지도 모른 채 현관문에 기대어 눈을 감았다.

"너 남의 집 앞에서 뭐 하냐."

5층 엘리베이터가 열리고, 이제 막 퇴근을 하는 듯한 진하가 나타났다.

그리고 눈앞에 펼쳐진 광경을 황당하다는 듯 바라보던 진하는 초록이 만취했다는 사실을 알게 되었다.

"이히히. 안녕!"

초록은 씨익 웃으며 바닥에 주저앉았다. 진하는 복도에 쩌렁쩌렁 울려 퍼지는 초록의 목소리를 의식하고 그녀를 흔들어 깨웠다.

"야. 야야! 일어나! 야! 네 집으로 가라고!"

"여기가 우리 집이야. 헤헤!"

"술도 못 마시는 게 어디서 이렇게 퍼마시고 왔냐! 세상이 얼마나 흉흉한데! 미쳤어?"

"집에는 잘 온단 말이다!"

"진심 미쳤네."

그는 초록의 집 대문을 응시하며 한숨을 팍팍 내쉬었다.

하는 수 없이 진하는 초록을 데리고 집 안으로 들어갔다. 현관으로 들어서자마자 퍼지는 술 냄새 때문에 진하는 창문을 활짝 열어 환기를 시켰다.

"뭘 얼마나 퍼마시면 술 냄새가 이렇게 진동을 해? 너 얼마나 마셨냐?"

"달~님에게 물어봐!"

"헛소리하지 말고. 너 여기서 얌전히 쉬다가 술 깨면 잽싸게 네 집으로 튀어 가라. 알겠어?"

"몰라! 알 수가 없어!"

"뭐래."

"이히히! 한준아! 나 석진하 앞집에 살아! 석.진.하.네. 앞.집.에. 살.아!"

초록이 큰 소리로 외쳤다.

진하는 그런 그녀의 모습을 빤히 응시하며 고개를 저었다.

이윽고 조용해진 그녀는 행동을 멈추고 축 늘어졌다.

화장실에서 샤워를 마치고 나온 진하는 젖은 머리를 수건으로 툭툭 털어 내며 냉수 한 잔을 벌컥벌컥 들이켰다.

다시금 바라보게 된 그녀.

나의 전 여자친구이자 앞집 이웃이 된 진상.

진하는 조심스레 초록의 곁으로 갔다.

바닥에 털썩 주저앉아 초록을 응시하던 그는 혼자 중얼거렸다.

"너, 아직도 말 못 했어?"

왠지 모를 씁쓸함.

그는 이불을 가져와 조심스레 초록의 몸을 덮어 줬다.

축 늘어진 그녀의 팔을 소파로 밀어 넣어 이불을 덮으려던 찰나, 그녀의 손에 곱게 끼워진 반지가 보였다.

"우린 왜 이렇게 됐을까, 김초록."

한때는 너무 소중하고 가까웠던 사이였다.

그 누구보다 잘 안다고 생각했던 내 사람이자 나의 전부였던 사람.

초록은 눈썹이 없는 편이었다.

어느새 그녀의 눈썹은 자연스러운 반영구 시술이 되어 있었다.

모나리자라는 별명을 부르며 짓궂게 놀리기도 했었는데.

진하는 피식 웃었다.

"사실 다시 안 보기를 바랐어. 안 마주치기를 바랐거든."

초록이 미워서가 아니었다.

원망해서는 더더욱 아니었다.

행복하길 바랐고, 잘 지내길 바랐다.

좋은 사람과 예쁜 사랑을 하며 석진하라는 남자에게 받은 상처가 있다면 치유하고 잊길 바랐다.

"힘들지 말고, 울지도 마라."

이 말밖에는 해 줄 수가 없다.

적어도, 초록의 손에 곱게 끼워진 반지를 본다면 더더욱 아무것도 할 수가 없다.

진하는 그렇게 한참 초록을 바라보고 있었다.

땅이 울리는 것 같은 진동이었다.

초록은 인상을 구기며 온몸을 이불로 감쌌다. 계속해서 들려오는 커다란 진동 소리에 벌떡 일어난 그녀는 반쯤 감긴 눈으로 주머니에서 핸드폰을 꺼내 받았다.

"흐음, 여보세요."

-김초록, 너 어디야?

상기된 한준의 목소리가 들렸다.

초록은 머리를 긁적이며 옆으로 돌아누웠다.

"응? 집이지……."

-연락도 안 받고! 하루 종일 걱정했다고! 지금 집 앞인데, 올라갈게. 기다려!

"나 지금 집에 누워 있……."

초록은 반쯤 감겼던 눈을 커다랗게 뜨고 벌떡 일어났다.

대체 여기가 어디란 말인가! 그녀는 몹시 당황한 듯 주위를 두리번거렸다.

'석진하?'

테이블 위에 올려져 있는 진하의 사원증을 보니 이곳은 진하의 집인 것 같았다.

머리가 새하얘졌다. 한 대 얻어터진 기분이 바로 이런 것일까?

-초록아, 나 지금 오피스텔 입구거든? 올라갈게.

"어? 아니! 잠깐만! 한준아!"

-왜?

"내가 지금 꼴이 말이 아니라서 그러는데, 딱 10분만! 아니 5분만 줄래?"

-괜찮은데. 많이 좀 그래?

"나…… 음…… 저기. 그…… 커피! 커피 한 잔만 사다 줄래? 콜드 브루 라떼로!"

-그래. 알겠어! 눈곱 뗄 시간은 줘야지.

"응!"

한준과 전화를 끊은 초록은 미친 여자처럼 호들갑스럽게 가방을 챙겼다. 분명 이곳은 석진하의 집이 맞다.

그런데 집에 있어야 할 진하는 그 어디에도 없었다. 불행 중 다행이랄까?

'김초록, 미친년! 진짜 미친 게 분명해.'

초록은 가지런히 놓여 있는 구두를 신고 현관문을 잡았다. 그런데 그때! 진하가 불쑥 들어왔다.

"으악!"

"뭐야?"

초록은 그 자리에서 뒤로 넘어가 털썩 주저앉았다.

저승사자라도 만난 기분이다.

진하는 양손에 잔뜩 뭔가를 들고 황당한 표정으로 초록을 지켜보고 있었다.

"이제 좀 정신이 들어?"

"아…… 그게……."

"내가 왜 여기에 있어? 라는 황당한 발언은 하지 말고 네 행동을 돌이켜 보길 바란다."

"음…… 그러니까…… 내가 왜 여기에……."

"내가 물어보고 싶은 말인데, 너 진짜 왜 그러냐? 술 마시지 말라고 했잖아. 너 술버릇 거지 같아서 내가 맨날 술 못 먹게 했던 거! 기억 안 나?"

"그게…… 아, 그러니까!"

지금 이러고 있을 때가 아니었다.

실랑이는 나중, 해명도 나중, 후폭풍도 나중 문제였다.

"내…… 내가 나중에 설명할게. 지금은 좀!"

"뭐?"

"나 우선 집에 가야 해! 남자친구가 집 앞에 왔대!"

초록은 앞에 서 있던 진하를 제치고 현관문을 열었다.

서두르면 될 거라는 진실되지 못한 생각 때문이었을까?

하늘이 벌을 내려 주신 것이 분명했다.

그녀의 눈앞에 보이는 것은, 이제 막 엘리베이터에서 내린 한준의 모습이었다.

그의 손에는 커피도, 그 무엇도 없었다.

그저 보고 싶은 여자친구에게 당장이라도 달려오고 싶었던 한 남자일 뿐이었다.

"하…… 한준아."

"뭐야? 너. 왜 그 집에서 나와?"

"커…… 커피 사 온다고 하지 않았어?"

"그냥 너 데리고 나가려고 했는데. 지금 그게 중요한 게 아니고, 너 왜 거기서 나오냐고?"

"아, 그게 그러니까…… 그게 어떻게 된 거냐면……."

"어제 옷 그대로잖아? 뭐야, 김초록! 뭐가 어떻게 된 건데?"

초록은 두 눈을 질끈 감았다.

어떻게 수습을 해야 할지, 꼬이고 꼬여 엉켜 버린 느낌이 들었다.

초록이 한숨을 내쉬며 안절부절못하고 있을 때, 갑자기 문이 열리고 진하가 나왔다.

진하의 얼굴이 낯설지 않게 느껴졌던 한준이 어디선가 봤던 사람이라 생각하고 심각한 얼굴로 두 사람을 번갈아 쳐다보기 시작할 무렵, 진하가 천천히 말했다.

"김초록 어제 여기서 잤어요."

그의 한마디에 한준과 초록의 얼굴이 파랗게 질려 버렸다.

한준은 형용할 수 없는 만감이 교차한 얼굴로 초록을 뚫어져라 바라보며 눈에 힘을 가득 주고 있었다.

"아니야. 아니야, 한준아. 오해하지 마!"

"오해? 낯선 남자네 집에서, 그것도 자고 왔다는데 오해를 하지 말라고?"

"그게 아니라, 사실은……."

"나 김초록 전에 사귀던 남자친구고, 정말 믿기 힘들겠지만 어이없는 우연으로 앞집에 살게 됐어요. 근데, 그 사실 때문에 김초록이 많이 힘들어 보이더라고. 언제 말해야 하나 동동거리는 꼴이 불쌍해서 내가 이렇게라도 터트리는 거니까 오해 말아요."

"뭐라고?"

"쟤랑 나랑 아무 일도 없었으니, 믿으셔도 된다고요."

초록은 거의 울상이었다.

타이밍을 놓쳤다는 것은 자기 합리화에 핑계일지도 모른다.

쉽게 꺼낼 이야기는 아니었지만 일찍 털어놓았어야 하는 문제였다.

어쩌면 한준이 엄청난 배신감에 휩싸였는지도 모른다.

초록은 이번 일로 인해 한준을 잃게 될까 봐 가슴이 철렁 내려앉았다.

눈물이 앞을 가렸지만 꾹 참고 조심스럽게 한준에게 말했다.

"믿기 힘들겠지만, 화가 나고 황당하겠지만 정말이야. 미안해. 좀 더 일찍 말하지 못해서 미안해……."

참았던 눈물이 뚝뚝 떨어졌다.

그간의 마음고생과 서러움이 한몫했던 눈물들이다. 초록이 고개를 떨구고 서럽게 울자 한준은 고개를 돌렸다.

"나보고 이걸 믿으라는 거지?"

"후……."

그래. 초록은 입이 백 개라도 할 말이 없었다.

초록이 흑흑거리며 울고 있는 모습을 바라보던 진하는 살짝 공격적인 말투로 한준에게 말했다.

"아니, 그냥 좀 믿으면 안 되나?"

그 한마디에 한준이 기가 차다는 듯 진하를 응시했다.

"아니라잖아. 당신이 생각하는 그게 아니라고 하잖아. 여자친구가 아니라고 하면 믿어 줘야지."

"그쪽이 끼어들 문제가 아닌 것 같은데."

"나도 커플 일에 끼고 싶은 생각은 없는데, 말은 똑바로 해야 될 것 같아서. 오히려 술 취한 여자를 방치하고 문 앞에 쓰러트려 놓는다는 거, 그게 더 위험한 거 아닌가? 지나가던 동네 개가 쓰러져 있어도 신고하는 마당에 그것도 만취한 여자가 집 앞에 쓰러져 있는데 모르는 여자도 아니고 아는 사람이라면 당신은 어떻게 할 건데? 그것도 한때나마 사랑하던 사람이라면."

초록이 또다시 눈을 질끈 감았다.

아마도 마지막 한마디에 한준은 이성을 놓게 될 것이 분명했기에.

"따라와."

한준이 초록의 손목을 낚아채 잡고 끌다시피 앞으로 걸어 나갔다. 한준의 손에 이끌려 초록은 그의 차에 올랐고 긴 침묵이 이어졌다. 훌쩍거리던 초록을 응시하던 한준은 옆에 있던 휴지를 초록에게 건넸다.

"너 진짜."

"미안해. 내가 정말 일찍 말하려고 했는데…… 갑작스럽게 어머님도 뵙게 되고, 사실 어제도 말하려고 했는데 타이밍만 보다가 계속 놓쳐 버렸어. 진짜 진심으로 너무 황당하고 나 믿지 못하겠지만, 그래서 믿어 달라는 말도 너무 미안하지만 어젠 정말 아무 일도 없었어."

"김초록, 너 믿어."

"응?"

"너 믿는다고. 그러니까 울지 마. 괜찮아."

"아……."

한준이 굳어진 얼굴로 말했다.

"사실 나도 속 좁은 새끼라서 처음에는 화가 났어. 근데 너 그렇게 울면서 안절부절못하는 거 보니, 얼마나 마음고생을 했을까 싶어서 이해하려 했어. 내가 지금 화가 나는 건!"

그는 이제야 고개를 돌려 초록을 마주했다.

"네가 만나던 그 남자. 그 남자의 감정을 읽고 나서 화가 났던 거야."

"응?"

"초록아, 너 나한테 약속해."

"뭘?"

"흔들리지 않겠다고. 그 남자가 널 흔들어 놓을 거야."

"무슨 소리야. 절대 그런 일 없어!"

한준은 초록의 손을 잡고 시선을 마주한 채 미소를 지었다.

"아니, 흔들려도 상관없어. 나는 너, 절대 포기 못 하거든."

초록은 알 수 없다는 듯 미간에 힘을 잔뜩 주고 한준을 바라보았다.

그는 오늘, 석진하라는 남자에게서 많은 감정을 느낄 수 있었다.

그 남자의 감정은 바로 '미련'이었다. 진하의 눈빛에선 초록을 향한 그리움이 느껴졌다.

남자의 마음은 남자가, 여자의 마음은 여자가 잘 안다고 했던가.

한준은 알 수 없는 미소를 지었다.

불쑥 나타난 내 여자의 옛 사랑이, 내 여자를 흔들기 위해 나타나 버렸다. 그것도 아주 거지 같은 우연으로.

"왜 이렇게 못 먹어. 속 안 좋아?"

밥이 목구멍으로 넘어갈 리가 없었다. 초록은 괜히 눈치를 보며 호로록 국만 떠먹고 있었다.

보다 못한 한준이 커다란 뚝배기에 밥을 팍팍 말아 숟가락을 초록의 손에 쥐여 줬다.

"진상."

"왜!"

"지가 진짜 진상이란 건 아나 보네."

"그래. 난 죄인이니까."

"죄인?"

"너한테 솔직하지 못했으니까."

풀이 죽어 있는 두 살 연상의 누나가 왜 이렇게 그의 눈에는 귀여워 보이는 건지 모르겠다.

비록 전 남자친구의 집에서 나오는 것을 두 눈으로 똑똑히 봤지만.

"김초록, 내가 아는 넌, 절대 그럴 배짱도 용기도 없지만 그럴 사람이 아니라는 거다."

"응?"

"아까 말이야. 앞집 사는 남자 집에서 나왔잖아."

"아…… 응."

"너 믿는다고 했잖아. 그러니까 그렇게 죽상 하고 있을 필요 없다고."

"한준아, 나 정말 모든 걸 맹세하고 걔랑 아무 일도 없었어."

"그러니까, 너 온전히 믿겠다고. 그러니 다시는 거짓말하거나 나한테 비밀 만들지 마."

"……응."

진하의 말처럼 어쩌면 폭탄 하나가 터진 것이 잘된 일일지도 모른다.

물론 초록의 입에서 직접 나온 말이라면 더할 나위 없이 좋았겠지만.

초록은 한준에게 또다시 고마움을 느꼈다.

마음이 뭉클해진다.

어떤 상황에 있어 믿음이라는 것이 한번 깨지면 그 사이는 금이 가기 시작하고 회복할 수 없을 정도로 망가지는데, 그는 관대한 시선으로 초록을 믿기로 했다.

그래서 더욱더 고맙게 느껴졌다.

그때, 밥을 먹고 있던 한준이 초록에게 말했다.

"그리고 내가 너한테 화를 낼 수 없었던 이유가 뭔 줄 알아?"

"뭔데?"

"너 그렇게 어제 인사불성이 될 정도로 술 마신 거. 사실 우리 어머니 때문 아니야?"

"에이! 아니야!"

"아니긴 뭐가 아니야. 어제 너 연락 안 받아서 얼마나 마음이 조마조마하던지. 결혼 안 하겠다고 도망갈까 봐."

초록은 그제야 표정을 풀고 피식 웃었다.

"넌 잘난 놈이 나 같은 애한테 왜 그렇게 매달리냐?"

"어허, '나 같은 애'라니! 누가 그런 말 쓰랬어? 자기 비하병 또 도지는 거야?"

자기 비하병. 걸릴 수밖에 없다.

사실 먹고살기가 너무 팍팍한 세상이다. 낯설 만큼 차가운 도시에, 독립적으로 혼자 살아가는 사람들에겐 항상 공허함이 있고 외로움이 있다. 게다가 자꾸만 반복되는 안 좋은 일들이 초록을 더욱더 움츠러들게 만들었다.

가끔 지나가다 사람들의 얼굴을 보면 참 행복해 보였다.

물론 우는 사람도 있고, 불행해 보이는 사람도 있었다. 초조한 사람도 있다. 하지만 그 많은 사람들 속에 시간은 분명 흐르고 있었고, 세상은 잘 돌아갔다.

그 잘 돌아가는 세상은 나 하나 없어져도 눈 하나 깜짝 안 할 세상이었다.

한준은 늘 성장하고 날로 커 가는 것 같은데, 정작 초록은 자꾸만 바닥을 치는 느낌이다.

언젠가는 좋아지겠지, 올라가겠지 하고 버티고 또 버텼다.

하지만 희망이라는 것이 보일 즈음, 항상 곤두박질치게 되고 그 상황이 반복되다 보면 지치기 마련이었다.

지금 김초록이라는 여자의 상황이 그러했다.

그렇다고 해서 사랑하는 남자에게 모든 것을 기댈 수는 없다고 생각했다.

그녀의 성격이 그랬다. 어찌 보면 자존감보다 자존심이 세고, 남에게 피해 주지 않으려는 강박관념과 의존하지 않으려는 습성이 더욱 그녀를 힘들게 만드는 것은 아닐까.

초록은 옛 연인 진하와의 마무리에 대해 이렇게 정의를 내려 왔다.

'의존.'

사랑의 실패가 그 의존이라는 단어 때문이라 생각했기에 더욱 더 한준과의 만남에 있어 독립적으로 버티려 했다.

"나 씻고 옷 갈아입고 바로 나올게. 조금만 기다려!"

한준은 고개를 끄덕였다. 초록은 한준의 차에서 내려 집으로 향했다.

개운하고 산뜻하게 씻고 옷을 갈아입은 그녀는 화장대 거울 앞에서 본인의 모습을 빤히 응시했다.

"스마일. 김초록! 웃어야지?"

입가에 미소를 지어 보던 그녀는 씩씩하게 문을 나섰다.

바로 앞에 진하의 집이 보였다. 오늘은 특히나 더 신경이 쓰였지만 이젠 살금살금 죄인처럼 다닐 필요도 없었다.

당당하게 걸음을 옮기려던 찰나, 엘리베이터 문이 열렸다.

담배 냄새가 확 풍겼다. 진하가 무표정한 얼굴로 초록을 지나쳤다.

"석진하!"

초록은 그를 불러 세웠다.

진하는 뭔가 불만 가득한 얼굴로 돌아섰다.

"내 남자친구가 오해할 상황으로 말하진 말았어야지."

"오해? 난 있는 그대로를 말했을 뿐인데. 사실을 말했지 거짓을 말한 건 아니잖아?"

"그래. 그건 맞는데, 그 상황에서 네가 그렇게 말해 버리면 어떤 남자가……."

"믿을 놈이면 믿고 아닌 놈이면 아닌 거지."

"그런 무책임한 말이 어딨어!"

"어쨌든, 잘 풀린 거 아니야?"

"뭐?"

"너 지금 새 옷 갈아입고 룰루랄라 데이트 나가는 거 보면, 잘 풀렸나 보네."

"무슨 말이……."

"그놈도 대단한 놈이긴 하다. 나같이 속 좁고 옹졸한 놈이면 하루 이틀로 마음 풀리진 않았을 상황이거든."

진하는 현관 비밀번호를 누르기 시작했다.

문손잡이를 잡고 있던 진하가 다시 휙 돌아섰다.

"당당하게 연애해라. 주눅 들 필요도 없고, 너는 그냥 너 자체인 거야."

"……너!"

"앞으로 마주치면 가급적 그냥 지나치도록 하자. 그게 맞는 거지."

"……."

꿀 먹은 벙어리 그 이상도 이하도 아닌 지금의 상황.

초록은 입을 꾹 닫았다. 아무 말도 할 수 없었다.

진하가 그렇게 집 안으로 들어갔고, 초록은 많은 생각을 하며 엘리베이터를 타고 내려왔다.

머릿속이 뒤죽박죽이었다.

"날도 좋은데, 커피 사서 한강이나 걸을까?"

"응! 좋지!"

마치 아무 일도 없었다는 듯, 그들의 데이트 시간은 평온하게 흘러가는 듯 보였다.

"주차할 곳이 마땅치 않네."

"한준아, 그럼 근처 몇 바퀴만 돌고 있어. 내가 커피 사 올게."

"우리 찡찡이를 고생시킬 순 없는데."

"에? 찡찡이?"

"그래. 아까 찡찡거리고 울었잖아."

"야! 아무리 그래도 너, 내가 두 살이나 많은 누나다!"

"네, 누나. 그럼 부탁 좀 드릴게요. 맛있는 커피 사다 주세요."

초록은 씨익 웃으며 차에서 내렸다.

그녀는 카페 근처를 지나치다 어디론가 시선을 돌렸다.

보행자 도로 화단 옆에 털썩 주저앉아 작은 빵조각을 주워 먹고 있는 연로한 노인이 보였다.

초록은 괜히 고개를 돌려 노인을 응시하다 뭔가 고민하기 시작했다.

잠시 뒤, 초록의 손에 들려 있는 커피 세 잔.

초록은 천천히 노인에게 다가갔다.

"할머니, 이거 따뜻한 초코 우유예요."

"응? 안 줘도 돼. 괜찮아요! 아가씨 먹어!"

"배고프실까 봐 샌드위치도 하나 샀어요. 맛있게 드시고 오늘도 좋은 하루 되세요!"

초록은 샌드위치와 우유를 노인에게 건네고 돌아섰다.

뭔가 울컥한 마음이 들었다.

사실 그런 행동을 하는 것은 어렵지 않은 일이었지만, 혹시라도 자신의 행동을 동정이라 여길까 봐, 노인이 혹시 동정이라 여겨 상처를 받게 될까 봐 잠시 고민스러웠었다.

망설임 없이 노인의 한 끼 식사를 살 수 있었던 것은, 그저 그녀 마음이 시키는 일이었을 뿐이었다.

"초록아."

"응?"

"난 착한 네가 너무 좋아."

"갑자기?"

그녀의 손을 잡고 걷던 한준이 씨익 웃었다.

"넌 늘 말했잖아. 너를 '나 같은 애'라고 표현하며 너를 왜 좋아하냐고."

"아…… 그거."

"나도 나름 어린 나이에 사업을 하게 되고, 회사를 운영하면서 많은 사람들을 만나 봤어. 특히나 내가 하는 분야는 여러 사람을 만나야 하는 일이니까. 나름 오너랍시고 나보다 나이 많은 사람들 채용도 하고, 면접도 진행하고. 그렇게 사람들을 겪으면서 느낀 건 사람들이 지나치게 이기적이고 화가 많다는 거야. 정이라곤 없고 지나치게 딱딱하고 차갑다는 거. 그 속에서 나 역시 변질될까 두려웠어. 아니, 어쩌면 변했는지도 모르고."

초록은 잠자코 한준의 이야기에 귀를 기울였다.

"그러다 어떤 여자를 만났어. 바보 같을 정도로 너무 착해. 근데 웃긴 건 지가 손해를 보는 것도 알아. 하지만 그걸 손해라고 여기지 않더라. 난 속으로 정말 많이 놀랐었어. 아직도 이런 세상에 이런 바보가 있구나. 근데 바보가 아니구나. 어쩌면 큰 그림을 그리고 있을지도 모른다는 생각을 했어. 당한 만큼 악해지고 되갚아 줄 거라고 악물고 사는 사람도 많은 반면, 그 여잔 당하는 만큼 더욱더 관대해지고 본성을 잃지 않으려 노력하는 사람이더라고. 적어도 내가 본 바로는 그래."

"근데 그 여자도 나름 고충이 많을 거야. 변하고 싶지만 변할 수가 없는 성격 때문에."

"난 그 여자가 변하지 않았으면 해. 적어도 내가 옆에 있는 한, 그 여자가 그런 따뜻하고 온화한 마음을 잃지 않았으면 좋겠어. 악해지지 않고 오히려 그 따스한 마음을 지키면서 강해질 수는 없을까 싶어서 조금 안타깝기도 해."

초록은 자신을 생각해 주는 한준의 마음에 감동했다.

뭔가 크게 와 닿는 말들이었다.

"변하지 마. 넌 때 타지도 말고 그냥 그 마음 그대로 꼭 간직해 줘. 대신 그 진심과 선한 마음으로 악함을 누르는 강인함을 보여 줬으면 해."

"고마워."

초록은 걸음을 멈추고 한준을 꽉 안아 줬다.

이 느낌, 이 포근함. 맘속 끝까지 꽉 차는 기분이었다.

'회사 얘기도 솔직하게 해 보자.'

그녀가 몰래 고개를 끄덕이며 한준에게 사정 이야기를 하려 할 때였다.

"그리고 우리 어머니는 너무 신경 쓰지 마. 너 어차피 회사 다니다 보면 정직원 될 거고, 회사 일도 그래. 우리 초록이 같은 인재는 회사에서 알아보고 전환될 거니까!"

"어?"

"열심히 노력하는 만큼 인정받을 거라는 얘기야. 회사에서도, 어머니한테도."

"아…… 그…… 그렇지."

지금 이 말인즉, 한준의 어머니는 초록에게 부정적인 것이 분명했다.

모든 조건에서 아들인 한준보다 초록이 빠지는 부분이 많다고 여길 테니 말이다.

초록은 또다시 꿀 먹은 벙어리가 됐다.

"나 사실 회사 그만뒀어."

"나 회사 그만두래. 그래서 그만뒀지!"

"나 회사에서 짤렸어. 하하하!"

"회사가 날 버렸네? 하하하하! 걱정 마! 다시 재취업할 거야!"

"그냥 더럽고 치사해서 내가 사직서 냈어! 도비는 자유랍니다! 부럽지?"

초록은 몇 번이나 외쳤는지 모른다. 하지만 대상자는 없었다.

그녀의 옆에서 귤을 까먹던 운정이 고개를 내저었다.

"며칠 만에 놀러 와서 이 꼴을 보게 될 줄은 몰랐어, 언니."

"그러게."

"그냥 까놓고 얘기하지 그랬어. 이 마당에 숨길 건 뭐야? 석진하씨 얘기도 터진 마당에, 놀랍지도 않을 거야."

"그게 그렇게 쉬운 문제가 아니더라고. 한준이 입에서 회사 일 잘 풀릴 거라고 딱 나오는데, 내 입은 그냥 윈천봉쇄 상태가 되더라. 당사자가 아니면 모를 거야. 내 마음이 어떤지를."

"그래. 언니 입장도 이해가 가는데, 아! 나는 모르겠다. 정말! 그 노친네는 또 왜 언니를 마음에 안 들어 하시는 건데? 조건?"

"그냥 여러모로 한준이에 비해 내가 잘난 게 없다고 생각하시는 것 같아. 근데 부모님 마음이니까 이해돼."

"결혼을 해도 문제겠네. 난 저런 시어머니 밑에서 절대 못 살아! 아들이 소유물이야? 언제까지 끼고 살 건 아니잖아? 그냥 평생 아들 끼고 사시라 그래. 남의 집 귀한 딸 데려다 고생시키지 말고!"

"고운정, 그래도 시원시원한 네가 있어 다행이다. 너 때문에 내 속이 좀 풀리거든."

"자기야, 어차피 한번 갔다가 되돌아올 거 아니면, 이왕 하는 거 멋들어진 시댁 만나 뽀대 나는 남편하고 살자."

"그래. 뽀대 나는 사람 만나 뽀대 나게 살자."

구수한 운정의 말투에 초록이 깔깔거리며 웃었다.

"후우."

초록은 집 근처 편의점을 기웃거리며 뭔가 망설이고 있었다.

이윽고 그녀가 마른침을 삼키며 편의점 문을 열었다.

딸랑거리는 소리와 함께 편의점 안으로 들어간 그녀는 점주로 보이는 남자에게 꾸벅 인사를 했다.

"안녕하세요! 오늘 오전에 연락받았던 김초록이라고 합니다."

"아! 알바 면접?"

"네."

"이쪽으로 앉아요."

초록은 편의점 점주 앞에 앉아 여기저기 둘러보며 두리번거렸다.

점주는 초록에게 딸기 우유를 건넸다.

"아, 안 주셔도 되는데."

"마셔요. 이력서는 쭉 읽어 봤는데, 혹시 편의점 알바 해 본 적 있어요?"

"아니요. 편의점은 처음이고 다른 알바는 많이 해 봤어요."

"뭐, 어려운 일은 아니니까 금방 배울 수는 있을 거예요. 근무 시간은 봤죠?"

"네. 오전 9시부터 2시까지라고……."

"시간 약속은 잘 지키는 편이죠? 워낙 지각하고 안 나오는 사람들이 많아서."

"전 그런 부분에선 정확하니까 걱정하지 마세요."

"얼마나 근무해 줄 수 있어요? 보니까 회사 그만두신 지도 얼마 안 된 것 같은데, 재취업할 때까지 일할 생각이죠? 몇 달 나오고 그만두면 나도 사람 뽑기가 애매해서……. 장기적으로 일할 사람을 구해야 하거든요."

"취업을 빨리하고 싶긴 한데, 아직 어떻게 될지 모르는 일이라…… 그 부분은 확답 드리기가 어렵네요."

"흐음……."

점주는 초록을 찬찬히 살펴보았다.

"오케이! 단정하고 야무질 것 같으니 우선 오늘 오후부터 나와서 일 배워요."

"오늘 오후부터요?"

"왜? 별다른 일정 있어요?"

"아…… 그건 아니고요! 흐음…… 일겠습니다!"

집으로 가는 길목에 떡 하니 버티고 있는 편의점.

진하가 방문할지도 모른다는 찝찝함에 초록은 살짝 망설이긴 했으나 지금 찬밥 더운밥 가릴 처지가 아니었다.

'그래. 집 가깝지, 나름 편하지 뭘 더 바라겠어. 두 달 내로 빨리 취업하면 되는 거야.'

초록은 혼자 고개를 끄덕였다.

"실례합니다."

양손 가득 뭔가를 잔뜩 사 들고 나타난 선주는 한준의 사무실 직원들에게 반갑게 인사했다.

모두 그녀가 누군지 모르고 고개만 갸웃거릴 때, 아라가 벌떡 일어나 선주에게 꾸벅 인사를 했다.

"어머님! 안녕하세요!"

"어머, 너 아라 맞지?"

"네. 잘 지내셨죠? 졸업식 때 뵙고 처음 뵙네요!"

"그래. 넌 잘 지냈어? 한준이한테 가끔 소식 들었어."

아라는 냉큼 선주의 짐을 들어 주며 말했다.

"자자, 여러분! 대표님 어머님이세요. 인사드려요!"

아라의 말에 직원들이 일어나 선주에게 인사를 했다.

"어머님, 이쪽으로 오세요. 대표님 회의 끝나셨나?"

아라는 후다닥 회의실로 뛰어가 문밖에서 회의실을 살폈다. 인기척을 느낀 직원이 회의실의 문을 벌컥 열자 아라는 씨익 웃으며 한준을 찾았다.

"대표님, 어머님 오셨어요. 사무실에 계시라고 할 테니 회의 끝나시는 대로 오세요!"

"아, 고마워요."

회의 중이던 한준의 표정이 굳어졌다.

선주가 회사까지 찾아와 또 무슨 잔소리를 늘어놓을까 걱정부터 앞서는 그였다.

회의가 끝나고, 한준은 대표이사실 문을 벌컥 열었다.

소파에 고고하게 앉아서 커피를 마시고 있는 선주가 보였다.

"뭐야. 어떻게 오셨어요?"

"점심이나 같이 먹자고."

"팀원들이랑 약속 있는데."

"그거 살짝 미루고, 나랑 어디 좀 가자."

"어딜요?"

"친구 딸이 향수 공방을 오픈했다고 놀러 오라고 하더라."

"심심하세요?"

"무슨 말이 그래?"

"일하는 아들 데리고 그것도 점심시간에 향수 공방을 가자고요?"

"겸사겸사 잠깐 놀다 오자는 거지. 뭐 그리 사납게 받아치고 그래?"

"바빠요. 엄마 앞 테이블에 서류 쌓인 거 보이죠?"

"너 바빠지는 거야 좋다만, 밥은 먹고 일해야지!"

"그래서 힘들게 일하는 팀원들 밥 사 주기로 한 날이 오늘이라니까요?"

"알았어. 알았으니 그럼 저녁에라도 가자."

하준은 한숨을 푹 내쉬었다.

"친구분 누구요? 승경이 아줌마요? 이니면 자은화랑 박 관장님?"

선주는 하는 수 없이 커피 잔을 내려놓고 가방을 뒤적거렸다.

그녀는 핸드폰을 꺼내 사진첩을 뒤적거리다 한 여자의 사진을 발견하고 한준에게 보여 주며 미소 지었다.

"예쁘지?"

"별로."

"자세히 좀 봐. 민숙이라고 내 고등학교 동창 딸인데 그 애가 어제 공방 가오픈을 했다고 해서. 너랑 놀러 가면 좋을 것 같아서 그래."

"저녁에 여자친구랑 약속 있어요."

선주는 한숨을 내쉬며 핸드폰을 가방에 넣었다.

"요즘 애들은 이리 재고 저리 재고 다 만난다는데, 넌 왜 그 모양이야? 그냥 좀 만나 보면 안 돼? 그러다 인연이 정말 나타날 수도 있고."

"여자친구 있는데 왜 다른 곳으로 눈을 돌려요?"

"결혼한 사이가 아니잖아?"

"곧 그렇게 되겠죠."

"정말 초록이라는 애랑 결혼하려고?"

"네."

"잘 생각해야 하는 문제라니까 그러네!"

"생각하고 말고 할 게 있나요? 내가 좋아하는 사람이고, 성실하고, 착하고, 인성이 좋으니까 결혼도 하고 싶은 거지!"

선주는 말문이 막혔다.

"대체 누굴 닮아 저렇게 고집이 센지."

"어머니 아버지 두 분의 작품이니 막강한 파워가 생길 수밖에."

더 이상 아들과 입씨름을 해 봐야 본인의 손해라는 것을 빠르게 깨달은 그녀는 자리에서 벌떡 일어났다.

"간다."

"멀리 못 나가요. 일이 엄청 밀려 있어서!"

한준은 단호한 모습을 보였다.

이러한 상황을 신경조차 쓰지 않는 냉철한 한준의 모습을 흘겨보던 선주는 가방을 챙겨 집무실 밖으로 벗어났다.

그녀가 나가자마자 한준은 쓰고 있던 안경을 벗어 테이블에 툭 던졌다.

"뭐 해?"

한준은 초록에게 전화를 걸었다.

"어디야? 밖에 있어?"

-아, 응. 잠깐 뭐 좀 사러 나왔지.

"출근은 잘 했고?"

-……응! 그럼!

"오늘은 팀장이 안 괴롭혀?"

-오늘은 괜찮아! 우리 남친은 아침 잘 챙겨 먹었지?

"응. 나 조금 있다가 또 회의해야 해서. 목소리 듣고 싶어서 전화했어. 얼른 일해!"

-아! 맞다! 한준아, 나 오늘 회식이 잡혀서 저녁은 같이 못 먹을 것 같아!

"그래? 어쩔 수 없지 뭐."

-미안해. 대신 다음에 맛있는 거 먹자.

"됐고, 뽀뽀나 백만 번 해라."

-그건…… 당연히…….

"푸핫, 당연히래."

-사랑하는 남친이랑 하는 뽀뽀는 백만 번이 아니라 천만 번도 가능해.

"오, 그래? 그럼 지금 내가 갈까? 출발해?"

-또 병이 도지셨네. 얼른 일해.

"병? 진짠데. 못 갈 것 같아? 명색이 대표라는 권한이 있어서 네가 원하면 언제든 달려갈 수 있어."

-시끄럽고, 얼른 일해!

"초록아!"

-응?

"많이 사랑해."

-바보. 나도 많이 사랑해!

비타민 영양제 같은 초록의 목소리를 듣고 전화를 끊었음에도, 알 수 없는 오묘한 기분이 드는 한준이었다.

그는 고개를 갸웃거리며 다시 서류를 챙겨 회의실로 향했다.

"보통 이 시간에 물품이 와요. 한쪽에 밀어 놨다가 손님 안 계실 때 조금씩 정리하고, 수량 체크하면 돼요. 쉽죠?"

"아, 그러네요. 별거 아니네! 하하!"

초록은 신기하다는 듯 알바생을 따라다녔다.

"언니가 몇 살이라고 했죠?"

"서른둘요."

"헐! 그렇게 안 보여요!"

"치…… 칭찬이죠?"

"내 친구라고 해도 믿을 것 같은데."

"학생은 몇 살인데요?"

"스물둘이요. 제 이름 정은이니까 편하게 정은이라고 부르세요."

"세상에…… 정은 씨는 나랑 열 살 차이네! 정말 좋을 때다. 남자친구는 있어요?"

"헤어졌어요. 언니는요?"

"나는…… 있어요. 헤헤."

"엄청 좋아하시나 보다. 언니 지금 얼굴 빨개졌어요!"

"아, 그래요?"

초록은 괜히 두 뺨을 만지며 어색하게 웃었다.

"사진 있어요? 사진 보여 줘요!"

"아…… 잠깐만요!"

초록은 핸드폰에 저장된 한준의 사진을 정은에게 보여 줬다.

"와, 대박이다! 엄청 잘생겼네. 키는 커요?"

"네. 183㎝ 정도?"

"다 가진 남자네. 언니 부러워요."

"다 가져서 내가 힘드네요."

"네? 그게 무슨……."

"아니에요. 내가 물건 정리하는 거 도와주고 갈게요. 뭐부터 할까?"

초록은 핸드폰을 주머니에 집어넣고 씁쓸하게 웃었다.

타인의 관점에서 바라본 지한준은 다 가진 남자였고, 모든 게 완벽한 남자였다.

초록은 작게 한숨을 내쉬었다.

사실 이젠 아무것도 바라는 게 없었다. 완벽한 그의 앞에서 당당하고 솔직해지고 싶을 뿐이었다.

하지만 자꾸만 초라해지는 환경이 그녀를 어둡게 만들고 있었다.

'언니, 쓸데없는 자격지심이 결국엔 두 사람 관계마저 망칠지도 몰라. 빨리 솔직하게 다 표현하는 게 좋지.'

틀린 말 하나 안 하는 운정이의 충고가 초록의 마음을 더욱더 무겁게 만들었다.

말이 쉽지, 행동이 쉽지는 않았다.

'무서워서.'

'뭐가? 지한준 씨가 떠날까 봐?'

아니.

그가 떠난다면 가슴 아프지만 어쩔 수 없는 일이다.

다만.

'한준이가 나한테 부담을 느낄까 봐. 혹시라도 책임감을 갖게 될까 봐. 그게 무서운 것뿐이야.'

사랑하는 사람이 나에 대한 부담감과 책임감을 느끼고 멀어지게 될까 봐. 그게 무섭고 두려울 뿐이었다.

진하처럼.

그 좋은 시절, 함께 시간을 보내며 추억을 쌓아 왔던 진하 역시 그러한 이유로 어긋나 버렸기 때문이다.

'오늘 즐거웠습니다. 조심히 들어가세요.'

진하는 불과 한 시간 전에 내뱉었던 형식적인 멘트를 상기하며 허탈하게 웃었다.

터벅터벅 걷고 있던 그는 땅이 꺼져라 한숨을 내쉬며 하늘을 올려다보게 됐다.

깜깜한 하늘. 별 하나 보이지 않는 밤.

언젠가 초록에게 사막에 함께 가자며 약속한 때가 있었다.

결국, 또 김초록이란 이름이 떠올랐다.

"너란 애는, 어딜 가도 나타나네."

정리했다고 믿었다. 전부는 아니더라도 차근차근 잘 정리하고 있다고 믿어 왔다.

어느 날 그녀가 눈앞에 다시 나타났고, 새 남자친구와 잘 지내는 모습도 보게 됐다.

키도 크고, 능력 있고, 게다가 잘생기기까지 한 모든 조건을 갖춘 연하남과 연애를 한다는 초록의 소식을 들었을 때도 사실 마음속으로 조용히 응원을 보냈던 진하였다.

그런데.

왜 그런데 자꾸.

자꾸만 그녀가 신경이 쓰이고 눈에 밟히는 건지 모르겠다.

"또?"

그는 코웃음을 쳤다.

본인과 다르지 않은 걸음걸이로, 마치 인생을 다 살았다는 듯이 처진 걸음으로 터벅터벅 걸어오던 초록과 마주친 진하는 멍하니 그녀를 응시했다.

초록은 잠시 놀라는 듯했으나, 앞으로 그냥 지나치자던 진하의 말을 아주 잘 기억하고 있었다.

초록은 그대로 몸을 틀어 건물 안으로 향했다.

엘리베이터에 나란히 옆에 서게 된 두 사람에게 긴 침묵이 이어졌다.

-문이 열립니다.

같은 층에 내린 두 사람은 서로 말없이 복도를 걸어가 각자의 집 문 앞에 섰다. 그때, 신하가 문을 열고 들어가려던 초록에게 말했다.

"좀, 어려운 것 같아."

초록은 그의 말에 다시 현관문을 닫고 돌아섰다.

"뭐가?"

"다시 누군가를 좋아하고 사랑한다는 거."

그는 눈이 휘둥그레진 초록에게 말했다.

"그래서 물어보는 건데, 혹시 내가 널 그리워하는 건가?"

"뭐?"

"나, 아직 너 못 잊은 것 같아서. 다시 널 좋아하는 것 같아서."

초록은 심장이 쿵 내려앉는 기분이 들었다.

가만히 진하를 응시하던 초록의 눈빛은 이러했다.

'석진하, 너 미쳤구나?'

초록은 마음속으로 그를 마구 비난했다. 비웃음에 가까운 미소를 띤 그녀는 그대로 현관문을 열고 집 안으로 들어갔다.

요란한 소리와 함께 문이 닫혔다.

신발을 벗지도 못하고 현관문에 기대 담담하게 눈을 깜빡이던 초록은 치밀어 오르는 분을 이기지 못하고 다시 문을 박차고 나갔다.

역시나 진하는 복도에 그대로 서 있었다.

"석진하, 뭐 하자는 거야? 지금 나 가지고 놀아?"

"너 가지고 놀 생각 없어. 있는 그대로 표현했을 뿐이야."

"표현? 네가 언제부터 그렇게 표현을 잘하는 사람이었는데?"

"후우."

진하는 한숨을 길게 내쉬었다.

"석진하, 넌 왜 이렇게 감정이 제멋대로야? 지금 네 입에서 그런 말이 나올 상황이야? 우리가 지금 그럴 처지야? 넌 예의도 없어?"

"알아! 안다고! 김초록 네 마음 나도 안다고!"

"뭘 알아? 아는 사람이 어떻게 그런 말을 할 수 있어? 그것도 나한테!"

"나도 그래서 미치겠어. 사람 마음이, 사람 감정이 내 마음대로 되는 게 아니잖아?"

"그렇다고 네가 느끼는 모든 것을 나한테 표현할 이유는 없어. 더더욱 지금의 나한테는!"

초록은 진하에게 큰 소리로 외치고 다시 문고리를 잡았다.

"그래! 이 못된 년아! 넌 너만 상처받았고 너만 아팠고 너만 힘들었던 거지?"

저놈이 드디어 미쳤나 보다.

"뭐라고? 너 지금 나한테 년이라고 했어?"

"그래. 이 나쁜 년아!"

"기막혀. 너 미쳤구나?"

"너도 너한테는 내가 못된 놈이고 나쁜 새끼겠지만, 나한테 너도 원망의 대상이었고 날 힘들게 하는 요인이었어."

"그래서? 이미 다 끝난 마당에 어쩌라는 건데?"

"널 좋아한다고. 잊기 힘들다고. 그래서 물어보는 거야. 내가 널 좋아해도 되겠냐고."

자꾸만 그의 말 한마디 한마디가 심장을 내려앉게 만든다.

초록은 어이가 없다는 듯이 피식 미소를 지었다.

"너, 좀 제정신이 아닌 것 같아."

"너만 안 흔들리면 되잖아. 안 그래?"

"뭐?"

"너도 다시 날 좋아해 달라고 강요 안 하겠다고. 그러니까 너도 네 마음 지키고 싶으면 어디 잘 지켜 봐. 근데 너, 나한테 흔들리게 될 거야."

"어이가 없네. 도저히 못 들어 주겠다."

"잘 자라."

이번엔 진하가 먼저 집으로 들어가 버렸다.

초록은 씩씩거리며 집 안으로 들어와 신발을 벗어 던지고 소파에 털썩 기대앉았다.

'너도 너한테는 내가 못된 놈이고 나쁜 새끼겠지만, 나한테 너도 원망의 대상이었고 날 힘들게 하는 요인이었어.'

'널 좋아한다고. 잊기 힘들다고. 그래서 물어보는 거야. 내가 널 좋아해도 되겠냐고.'

'너도 다시 날 좋아해 달라고 강요 안 하겠다고. 그러니까 너도 네 마음 지키고 싶으면 어디 잘 지켜 봐. 근데 너, 나한테 흔들리게 될 거야.'

초록은 인상을 구기며 벌떡 일어났다.

냉장고로 향한 그녀는 냉장고 문을 벌컥 열어 캔 맥주를 꺼냈다.

엄청난 속도로 맥주를 벌컥벌컥 들이켜던 그녀는 손등으로 입

매무새를 정리했다.

'너만 안 흔들리면 되잖아. 안 그래?'

귓가를 맴도는 진하의 한마디.

"절대 너한테 흔들리는 일은 없을 거야."

초록은 테이블에 맥주를 거칠게 내려놓았다.

"오빠! 여기!"

한경이 손을 흔들자 멀리서 한준이 걸어왔다.

한경은 한준에게 시계를 보여 주며 투덜거리기 시작했다.

"30분이나 늦었어. 짜증 나!"

"나 요즘 엄청 바빠서 그래."

"뭐, 오빠 바쁜 건 잘 아는데, 내일 해가 동서남북 다 뜨겠다?"

"뭔 소리야?"

"오빠가 저녁을 다 먹자고 하고. 여자친구랑 데이트한다고 하지 않았어?"

"소문 한번 빠르네. 엄마한테 들었냐?"

"오늘 엄마가 오빠 찾아갔다가 본전도 못 뽑고 왔다고 하소연을 엄청 했거든. 여자친구랑 저녁 약속 있다며?"

"회식이래."

"오, 그러니까 나는 차선책이다 이거지?"

"차선책도 감지덕지로 여겨. 밥 사 주는 게 어디냐?"

"그렇지. 비싼 걸로 얻어먹을 거니까 각오하시오."

"그래. 많이 처먹고 살이나 좀 찌렴."

"거참, 하나뿐인 동생한테 처먹고가 뭐냐? 하여튼 이런 놈이라는 걸 여자친구가 아셔야 할 텐데."

"너도 마찬가지야. 지한경. 네 방 찍어서 네 남친한테 전송하면 어떤 표정을 지을지."

"나쁜 놈. 넌 오빠도 아냐. 별걸 다 갖고 협박하네?"

"원래 사람은 뿌린 대로 거둔다고 하잖아?"

티격태격하는 남매 앞에 맛있는 음식이 한 상 가득 차려졌다.

물수건으로 손을 닦아 내던 한경은 호기심이 가득한 얼굴로 하준에게 말했다.

"헤이. 미스터 지바고!"

"그딴 것 좀 하지 마. 아재 같아."

"아따, 까칠하기는!"

"할 말 있으면 빨리 말해."

"결혼은 언제 하려고?"

"결혼?"

"응. 정말 그 언니랑 결혼하려고?"

"너도 엄마파야?"

"엄마파?"

"응. 내 여자친구 반대하냐고."

"뭐래. 내가 오빠 여자친구를 왜 반대해? 그럴 권리도 권한도 없지."

"나중에 혹시 모르니 네가 엄마 좀 말려라. 짜증 나 죽겠다."

"하긴, 우리 엄마 요즘 오빠 짝 찾아 주겠다고 여기저기 눈에 불을 켜고 찾아다니잖아. 그거 알고 있었어?"

"아니."

한경은 들고 있던 포크와 나이프를 툭 던지듯 내려놓았다.

"인간아, 먹는 데다 말고 내 말에 관심을 좀 가져 봐."

"듣고 있으니까 말해."

"난 오빠 연애에 적극 찬성이야. 좋은 여자 같아. 오빠 여자친구 말이야."

"좋은 여자 맞지."

"엄마도 계속 겪어 보면 언니가 좋은 사람이라는 걸 아실 거야."

"너 와인 마실래? 한잔할까?"

"너무 좋지. 당장 시켜 줘."

한준이 레스토랑 직원에게 눈을 맞추자마자 직원이 달려와 와인 잔을 준비했다.

이윽고 와인 잔에 담긴 화이트 와인을 음미하던 한경이 깜짝 놀라 두 눈을 크게 뜨고 한준에게 외쳤다.

"뭐라고? 전 남친이 여친 앞집에 산다고?"

"신기한 우연인 듯하면서도, 조금 거슬리네."

한경은 콧방귀를 뀌며 한준을 응시했다.

"오빠, 그게 다야?"

"뭐가?"

"거슬린다며."

"응."

"아니, 어떻게 그렇게 천하태평일 수가 있지?"

"또 뭐가?"

"아니, 봐 봐. 여자친구의 전 남친이 앞집에 산다잖아. 걱정도 안 돼? 그냥 거슬린다가 다야?"

"너 무슨 생각을 하는 건지 잘 아는데, 나는 초록이 믿어."

"오빠, 여자친구한테 관심 없는 건 아니지?"

"뭔 소리야. 제발 이상한 궤변 좀 늘어놓지 마라. 머리 아퍼."

"솔직히 내가 오빠라면 노발대발 당장 이사시키고 절대 마주치게 안 해."

"나도 처음엔 그렇게 생각했는데, 초록이가 알아서 잘 할 거라 믿어."

"이건 믿음의 문제가 아니라니까 그러네? 지금 세상에서 가장 강한 연적을 만났는데 저리 사신만만히다니. 그러다 정말 무슨 일이라도 벌어지면 어쩔 거야?"

한준은 곰곰이 돌이켜 생각해 보았다. 순간 진하의 집에서 허둥지둥 뛰쳐나오던 초록의 모습이 떠올랐다.

연애에 있어 갑과 을이 존재한다면, 그동안 감정선에 있어서만큼은 갑이라 여겼던 초록이다. 그런 그녀가 그토록 당황해하며 움츠러들었던 모습을 떠올리며 한준은 고개를 갸웃거렸다.

"그 남자는 과연 초록 언니를 보고 아무렇지도 않을까?"

가만히 한경의 말을 듣다 보니 한준 역시 뇌리를 스치는 장면들이 몇 가지 있었다.

"그 남잔, 초록이를 잊지 못한 것 같아."

"확실히?"

"그냥. 뭐, 너희 여자들의 직감 이런 것처럼 남자의 직감이랄까. 그래서 사실 그런 부분이 신경 쓰이기는 해. 속 좁아 보일까 봐 티를 내진 않고 있지만."

한준의 한마디에 한경은 답답하다는 듯이 버럭 소리를 질렀다.

"미쳤네. 당장 이사부터 시켜! 아님 결혼을 하든가!"

감았던 눈이 게슴츠레 뜨였다. 초록은 소파에서 몸을 일으켜 세웠다.

하품을 크게 하며 찌그러진 맥주 캔 옆의 핸드폰을 집어 들어 시간을 확인했다.

오후 11시 반.

깜빡 잠이 들었나 보다.

핸드폰 화면에 찍힌 부재중 전화 두 통.

발신자는 한준이었다. 초록은 한준에게 전화를 걸기 위해 통화 버튼을 누르려고 했다.

그 순간, 핸드폰 화면이 바뀌고 한 통의 전화가 걸려 왔다.

"엄마, 안 잤어?"

-너희 집 정확히 주소가 어떻게 돼?

"뭐야. 다짜고짜 주소라니. 또 뭘 보내려고?"

-김장 김치랑 이것저것 반찬 좀 만들었어. 보내 주려고.

"와, 안 그래도 반찬이 똑 떨어져서 걱정했는데. 역시 우리 엄마야. 텔레파시가 통했나?"

-밥은 사 먹지 말고 엄마가 보내 주는 반찬이랑 쌀이랑 해서 밥 해 먹어. 알았어?

"바빠서. 바빠서 사 먹게 되고 그러는 거지 뭐."

-바쁘기는 개뿔! 귀찮아서겠지!

초록은 톡톡 쏘아 대는 엄마 혜경의 목소리에 고개를 숙인 채 미소를 지었다.

갑자기 주변을 둘러보던 초록의 눈가에 조금씩 눈물이 고였다.

아마도, 이 고요한 적막 속에 엄마의 잔소리를 들어서였을까?

초록은 컥컥거리며 목청을 가다듬었다.

"엄마."

-왜!

"우리 엄마 보고 싶네."

-나 원 별. 잠이나 빨리 자라.

"엄마!"

-왜!

"나는 단 한 번도 엄마한테 투정을 부린 적이 없었는데, 오늘은 투정 좀 부려도 될까?"

-무슨 일 있냐?

"일은 무슨. 그냥."

-그럴 땐 그냥 아무 생각 말고 뜨뜻한 사우나에 가서 몸 좀 지지고 와. 그리고 잠 푹 자고 일어나면 한결 기분이 좋을 거야.

"정말 엄마다운 말이네."

-김초록.

"응?"

-원래 사는 게 그런 거야. 지금 뭔가 안 풀리고 답답하고 힘든 상황이 와도 절대 좌절하거나 그러지 마. 세상은 말이지, 나 자신한테 관대하지 않은 게 당연한 거란다.

"……그런 것 같아."

-원래 삶이라는 게, 나이를 먹으면 먹을수록 그 무게가 더해지는 법이야. 그러니 지금 힘들어도 견뎌. 그게 너를 더 성장시키고 성숙하게 만들어 줄 거야.

초록의 눈시울이 붉어졌다. 곧이어 그녀의 커다란 눈에서 눈물이 흘러내렸다.

최대한 소리를 내지 않으려 꾹꾹 참았다. 혹시라도 우는 내 모습을 엄마에게 들키게 될까 봐.

"엄마, 나 시집가지 말고 엄마랑 평생 살까?"

-웩, 징그러, 이 거머리 같은 것아!

"……엄마랑 둘이 살까?"

-왜, 남친이 속 썩여? 결혼하지 말재? 차였어?

"아니. 누가 차여? 엄마 딸이 차일 위인이야?"

-너 울어?

뭔가 낌새가 이상하다는 것을 눈치챈 혜경은 숨죽여 딸의 목소리에 집중했다.

어쩌면 어른의 성장통을 겪고 있을지도 모르는 가련한 딸에게 그저 멀리 있는 혜경이 해 줄 수 있는 것은 단 하나였다.

마음의 위로.

엄마의 위로뿐이었다.

'초록아, 인연이라는 건 말이야, 억지로 끼워 맞춘다고 해서 되는 것도, 이루어지는 것도 아니야. 그저 물 흐르듯 흘러가게끔 내버려 두는 게 좋아. 자연스럽게. 잔잔하게 흘러가듯이 말이야. 현재의 상황에 집착을 해서도, 지나간 상황에 미련을 가져서도 안 돼. 무겁게 마음을 먹지 말고 그저 가볍게 먹어. 가끔은 혼자만의 시간도 필요하니까 머릿속을 다 비워 내는 것도 하나의 방법이지. 우리 딸은 잘할 거라고 믿어.'

길고 긴 밤의 끝에 초록은 두 손을 모아 이마를 짚은 채 웅크려 앉아 한참을 생각하고 또 생각했다.

지금 나는, 인생의 어디쯤에서 무엇을 하는 걸까.

그렇게 뜬눈으로 밤을 지새우던 그녀는 천천히 고개를 들었다.

창밖 세상은 이미 밝아지고 있었다.

그리고 그녀는 곧 깨달았다.

어둠이 걷히면, 환한 빛과 함께 아침이 다시 열린다고.

그래서 본인 역시 지금의 이 어두운 밤이 걷히면, 다시 밝은 아침을 맞이하게 될 것이라고.

원래 사람은 그렇게 아프고, 깨지고, 성장하는 것이라고.

"오늘은 진짜! 내가 내 전부를 걸고서라도 말하고 만다!"

편의점 귀퉁이에서 라면 박스를 정리하던 초록은 결심을 굳히며 비장한 표정을 지었다.

선선한 가을 날씨가 제법 마음에 들어서였을까. 초록은 여유로운 미소까지 지어 보이며 밝게 웃었다.

-그래. 언니가 죄를 진 것도 아닌데 그냥 더 늦기 전에 빨리 말하는 게 낫지. 막말로 지한준인데. 그 지한준이 이해를 못 해 주겠어?

"하…… 그냥 한심하게 생각할까 봐."

-언니가 왜 한심해? 그런 생각을 하는 놈이면 안 만나는 게 낫지!

"넌 찬영 씨한테 말했어? 회사 그만뒀다는 거."

-찬영이도 알아.

"야! 그럼 나는?"

초록은 순간 머리가 새하얘졌다.

초록과 마찬가지로 운정은 한준의 친구인 찬영과 2년째 연애를 이어 가고 있는 중이었다.

-걱정 마. 입단속 했으니까. 적어도 언니가 말하기 전까진 절대 함구하라고 했지!

"아…… 다행이다. 그래도 내가 말하는 게 낫지. 남의 입 빌려서 한준이 귀에 들어가면 내 입장이 좀 그렇지."

-빨리 얘기해. 더 늦으면 답도 없어. 이미 답이 없을지도 모르고!

"끔찍한 소리 하지 마라."

-언니가 둔탱이 같으니까 그렇지! 좀 당당해지자. 언니도 그렇고, 나도 그렇고! 우린 당당해질 필요가 있어.

"그래. 나 오늘부터는 진짜 새사람이야. 다시 태어난 기분이라니까? 마음가짐 자체가……"

작심삼일이라는 사자성어가 있다.

하지만 그 작심삼일이 작심삼초가 될 때도 있다.

딸랑거리던 편의점 문소리와 함께 나타난 낯익은 남자의 존재를 확인한 초록은 입을 꾹 다물고 그대로 몸을 웅크렸다. 낯익은 남자는 다름 아닌 진하였다.

-여보세요? 자기야! 언니! 여보세요?

"운정아, 내가 이따가 전화할게."

-언니! 안 들려. 뭐라고?

"아, 이따 전화한다고, 이년아!"

숨죽여 속삭이던 초록은 편의점 카운터를 힐끔거리듯 응시했다. 진하가 담배를 쥐고 두리번거리고 있었다.

'저놈은 왜 이 시간에 편의점에 나타나는 거야? 회사 안 갔나?'

초록은 깊은 한숨을 내쉬며 슬그머니 일어나 카운터로 향했다.

그래. 부끄러울 것 없지.

지금 김초록은 편의점 아르바이트생.

석진하는 물건을 사러 온 손님.

그 이상도 이하도 아니었다.

초록은 표정 관리에 힘쓰며 그를 향해 다가갔다.

"어서 오세요."

툭 내뱉듯이 진하를 향해 인사를 건넨 초록을 황당하다는 듯이 쳐다보는 진하.

"뭐야, 김초록?"

"4,500원입니다."

"뭐?"

"아, 돈 달라고요!"

진하는 버럭 소리를 지르는 초록을 보며 어이가 없다는 듯이 카드를 내밀었다.

결제가 끝나자 초록은 다시 카드를 진하에게 건넸다.

"손님, 여기 카드요."

"너 여기서 뭐 하는 거야?"

"보면 몰라? 편의점 알바하잖아."

"아니, 그러니까! 네가 왜 알바를 하고 있냐고? 회사는?"

"그만뒀어."

"왜?"

초록은 눈을 질끈 감고 한숨을 내쉬었다.

"회사 사정에 의한, 계약 만료에 의한 퇴사라고 볼 수 있지."

"갑자기?"

"넌 출근 안 해? 지금 10시인데."

"연차야. 건강검진 받는 날이라."

"건강검진을 하러 가는 놈이 담배를 사냐? 진짜 내 인생도 답이 없지만 너도 답이 없다."

"검사 다 끝나면 피울 건데?"

진하는 담배를 획 낚아챘다. 성큼성큼 편의점 밖으로 걸어 나가던 그는 다시 초록에게로 다가왔다.

"너, 몇 시부터 몇 시까지 일해?"

"9시부터 2시."

"주말도?"

"일요일 빼고."

진하는 고개를 끄덕이며 다시 밖으로 나가려 했다.

그 순간, 초록이 버럭 외쳤다.

"너, 일부러 막 찾아오고 그러지 마. 너 보는 거 이제 불편해하지 않기로 했어. 네 말대로 나만 안 흔들리면 되지."

그래. 초록은 똑 부러지게 말 잘했다고 생각했다. 진하는 알 수 없는 표정을 지으며 입꼬리를 올렸다.

도무지 종잡을 수 없는 의미의 미소였다.

"너 피해서 오려고. 너 있는 시간에만 피해서 오려고 물어봤어. 됐냐?"

초록은 순간 얼굴이 새빨갛게 달아올랐다.

민망한 듯 아무렇지 않은 척하려는 그녀의 표정을 보던 진하는 돌아선 내내 새어 나오는 웃음을 감추지 못하고 큭큭거리며 사라졌다.

"언니! 여기야!"

다슬은 오랜만에 만나는 지인을 보며 반갑게 손을 흔들었다. 어릴 적, 그녀는 벤쿠버에 잠시 살았던 적이 있다.

그녀의 앞에 앉아 있는 지인은 그 당시 함께 스터디를 하던 송주현이라는 동생이었다.

"이게 얼마 만이야?"

"한 3년 됐나? 한국엔 작년에도 왔었는데 언니 못 보고 가서 너무 미안했거든!"

"말이라도 그렇게 해 주니까 좋네. 내가 그래서 너 예뻐하는 거야!"

"예뻐하라고 그렇게 말하는 거지. 뭐 먹을래? 나 배고파."

"너 먹고 싶은 거 시켜. 이 집은 봉골레가 대박이거든. 난 그거 먹을래!"

"그럼 나도 봉골레!"

아이처럼 배시시 웃던 주현은 점점 가까워지는 낯익은 남자를 보며 눈을 떼지 못했다. 다슬은 그녀의 시선을 따라 고개를 돌렸다.

참 신기하기도 했다. 그 남잔 다슬 역시 알고 있는 남자였기 때문이다.

"주현아, 저 남자 알아?"

"응. 잘 알지! 내 친군데! 잠깐만, 언니!"

주현은 벌떡 일어나 남자에게로 총총 다가갔다.

"지한준! 여기서 다 만나네! 대박이다!"

"주현아! 너 한국 왔었어?"

"응. 일주일 됐어. 와…… 서울 바닥이 이렇게 좁았나? 반갑다. 연락하기가 좀 그래서. 그래도 이렇게 보네!"

"누구 만나러 왔어? 친구?"

"아니. 벤쿠버에서 스터디하던 언닌데 친하거든. 그래서 같이 밥 먹으려고 왔지. 여기서 너를 볼 줄이야! 괜찮으면 언니 소개해 줄까? 이 언니도 IT 쪽 관심이 많거든. 특히 창업 쪽으로. 너 인사 시켜 주면 좋아하겠다. 이쪽으로 와!"

주현은 한준을 이끌고 다슬에게로 향했다.

자리에 앉아 있던 다슬은 한준을 보자마자 일어나 인사를 했다.

"안녕하세요. 김다슬입니다."

"아, 네. 지한준이라고 합니다."

한준은 고개를 갸웃거렸다. 묘하게 어디선가 본 것 같은 느낌의 다슬이었다.

"이 언니는 우리보다 두 살 더 많아."

주현이 싱긋 웃으며 말했다.

"송주현, 그런 건 말하는 거 아니다? 나이 먹는 거 서럽단 말이야."

"뭐 어때. 언니 정도면 서른둘이 아니라 스물다섯이라 해도 믿겠는데. 그치? 한준아?"

주현이 한준의 옆구리를 쿡 찔렀다.

"어? 어. 나이에 비해 동안이시네."

영혼 없는 대답에 다슬이 씨익 웃었다.

"지한준 너, 여자친구 없지? 내가 이 언니 소개해 줄까? 아, 이미 소개를 했구나. 어때?"

주현은 혼자 신이 난 듯 떠들었다. 곧이어 그녀의 가방에서 진동음이 울렸다.

주현은 핸드폰을 꺼내 레스토랑 밖으로 나갔다. 어색한 분위기에 적응하지 못했는지 한준은 물만 계속 마시고 있었다.

"혹시…… 우리가 구면인가요? 뭔가 어디서 뵌 것 같은 느낌이 드네요."

한준이 조심스럽게 말했다.

"아. 뭐, 작업성의 그런 구린 멘트 아니니까 사심 없이 말씀드리는 겁니다. 오해는 마시길."

다슬은 피식 웃었다.

"오해 안 해요. 한준 씨 두 번 정도 봤으니까."

"그죠? 아, 근데 어디서 뵌 건지 기억이 안 나네요."

"우리가 어디서 만났는지 말하기 전에, 뭐 하나만 물어볼게요. 여자친구 없으세요?"

"그건 왜요?"

다슬은 알 듯 말 듯 오묘한 미소를 짓고 있었다. 뭔가 자꾸 알고 있다는 듯이 거슬리게 행동하는 그녀.

'이 여자, 대체 뭐지?' 싶은 한준이었다.

"나, 김초록 동창이에요. 친구 결혼식에서 한 번, 동창회 때 초록이 데려다주던 한준 씨 멀리서 봤으니까 두 번이 맞네요."

"초록이 동창이라고요?"

"네. 근데 주현이도 그렇고, 사람들이 한준 씨 연애하는 거 모르나 봐요? 2년이나 된 사이로 알고 있는데, 좀 너무한 거 아닌가요?"

"굳이 나서서 사적인 부분들을 떠벌리거나 주목받는 걸 싫어해서요. 초록이도 마찬가지고."

"진짜요? 초록이가요? 적어도 초록이 주변 사람들은 그 애가 연애한다는 것쯤은 알고 있죠. 상대가 누군지 아는 경우도 있고. 전 남친하고는 거의 대놓고 공개연애였다는데. 한준 씨랑 성향이 많이 다르네요."

'다르다.'

한준은 다슬의 마지막 말이 매우 거슬렸다.

"그쪽은 초록이에 대해 잘 아는 친구인가요?"

"네?"

"나는 한 번도 김다슬이란 이름을 초록이한테 들어 본 적이 없는데. 친해요?"

"그게……."

"성향이 다르네 마네 할 정도면, 적어도 내가 알고 있을 친구 정도는 돼야죠."

"실례가 됐다면 죄……."

"실례죠. 무례고요. 주현이 오면 저 갔다고 해 주세요. 나중에 따로 연락 하겠다고. 그럼 이만!"

한준은 자리에서 일어났다.

다슬은 어이가 없다는 듯이 손으로 부채질을 하며 물을 벌컥벌컥 마셨다.

"어? 한준이 갔어?"

"응. 갔어."

"하긴, 그 친구 좀 바빠. 사업이 잘 풀렸거든."

"주현아."

"응?"

"저 남자, 여자친구 없는 거 확실해?"

"왜? 언니 진짜 관심 있어?"

"연애 안 하는 거 확실하냐고."

"내가 알기론 그런데, 모르지 뭐. 몰래 비밀 연애라도 하고 있을지. 근데 공식적으론 없는 걸로 알고 있는데?"

"그래?"

다슬의 눈빛이 번뜩였다.

"후아…… 괜찮을 거야. 그럼!"

셀프 주유를 하고 있는 한준을 바라보던 초록은 비장한 각오를 다졌다.

"자, 주유도 했고! 우리 공주님 모시고 어디를 가면 좋을까. 가고 싶은 데 있어?"

"평일인데, 너무 무리는 하지 말자. 너 내일 출근이잖아!"

"나만 출근하나? 우리 공주도 출근하는데!"

"하하…… 그냥 예쁜 카페 가서 우리 얘기 좀 할까?"

"무서워."

"뭐가?"

"그런 진지한 목소리로 어디 가서 얘기하자고 하면, 좀 무섭지. 내가 뭐 잘못했나 싶기도 하고."

"천하의 지한준 대표님께서 왜 떨어요? 진짜 나한테 잘못한 거 있나?"

"잘못? 너의 눈에 빠진 거라면, 그것도 죄가 되나?"

"너 느끼해. 서른 되더니 완전 아저씨 다 됐어."

"그럼 넌 아줌마 해."

"이거 봐. 완전 유치해."

"그것은 나의 매력!"

"참 나."

실소가 터져 나왔다.

한준은 초록의 말대로 예쁜 카페를 찾았다. 나무 장작과 벽난로까지 갖춰진 친환경적인 장소였다.

"역시 지한준 내비는 최고야. 이런 장소는 또 어떻게 알았대?"

"회의하는데 직원이 추천해 주더라고. 너랑 같이 오려고 메모해 뒀었는데, 마침 근처더라고."

한준은 세심한 구석이 있다. 그는 맛집이나 좋은 카페를 찾아다니곤 했다.

반면에, 과거 진하와 연애를 할 때는 장소를 정해 두고 찾아가 거나 하진 않았다. 보이는 곳이 맛집이고 좋은 장소였다.

그런 면에서도 두 남자는 확연히 성향 자체가 달랐다.

"초록아."

한준은 뭔가 생각에 잠겨 있던 초록을 불렀다.

"응?"

"할 얘기가 뭐야?"

올 것이 오고 말았다.

"아…… 그거."

"뭔데? 심각한 거야?"

"아니. 심각한 건 아니고…… 사실은…… 나 말이야."

"응. 말해."

"나…… 회사 그만뒀어. 지금 재취업 준비하면서 놀기도 뭐 해 서 편의점 알바하거든. 얼마 안 됐지만…… 그래도 네가 알고 있는 게 좋을 것 같아서."

초록은 사뭇 진지하게, 조심스럽게 말했다.

순간 정적이 흘렀다.

용기 내어 조심스럽게 말을 꺼내기는 했다만, 초록의 시선은 바닥으로 향해 있었다.

"고개 들어, 바보야. 죄지은 것도 아닌데."

초록 역시 잘 알고 있다. 이런 초라한 모습이 스스로도 싫었지 만, 어쩔 수가 없었다.

자존감이 바닥으로 치달을 때, 본능적으로 나오는 행동들.

한준은 훨훨 날아 비상하는 것 같은데 자신은 왜 이렇게 안 좋 은 상황만 생겨나는 건지 모르겠다.

그렇다고 해서 나쁜 일을 하는 것도 아닌데.

분명 초라하게 생각하지 않아도 되는 문제인데.

제삼자의 시선에서 본다면 아무 문제가 될 게 없을지도 모르지만, 막상 이러한 상황에 내 자신이 직면하다 보면 가끔 길을 잃어버린 아이처럼 방황하게 된다.

"미안해."

"뭐가?"

"늦게 말해서 미안하고, 내가 무능해서……."

"흠…… 또 그러네!"

한준이 따스한 손길을 내밀었다.

"내가 널 왜 좋아하는지 귀에 못이 박히도록 말해 왔는데. 기억 안 나?"

"응?"

"착하고, 예의 바르고, 옳은 소리 할 줄 알고, 본인 뜻대로 굽히지 않는 고집도 좋고, 그냥 네 모든 모습이 좋아. 그냥 그렇게 됐어. 처음 만났을 땐 최악이었지만."

"아…… 뭐, 그때는…… 할 말이 없다."

"웃으라고 한 소리야. 아무튼 널 좋아하는 이유는 셀 수 없이 많지만, 그냥 나는 네가 김초록이라서 좋은 거야. 지금 잠깐 불안정하고 흔들린다고 해서 내가 널 외면하거나 등한시하는 일은 없을 테니까 너무 걱정하지 마. 알겠지? 더 열심히 살다 보면 좋은 날이 온다고!"

그렇게 말해 주는 한준이 고마웠다.

그다음에 나올 말들만 뺐다면 말이다.

"그리고…… 이거 받아."

"응?"

한준은 지갑에서 카드를 꺼내 초록에게 쥐여 줬다.

"당분간 사고 싶은 것들, 이걸로 사고. 너 대한은행 맞지? 대한은행 계좌로 이 오빠가 용돈 좀 줄게. 그러니까 고생하지 말고 알바는 그만뒀으면 좋겠어."

"그게 무슨……."

"재취업 준비하려면 이것저것 신경 써야 할 것도 많을 거고, 초록이 혹시 공부 더 해 보고 싶은 생각은 없어?"

"공부라니?"

"뭐, 다시 대학원을 가거나, 아니면 편입이나 하고 싶은 분야에 대해."

초록은 지금 서로 다른 말을 하고 있는 느낌이 들었다.

"한준아, 근데 말이야……."

"나 너 힘들어하는 거 싫어. 그냥 내가 해 줄 수 있는 부분에 대해서는 부담 갖지 말고. 어차피 결혼하면 다 진행될 일들이었어."

"결혼하면 진행될 일들이라니?"

"회사에 대한 불안감 때문에 동동거리는 네 모습이 너무 안쓰러워서, 그냥 좋아하는 것들 하면서 지낼 수 있도록 편하게 해 주고 싶었는데 미리 예행연습이다 생각하고 부담 갖지 말았으면 해."

왜 갑자기 말문이 막혀 버리는 건지 모르겠다.

답답하고 숨이 막혀 왔다. 물론, 한준의 말이 너무나도 고마운 것은 사실이다.

빌어먹을 자존심 때문도 아니었다.

그냥 뭔가 씁쓸해졌다.

온전한 자립이 그토록 어려운 걸까.

초록은 내내 말이 없이 어둡기만 했다.

"나 집에 가야겠다."

"초록아, 너 왜 그래?"

"뭐가?"

"말 한마디도 안 하고 있잖아. 그러다 갑자기 집에 간다고?"

"내일 너 출근해야지. 너무 늦으면 안 돼."

"내 핑계 대지 말고. 뭐가 불만이야? 내가 기분 상하게 했어?"

"아니야. 그런 게 아니라……."

초록은 받았던 한준의 카드를 테이블에 내려놓았다.

"마음만 받을게. 나도 내 생활비만큼은 벌 수 있으니까."

"김초록, 너 자존심 상하라고 그런 뜻으로 카드 준 게 아니잖아! 너 힘드니까, 힘들어하면서 동동거리는 게 싫어서 그런 건데!"

"자존심 때문이 아니야. 그냥, 그냥 네가 이럴수록 내가 너무 초라하고 마음이 아파져서 그래. 나도 온전한 자립이라는 걸 하고 싶은데, 의존하고 싶지 않아!"

"의존? 이게 의존이야?"

"너희 어머님이 뭐라고 생각하시겠어?"

"여기서 엄마 얘기가 왜 나와!"

"안 그래도 어머님이 나 싫어하시는데, 결혼해서 내가 이 모양 이 꼴이면 참 좋아하시겠다!"

"네가 어때서! 왜 그런 말투로 비꼬면서 사람 진심을 몰라주는데? 난 그냥 너의 본연의 모습 그대로가 좋다고."

초록은 긴 한숨을 내쉬었다.

"본연의 모습이 좋다고? 넌 가끔 나를 너한테 어울리는 사람으로 만들어 나가려고 하잖아."

"어울리는 사람이라니! 그건 또 무슨 말인데!"

초록은 입을 꾹 다물었다. 지금은 그 어떤 말을 한다 해도 좋게 나올 것 같지 않았다.

천천히 생각하던 그녀가 입을 열었다.

"한준아, 나 조금만 생각하고 이야기할 수 있게 해 줘. 근데 오늘은 아닌 것 같아."

"그렇게 말하고 가면, 내 속이 편할까?"

"나 화난 거 아니야. 그냥 어떤 말을 해야 할지 정말 몰라서 그래. 심각하게 생각하지 말고 그냥 내가 생각할 시간을 줬으면 싶어."

"후우."

이번엔 한준이 깊은 한숨을 내쉬었다.

"그래. 네 생각이 그렇다면 그래야지."

한준은 차 시동을 걸었다. 그리고 두 사람은 집으로 가는 내내 한마디도 하지 않았다.

7. 모자란 여우의 눈물

"미안하지만 자기야, 어째 그거, 복에 겨운 소리로 들린다?"

운정은 사과를 집어 들고 껍질째 씹어 먹으며 소파에 앉았다. 김초록이라는 언니 작자는 오늘의 연애 전선도 장마인가 보다.

"결혼하면 편하게 쉬게 해 주겠다는데, 하고 싶은 거 하면서 살아. 모든 여자의 로망 아님?"

-그게…… 말이 쉽지. 운정아, 진짜 내가 원하는 건 그런 삶이 아닐지도 몰라.

"언니가 원하는 삶은 뭔데?"

-그냥, 소소한 것들.

"그럼 지금 언니가 소소하지, 뭐 특별해?"

-그런 게 아니라, 그냥 그런 거 있잖아. 서로 꿈을 가지고 손잡고 달려 나가고 싶은데, 천천히 가더라도 같은 곳을 바라보며 나란히 걷고 싶은데 그게 욕심인 걸까?

"뭘 잡소리를 그렇게 장황하게 늘어놓는 거야. 무슨 뜻인지 모르겠네."

-처음엔 한준이가 나랑 같이 손을 잡고 가는 줄로만 알았어. 그런데…… 시간이 지나면 지날수록 어떤 느낌이냐면, 한준이는 저만치 앞에 가 있고 뛰어가고 있어. 근데 난 숨이 차고 벅차서 쫓아갈 수가 없는데…… 내가 쓰러지고 주저앉으려 할 때면 그 애는 뒤를 돌아봐. 근데 지쳐 가는 나한테 자꾸만 빨리 오라고 손짓을 해.

"목줄 채워 달라고 해. 질질 끌고 가게."

-야! 지금 장난하는 거 아니란 말이야!

운정은 깔깔거리며 웃었다.

"남들이 들으면 뭐라 할 것 같아? 복에 겨운 복 터진 년이라고 할지도 몰라."

-너 자꾸 저번부터 나한테 욕한다? 남 얘기를 빙자한 너의 진심이지?

"진짜라고! 배가 풍선만큼 부푼 년이라고 손가락질한단 말이지. 왜 밥상을 차려 준다는데 먹지를 못하니."

-그 밥상에 독이 들어 있을지 누가 알아!

"그러니까! 먹어 보지도 않고 독이 들었을지, 약이 들었을지 어떻게 아냐고! 이 답답한 언니야!"

운정은 초록이 무슨 심정으로 말하는지 조금은 알고 있다.

물론, 초록의 입장도 이해가 가고 한준의 입장도 이해가 갔다. 그래서 냉정하게 말해 초록의 편을 무조건 들어 줄 수도 없는 노릇이었다.

"지한준 씨가 언니 생각해서 말한 것 같기는 해. 근데 이게 언니 입장에선 자존심이 상했을 수도 있고, 언니는 과거 트라우마 때문에 절대 남자에게 의존하지 않고 스스로의 능력을 키우려는 열망이 가득한 사람인데, 한준 씨는 그걸 자세히 캐치하지 못했으니 아무래도 딱 언니 생각만 하고 언니가 고생하는 게 싫어서 그런 말을 했단 말이지. 여기까지 내 말 이해 가능?"

-응. 나도 알아.

"좋아. 근데 말이지, 생각을 해 보자. 언니가 결혼을 했어. 안정적인 직장을 가진 상태에서 말이야. 근데 언니가 아이를 가졌어. 육아 휴직하고 출산을 해. 그럼 맞벌이를 하면서 온전히 아이에게 집중을 못 한단 말이야. 사람을 구해서 '내 아기를 잘 부탁합니다.'라는 비용을 지급해야 하거든? 그럼 결국 뭐냐! 인생은 전부 돈이라고. 돈!"

-거기까지는 너무 갔다.

"너무 간 게 아니야. 언니가 말하는 소소한 연애와 소소한 결혼은 다르다고. 결국 돈 있는 사람들이 여유를 갖게 되고, 그 여유를 즐기면서 사는 사람들이 착한 사람이 되는 거야. 아줌마들이 왜 억척스러운지 알아? 그 사람들이 처음부터 억척스럽진 않았을 거란 말이지. 다 벌이가 힘들고 사는 게 버겁고 남들하고 비교하면서 우울해지고. 그놈의 SNS부터 싹 다 없애 버려야 해! 아주 그냥!"

운정은 울분을 토해 가며 소리치고 있었다.

-너…… 한 번 다녀온 건 아니지?

"우리 친척 언니가 하소연하는 것들 그대로 옮겨 말하는 것뿐이야. 내가 갑자기 뜬금포로 말이 샜는데, 언니야. 그냥 능력 있는 남자가 언니 좋다고 할 때, 그냥 못 이기는 척 따라가. 그것도 나쁘지 않단 말이야. 언니 인생에서 그런 남자가 어디 흔하게 다시 올 것 같아? 우리 이제 삼십 대야. 냉정하게 말하면 언니가 찬밥 더운밥 가릴 처지가 아니라고."

-어렵다.

"어렵지? 그래서 난 요즘 결혼한 사람들만 보면 대단하다고 느껴. 그리고 막말로 강찬영이 지한준 씨 같은 능력을 가진 남자면, 난 이미 결혼하고 남았다고!"

그녀들의 수다는 영화 한 편이 상영됐을 시간으로 종료되었다.

운정은 초록과의 통화가 끝나자마자 노트북 앞에 앉아 길고 긴 한숨을 내쉬었다.

〈이력서〉

〈자기 소개서〉

한참을 모니터 화면을 응시하던 운정이 중얼거렸다.

"언니도 나도…… 참……."

[나 이번 주말은 아빠 엄마한테 다녀올게. 밥 잘 챙겨 먹고 있어!]

초록은 버스터미널 대기실에 앉아 문자를 썼다가 지웠다 반복하고 있었다.

이윽고 전송 버튼을 누른 초록이 주머니에 핸드폰을 넣고 일어나려 할 때였다.

[응. 너도 밥 잘 챙겨 먹고 잘 다녀와.]

형식적인 답변이 돌아왔다.

한준과 살짝 다툼이 있던 그날 이후, 초록과 한준은 만남은커녕 통화 한 번 하지 않았다.

[언제 오는데?]

연이어 한준에게 문자가 왔다.

[내일모레.]

[올 때 연락해. 터미널로 마중 갈게.]

어두웠던 초록의 얼굴이 서서히 밝아지고 있었다.

버스 창가에 몸을 기대어 잠들었던 그녀는 본가에 도착하자마자 해맑은 미소를 지으며 초인종을 눌렀다.

"엄마! 아빠! 초록이 왔어!"

갑작스런 딸의 방문에 놀란 혜경은 문을 벌컥 열었다.

"너 뭐야? 어떻게 연락도 없이 왔어?"

"뭐긴! 엄마 보고 싶어서!"

"회사는? 휴가야?"

"아……그게…… 일단 들어가서 얘기하자고!"

초록은 거실에 짐 가방을 내려놓았다. 오랜만에 방문한 아빠 엄마의 보금자리. 집밥 냄새가 솔솔 풍겨 와 더욱이 심적으로 안정이 되었다.

"나, 아빠 엄마한테 드릴 말씀이 있어요."

초록은 뭔가 결심했다는 듯이 비장하게 말했다.

"뭔데?"

"저 일단 회사 그만뒀어요."

"응? 왜?"

"계약 만료라서…… 사실상 권고사직이죠."

초록은 마치 그때의 일이 생각나는 듯이 씁쓸하게 말했다.

초록의 아빠 정우는 고개를 끄덕이며 딸이 난처하지 않도록 초록을 토닥였다.

"그래. 뭐, 그럴 수 있지. 괜찮아. 다시 좋은 곳으로 알아보면 되니까."

"저기…… 그래서 드리는 말씀인데요."

"응?"

"저…… 결혼하겠습니다."

나름 폭탄선언이었다.

혜경과 정우의 두 눈이 휘둥그레졌다.

"엄마, 왜 아무 말도 없어?"

두 사람은 집 앞 카페로 자리를 옮겼다. 도란도란 대화를 나눌 줄 알았는데, 의외로 혜경은 과묵하게 앉아 차를 마시고 있었다.

초록이 슬쩍 혜경의 눈치를 살피자 혜경이 말했다.

"네 남자친구 말인데, 회사 대표라고 했지?"

"응. 친구들이랑 같이 창업해서 회사 운영하고 있어."

혜경은 초록의 얼굴을 빤히 응시했다.

"남자친구랑 결혼을 결심한 계기는?"

"이제 나이도 점점 먹어 가고…… 때 됐으니까 슬슬 준비하려고 하는 거지. 남자친구랑도 결혼에 대해 얘기할 때도 많고."

"직접적으로 결혼하자고 한 게 아니라면, 설레발치지 말고 가만 히 있어."

"아니, 그냥 나는 말이 그렇다는 거지."

"에휴, 널 보면 왜 이렇게 답답한 건지 모르겠다. 내 속으로 낳 았지만 고지식할 때도 많고, 그냥 헛똑똑이 같아. 언제 철들 거 니?"

"그러게. 내가 왜 이렇게 점점 답답하게 변해 가는 거지?"

"위치가 불안하니까 그렇지. 너, 정말 진지하게 생각해 봐. 남 자친구랑 결혼이 하고 싶은 거야? 아니면 현실에서 도망을 가고 싶은 거야?"

"도망?"

"그래. 너 현실 도피하려고 결혼 선택하는 거면, 엄마처럼 망하는 거야. 알겠어?"

"……엄마는 지금 행복하잖아! 그럼 됐어!"

초록은 조금씩 혜경의 얼굴이 어둡게 변하자 신경이 많이 쓰였다. 괜히 섣부르게 설레발친 것은 아닐까 하는 후회가 들었다.

"네 오빠 대학교 가면, 그리고 네가 조금 더 엄마를 이해할 수 있을 때까지만 기다리자 싶어 꾹 누르며 엄마는 참고 살았어. 지금은 시대가 많이 변하고 이혼에 대한 관점이 관대해졌기 때문에 다를 수 있겠지만, 고지식했던 나는 그저 너희 앞길 망칠까 봐 상처를 줄까 봐 마음을 졸였었어. 너희에게 상처를 주는 것보다 내가 누르고 사는 게 편하다고 생각했기 때문이야. 근데 지금은 너무 후회하고 있어. 엄마의 결혼 생활이 불행했기 때문에 그 영향이 어린 너희에게까지 갈지도 모른다는 생각을 왜 못 했나 싶어서."

"아니야, 엄마. 진짜 우린 괜찮아."

초록은 혜경이 안쓰럽다는 듯 그녀의 옆으로 가서 앉았다. 사실, 초록이 아빠라고 부르며 따르는 정우는 친부가 아니었다. 혜경은 초록이 스무 살이 되던 해, 재혼을 했고 그렇게 새 출발을 한 상태였다.

"사실은 엄마, 나 있지…… 남들은 스무 살을 돌이켜 보면 가장 풋풋하고 설렌다고 하잖아? 근데 난 아니었어. 남들은 다 행복한데 나만 불행한 것 같아서. 오빠는 군대 가 버리고 나만 혼자 덩그러니 남아서 외롭고 쓸쓸하게 버티니까 마음이 너무 아팠어. 내 엄마가 다른 가정을 꾸리고 그곳에서 완전체가 된 것 같아서. 나는 객식구가 된 것 같아서 너무 힘들었거든. 그런데 어느 날은 그런 생각을 했어. 엄마도 여자라는 것을. 엄마는 나한테는 엄마이지만, 누군가한테는 정말 '여자'라는 것을. 그걸 알게 되고 나서부터는 엄마를 이해하고 존중할 수 있었어. 그리고 아빠도 나한테 잘해 주시잖아. 난 충분히 사랑받았어. 정말 나한테나 오빠한테나 미안해하지 않아도 돼."

혜경은 초록의 손을 꼬옥 잡았다.

"딸, 있잖아. 엄마는 사는 게 너무 팍팍하고 힘이 들어서, 누군가의 울타리에서 편히 기대 쉬고 싶었어. 그랬기 때문에 네 아빠와 결혼을 했었고. 그렇지만 온갖 감언이설로 엄마를 속였다는 것과 약속했던 모든 것들이 진실이 아닌 거짓이 되는 순간부터 불행해지기 시작했어. 게다가 어리석게도 결혼만 하면 모든 것이 끝날 줄 알았었거든. 누군가의 아내가 된다는 것이, 내 인생의 종착점이라고 생각했던 바보 같은 엄마였기 때문에 내 딸은 그런 선택을 하게 두고 싶지 않아. 엄마 마음 알겠어?"

"응. 너무 잘 알기 때문에…… 그래서 절대 남자에게 의존하지 않으려고 해 왔어."

모녀의 눈에 어느덧 눈물이 고였다. 혜경은 초록을 한 품에 안았다. 등을 쓸어 주며 토닥이기 시작했다.

초록은 혜경에게 안겨 훌쩍거리며 울었다.

"미안해. 나 정말 약해지기 싫었는데, 이렇게 울기 싫었는데…… 정말 참아 보려 갖은 애를 썼는데……."

"울어. 마음껏 울고 털어 내. 힘들었지? 우리 딸 많이 힘들었지?"

"후……."

"잘할 수 있을 거야. 엄마 딸은 그럴 거야."

"미안해, 엄마. 내가 이렇게 나약해져서 자꾸 이상한 소리만 하고."

"오늘은 참지 말고 울고 싶은 만큼 울어. 알겠지?"

혜경은 아이처럼 훌쩍이며 울고 있는 초록을 달랬다.

눈시울이 붉어진 그녀 역시 눈물을 삼키며 가슴으로 울고 있었다.

'잘 생각해. 결혼은 현실이야. 결코 도피처가 될 수 없는 거야. 너도 잘 알고 있었던 사실이지만, 지금 힘들다고 해서 흔들리지 말고 앞으로의 미래를 잘 생각해 보고 결정하도록 해.'

이론은 참 쉽다. 속으로 늘 되뇌던 생각이었다.

곰곰이 생각에 잠겨 있던 초록은, 앞에 정우가 다가온 줄도 모르고 눈만 깜빡였다.

"딸!"

"아이고!"

"무슨 생각을 하는데 아빠 온 줄도 몰라?"

"아…… 그냥 좀 이런저런 생각이 많아져서요."

깜깜한 새벽, 초록은 잠이 들지 못했다.

화장실에서 나온 정우는 응접실의 불이 환하게 켜져 있다는 것을 알고 초록에게 다가온 것이었다.

"결혼 때문에 고민이 많아?"

"그냥……."

"어떤 사람인지 궁금하네. 우리 딸이 결혼하고 싶을 정도면."

"그냥…… 사람들이 그러더라고요. 결혼 적령기에 옆에 있는 사람하고 결혼하게 된다고. 아마도 지금 남자친구가 그런 사람이 아닐까 하는 생각을 했어요."

"글쎄, 적령기라……. 딸이 지금 결혼 적령기라고 생각해?"

"내년엔 나이도 서른셋이고…… 너무 늦어도 안 될 것 같아서……."

"적령기는, 나이를 말하는 게 아니야. 아빠도 봐. 엄마랑 마흔 넘어서 만났잖아. 안 그래?"

"그러네요. 하하."

정우는 온화한 미소를 지으며 초록에게 말했다.

"딸이랑 처음 만났을 때 생각나네."

"10년도 더 지났네요."

"교복 입고 '안녕하세요.' 인사하던 딸이 얼마나 귀여웠는지. 한눈에 봐도 내 딸이구나 싶었어."

"하하……."

"딸이 나한테 아빠라고 처음 불러 준 날도 기억나니?"

"그럼요. 아빠 그때, 저한테 장문의 문자 보내셨잖아요. 감동받아서 잠도 못 주무신다고."

"비밀 하나 말해 줄까? 나 그날 사실 울었어."

"네? 정말요?"

"그래. 진짜 커다란 감동을 받았거든."

"세상에, 아빠가 우셨다고요?"

초록은 가만히 그때의 일을 떠올려 본다.

마트에서 장을 볼 때였던 것 같다. 카트를 밀고 가는 정우와 혜경을 뒤에서 지켜보며 쫄쫄 따라다니던 초록은 슬그머니 두 사람 사이에 파고들어 팔짱을 꼈었다. 그리고.

'아빠, 저기 두부 시식한대요.'

처음으로 정우에게 '아빠'라고 말했던 날. 정말 평범했던 어느 날이었다.

정우와 혜경이 재혼한 지 딱 3년이 넘어가던 때, 초록은 처음으로 정우를 아빠라고 불렀다.

"그때, 뒤에서 아빠랑 엄마를 지켜보는데…… 그냥 너무 행복해 보였어요. 그래서 저도 모르게 응원을 해 주고 싶었나 봐요. 어쩌면 아빠를 그때부터 인정하게 됐었는지도 모르고요."

"딸한테 인정받은 날이라 수첩에도 적었었지."

"진짜요?"

"그럼! 나한텐 더할 나위 없이 특별한 날이니까."

초록은 씨익 웃었다.

아빠 같은 사람이 있을까. 이 세상 천지에 이런 착하고 선한 사람이 또 있을까 싶어서.

"엄만 정말 복받은 사람 같아요."

"왜?"

"아빠 같은 남자를 만났으니."

"나도 복받은 남자야. 엄마랑 초록이 만났으니. 물론 청록이도 마찬가지고."

"전화 한 통 없는 김청록은 빼고 말씀하시죠."

"그럴까?"

부녀는 깔깔거리고 웃다가 서로 쉬쉬거리며 안방을 응시했다. 혹시라도 혜경이 잠에서 깰까 봐.

"초록아."

"네?"

"아빠가 내년이나 내후년이면 조금 일이 잘 풀려서 넉넉해질 것 같으니, 너무 조급하게 결혼에 대해 서두르지 마. 결혼 적령기는 나이가 아니란다. 그래도 아빠가 딸 시집보낼 때, 남부럽지 않게 넉넉하게 보내 주고 싶은 욕심이 커서 하는 말이니까 너무 신경 쓰지는 말고. 다만 나이에 부담을 느끼고 도망치듯이 결혼을 급하게 서두르지는 말라는 거야. 알겠지?"

초록은 고개를 끄덕였다.

"우리 딸을 진심으로 아끼고 사랑해 주는 남자에게 가서 평생 행복했으면 좋겠구나."

정우는 초록의 어깨를 토닥이고 자리에서 일어나 안방으로 향했다.

초록은 정우가 방으로 들어가자 작게 숨을 내쉰 뒤 미소를 지었다.

'고마워요, 엄마, 아빠.'

오후 7시를 넘긴 시각. 회사가 밀집된 장소의 식당은 꽤 시끄러웠다.

한쪽 테이블 구석에 한준의 회사 직원들이 자리해 고기를 굽고 있었다. 이제 막 퇴근을 마치고 합류한 한준은 피곤한 기색이 뚜렷했다.

"오~ 지 대표님! 여기!"

아라가 한준에게 손을 흔들었다.

"웨이팅 있는 식당이라 5시 반부터 기다렸어요."

"뭐야. 대표는 죽어라 야근하고 왔는데 직원들은 30분이나 농땡이를 피워?"

"원래 일복은 대표가 많아야 회사가 잘 굴러간다고요!"

"오, 윤아라 과장. 다시 대리로 내려가 봐야 정신을 차리겠지?"

"뭐야! 저 과장 달아요?"

"응. 곧 다들 승진 예정이야. 연봉 협상도 다시 하고."

"아니, 진짜로? 진심으로? 과장? 대박!"

"대표님 쩔어요! 개존멋!"

"그래. 그럼 개존멋 대표는 잠시 화장실 좀 다녀올게."

한준은 멋쩍은 듯 피식 미소를 지으며 자리에서 일어났다.

식당 2층에 위치한 화장실에서 손을 씻던 한준은 뭔가 낯익은 남자가 불쑥 화장실 칸막이에서 등장하자 인상을 찌푸렸다.

내 여자의 전 남자친구.

정말 지독한 악연이 틀림없다.

"이런 데서 다 보네요."

진하가 손을 툭툭 털며 말했다.

"굳이 아는 척 안 하셔도 됩니다만."

한준이 냉소적인 태도를 취했다. 진하 역시 껄끄럽다는 듯 표정을 감추지 못하고 화장실을 나서려 할 때였다.

"혹시 초록이한테도 그런 식으로 아는 척하는 건 아니겠죠?"

"뭐, 대답할 이유가 없는 질문인데."

"뭐라고?"

"내가 김초록을 아는 척하든 그냥 지나치든 당신이 상관할 바는 아니라고 봅니다만."

한준의 표정이 매섭게 변했다.

"아는 척이 아니라, 질척거리지 말라는 경고인데."

"질척?"

"그래요. 설마 다 끝난 인연 붙잡고 질척거리는 개매너는 아니겠죠."

진하는 알 수 없는 미소를 지었다.

아니, 미소라기보단 비웃음에 가까웠다.

"……나이만 어린 줄 알았는데, 대화법도 어리시네."

"말 함부로 내뱉지 마. 진짜 경고하는데, 가까운 곳에 있다는 이유만으로 내 여자한테 질척거리지 말라고."

"왜? 그렇게 자신이 없어?"

"뭐야?"

"자신이 없으면, 이쯤에서 그냥 보내 줘. 김초록이 전 남친과 연락할까 노심초사 전전긍긍하지 말고. 그렇게 궁금하면 직접 물어보면 되는 건데 여자친구한테 그러자니 그건 너무 치졸해 보이고, 만만한 게 전 남친이야?"

"이거 완전 또라이네. 당신, 그 말투 뭐야? 정말 초록이한테 미련이라도 남았다 이건가?"

팽팽한 신경전이 오갔다. 한준은 당장이라도 진하의 얼굴에 주먹이라도 날릴 기세였다.

"미련 있으면, 헤어질 거야?"

더 이상 들어 줄 수 없었다. 한준은 이미 이성을 잃었다.

"경찰서요?!"

초록은 두 귀를 의심했다.

가족들과 함께 시간을 보내던 그녀는, 한준에게 전화를 걸었고 뜻밖의 여자 목소리에 당황했던 참이다. 그런데 그녀는 다름 아닌 한준의 회사 직원인 아라였고, 아라에게 충격적인 소식을 듣게 되었다.

주섬주섬 가방에 짐을 챙겨 서울로 향하려던 그녀를 어리둥절하게 바라보며 혜경은 서둘러 초록을 잡았다.

"뭐야? 이 시간에 서울을 간다고?"

"빨리 가면 막차는 탈 수 있어."

"왜? 급한 일이라도 있어? 갑자기 왜 서울을 가?"

"엄마, 내가 나중에 설명할게. 일단 나 간다!"

허둥지둥 미친 사람처럼 뛰쳐나가는 초록을 보자 걱정이 앞섰다.

혜경이 한숨을 내쉬며 그대로 문밖을 응시했다. 정우가 옆으로 다가와 혜경을 다독였다.

"우리 딸한테 무슨 사정이 생겼나 봐. 다 큰 어른이니 걱정하지 말자. 알아서 잘할 거야."

"모처럼 와서 좀 놀다 가지."

혜경은 섭섭하다는 듯이 입을 삐쭉 내밀었다.

겨우 도착한 서울.

초록은 서둘러 택시를 잡았다. 새벽이라 하기에도 애매한, 할증이 붙기 전의 시각이었다. 초조한 마음에 손톱을 다 뜯었다.

겨우 도착한 경찰서 앞. 초록은 황급히 경찰서 안으로 들어갔다.

"지한준!"

낯익은 얼굴이 보였다. 초록은 한준의 이름을 크게 부르며 뛰어갔다.

그런데…… 그의 옆에 있는 남자를 보자 초록은 경악을 금치 못했다.

가관이다.

정말 가관도 이런 가관이 없다.

"뭐야? 이게 어떻게 된……."

한준의 입술이 터져 피가 말라붙어 있었다.

게다가 옆에 앉아서 어이가 없다는 듯이 한숨을 쉬고 있는 진하.

그 역시 몰골이 말이 아니었다.

초록은 기가 막혔다.

"어떻게 된 건데? 이게 무슨 상황이냐고!"

한준은 아무 말도 할 수 없었다. 그저 고개를 숙인 채 한숨을 내쉬었다.

"여자친구 앞이라 창피하긴 한가 보네."

잠자코 있던 진하가 한준을 향해 말했다.

"뭔데? 넌 또 왜 여기에 있는 건데?"

초록은 두 눈을 부릅뜨고 진하에게 물었다.

"네 남친한테 물어봐라."

그녀는 두 남자를 번갈아 보며 깊은 한숨을 내쉬었다. 상황이 도통 이해가 가질 않는다.

초록은 그들의 앞에 앉아 있는 형사를 붙잡고 물었다.

"형사님, 실례지만 저 두 사람, 어떻게 된 거죠?"

"상태를 보시면 아시겠지만, 쌍방 폭행입니다."

"네? 쌍방 폭행이요?"

"식당가에서, 나 참. 머리 큰 양반들이 왜들 그러는 건지."

초록은 다시 한준과 진하 쪽으로 고개를 휙 돌렸다.

눈에 힘을 가득 주고 인상을 찌푸린 초록을 보자 두 남자는 꿀 먹은 벙어리처럼 고개를 숙였다.

"형사님, 처음엔 제가 일방적으로 당했어요."

진하의 말에 형사는 고개를 저었다.

초록은 입술을 꽉 깨물고 형사의 팔을 붙잡았다.

"어떻게 되는 거죠?"

"두 분이 합의를 해야 진술서를 쓰고 집에 보내 드리죠. 고소한다고 서로 난리도 아닙니다. 아가씨가 두 사람 다 아는 지인 같은데, 설득 좀 해서 훈방조치 하게끔 해 봐요. 잎길 창창한 젊은 양반들이 왜 저러는 거야?"

형사의 설명을 듣고 난 뒤, 초록은 두 남자의 곁으로 성큼성큼 걸어갔다.

한숨이 절로 나온다. 남자는 다 애라더니!

'이 한심한 놈들아!'

입 밖으로 튀어나올 것만 같은 말들을 꾹꾹 눌러 참았다.

초록은 한준의 옆에 앉아 가방에서 휴지를 꺼내 입술 주위를 닦아 주었다.

"둘이 어떻게 만났어?"

"흠…… 회식 갔다가 우연히."

"진짜 내가 미쳐!"

"어떻게 알고 왔어?"

"지금 그게 중요해? 얼굴이 이게 뭐야!"

"아! 아파. 여기도, 여기도!"

초록의 앞에서 애처럼 구는 한준을 보며 진하는 못 볼 것이라도 본 사람처럼 고개를 돌리고 혀끝을 찼다.

"이야, 김초록 완전 엄마 같네. 아들 하나 키우는 심정이겠어?"

진하는 빈정거리는 말투로 두 사람을 비아냥거렸다. 정말, 두 눈을 뜨고서 못 볼 몰골이었다.

"합의해. 둘 다. 내가 지금 꾹꾹 참고 있는 거 알지? 지한준, 나랑 정말 끝장을 보려거든 끝까지 가 보든가."

초록의 굳은 표정이 그녀의 상태를 말해 주는 듯했다.

"석진하, 너 진짜 합의 안 해?"

"흠."

"지한준, 끝장을 보고 싶은 거지?"

"후우……."

두 남자는 깊은 한숨을 내쉬며 눈치를 보고 있었다.

잠시 뒤, 결국 합의를 하고 진술서를 작성한 두 남자가 터덜터덜 경찰서 밖으로 나왔다.

화가 잔뜩 난 얼굴로 초록이 씩씩거리고 있었다.

한준은 슬그머니 초록의 곁으로 다가갔다.

"미안해."

"……."

"서울은 언제 왔어?"

"몰라!"

실랑이를 벌이고 있는 두 사람을, 아니 정확히 말하자면 초록을 응시하고 있던 진하는 택시를 잡았다. 초록은 진하의 눈과 마주쳤다. 알 수 없는 묘한 감정이 스치고 지나갔다.

택시를 타고 유유히 사라지는 진하를 빤히 쳐다보던 초록. 그런 그녀를 바라보며 한준이 말했다.

"같이 타고 가도 됐을 것 같은데."

"뭐?"

"같은 건물 살잖아."

"하, 기막혀! 무슨 말이 그래?"

"어차피 같은 동네, 같은 건물 사니까 같이 가도 뭐."

"너 지금 그걸 말이라고 하는 거야?"

한준은 등을 돌려 인상을 찌푸렸다.

유치하다. 스스로 생각해도 너무 유치했다.

어쩌다 이렇게 됐을까.

한준은 자신이 실수했음을 깨닫고 다시 돌아섰다.

그러나 초록은 그 자리에 없었다. 두리번거리며 초록을 찾아 헤
맸다.

"초록아!"

그대로 초록을 불러 세웠다. 초록의 눈가가 촉촉해져 있었다.

"내가, 내가 정말 미안한데. 말을 잘못……."

"너, 왜 이렇게 자꾸 변해 가니? 내가 알던 지한준 맞아?"

"초록아."

"솔직히, 나 너무 힘들어. 너한테 내색 한번 못 했지만 사는 게
너무 버겁고 삶이 팍팍해서 하루에도 수십 번 롤러코스터를 타
는 기분이 들어. 어느 날은 기분이 좋고 열심히 살아야지 싶다
도, 어떤 상황이 와서 나를 버겁게 만들고 무너지게 만드는 날이
면 정말 괴롭고 죽고 싶을 만큼 아파. 그런데 너한테 그런 안 좋
은 기운 전하기 싫어서 억지로라도 웃고 있어. 자존감 내려가는
모습 조금이라도 보이면, 넌 나를 그대로 인정하려 들지 않고 무
조건 내 탓을 해 버리니까. 위로? 솔직히 하나도 위로가 안 돼.
아프면 아프다고 인정하고 내지르는 게 뭐 어때서? 다들 그렇게
살잖아. 다들 힘들다가도 괜찮아지고 괜찮다가도 힘들고 그러는
거잖아! 근데 왜 나는 힘들면 안 돼? 왜 너한테 자꾸 감정을 숨기
게 만들어?"

"김초록, 지금 무슨……."

"기대고 싶어도, 기댈 수가 없었어. 알아?"

한준은 이 모든 상황이 갑작스러울 수밖에 없었다.

물론, 오늘 일은 백 번, 아니 천 번 자신이 잘못했다. 그런데 초록은 알 수 없는 말을 하며 울분을 토해 내고 있었다. 그녀가 화를 내는 본질적인 이유를 정확히 모르겠다.

초록은 무엇 때문에 이토록 화를 내는 것이며 힘들다고 표현을 하는 것일까.

"나한테 힘들다고 한 적 없었잖아."

"할 수 없게끔 만들었잖아!"

"내가? 진짜 돌겠네. 힘들면 힘들다, 아프면 아프다, 어떤 부분이 마음에 안 든다 얘기를 해 줘야 알지!"

"그래. 대화를 제대로 못 한 내 탓도 있어. 그렇지만 오늘 네 모습은 정말 실망이었어. 게다가 지금 네 태도를 봐! 지나간 사람한테 왜 그렇게 신경을 쓰는 거야? 너야말로 나를 못 믿어서, 나를 믿지 못해서 그러는 거잖아!"

길거리 한복판에서 싸우는 연인을 보며 혀끝을 찼던 적이 있다.

지금 우리가, 그러고 있었다.

초록은 암담한 듯이 인상을 찌푸리며 고인 눈물을 참아 냈다.

"네가 흔들릴까 봐 그랬어."

"뭐?"

"그 남자 때문에 얼마나 아팠고 힘든지 내가 곁에서 다 지켜본 입장이니까! 네가 그 남자를 다 잊지 못한 채로 나한테 왔으니까! 혹시라도 흔들리게 될까 봐 그게 무서웠어."

초록은 목이 메어 왔다.

결국 눈물이 두 뺨을 타고 흘렀다. 말을 이어 나가지 못하던 그녀는 어렵사리 입술을 떼었다.

"아니, 그게 아니야. 넌 그냥 나를 믿지 못했던 거야."

"김초록! 그런 거 아니라고!"

마음이 너무 아파 왔다.

왜 모든 상황은 그녀를 그렇게 버겁게 만드는 건지

착하게 살아왔는데 하늘이 벌을 내리는 번지수를 잘못 짚기라도 하신 건지.

초록은 긴 한숨을 내쉬었다.

"그래. 맞아. 흔들렸어."

한준의 표정이 굳어졌다.

"진하 때문이 아니라, 내 현재의 암울한 현실적 상황이. 그런 상황 때문에 흔들렸어. 너랑 결혼하면 행복할 수 있을까 의심했고 또 의심했어. 그런데 그 이유가 진하 때문이 아니었다고! 그래서 불안하고 흔들리고 힘들었어."

"거짓말."

무엇보다 그 한마디가 초록의 가슴을 후벼 파고 있었다.

"이것 봐. 넌 나를 못 믿는 거야."

초록은 빠른 걸음으로 걸었다. 눈앞에 택시가 보였다.

그녀는 재빨리 택시를 잡아탔다. 뒤도 돌아보지 않고 그대로 집으로 향해 버렸다.

쉴 새 없이 눈물이 흐른다.

두 사람의 문제에 진하를 끼워 넣고 있는 한준을 전부는 아니라 해도 어느 정도 이해할 수는 있었다. 그러나 오늘 한준이 보여 준 태도에서 엄청난 배신감과 실망감이 몰려왔다.

아이 같은 유치한 모습도 있었지만, 언제나 어른스러운 사고방식으로 나를 감싸 주었던 남자.

백마 탄 왕자님이란 표현은 오글거리고 거창해도, 정말 초록에겐 한준이 그런 존재였다. 든든한 지원군이라 생각했고, 늘 존중받는 느낌이 들어 왔었는데.

그런 그가 변해 간다.

아니, 변해 버렸다.

초록은 두 눈을 질끈 감았다.

우린, 정말 어디서부터 어떻게 꼬인 걸까?

어떤 단추를 풀어야 다시 처음부터 끼울 수 있을까.

어떻게 집까지 걸어왔는지도 모를 만큼 사색에 잠겨 걷던 초록은 집 앞에서 자신을 기다리고 있는 진하를 외면했다.

"이번엔 또 너야?"

"너 화 많이 난 것도 이해하고, 힘든 것도 알겠어. 근데 하고 싶은 말이 있어서 기다렸어."

"제발 좀! 지한준도 그렇고 너도 그렇고 둘 다 꼴도 보기 싫어. 정말 둘 다 왜 그러는 건데? 나한테 왜 그러는 거냐고!"

오늘도 참으면 속에서 병이 날 것 같았다.

초록은 미친 듯이 외치면서도 황당하고 어이가 없는 사실 하나를 깨달았다.

지금 눈앞에 있는 진하에게만큼은, 그 어떤 투정을 부릴 수 있다는 것.

미친 여자처럼 소리를 고래고래 지르고 눈물을 보일 수 있다는 것.

그래서 화가 났다. 더 많이, 어쩌면 눈앞에 한준이 있을 때보다도 더욱더 화가 났다.

"초록아, 너 힘든 거 알아. 이렇게 마주쳐서 엮이고 쿨하게 끝내지도 못하는, 정말 네 남친 말처럼 질척이고 있는 내가 너에게 얼마나 부담이 될까 생각했어. 아까 집으로 오면서 계속 그 생각만 했어. 너한테 너무 미안해졌어. 널 너무 힘들게 만드는 것 같아서. 내가 너무 내 생각만 했던 거야. 과거에도 그랬고……. 지금은 달라졌다 생각해서 더 잘할 수 있을 것 같아서 널 욕심낸 것도 사실이야. 근데 그건 정말 터무니없는 내 욕심이고 너를 더 힘들게 만든다는 것을 깨달았어. 그래서 너한테 너무 미안하고 죄스럽고 마음이 아파. 그 얘기가 하고 싶어서 무작정 기다렸어. 내 꼴 다시는 보고 싶지 않겠지만 그냥 미안해. 많이 미안하다. 예전에 너 힘들 때 그렇게 손 놓아 버린 것도 미안하고 지금은 옆에 있어 줄 사람이 아니라서 미안해."

초록은 그대로 자리에 주저앉았다. 고개를 떨구고 펑펑 울었다.

길을 잃어버린 것 같다. 어떻게 어떤 방향으로 길을 잡아야 할지 모르겠다.

"너…… 진짜 못된 놈인 것 같아."

웅크린 초록을 응시하던 진하의 눈에도 눈물이 맺혀 있었다.

너무나도 뼈저리게 느꼈다. 초록을 얼마나 사랑했는지, 얼마나 사랑하는지.

잃어버리고 나서야 알았다. 아니, 잃어버리기 전에도 알고 있었지만 자각하지 못하고 실수를 범했다.

웅크리고 있는 초록의 오른손에 끼워진 반지를 응시하며 진하는 아무것도 하지 못했다.

안아 줄 수도 없다.

지금은…… 내 여자가 아니기에.

작은 손에 끼워진 반지 하나가 장애물이 되었다.

"진짜 연락 안 할 거야?"

-응.

단호한 그녀의 한마디에 운정은 고개를 저었다.

이 언니, 화가 나도 단단히 난 것 같았다.

상황은 옆 동네도 마찬가지였다.

"뭐야. 아직도 연락 안 했어?"

-응.

찬영 역시 고개를 저었다.

고래 싸움에 새우 등 터진다더니, 찬영과 운정이 딱 그 꼴이었다.

운정은 한숨을 내쉬며 찬영에게 전화를 걸었다.

"지한준은 왜 연락을 안 하는 건데?"

-생각할 시간이 필요한가 봐. 초록이 누나는 뭐래?

"언닌 절대 먼저 연락할 것 같지 않아. 완전 화났거든."

-지한준도 그 부분에 대해선 별말은 없더라고. 워낙 연애사를 오픈하지 않는 놈이다 보니.

운정은 한숨을 내쉬었다.

"솔직히 난 초록 언니 이해되거든? 아니, 지한준은 깡패야 뭐야? 사람을 왜 때려!"

-맞을 짓을 했으니 그랬겠지.

"뭐? 그럼 너도 그 상황에서 주먹부터 날아가?"

-내 여자친구한테 찝쩍거리는 놈을 어떻게 참고 봐주냐?

"진짜 애들도 아니고! 말로 하면 될 것을! 우리가 한두 살 먹은 어린애야?"

-내가 상황을 자세히는 모르지만, 지한준 눈 돌아갈 만도 했지. 초록이 누나 전 남친, 누나네 앞집에 산다며? 그럼 사실 신경이 쓰이는 정도가 아니란 말이야. 말을 안 해서 그렇지! 역으로 생각하면, 너 내 전 여친이 옆집에 산다고 생각해 봐. 너 같으면 신경 안 쓰여?

"신경이야 쓰이겠지만…… 그래도 지한준은 사람을 때렸잖아?"

-초록이 누나 전 남친도 맞고만 있지는 않았던데? 쌍방이잖아! 왜 자꾸 지한준만 몰아 세우냐!

"그건 그렇다고 쳐! 초록이 언니한테는 왜 연락을 안 하는 건데? 지가 뭘 잘했다고!"

-왜 소리를 지르고 그래! 우리 문제도 아닌데!

운정과 찬영 사이에 큰 소리가 오고 갔다.

운정은 인상을 잔뜩 찡그린 채 한숨을 내쉬었다.

"그래. 우리 문제도 아닌데, 우리까지 싸우지는 말자."

-큰소리 내서 미안해.

"아니야. 머리 아프다. 저 두 사람, 어떻게 화해시켜?"

-그걸 꼭 우리가 해야 할까?

"그럼 어떻게 해! 저러다 두 사람 헤어지면 어떡하라고!"

-흠, 헤어지면 헤어지는…….

"야! 강찬영! 죽을래?"

-아, 알았어. 알았다고!

불같이 화를 내는 운정을 감당할 수 없었던 찬영은 하는 수 없이 그녀의 계획에 적극적으로 따를 수밖에 없었다.

누가 말릴 수 있단 말인가. 그 이름도 찬란한 고운정을.

아무리 주변을 둘러봐도 운정은 코빼기도 보이질 않는다.

초록은 고개를 갸웃거리며 카페에 자리를 잡았다. 전화를 걸어 운정의 위치를 파악하려던 초록은 시야에 한준이 들어오자 화들짝 놀라 그를 빤히 응시했다. 한준 역시 초록을 발견하고 매우 놀란 눈치였다.

-여보세요?

긴 신호음 끝에 운정이 전화를 받았다.

"고운정, 이걸 노린 거냐?"

-응? 아…… 미안, 언니.

"일단 끊어. 넌 나중에 보자!"

-헤헤, 잘 풀고 와!

초록은 통화 종료 버튼을 누르고 창밖으로 고개를 돌렸다.

천천히 한준이 그녀의 곁으로 다가와 앉았다.

"강찬영이 보자고 해서 나왔는데, 아무래도 고운정 씨랑 합동 작품인 것 같네. 맞지?"

"글쎄."

초록은 냉랭한 말투로 말했다. 여전히 시선은 창밖을 향하고 있었다.

"초록아, 나 좀 보고 말해."

그제야 초록은 고개를 돌려 한준을 똑바로 보기 시작했다.

"음…… 잘 지냈어?"

왜 남자들은 항상 잘 지냈냐는 말을 하는 건지 모르겠다.

"아니. 속이 다 타들어 가는 것 같았어."

"그랬구나."

그랬구나?

"넌 잘 먹고, 잘 지냈나 보다. 그치?"

"그건 아니고."

"아니긴, 연락 한 통 없다가 겨우 이렇게 나타났잖아. 그것도 차영 씨 때문에!"

"연락하려고 했어. 타이밍을 자꾸 놓쳐서 그렇지……. 미안해서. 내가 너무 치졸하고 나쁜 놈 같아서. 어떻게 미안하다는 말을 꺼내야 할지, 내가 이런 부분에 있어 부족하고 서툰 건 사실이잖아."

"실망했어. 너한테 정말 실망했다는 표현이 나올 정도야!"

"미안해, 초록아."

"됐어."

"우리, 대화가 늘 부족했던 것 같아. 바쁘다는 핑계로 최근엔 너한테 집중하지 못했었고, 갑자기 나타난 석진하라는 그 남자가 거슬려서 잠깐 이성을 잃었던 것 같아. 하지만 그만큼 널 좋아하고 사랑함에 있어선 내 마음 변하지 않았어. 그날 밤에 초록이 네가 나한테 했던 말, 변했다는 그 말이 자꾸만 신경이 쓰여서 며칠 밤낮으로 고민을 많이 했었어. 도대체 어떤 것이 변한 걸까? 넌 나에 대해 어떤 불만이 쌓여 가고 있던 걸까 생각하고 또 생각했어. 그러다 보니 쉽게 연락을 하지 못했었고…… 사실은 아직도 잘은 몰라. 그래도 쭈욱 생각하고 또 생각해 본 결과, 난 네 말처럼 아직 어려. 연애에 있어 너무 어리고 유치했어. 기댈 수 있는 사람이 되겠다고 했었는데 정작 난 너한테 그런 존재가 아니었던 거야."

그녀는 말없이 듣고만 있었다. 곰곰이 생각하던 초록은 시선을 바닥에 둔 채 커피 잔을 들었다.

호로록 커피를 한 모금 마셨다. 긴장감이 조금은 풀렸다.

"나도 잘한 건 없어. 너한테 감정을 솔직하게 다 표현하고 말했어야 하는데…… 무조건 참기만 했거든. 어른스러워 보이려고 애썼던 것 같아. 특히 난 너보다 연상이니까."

"그러지 마. 참지 말고, 그냥 나한테 다 솔직하게 말해 줘. 그게 더 오히려 좋아."

"내가 무너지는 모습을 보이면, 상대방도 힘들까 봐 그랬던 것 같아. 그리고 안 좋은 영향을 미칠까 봐 더 참기만 했어. 너 안 그래도 바쁜데 나도 짐이 될 순 없으니까."

"누가 그래! 김초록이 왜 짐이야! 몸이 무겁긴 한데 짐은 아니라고!"

피식피식 조금씩 웃고 있는 초록을 보니 한준 역시 긴장이 풀렸다.

그래. 저 미소였지.

한준이 늘 설레던 그 미소.

"야, 너 오늘 좀 예쁜 거 알지?"

"응. 화장이 좀 잘됐더라."

"그래. 알면 됐어."

"쳇."

두 뺨이 발그레해지는 초록을 보며 한준이 씨익 웃었다.

"맛있는 거 먹으러 가자!"

-이사요? 아니, 이사 온 지 얼마나 됐다고 이사를 벌써 해요?

부동산 직원과 통화를 하던 진하. 그는 뭔가 결심을 했다는 듯이 확고하게 말했다.

"사정이 좀 생겨서요. 죄송하지만 계약 기간 전에 방을 빼야겠어요."

-흐음, 위치도 좋고 가격도 괜찮아서 금방 빠지기는 하겠지만…… 그래도 이사하신 지 6개월도 안 됐는데.

"죄송해요. 최대한 빠르면 좋고요. 한 달 안으로 빼고 싶어요."

-일단, 알겠습니다.

통화가 끝났다. 진하의 긴 한숨이 거실을 가득 메웠다.

'석진하, 뭐가 두려워서 또 도망을 가나?'

어이없는 너털웃음. 진하는 소파에 몸을 기대 눈을 감았다.

그날 밤 진하는 완벽하게 알 수 있었다.

초록을 잊지 못하고 있다. 아니, 더욱더 간절해지는 마음이 커져만 갔다.

주체할 수 없이 되찾고 싶은 그 마음이 두려워졌다. 초록을 마주한다는 것이 두려울 만큼, 그녀를 다시 자신의 옆으로 데리고 오고 싶었다.

그러나 그게 얼마나 초록을 힘들게 할지 잘 알고 있다.

어떤 것이 김초록에게 가장 좋은 방법인지 알 수 있다면 좋겠다. 그녀의 마음이 무엇인지 정확하게만 알 수 있다면.

'넌 진짜 나쁜 놈이고, 못된 놈이야. 알아?'

잔뜩 상처를 입은 얼굴로 울부짖던 초록이 떠올라 미칠 것만 같았다.

아무것도 손에 잡히지 않았다.

얼마나 안고 싶었는지 모른다. 괜찮다고, 다 괜찮을 거라고 위로를 해 주고 싶었다.

아니, 위로를 빙자한 사심일지도 모른다.

맨정신으론 도저히 그날의 초록을 잊을 수가 없었다.

이름처럼 술이 술술 넘어가고 있다. 마시고, 또 마시고, 또 마셨다.

비틀거리며 집으로 향할 즈음, 그의 시야에 뭔가 잡혔다.

"후, 김초록."

정말 좋은 차에서 내려 예쁜 미소를 지으며 손을 흔드는 그녀를 보니 진하는 나름 안도의 한숨을 쉬게 되었다.

나보다 능력 있고, 여유 있고, 잘생기고 어리기까지 한 초록의 남자친구.

그에게 간다면, 초록은 행복할 수 있을까?

그렇다면 정말 깔끔하게 포기라도 할 수 있을 텐데.

착각일지 모르지만 초록은 마냥 행복하기만 한 것은 아닌 것 같았다.

초록은 왜 하필 그날 그렇게 아프게 울었던 건지.

왜 착각이 들게 만들어 놓은 건지.

"앞집 여자! 안녕!"

진하는 나름 애써 똑바로 서서 초록에게 인사를 건넸다.

"뭐야. 너 술 마셨어?"

"조금?"

"집에 얼른 들어가서 자."

"초록아, 있잖아. 우리가 만약 그때 결혼을 했다면 지금쯤 아이도 있었을까?"

"뭐?"

"그냥. 그때 헤어지지 않았다면, 아이도 낳고 행복하게 잘 살았을까 궁금해서."

초록은 이를 악물고 주먹을 꽉 쥔 채 떨리는 몸을 진정시켰다.

왜, 왜, 왜!

석진하, 정말 왜 이러는 거야.

"너 지금 많이 취해 보인다. 헛소리하지 말고 집에 들어가."

"정말 궁금해서, 궁금해서 물어보는 건데! 너 저번에 왜 그렇게 울었어?"

"그게 왜 궁금한 건데?"

"당연히 궁금하지. 나 때문에 울었는지 궁금해서. 내가 지금 착각을 하고 있는 거야? 너 그렇게 아프고 서럽게 울면서 나 원망하는 거, 정말 내가 밉고 다시는 눈앞에 나타나지 않았으면 하는 감정은 아니잖아. 그렇지?"

"……."

"말해. 너 정말 지금 행복해? 네 행복을 방해하는 사람이 나야? 그래?"

"……."

"왜 말을 못 해? 내가 네 인생에 걸림돌이자 방해꾼이라면 영원히 사라져서 다시는 나타나지 않고 끼어들지도 않을게. 다시 흔들릴 거라는 그딴 개소리도 하지 않을게. 그러니까 제발 지금 네가 행복하다고만, 행복하다는 말만 해 줘."

참으려 애를 썼다.

또다시 눈물이 고였다. 초록은 돌아선 채로 소리 없이 울고만 있었다.

대체 왜, 석진하는 왜 이렇게까지 아파하는 건지. 그 모습을 지켜보는 자신은 왜 이토록 마음이 아픈 건지.

초록은 울지 않으려 안간힘을 썼다.

"너…… 흔들리지?"

살짝 떨리는 그의 목소리가 간절하게 들렸다.

초록은 천천히 돌아섰다.

"응."

눈가엔 눈물이 가득 고여 결국 울음이 터져 나온 그녀였지만, 담담하게 서 있었다.

"너를 5년 동안 사랑했고, 아끼고, 존중했어. 우리 함께했던 시간들이 길었던 만큼 추억도 많았고 사귀기 전부터 보낸 시간까지 합친다 해도 10년은 훌쩍 넘어. 그런데 안 흔들릴 수 있겠어? 어딜 가도 너랑 했던 흔적들이 남아 있어. 가끔은 그렇게 사랑하던 날들의 나를 그리워하기도 해. 내가 너무 예뻐서, 널 사랑했던 내가 너무 예뻐 보여서 그 순간의 나를 기억하고 있어. 그런데 어떻게 안 흔들려? 여자라면 한 번쯤은 흔들리겠지. 그런데 이미 너랑 나는 마침표가 된 사람들이잖아. 물음표도 아닌 마침표. 이것도 저것도 아닌 애매모호한 물음표가 아니라고! 너랑 나랑은 마침표인데, 왜 자꾸 물음표를 던지는 거야?"

참아 보려 애를 쓰던 초록은 쉴 새 없이 흘러내리는 눈물 탓에 진하의 얼굴이 제대로 보이지도 않았다. 그래서, 그 역시 울고 있다는 사실을 알 수 없었다.

"내가 나쁜 년이라서, 현재 남자친구한테 불안감을 심어 주는 나쁜 년이라서 너를 마주 보는 것조차 죄스럽게 느껴져."

진하는 조금씩 고개를 끄덕였다. 더 이상, 초록을 울리고 싶지 않았다. 어떻게 해서든 그녀가 행복할 수만 있다면.

"네가 왜 나를 그렇게 잔인하게 떠나야만 했는지 조금씩 알아갈 때, 미치도록 네가 그리워졌었어. 늦었지만 돌아가고 싶었어. 이별 아닌 이별이 힘들었고 너는 마침표라고 하지만 나는 마침표가 아니었어. 어쩌면 난 너와 헤어진 게 아닐지도 몰라. 널 보내지 못했었어. 다만 외면했을 뿐이지."

"석진하."

"이제 그러지 않을게. 잘 할 수 있을지는 모르지만, 이제 이별을 인정해 볼게. 그동안 내가 너와의 이별을 은연중에 인정하지 못했기 때문에 자꾸만 너를 그리워했나 봐."

진하의 목소리가 가늘게 떨렸다.

"헤어질게. 내 마음속의 김초록과 이제 정말로 헤어질게. 헤어져. 우리 헤어지자."

초록은 진하의 그 한마디에 무너지고 말았다.

돌아선 그의 뒷모습을 보며 먹먹한 마음에 소리 내어 울고 말았다.

"이상해. 나 왜 이래. 왜 이러는 건데! 나 왜 이러는 건데!"

속으로만 외쳐 대던 그 말들이 입 밖으로 꺼내졌다. 서럽게 큰 소리로 울던 초록은 차마 그 자리에서 벗어나지 못했다.

솔직히 모르겠다. 이 감정이 무엇인지.

울지 않으려 애를 썼다.

집으로 들어오자마자 초록은 그대로 화장실에 들어가 머리를 질끈 묶었다.

두 손으로 폼 클렌징을 덜어 세수를 했다. 차가운 물이 얼굴에 닿을 때도, 그녀는 물의 온도조차 느끼지 못하고 얼굴을 씻었다.

화장실에서 나온 초록은 냉장고를 열어 사과를 꺼냈다.

껍질째 사과를 한 입 베어 물던 초록은 피식 웃었다.

일부러 진하와 관련된 그 모든 것들을 버리고 지웠다는 것에 대해 안도의 한숨을 내쉰다.

그 흔한 사진 한 장도 남겨 놓지 않았다.

'진짜, 이럴 때 보면 언니는 의외로 독종이야. 여린 듯하면서도 강하단 말이지.'

운정이 자신에게 독종이라는 표현을 썼을 때도, 인정하지 못했었다.

헤어지면 남김없이 물건부터 정리하는 것이 맞다 생각했다.

"널 추억할 물건이 없어."

오로지 머릿속에만 남았을 뿐.

[잘 들어갔지?]

초록은 한준에게 온 문자를 읽었다.

유심히, 뚫어져라 문자를 응시하던 초록이 핸드폰을 테이블에 내려놓았다.

"내가 집중해야 할 사람은 한준이고, 현재야."

그런데 왜, 왜 이렇게 마음이 먹먹한지 모르겠다.

초록은 긴 시간 잠에 들지 못했다.

많은 인파로 북적이는 종로 익선동.

한준은 주차 공간을 확보하지 못해 인상을 찡그리고 있었다. 벌써 20분째 방황하는 중이었다.

우여곡절 끝에 주차를 하고 약속 장소로 이동한 한준은 외투를 벗으며 친구들에게 짜증 섞인 목소리로 말했다.

"장소 누가 잡았냐? 주차하느라 죽는 줄 알았다."

"공영 주차장이나 유료 주차장에 세우면 되잖아."

"돈 아깝잖아."

"돈도 잘 버는 놈이! 왜? 주차비는 아깝냐?"

"당연하지. 하여튼 대한민국은 땅과 건물이 있어야 해."

"참 미스터리하단 말이지. 다들 주차비는 벌벌 떨고 아끼려고 하니까."

모두가 고개를 끄덕이며 수긍할 때, 한준이 미소를 지으며 여유롭게 말했다.

"그래서, 강주형이 결혼을 한다 이거지?"

"오냐. 드디어 간다."

"어휴, 서연이가 불쌍하다. 너 같은 놈이랑 평생을 지지고 볶고 살아야 하다니!"

"지한준, 너나 잘하세요. 지 앞가림도 못하는 놈이!"

한준이 알 수 없는 미소를 지었다.

"나도 결혼하려고."

그의 한마디에 모두 어리둥절한 표정으로 한준을 응시했다.

"뭐? 결혼한다고?"

"쟤 연애했었어?"

몇몇을 뺀 그의 친구들은 한준의 말에 의문을 품었다.

"하긴, 지한준 성격상 떠벌리면서 연애할 타입은 아니긴 하지."

"아닌데? 전에 만나던 그 누구냐. 승무원인가? 걔랑은 그래도 나름 공개 연애 아니었냐?"

"공개 연애는 무슨. 니들이 우연히 보고 애들한테 떠벌린 거지. 지한준 입으로 연애한다는 말은 안 했지."

한준은 그저 말없이 웃고 있었다.

"그래서? 어떤 여잔데? 몇 살인데? 예쁘냐? 뭐 하는 여자야?"

"곧 만나게 해 줄게. 연상이야."

"대박. 연상이라고?"

"어. 두 살 연상이야."

그때, 청첩장을 돌리고 있던 한준의 친구 주형이 큰 소리로 말했다.

"야, 오늘의 주인공은 나라니까? 지한준, 너 청첩장 뿌리는 데 와서 찬물 끼얹지 마라!"

그러나 그들의 관심사는 이미 한준에게로 넘어간 뒤였다.

"내가 폐기물을 먹게 될 줄은 몰랐어, 언니."

운정이 편의점 테이블에 앉아 유통기한이 지난 샌드위치를 먹고 있었다. 그 모습을 바라보던 초록이 큭큭거리며 웃었다.

"찬영이가 보면 슬퍼할 거야."

"그거 날짜만 그렇지, 안 상했어."

"자기야, 그래도 자기가 이렇게 푸대접을 해 줄 거라곤 상상도 못 했어."

"그 소리 오랜만에 듣는다."

"뭐? 자기?"

"응."

"뭘 오랜만에 들어. 지한준이 맨날 해 줄 텐데."

"우린 그런 애칭 같은 거 잘 안 불러. 오글거리거든."

"그래? 난 찬영이랑 자기야, 여보야 등등 별말을 다 하는데?"

"사람마다 다르잖아. 처음엔 한준이도 애교가 많았던 타입이었는데, 내 영향을 받아서 그런 건지 점점 애교라곤 없어지더라."

"언니가 너무 무대가리 같아서 그래."

"무대가리가 뭐냐. 언니한테!"

"좀 토깽이 짓도 필요할 때가 있어. 그래야 남자들이 껌뻑 죽는다고."

"한준이는 이미 내 존재 자체로 껌뻑 죽는단다."

"얼레. 자신감 보소. 겁나 자신감이 넘치네. 저러다 뒤통수 빡 맞는 날이 온다!"

"그래. 뒤통수든 앞 통수든 넌 요새 어때?"

"뭐가?"

"취업 말이야."

운정이 샌드위치를 툭 던졌다.

"어렵다. 이러니 우리나라가 자살률이 1위지."

"뗵. 그런 말 하면 못써."

"할망구 같은 말투는 집어치우시고, 언니. 알바 몇 시에 끝나?"

"한 시간 있다가 끝나."

"오, 잘됐다. 저녁이나 먹으러 가자."

"샌드위치 먹었잖아."

"지금 장난쳐? 맛있는 거 먹으러 가자고! 내가 사 줄게. 가자. 응?"

운정이 샌드위치를 집어 들어 음식물 쓰레기통으로 던졌다.

그녀는 초록의 팔을 붙잡고 늘어지며 온갖 애교 섞인 콧소리로 칭얼거렸다.

"알았어. 알았어! 나 전화 좀 받자!"

초록이 운정을 떼어 내고 전화를 받았다.

"세정아, 오랜만이네?"

친구 세정에게 걸려 온 전화였다. 정말 뜬금없이 몇 달 만에 걸려 온 전화였다.

초록은 이미 정기적으로 열리는 동창회도 참석하지 않았었기 때문에 자연스럽게 모든 동창들과 연락이 줄어들고 있었다.

"세정아, 잘 지내지? 무슨 일이야?"

-응. 잘 지내긴 하는데, 일단 내가 얼굴 보고 직접 얘기 못 해서 미안해.

"무슨 말이야? 괜찮으니까 편하게 얘기해."

-내가 정말, 짜증이 확 나서 말이지!

우렁찬 세정의 목소리가 핸드폰 너머까지 들렸다.

운정 역시 초록과 다르지 않은 표정으로 고개를 갸웃거리며 초록의 옆에 서 있었다.

"무슨 일인데?"

-나 원래 말 전달하는 거, 싫어하는 거 알지?

"응. 괜찮으니까 말해. 답답하다!"

-김다슬 말이야.

썩 유쾌한 이름은 아니었다. 초록의 표정이 구겨졌다.

"김다슬? 걔가 왜?"

-초록이 네 남친, 제이피플 지한준 대표 맞지?

정말 알 수 없다. 이번엔 한준의 이름이 나왔다.

"답답해 죽겠네. 내 남자친구 맞고, 김다슬 얘기는 또 뭐야?"

-잘 들어. 네 남친 지인이랑 김다슬이랑 아는 사이인가 봐. 그래서 그 지인이 김다슬한테 지한준 씨를 소개해 주면 어떻겠냐고 물어봤대. 그 말인즉, 지한준 씨는 주변 지인들한테 초록이 네 이야기를 안 한다는 뜻이겠지.

초록은 긴 한숨을 쉬었다.

"그게 뭐 어때서? 원래 내 남자친구 주변에 연애사 얘기 안 해."

-그래. 물론 사람마다 다르니까 그럴 수 있고, 전혀 이상한 거 아니야. 근데 문제는!

문제라.

-문제는 김다슬이 자꾸 동창들한테 헛소문을 퍼트리고 있으니까.

"헛소문?"

-네가 사랑받지 못하는 사람이라고, 진하랑도 그래서 깨졌다고 험담을 하고 다니니까 문제인 거야. 나도 짜증 나서 한마디 하려다가, 차라리 그냥 제삼자보다는 당사자가 말하는 게 나을 것 같아서. 화병 날 것 같아서 연락한 거야. 이런 문제로 너한테 연락해서 미안하다. 오랜만에 전화한 건데.

초록은 두 손에 힘이 잔뜩 들어가 있었다.

김다슬.

그 이름을 듣자마자 짜증이 확 밀려왔다. 그런데 이젠 참는 것도 한계였다.

초록은 전화를 끊자마자 표정이 확 굳어졌다.

그녀의 옆에서 잠자코 있던 운정이 슬쩍 초록에게 말을 걸었다.

"언니."

"응?"

"본의 아니게, 수화 음이 커서 다 듣게 됐는데."

"응."

"고급 인력 필요하면 말해. 도와줄게."

"무슨 소리야?"

운정이 벌떡 일어났다.

"넌 그냥 여기 있는 게 좋겠어."

초록은 자신을 뒤따라 나선 운정을 말렸다. 비장한 다짐을 한 표정이 마치 전쟁에 나가는 장군감이었다.

"뭐, 언니가 정 그렇다면. 근처에 있을 테니 그 싸가지 없는 년이 괴롭히면 나 당장 불러. 알겠지?"

"응. 알겠어."

초록은 갑자기 큰 웃음을 터트리며 웃었다. 운정의 얼굴엔 마치 '이 언니가 미쳤나?' 싶은 표정이 역력했다.

"왜 그래?"

"그냥. 너 같은 친동생 있었으면 정말 좋았을 것 같아서."

운정이 내심 서운하다는 표정을 지었다.

"난 그 이상이지."

"응. 맞아."

"빨리 승리하고 돌아와. 나 배고파."

"운정아, 고마워."

"뭐가?"

"그냥. 나 힘들 때마다 옆에서 지켜 줘서. 남자친구에게도 말 못 하는 사정들 털어놓게 해 줘서."

운정은 눈물이 글썽거리는 초록을 토닥여 주며 말했다.

"언니도 나한테 그런 존재야. 알지?"

"그렇게 생각해 주면 고맙고."

"그 여자가 이상한 헛소리 지껄이면 당장 나 부르는 거야. 알겠지? 물러 터지게 굴지 말고, 가까운 곳에 내가 있다고 생각해. 나 별명이 뭔 줄 알아? 저승사자야. 저승사자!"

"알았어."

초록은 사거리 신호등 앞에서 운정에게 손을 흔들었다.

다슬의 회사 1층에 위치한 카페. 초록은 커피를 한 잔 앞에 두고 다슬을 기다렸다.

이윽고 퇴근한 그녀가 달갑지 않은 얼굴로 초록에게 걸어왔다.

"무슨 일이야? 우리 회사까지 다 오고."

초록은 어이가 없을 뿐이었다. 동창회에서 마주쳤던 그 모습은 버린 지 오래였다.

공격적이고, 날이 서 있고.

그 무엇보다 자신을 무시하는 말투와 태도.

도저히 참을 수 없었다.

그러나 초록은 담담하게, 무덤덤하게, 조곤조곤 한마디 했다.

"너, 왜 자꾸 헛소리하고 다녀?"

초록의 말투는 얌전했지만, 표정은 오뉴월 서리처럼 차가웠다.

"내가? 내가 뭘?"

"너 나한테 무슨 원한 있어? 대체 왜 그렇게 사람을 괴롭히는 건데?"

"무슨 소리를 하는 건지 모르겠네."

"뻔뻔하게 굴지 마. 우리 그럴 나이 아니잖아?"

"너야말로 무슨 말을 하는 건데? 남의 회사까지 쳐들어와서."

"김다슬, 너 애들한테 내 남자친구랑 내 얘기 하고 다닌다며. 아니야?"

"누가 그래? 또 이세정이야?"

"남 얘기 하지 말고, 사실 확인부터 하자. 너, 나랑 내 남자친구 얘기 애들한테 했어?"

다슬이 코웃음을 쳤다.

"그래. 뭐, 없는 거 지어낸 것도 아니니까. 내가 아는 동생이 김초록 네 남친하고 아는 사이더라고. 그래서 인사를 좀 했어. 근데 그 남자, 네 얘긴 일절 안 하더라. 그래서 애들한테 이상하다고 말했지. 어떻게 2년이나 만났는데 주변에서 거의 존재 자체를 모르냐고. 남친이 그렇게 사랑하는 건 아닌 것 같다는 개인적인 의견을 말했을 뿐이야."

초록은 두 눈을 질끈 감았다.

"뭐, 이딴 년이 다 있어?"

사람이 한계에 다다르면, 평소 본인의 모습과 다른 모습이 나올 때가 있다고 한다. 지금 초록이 그랬다.

이 예의 없고 못된 계집애를 어떻게 응징해야 속이 풀릴까.

오로지 그 생각뿐이었다.

'어떤 상황이나 사람들한테 데이고 나면, 가끔 시간이 지나 정신이 번쩍 들어. 나는 왜 그렇게 당하고 살았을까 하고 후회가 될 때가 있어. 인생 별거 없거든. 그냥 나를 공격하거나 나를 아프게 하는 사람들한테 관대해질 필요가 없는 거야. 당당하게 살아. 내 인생에 흠집을 내거나 내 앞길을 막는 놈들은, 그냥 가치 없이 후려 쳐 버려. 그게 오히려 더 속이 후련하고 사람들에게 무시당하지 않는 방법이야.'

엄마 혜경의 말이 떠올랐다. 앉아 있던 초록은 벌떡 일어나 앞에 있는 물컵을 들어 다슬에게 찬물을 휙 끼얹었다.

"야! 너 지금 뭐 하는 짓이야! 미쳤어?"

다슬이 고래고래 소리를 질렀다.

"막장 드라마 보면, 이런 장면 허다하게 나오잖아? 못된 년들한테는 매가 약인데, 차마 내가 널 때릴 수는 없고 이렇게라도 정신차리라고."

"이게 진짜!"

다슬이 초록을 향해 달려들려고 할 때였다. 초록이 큰 소리로 말했다.

"야, 내가 진짜 좋게 좋게 참으려고 했는데, 너 사람 우습게 보지 마. 오냐오냐 착하게 꼬리 흔드는 개마냥 굴어 주니까 내가 만만한가 본데, 너 틀렸어. 또 한 번만 헛소문 퍼트리거나 나에 대해서 함부로 입 놀리고 다니면 그땐 고소는 옵션이고 애들한테도 다 말해 줄게. 네가 뒤에서 석진하 꼬시려고 어떤 짓을 꾸미고 다녔었는지. 너 이러는 이유가 진하 때문이잖아? 안 그래?"

"뭐라고?"

"미국 물 오래 먹어서 한국말 뜻을 잘 모르나 본데, 너 말이야. 남자에 미쳐서 사람 바보로 만들고 괜한 열등감 부리면서 나 깎아 먹고 갉아 먹으려고 하는 애라고. 참 애잔한 애라고!"

"야!!!"

헝클어진 머리로, 잔뜩 번진 화장을 닦으며 다슬이 소리를 질렀다.

초록은 가방을 들고 유유히 건물을 빠져나왔다.

속이 다 후련했다.

나는 왜 그동안 별것도 아닌 이런 말들을 하지 못하고 살았던 걸까.

탄식의 한숨이 아닌 안도의 한숨이 내쉬어졌다.

'김초록, 이제부터 당당하게 살자. 할 말은 다 하고 살아야지. 안 그래?'

초록은 가까운 곳에 앉아 있는 운정을 바라보며 씨익 웃었다.

"머리를 확 다 뜯어 놓고 나오지 그랬어?"

초록은 아무것도 귀에 들어오지 않았다. 오직 눈앞의 파스타 면

416

에 집중할 뿐. 숟가락으로 소스까지 싹싹 긁어 먹는 그녀를 바라보며 운정이 고개를 저었다.

"아무리 얻어먹는 거라 해도 인간적으로 너무 잘 먹는다."

"원래 나 스트레스 받으면 폭식하잖아."

"왜? 지금 스트레스 받아?"

"응."

"도대체 뭐 때문에? 그 싸가지 여우년 때문에?"

"아니. 그냥 모든 상황이 다."

운정은 썰어 놓은 스테이크를 몽땅 초록의 접시에 옮겨 담아 주었다.

"고기 먹어. 밀가루 말고 고기를 먹어야 해."

"너는?"

"난 다이어트."

순간 뿜을 뻔했다.

초록은 웃음을 참으며 한 입에 고기를 넣고 우물우물 맛있게 먹었다.

"한준이…… 정말로 사람들한테 내 존재를 알리지 않았던 걸까?"

"언니, 솔직히 말해 봐. 서운하지?"

운정은 알고 있다. 그녀가 단 한 번도 서운해하지 않았다는 것을. 아니, 서운한 '표현'을 하지 않았다는 것을.

"그런 걸로 서운해할 나이는 지났다고 생각했는데…… 마냥 기분이 좋지는 않네."

"설마 언니도 그 싸가지 말처럼 지한준이 언니를 덜 좋아한다고 생각하는 거야?"

"그런 건 아니지만……."

"누구나 다 똑같을 수는 없어. 각자 성향이 다른데 꼭 티를 내는 연애를 한다고 해서 정답은 아니지. 그렇게 따지면 공개 연애 안 하는 연예인들은 서로 진심이 아니라서 그런 거겠어? 서로의 사생활을 존중해 주는 거야. 지한준이 연예인은 아니지만, 아무래도 사업을 하고 있다 보니 여러 사람을 만나야 하고 엮여 있을 텐데, 언니를 존중해서 보호해 주는 차원에서 그랬을 수도 있잖아."

"알아. 그래서 아무렇지 않아 했던 건데……."

"언니가 말 안 해도 무슨 기분인지는 알 것 같아."

"솔직히…… 나는 한준이의 입장도 이해가 가고, 공개 연애가 아니라고 해서 기분이 나빴던 게 아니야. 운정이 네 말처럼 이런저런 사람들을 많이 만나고 엮여 있는 한준이가 혹시라도 나를 곤란하게 만들까 봐 배려한 거, 누구보다 잘 알아. 그래서 나도 활발하게 하던 SNS 같은 것도 다 끊어 버리고 사람들이 올리는 사진, 소식들 거의 안 보고 살았어. 그런 거 안 해도 행복했거든. 우리 둘만의 추억이 생기고 둘만의 사진이 생기고 나름대로 좋았어. 그런 부분에서 불만을 가졌다는 게 아니야. 그냥…… 김다슬 같은 애가 우리 두 사람을 바라보면서 내가 사랑받지 못하는 여자 같다고 함부로 말하는 상황이 싫었고 자존심이 상했어. 그래서 내 기분이 이렇게 우울하고 씁쓸했던 거야. 그리고 한준이도 정말 친한 친구 몇몇에게는 내 얘기도 했었고, 만난 적도 있었어. 그래서 내가 한준이를 의심한다거나 그러진 않아."

운정은 초록을 안쓰럽게 쳐다보며 말했다.

"언니, 근데 그거 알아?"

"뭐?"

"내가 물론 언니 연애를 다 알진 못하지만, 언니 전 남친하고 연애하는 것도 봤었고 현 남친하고 연애하는 것도 지켜봤잖아!"

"그랬지."

"그냥 내 개인적인 생각을 말하는 것뿐이야. 흘려들어도 돼."

"말해."

"내가 정말 조심스럽게 말하는 건데, 왜 나는 자꾸 이런 생각이 드는 건지 모르겠어."

"무슨 생각?"

"적어도 언니가 전에 연애를 할 땐, 서로 두 사람의 문제에 대해 감정적으로 다투고, 삐지고, 풀고, 정말 알콩달콩이라는 표현이 어울리는 연애였다면…… 지금은 생각이 너무 많아. 쓸데없는 잡생각까지도. 그런 잡생각이 언니를 피폐하게 만들고 우울하게 만드는 것 같아. 아무래도 나이를 먹어 가서 어른스러운 연애를 해야겠다는 강박관념이 생겨 버린 건 아닐까 생각이 들어. 언니, 정말 만약에 그런 거라면, 난 언니가 언니 스스로를 바꾸거나 다른 방향을 생각했으면 좋겠다."

"다른 방향?"

"응. 잘 생각해 봐. 정말로 지금 좋은 연애를 하고 있는지."

운정의 한마디가 정신을 번쩍 들게 만들고 있다.

좋은 연애라……. 좋은 연애는 과연 무엇일까?

"지한준 씨를 사랑해?"

"응. 좋은 사람이지."

"아니, 그런 거 말고. 정말 지한준이라는 남자를 사랑하냐고. 석진하 씨랑 연애할 때처럼."

"진하랑 연애할 때……처럼?"

초록은 생각에 잠겨 한동안 말을 잇지 못했다.

운정은 복잡한 생각에 사로잡힌 초록을 바라보며 한숨을 내쉬었다.

무엇이 과연 정답인 걸까.

초록은 지금, 올바르게 나아가고 있는 걸까?

"연락 좀 하고 오지! 얼마나 기다렸어?"

초록은 운정과 헤어진 뒤, 집으로 돌아오던 길에 한준을 마주하고 깜짝 놀랐다.

한준은 차에서 내려 초록에게 쪼르르 달려왔다. 마치 아이처럼.

"누나."

"뭐야. 미쳤어?"

"왜? 이렇게 부르니까 옛날 생각나지 않아?"

"난 네가 누나라고 하면 무섭단 말이야."

"왜?"

"그냥. 뭔가 또 사고를 쳤나 싶어서!"

"내가 애냐? 나도 이제 서른이다."

"아이고, 그랬어요? 진지는 드셨어요?"

"응. 나 지금 진지 드시고 매우 진지해."

"아…… 제발 좀. 그런 건 어디서 배워 오는 거야?"

"거래처? 협력사? 헤헤."

"그래. 네 곁에는 죄다 아버님 연세 분들이시지."

"공주, 나 근데 공주한테 줄 거 있는데."

"뭐?"

"이리 와 봐."

한준은 초록의 손을 잡고 그녀를 이끌었다. 트렁크 앞에 서서 한준은 씨익 웃었다.

"워후, 떨려. 나 이런 거 해 보고 싶었어."

"뭔데?"

"짜잔!"

한준이 트렁크를 열자 보이는 것은, 트렁크 가득 메워진 꽃들과 풍선이었다.

꽃과 풍선의 정중앙에는 큼직한 현수막 문구가 있었고, 그 문구는 다름 아닌!

<초록아, 나랑 살면 평생 꽃밭에서 살 수 있어. 나랑 결혼해 줄래?>였다.

"김초록, 나랑 결혼하자."

평생 처음 받아 본 프러포즈.

얼마나 꿈꿔 왔던 순간이었는지 모른다.

초록은 그저 멍하니 꽃과 풍선을, 그리고 현수막 문구를 바라보며 얼어 있었다.

"설마 거절이야?"

한준은 초록의 어깨를 콕콕 찔렀다. 어색한 듯이 몸을 꼬며 초록의 눈치만 살피고 있었다.

"자, 보기를 줄게. 골라 봐."

"보기?"

"1번. 거절하고 지한준한테 귀싸대기를 올려붙인 후, 집으로 올라간다."

"미쳤어?"

초록은 어이가 없다는 듯이 코웃음을 쳤다.

"2번. 너무 좋아 날아갈 것 같은 표정으로 지한준에게 안겨서 등을 두드려 준다. 그다음은……."

"그다음은?"

"초록이네 집으로 올라가서 사정없이 키스를 퍼붓는다. 그리고 두 사람은 혼수로 아이가 생겨……."

"미친 거 아니야? 다른 보기 없어?"

"응. 다른 보기 없음."

"후. 그럼 3번을 만들자."

"3번 없음. 무조건 1번과 2번 둘 중에 하나임."

"억지 부리지 말고, 3번은 내가 만들 거야."

"그래. 까짓 거, 뭔데?"

"3번. 일단 승낙하되 지한준이 하는 거 봐서, 무를 수도 있다."

"뭐라는 거야? 무르기 없어."

"왜 없어? 결혼 준비하다가 깨지는 사람도 수두룩한데."

초록은 스스로 내뱉은 말이었지만, 아차 싶어 입을 꾹 다물었다.

'미쳤어. 미친 소리지, 김초록 이 등신아!'

점차 표정이 굳어지던 한준을 바라보며 초록은 애써 어색하게 웃으며 한준의 손을 잡았다.

"미안. 내가 말실수를 했어."

"나 진심으로 화낼 뻔."

"이걸 다 언제 준비했대? 너무 고마워."

"어설프게 해서 미안해. 도통 뭘 어떻게 해야 할지 모르겠더라고. 이제 너 고생 안 시키고, 내 옆으로 데려올게. 그러니까 평생 붙어서 예쁘게 사랑하자."

초록이 싱그럽게 미소를 지었다. 천천히 한준이 초록에게 한 걸음 더 다가서려 할 때였다.

한준의 재킷 주머니에 있던 핸드폰 진동이 요란하게 울렸다.

"잠깐만. 누군지만 확인하고!"

한준이 핸드폰을 꺼냈다.

<말레피센트>라고 표시되어 있는 화면을 본 초록은 깔깔거리며 웃었다.

"어머니시지?"

"응."

"작명 센스가 왜 그 모양이야?"

"우리 엄마, 안젤리나 졸리 닮았잖아."

"빨리 받아. 집에 무슨 일 있는 거 아냐?"

"잠시만."

한준은 전화를 받았다. 짧은 통화임에도 표정이 한결 굳어져 있는 모습을 응시하던 초록은 걱정스러운 눈빛으로 한준에게 말했다.

"집에 무슨 일 생겼어?"

"글쎄. 오늘은 오피스텔 말고 집에 들어오래. 하실 말씀이 있다네."

"그럼 가 봐야지."

"싫어. 안 갈래. 명색이 프러포즈를 한 날인데, 여자친구랑 같이 있어야지!"

초록은 고개를 저었다.

"집에서 급하게 찾으실 때는 그만한 이유가 있겠지. 얼른 가."

"흠, 그럼…… 이거 가지고 올라가."

한준은 트렁크 중앙에 진열한 작은 박스를 초록에게 건넸다.

초록은 박스를 열었다. 박스 안에는 예쁜 하트 모양의 목걸이와 팔찌, 그리고 뮤지컬 공연 티켓이 있었다.

"초록이 네가 저번에 보고 싶다고 했던 공연. 마리 앙투아네트야."

"한준아, 넌 최고야."

"뭐야. 갑자기?"

"고마워. 아무렇지 않게 내가 했던 말들, 지나치지 않고 기억해 줘서."

"아니야. 내가 요즘 많이 바빠서 신경을 못 써 줬지. 바쁜 것만 끝내면 김초록 씨랑 많이 놀아야지."

"얼른 가. 조심히 가서 연락하고. 알겠지?"

"너, 얼렁뚱땅 넘어가려고 하지 말고 제대로 말해라."

"응?"

"시집올 거야, 말 거야?"

초록은 웃음이 터져 나왔다.

"생각 좀 해 보고."

"끝까지 저러네. 너, 딱 세 시간 준다. 나 집 가서 씻고 과일 먹을 동안 확답 안 주면 트렁크에 있는 꽃들 전부!"

"전부?"

"네 집 앞에 뿌려 놓고 드러눕는다."

한준은 입을 삐죽 내밀고 차에 올라탔다. 초록이 두 손을 흔들며 그를 향해 웃어 보인다.

그가 시야에서 사라지자 초록은 돌아서서 한숨을 크게 내쉬었다.

프러포즈…… 이게 그 말로만 듣던 프러포즈구나.

하지만 동화 속에 나오는 것처럼, 슬픈 영화나 감동적인 영화를 봤을 때처럼 눈물이 줄줄 새어 나오지는 않았다.

이상하다. 뭔가 좀 이상했다.

원래 이런 것인가? 아니면 정말 김초록 스스로가 삶에 커다란 감동과 재미를 잃어버린, 보다 현실에 순응하며 사는 지극한 현실주의자로 바뀐 것일까? 초록은 고개를 갸웃거렸다.

그토록 원했던 프러포즈.

그리고 한준은 초록이 좋아하는 그 모든 것들을 준비해 나름 열심히 프러포즈를 했다.

좋아하는 꽃, 좋아하는 주얼리, 좋아하는 공연 티켓까지.

"김초록, 뭐가 문젠데? 너 지금 행복하잖아."

초록은 스스로 중얼거리며 현관문 앞에 섰다.

괜히 슬쩍 몸을 돌려 앞집을 응시했다. 혹시라도 진하가 이곳에서 나오면 어쩌나 싶어 서둘러 황급히 집으로 들어갔다.

그녀가 집으로 들어가자마자, 진하의 집 현관문이 열렸다.

진하는 편한 운동복 차림으로 나와 방금 전 초록이 했던 것처럼 똑같은 시선으로 초록의 집 현관문을 응시했다.

"너, 이게 다 무슨 말이야? 네 여자친구 부모님 이야기. 왜 안 했어?"

선주는 인상을 찌푸린 채 한준에게 외쳤다.

거실에 앉아 있던 한경이 엄마와 오빠의 팽팽한 신경전을 지켜보며 눈치를 보고 있었다.

"요즘 세상에 재혼 가정이 어때서? 엄마 너무 구닥다리 사고방식이긴 해."

"지한경, 시끄러워. 넌 방으로 올라가."

한경은 사과를 집어 들고 삐죽거리며 일어섰다.

"오빠, 파이팅! 나는 오빠 편."

"저게 진짜!"

선주가 한경에게 버럭 소리를 질렀다.

"내가 웬만하면 그래, 참고 넘기려고 했다. 내 아들 어디 내놓아도 빠지지 않는 아이고, 그 어느 집안에 붙여 놔도 안 아깝단 말이지. 근데 고작 선택한 사람이 그런 애야?"

"어머니, 말씀 가려서 하시죠. 그런 애라니? 제가 선택한 여자고, 제가 사랑하는 사람인데 왜 어머니가 그런 표현을 쓰면서 초록이를 깎아내려요?"

"너, 잘 들어라. 결혼은 집안과 집안이야. 네가 결혼한다고 해서 내 주변에 있는 사람들이 얼마나 관심 깊게 보는지 알아? 내 아들은 주변에서 그런 존재라고. 청첩장만 몇백 장이 나갈 거야. 그것도 네 아버지 학교를 비롯해서 교수님, 의원님들 댁, 심지어 기업 고위 임원들도 있지. 그런데 그 청첩장에 신부 측 아버지 성과 신부 성이 다르면, 그건 어떻게 할 거야?"

"고작 그 하루 때문에 그런 고민을 하세요? 어머니. 한경이 말대로 왜 이렇게 구닥다리세요? 요즘 시대가 어느 땐데, 그런 고민을 하세요? 그리고 막말로 저랑 초록이가 평생을 사는 거지, 어머니가 그 하루를 가지고 평생 끌어안고 사시진 않으실 거 아녜요?"

"지한준!"

"차라리 그냥 모든 게 마음에 안 든다고 하세요. 별것도 아닌 걸로 트집 잡지 마시고. 어머니 자꾸 이런 식으로 나오시려거든 그냥 결혼식에도 오지 마세요."

"네가 아주 미쳐도 단단히 미쳤구나?"

두 사람 사이에 큰 소리가 오고 갔다. 어느덧 집으로 돌아와 두 사람의 대화를 듣고 유심히 거실의 풍경을 응시하고만 있던 한준의 아버지 승호가 등장하기 전까지는.

"반가워요. 이야기 많이 들었어요."

초록은 앞에 앉아 있는 한준의 아버지 승호를 보며 이상하리만큼 긴장감이 들지 않았다.

의외였다. 사실 첫 만남부터 불편했던 선주와는 다르게 뭔가 신기한 느낌이었다.

그러고 보니, 한준은 승호와 비슷했다. 한준은 외적인 부분만 선주를 많이 닮았지만, 전체적인 이미지나 풍기는 분위기는 아버지 승호를 많이 닮은 듯했다.

"안녕하세요, 아버님. 김초록이라고 합니다."

"그래요. 배 많이 고프죠?"

"말씀 편히 하세요."

"에이, 그럴 수 있나. 내가 세 번째 만나는 날엔 편히 부르도록 할게요."

초록은 살포시 미소를 지었다.

"이놈이 연애하면서, 속 썩이는 부분은 없나요?"

얌전히 스테이크를 썰던 초록에게 승호가 물었다.

"가끔 의견 차이가 있긴 한데, 문제없이 넘어가고 있습니다."

"연상녀의 장점이죠."

한준이 능글맞게 웃으며 말하자 초록이 슬쩍 그를 노려보았다.

승호는 그런 두 사람을 지그시 바라보며 알 수 없는 미소를 지었다.

"이 녀석, 고집이 굉장히 센 편인데. 자존심도 그렇고. 초록 씨도 알죠?"

"네. 그렇긴 해요."

"초록이 앞에선 순한 고양이시."

자꾸만 한준이 대화를 치고 들어오자 승호가 잔뜩 인상을 찌푸렸다.

"넌 그냥 입 다물고 밥이나 먹어라. 한 방에 보내 버리는 수가 있으니."

"뭘 보내요? 내가 뭘 어쨌다고?"

"조용히 해, 인마. 너 자꾸 나랑 초록 씨 대화에 끼어들면 초등학교 2학년 때 똥 싼 이야기 할 테니."

"아니, 아버지! 상놈 밥상머리에도 예의가 있어요. 어떻게 그런 더러운 이야기를 하세요? 와, 어머니 알면 난리 나겠네."

"뭐야? 상놈 밥상머리? 이 자식이 말하는 본새가 왜 그 모양이야?"

가만히 웃음을 참고 있던 초록이 고개를 숙이고 터져 나오는 소리를 참고 있었다.

초록은 이제야 알 수 있었다. 한준의 성격이 누구를 닮았는지.

바로 지극한 연세의 아버님이다.

"저 잠깐 전화 좀 받고 올게요. 직원한테 전화 왔네."

"안 와도 돼. 초록 씨, 혹시 다쿠아즈나 디저트 같은 빵들 좋아해요? 근처에 홍차 맛있는 카페가 있어. 밥 먹고 그리로 이동할까요?"

"전 너무 좋습니다, 아버님."

"그래요. 그럼 지한준 전화 받고 올 때, 일어나서 도망가도록 하지."

한준은 벌써부터 쿵짝이 잘 맞는 승호와 초록을 어이없게 쳐다보며 레스토랑 밖으로 나갔다.

그가 시야에서 사라지자 아주 잠깐 찾아온 정적. 초록이 어색하게 웃었다.

"많이 불편하죠? 이런 자리."

"아닙니다! 아버님이 너무 유쾌한 분이셔서. 사실 어머님 뵙고 그럴 땐 긴장을 많이 해서 걱정했었는데…… 아버님께서 너무 좋은 분 같아서 마음이 놓입니다."

"그 말인즉, 내 집사람은 별로다?"

"아! 아닙니다! 그런 뜻으로 말씀드린 것이 아니……."

"알아요. 장난이야. 장난. 내 집사람 성격을 봐선 어떤 상황이었는지, 어떤 분위기였는지 알 만해요. 그러니 걱정 마요."

초록이 손사래를 치자 승호가 씨익 웃었다.

그가 입꼬리를 올리며 웃을 땐, 한준과 비슷한 얼굴이 된다. 신기했다.

"저…… 사실 아버님이 편히 대해 주셔서 마음이 놓이는 것도 있지만, 다른 이유가 더 큰 것 같습니다."

"다른 이유?"

"사실, 오늘은 그냥 모든 것을 다 내려놓고 이 자리에 왔습니다."

"그래요? 예를 들면?"

"아버님께서도 혹시 들으셨을지는 모르지만, 저는 한준이에 비해 모든 것이 부족한 사람입니다."

"부족하다? 전혀 그래 보이지 않는데요?"

"그렇게 바라봐 주신다면 너무나 감사한 일이죠."

"집사람이 너무 초록 씨의 기를 꺾어 버리려고 한 게 아닐까 염려가 되는군요. 그 점은 내가 사과할게요."

"아, 아니에요, 아버님. 그런 것이 아닙니다."

"그래요. 계속 이야기해요. 이제 듣고 있을 테니."

몸을 의자에 기대고 있던 승호가 바른 자세로 앉았다.

"여러모로 한준이와 연애를 하면서, 또 결혼을 생각해 보면서…… 부족한 것이 많다고 생각이 들어 스스로 자괴감에 빠지고, 자격지심이 생기고…… 그래서 제가 너무 초라했었습니다. 하지만 저 역시 살아오면서 열심히 살아왔다고 자부하고, 제가 할 수 있는 선에서 남에게 피해 주지 않고 발버둥 치며 죽어라고 달려온 사람입니다. 그래서 전 제가 많이 소중한 사람이라고 생각하게 됐습니다. 만일 아버님 역시 저를 탐탁지 않게 생각하신다고 하면 일말의 미련도 갖지 말고 한준이와 여기서 멈춰야지 하는 마음으로 나오게 된 것 같습니다."

승호는 초록의 눈을 유심히 관찰하듯 응시하고 있었다.

초록은 내심 승호가 자신을 당돌하게 여기면 어쩌나 하는 걱정이 들었다. 하지만, 승호는 미세하게 고개를 끄덕이며 그녀의 말을 경청해 주었다.

"스스로 생각하기에, 초록 씨는 본인이 멋진 사람이라고 생각하게 됐다 이거죠?"

"네. 아버님도 저를 어쩌면 평가하기 위해, 살펴보기 위해 나오셨을지도 모르지만, 저 역시 한준이를 선택하느냐 마느냐를 두고

편한 마음으로 나오게 됐습니다."

"선택은 본인이 하는 거다?"

"맞습니다."

"겉모습은 여려 보이는데, 은근 속이 강한 타입이군요. 초록 씬 부모님께서 아주 훌륭하게 잘 키워 주셨어요."

"감사합니다. 그렇게 말씀해 주셔서요."

두 사람의 대화가 마무리되어 가고 있을 즈음, 한준이 나타났다.

"다행이다. 아버지가 도망은 안 가셨네."

"지금 막 일어나려던 참이다. 네놈 피해서."

"뭐야. 너무하네, 진짜!"

식사를 마친 세 사람은 자리를 정리했다. 레스토랑 건물 밖으로 나온 승호가 주변을 살피며 말했다.

"홍차 마시러 갈 시간이 없겠네. 나도 오늘 약속이 있어."

"아버님, 어디로 가시는데요?"

"경복궁 쪽. 여기 택시 잡으려면 어디로 가야 하지?"

"아녜요, 아버님! 택시 타지 마세요. 한준이 네가 약속 장소까지 아버님 모셔다 드리고 와. 여기 근처에 서점 하나 있던데, 나 거기서 책 읽고 기다릴게."

"무슨. 숙녀분을 기다리게 하면 쓰나? 그냥 둘이 데이트해요."

"지한준! 뭐 해? 아버님 모셔다 드려!"

초록이 눈치껏 한준의 옆구리를 찌르자 한준은 조수석 문을 열고 승호에게 눈빛을 보냈다.

승호는 씨익 웃으며 초록을 응시했다.

"초록 씨 선택을 기다려야겠네요. 내가 꼭 초록 씨에게 편하게 말할 수 있는 날이 오길 바라요."

"아버님, 오늘 감사했습니다. 조심히 들어가세요!"

승호를 태운 한준의 차량이 출발했다. 손을 흔들며 배웅을 하던 초록은 안도의 한숨을 내쉬었다.

그녀는 내내 자리를 떠나지 못하고 생각에 잠겨 멍하니 서 있었다.

"네 녀석이 왜 그 친구한테 푹 빠졌는지 알겠다."

운전을 하던 한준이 빠르게 고개를 돌렸다.

"예? 무슨 말씀이세요?"

"여러모로 좋은 여자다. 네놈한테는 과분할 정도야."

"그렇죠? 역시 아버지가 사람을 잘 보시네."

"그보다 네놈이 딱 좋아할 만한 타입이야."

"왜요? 제가 좋아하는 타입이 어떤 타입인데요?"

"사람은 눈을 보면 알거든. 말할 때, 그 사람의 눈이 어떻게 반짝이느냐에 따라 그 사람이 어떤 생각으로 어떤 말을 내뱉을지가 보여. 근데 초록이는 참 그런 면에서 많은 장점을 가졌더구나. 꿈이 있고, 자부심이 있고. 이게 뭐랄까…… 자존감이 낮은 것 같으면서도 은근히 자신에 차 있고, 본인을 믿고 있다고 할까. 그리고 성공에 대한 적지 않은 포부나 욕심을 가지고 있더구나. 한마디로 열정을 가진 친구더군."

"아버지도 그런 걸 느끼셨어요?"

"나는 말이다, 내 자식이 부족하다고는 생각하지 않아. 하지만 여러모로 조금 초록 씨의 부모님께 부러운 부분이 하나 생기더구나. 네 엄마와 나는 사실 너에게 부족한 것 없이 모든 것을 지원해 주며 하고 싶은 것을 하게끔 하고 살게 했어. 내가 어려운 유년 시절을 보냈기 때문에 더욱더 네게는 좋은 환경과 좋은 것들을 누리게 해 주고 싶었기 때문이다. 결국 넌 부모의 뒷받침으로 좋은 환경을 가질 수 있었고, 물론 네 노력도 한몫했기에 지금의 네가 존재하는 것이지만. 초록 씨를 보니 그런 환경을 스스로 만들기 위해 발버둥 치며 살아왔던 그런 것들이 보여서. 그래서 그 아이의 부모님이 존경스럽고 부러웠다. 내실을 다지고 튼튼하게 성장시키는 그런 모습이 너무나도 아름다워 보였다고 할까. 어찌 됐든 옆에서 누군가 잘 뒷받침해 준다면 크게 성장할 사람 같았어. 한준이 네놈은 그런 것에 대해 매력을 느끼고 빠져들었나 보다 싶었지."

승호의 말을 듣고 있던 한준이 신기하다는 듯 수긍했다.

"와, 아버지. 제가 하고 싶었던 이야기예요. 초록이는 조금만 옆에서 누군가 힘이 되어 주고 뒷받침해 주면, 기대 이상의 효과를 나타낼 좋은 여자 같거든요. 든든한 뒷받침이 되어 초록이가 성장하는 모습을 지켜보고 싶은 거죠."

"투자를 했을 때, 열 배 이상의 수익을 얻으면 기쁘긴 하지."

"우량주 같은 존재?"

두 부자는 오랜만에 서로 대화를 나누며 실컷 웃어 젖혔다.

"아니, 이 좋은 집을 두고 왜 이사를 가려고 하는 건데?"

진하 옆에서 짐 정리를 돕던 그의 어머니 미현이 말했다. 미현은 방 곳곳을 둘러보며 아쉬움이 가득한 얼굴이었다.

"요즘 전세가 하늘의 별 따기야. 이 좋은 환경을, 이 좋은 건물을 두고 어디 가서 전세를 얻어? 너도 참."

"아니야. 물도 잘 안 나오고 방음도 안 돼. 시끄럽기는 또 얼마나 시끄러운데."

"그럼 오피스텔이 다 그렇지! 직장도 가깝고 환경이 참 좋은데, 꼭 이사를 가야겠니?"

"이미 세입자도 구해졌어."

미현은 여전히 아쉬움이 가득했다.

"너, 차라리 대출을 받아서 아파트 분양을 받아. 좀 알아봐 봐. 곧 결혼하려면 집도 마련해 두는 게 좋지."

"천천히."

"하긴, 연애를 먼저 해야 하는데. 넌 만나는 여자도 없냐?"

"응. 없어."

"정말 초록이랑 헤어진 뒤론 아무도 안 만났어? 단 한 번도?"

"뭘 그런 걸 물어봐. 없어."

"후우. 걔는 어떻게 지낸대?"

"누구?"

"누구긴! 초록이 말이야!"

"잘 지내겠지."

초록의 이름이 나오자 순간 진하는 손길을 멈췄다.

미현은 진하의 반응을 보며 그가 아직도 초록에 대한 마음을 떨쳐 버리지 못했다는 것을 파악할 수 있었다.

"혹시 그 애도 혼자면…… 둘이 다시 잘해 볼 마음은 없……."

짐을 정리하던 진하가 벌떡 일어났다.

미현은 괜히 실수를 한 양 입을 꾹 닫고 아들의 눈치를 살폈다.

"배고픈데, 엄마 짬뽕이라도 하나 시켜 드려요?"

진하는 애써 침착하게 미소를 지었다.

"여보, 지금 내가 잘못 들은 거죠?"

둔탁한 소리와 함께 커피 잔을 내려놓은 선주.

그녀는 지금 승호의 입에서 '상견례'라는 단어가 나오자 두 눈을 동그랗게 치켜떴다.

"어떤 집안, 어떤 사람인 줄 알고 덥석 상견례를 하자는 건데? 다들 제정신이야?"

"내가 한 번 만나 봤어. 우리 아들한테는 과분한 여자야."

"당신이 한 번 보고 어떻게 알아? 아니, 다 떠나서 막말로 한준이는 급할 것 없다고! 지금 애 나이가 몇인데!"

"서른이면 이제 제 앞가림할 때는 된 나이야. 품 안의 자식이 아니라고. 당신은 제발 좀 이제 애들한테 집착하지 좀 마. 당신 뜻대로 공부하고, 유학 가고, 좋은 대학 가고. 할 만큼 다 했잖아?"

선주는 한숨을 팍팍 내쉬며 말했다.

"일단 애가 어두워 보여. 게다가 한준이보다 연상이야."

"두 살 연상이 연상이야? 친구지."

"게다가 그쪽 집, 재혼 가정이야."

"그게 어때서? 안 맞으면 이혼하고, 새 사람하고 가정을 꾸릴 수도 있지. 꼭 부모라고 해서 자식을 위해 전부 희생할 수 없는 거야."

옆에서 선주와 승호의 눈치를 살피던 한경이 고개를 끄덕였다.

"와, 우리 엄마 완전 K.O 당했네. 역시 아버지 말발은 장난이 아니라니까."

"한경아, 내일 엄마 모시고 예쁜 옷이나 하나 사 입어라. 아빠가 쏜다."

"옷? 갑자기?"

"그래, 인마. 네 오래비 장가보내려면 상견례해야 하니까, 얌전한 옷으로 골라 사 입어. 알겠지?"

"예! 분부 거행하겠사옵니다!"

선주는 그대로 일어나 안방으로 들어갔다. 한경이 슬금슬금 눈
치를 보며 승호에게 말했다.

"근데, 솔직히 엄마는 말이야, 저거 다 질투다?"

"그런 것 같지?"

"응. 아빠가 엄마한테 더 잘해 줘. 데이트도 많이 하고, 밖에서
외식도 자주 하고, 예쁜 옷도 사 주고, 여행도 다니고. 그러다 보면,
오빠한테 하는 집착이 좀 줄어들지도 몰라."

"우리 딸, 아주 현명한 솔루션이네. 그래. 엄마한테 아빠가 더 잘
할게."

"나도 사실, 초록이라는 그 언니 봤을 때 말인데 사람 첫인상이
라는 게 있잖아? 굉장히 편안하더라고. 사람이 가식이 없다고 해
야 하나? 그냥 순수한 사람 같아서 좋았어. 요즘 그런 사람 흔치
않거든."

"네 엄마도 언젠가는 그 친구의 진가를 알아주겠지."

부녀는 함께 조용히 웃었다.

여느 때와 다름없이 집으로 돌아오던 초록이었다.

엘리베이터가 열릴 때면, 혹은 현관문 앞에 설 때 항상 긴장을
하곤 했다. 혹시라도 앞집 문이 열리진 않을까, 진하가 문을 열고
나와 마주치진 않을까 마음을 졸이고 또 졸이며 집으로 들어가곤
했었다.

"엇!"

본인도 모르게 흠칫 놀랐을 때, 앞집 문을 열고 나온 사람은 진

하가 아니었다.

중년의 낯선 남자가 나와 현관문을 활짝 열고 복도 옆에 놓인 소화기를 가져와 현관문이 닫히지 않도록 했다.

불과 얼마 전까지 진하의 집이었던 그 공간은 텅텅 비어 있었다.

가구도, 신발도, 모든 것들이 없어진 공간이었다.

"저기…… 혹시…… 여기 살던 사람…… 이사 갔어요?"

"네. 이틀 전에요."

이사를 나가는 줄도 몰랐다.

바로 앞집이라 시끌벅적했을 만도 한데, 아마 진하는 이사를 가는 순간까지 초록을 배려했던 것 같다.

그저 문 앞에 멍하니 서 있는데, 진하의 집에서 나왔던 중년의 남자가 어느새 초록의 옆으로 다가와 말했다.

"아, 혹시 이사 가신 분하고 아는 사이에요?"

"네? 아…… 뭐…… 알긴 아는데……."

"소지품을 두고 간 게 있어요. 아마 이사 가면서 따로 빼놓으신 모양인데, 놓고 가신 것 같아서……. 뭐, 버릴 수도 없고 곤란해서 연락드리려던 참이었는데 혹시 아는 사이면 이거 보관하셨다가 그분께 전해 주실 수 있어요?"

"저도 연락을 따로 하는 사……."

"그럼, 부탁 좀 할게요. 수고하세요."

초록은 얼떨결에 조금 가벼운 상자를 받아 들고 곤란한 표정을 지었다.

집에 들어와 상자를 바라보며 크게 한숨을 내쉰 뒤, 천천히 상자를 향해 가까이 다가갔다.

"아……."

초록의 표정이 굳어졌다.

"석진하…… 너는 정말."

상자 안에는 그동안 초록이 진하에게 자필로 써 준 편지들이 빽빽하게 들어 있었다.

기념일에 써 준 편지, 첫 취업 후 축하한다는 편지, 그리고 일상적인 내용들.

그리고 사귀기 전, 진하가 군대에 있을 때 위로차 써 줬던 소소한 일상의 편지들.

초록은 그대로 상자를 덮었다.

아직도 버리지 않고 그대로 편지를 가지고 있을 줄은 몰랐다.

한편으론 그의 어리석은 순애보에 화가 나면서도, 슬퍼졌다.

이러고 있었구나.

이따위 종이를 붙잡고 아직도 지나간 추억을 꺼내며 살았구나.

초록은 상자를 번쩍 들어 쓰레기 수거함으로 향했다.

스스로 써 내려간 진심 어린 편지들을 버리려고 할 때였다.

"아……."

이제야 알겠다.

진하는 수없이 편지들을 버리려 했을 것이다. 그러나 차마 그러지 못했던 것이다. 이 순간이 올 때, 고민하고 또 고민하면서.

물건 하나 버리지 못하는 그의 성격이라면, 더욱이 그랬을 것이다.

'넌 나한테 잔인하다고 말했지만, 끝까지 잔인한 건 너야, 석진하.'

초록은 입술을 꽉 깨물고 눈을 감았다.

"처음 뵙겠습니다."

그들의 부모는 자식의 앞길을 위한 회담에 참석한 정상급 같은 분위기였다.

단정하게 차려입은 한경이 밝게 웃으며 혜경에게 인사를 했다.

"안녕하세요! 지한경이라고 합니다. 한준이 오빠 동생입니다!"

"어머, 반가워요. 한준이는 너무 예쁘게 생긴 동생을 둬서 좋겠네!"

혜경이 한경을 칭찬하자 한준이 피식 웃었다. 한경은 그런 한준을 노려보며 그의 발을 툭 걸어찼다.

"흑역사 풀기 전에 좋게 가자고."

한경이 한준에게 경고의 멘트를 날리자 상견례 자리가 한층 가벼워졌다.

단, 선주 한 사람은 제외하고 말이다.

그녀는 뭐가 그리 불만인 건지 굳은 얼굴로 천천히 혜경을 살폈다.

'뭐, 저 나이에 저 인물이면. 딸이 엄마를 닮았네. 눈매도 그렇고.'

승호는 헛기침을 하며 말없이 조용하게 있는 선주에게 슬쩍 눈치를 줬다.

"여보, 제발 좀."

"뭐가?"

"표정 좀 풀고, 편하게 대해 드려. 뭐 하는 짓이야?"

"내가 뭘?"

"크흠. 진짜 귀한 분들 모셔다 놓고 실수하지 말란 말이야."

선주는 그제야 가식적인 미소를 지었다.

"그럼 예식은 언제쯤이 좋을까요?"

이번엔 한준이 불쑥 끼어들었다.

"되도록이면 빠른 게 좋죠. 올해 안 넘기고 진행하고 싶은데."

"그게 어디 네 맘대로 되는 문제니? 식장도 잡아야 하고, 준비할 게 얼마나 많은데!"

"준비요? 그런 거 없어요. 그냥 저희 예식만 간단하게 하고, 스몰 웨딩으로 진행할 거라서."

"뭐야? 스몰 웨딩?"

"친한 지인분들 초대해서 최대한 간소하게 할 거라고요. 저희는 그렇게 하기로 정했습니다."

"지한준, 네가 나설 자리가……."

"어떠세요? 아버지? 어머님, 아버님. 저희 그래도 되죠?"

한준은 선주의 입을 막고 막무가내로 말했다.

선주는 기가 막히다는 듯이 고개를 돌린 채 앉아 냉수만 벌컥벌컥 마셨다.

"아버님, 어머님. 좀 당황하셨죠?"

우여곡절 끝에 상견례를 마치고 집으로 돌아가던 길.

한준이 혜경과 정우, 그리고 초록을 데리고 터미널로 향하는 중이었다.

"우리 초록이, 쉽지 않겠어."

정우가 조심스럽게 말했다. 혜경은 창밖을 지그시 응시한 채 조용히 생각에 잠겨 있었다.

"어머님, 걱정하지 마세요. 저희 아버지나 동생은 초록이한테 잘할 거니까. 저도 마찬가지고요. 어머니도 지금은 좀 새침하긴 하셔도 시간 지나면 초록이 많이 예뻐하실 겁니다."

혜경의 깊은 한숨 소리가 모두를 긴장시켰다.

초록은 조수석에서 몸을 틀어 혜경의 얼굴을 보았다. 뭔가 딸로 써 굉장히 죄송스러운 날이었다.

혜경은 내심 마음이 아프고 저렸다. 그 마음을 누구보다 초록이 잘 알고 있었다.

풍족하게 키우진 못했어도, 엄마로서 입지 않고 먹지 않고 키운 소중한 딸.

그런 딸이 누군가에겐 저평가되어 미운 오리 새끼가 된다는 것이 마음 아팠다.

정우가 슬그머니 혜경의 손을 잡아 주었다.

"애들, 잘 살 거야. 걱정 마. 응?"

"휴……."

혜경의 눈가에 눈물까지 그렁그렁해졌을 때였다. 알 수 없는 번호로 전화가 걸려 왔다.

"여보세요?"

눈물을 훔쳐 내며 전화를 받은 혜경은 화들짝 놀라고 말았다.

그녀의 반응에 모두가 귀를 기울였다.

"네? 뭐라고요? 교통사고요?"

순간 당황한 한준은 도로변 한적한 곳에 차를 세웠다.

혜경은 두 눈을 커다랗게 뜨고 목소리를 가다듬었다.

-아드님께서, 교통사고로 수술하셔야 되는 상황입니다.

"그게 무슨 말이죠? 우리 청록이는 지금 국내에 없는데요? 여행 갔어요. 근데 무슨 교통사고가……."

-환자분 신원조회 하니까, 성함이 석진하로 나와요. 핸드폰에 어머님이라고 저장이 되신 분이라 전화드렸습니다. 석진하 씨 어머님 아니세요?

"예? 진하요? 진하가 교통사고가 났다는 말씀이세요?"

'석진하'라는 이름이 혜경의 입에서 나오자 한준은 재빨리 초록의 눈치를 살폈다. 초록은 점점 굳어져 가는 표정을 감출 수 없었다.

무엇보다 교통사고라는 단어가 모두를 긴장시켰기 때문이다.

"제가 모셔다 드릴게요."

한준의 눈치를 볼 수밖에 없었던 상황이다. 혜경의 손이 파르르 떨려 왔다.

차마 외면할 수 없었던 상황이라 판단한 한준은 서둘러 차를 돌렸다. 병원으로 향하는 내내 혜경의 표정이 심각해 보였다.

초록 역시 어딘가 불편해 보였다.

아니, 정확히 말하자면 불안해 보였다.

병원에 도착하자마자 혜경의 발걸음이 빨라졌다.

애써 침착한 듯이 아무렇지 않게 걷던 초록의 손을 붙잡은 한준이 고개를 끄덕이며 괜찮다고 말했다.

"눈치 볼 것 없어, 바보야."

"미안해…… 나랑 상관없는……."

"어머님이 저렇게까지 하시는 이유는 다 있는 거야. 괜찮아."

"한준아."

애써 괜찮은 척, 한준이 웃어 보였다.

"난 여기 있을 테니, 어머님이랑 다녀와."

"그래. 내가 한준 군이랑 같이 있을 테니 당신이 초록이랑 다녀오도록 해. 그리고 그 친구 부모님께도 연락드려야 할 것 같은데? 혹시 연락처 알아? 내가 전화하지."

혜경은 초록을 데리고 응급실 쪽으로 향했다. 깊은 한숨을 내쉬는 한준을 보며 정우가 그를 토닥였다.

"포커페이스던데. 사업하는 친구라 그런가?"

"네?"

"보통 이런 상황에서, 이렇게 침착한 행동이 아무한테나 나올 수 있는 경우는 아니거든. 젊은 친구가 배려심이 깊네."

"아닙니다, 아버님."

"여자들 마음은, 참 알 수가 없단 말이지. 긴 세월 나눴던 정이 그리 쉽게 끊어지지 않는 걸 보면. 아마 외면하기 어려웠을 거야. 특히 내 안사람이나 초록이 같은 경우라면."

"……네."

"너무 서운해하지 말게. 인연이라는 건, 억지로 끼워 맞춘다고 맞춰지는 게 아니거든. 그냥 순리대로…… 흘러가는 대로 이루어지게 되어 있지. 나도 저 사람도 돌고 돌아 긴 시간 이후에 좋은 인연이 된 케이스거든."

"감사합니다, 아버님."

한준의 처진 어깨를 두드려 주던 정우가 부드럽게 미소를 지었다.

"진하야. 너! 어떻게 된 거야?"

이마에 붕대를 감고 반창고를 붙인 진하가 어리둥절하게 혜경을 응시했다. 혜경은 그대로 뛰어가 진하를 살폈다.

"수술해야 된다고 연락 왔어! 너 어떻게 된 거야! 괜찮은 거야?"

"어머님, 여기 어떻게 알고 오셨어요?"

"병원에서 전화가 왔어. 네 핸드폰에 '어머님'이라고 저장이 된 사람이 나라고 하면서! 어떻게 된 거야? 어머니한테는 연락드렸어?"

"아…… 어머님. 죄송합니다."

초록은 병상에 누워 있는 진하를 보며 기가 찼다. 그는 평소 미현을 <미현 여사>라고 저장해 뒀기 때문이다.

병원 측에서 혜경의 번호를 진하의 어머니로 오해할 만도 했다.

"넌 진짜. 내 인생에 도움이 하나도 안 돼! 꼭 이렇게까지 사람 발목을 잡아야 해?"

초록이 소리를 빽 질렀다.

화가 났다. 병상에 누워 있는 멀쩡한 진하를 보며 사실 안도를 하긴 했지만, 너무나도 원망스러웠다.

잊으려면 나타나고.

잊으려면 발목을 잡고.

잊으려면 붙잡는 그가 너무 미웠다.

상황이 그렇게 되는 건지.

아니면 정말 하늘이 김초록을 시험하시는 건지.

한준에게 미안한 마음과 진하를 걱정했던 염려의 마음이 뒤섞여 화가 났다.

아니, 정확히 말하자면 자꾸 갈팡질팡하는 자신의 마음에 화가 나서, 그래서 진하에게 화풀이를 하고 있는 건지도 모른다.

"너 죽은 거 아니잖아! 죽을병도 아니잖아! 꼭 오늘 같은 날에 이렇게 사람 피를 말려야 해?"

"김초록, 너 미쳤어? 지금 진하 환자야. 많이 안 다친 걸 다행으로 여겨야지, 어디서 큰 소리야?"

초록이 큰 소리로 울부짖자 혜경이 그녀를 데리고 병실 밖으로 나갔다.

혜경은 눈물을 훔치는 초록에게 버럭 소리를 질렀다.

"김초록, 적어도 진하한테 그러면 못써. 빨리 들어가서 사과하고 나와. 두 번 다시 진하 볼 일도 없을 테니, 좋게 끝내고 나오라고."

"끝? 대체 언제 끝인데? 매번 끝이라고 하면서 왜 자꾸 발목을 잡고 나타나는 건데!"

"발목? 아무도 안 잡았어. 누가 너를 잡아?"

"정말…… 너무…….""

초록은 그대로 주저앉았다.

혜경은 답답한 딸을 바라보며 말했다.

"적어도, 다친 사람 앞에서 그러면 못써."

"그래서? 석진하가 죽기라도 했어?"

더 이상 참을 수가 없었다. 혜경은 초록의 뺨을 세게 내리쳤다.

나쁜 계집애. 엄마 마음도 헤아릴 줄 모르는 한심한 계집애.

오늘만큼은 초록이 너무나도 미운 혜경이었다.

"내 손으로 곱게 키운 딸이, 오늘 상견례라는 자리에서 어떤 취급을 받았는지 그걸 고스란히 다 지켜봤어. 엄마 가슴이 무너져 내렸어. 알아? 이 한심한 것아!"

"……."

"그렇다고 해서, 내 딸이 결혼하겠다고 데려온 남자한테 목을 맨다거나 죽지 못해서, 죽고 못 살아서 시집을 가는 것 같지도 않아. 내가 느끼기로는 그런데 자꾸 본인은 아니래. 스스로 갈팡질팡하면서 마음 다잡지 못하는 게 누군데? 왜 엄한 사람들을 힘들게 만들어? 네가 제일 문제야. 알아?"

"엄만 아무것도 모르잖아! 엄마가 내 연애에 대해 어떻게 그렇게 잘 알아! 엄마가 봤어?"

"너, 내가 이런 말까진 안 하려 했어. 진하가 너한테 어떻게 했었는지 알아? 어릴 때부터 모았던 적금 통장 들고 와서, 너 키워 줘서 감사하다고 그 돈 보태서 자기한테 보내 달라고 하더라. 고집불통에 자존심만 더럽게 센 네가 금전적으로 상처받을까 봐! 알아?"

"뭐……?"

"그런 것도 모르고 제 자존심만 내세우고, 이별에 상처받은 양 비련의 여주인공처럼 구는 너! 내 딸이지만 마음에 안 들어!"

초록은 말문이 막혀 버렸다.

'내 딸이 결혼하겠다고 데려온 남자한테 목을 맨다거나 죽지 못해서, 죽고 못 살아서 시집을 가는 것 같지도 않아. 내가 느끼기로는 그런데 자꾸 본인은 아니래. 스스로 갈팡질팡하면서 마음 다잡지 못하는 게 누군데? 왜 엄한 사람들을 힘들게 만들어? 네가 제일 문제야. 알아?'

'내가 이런 말까진 안 하려 했어. 진하가 너한테 어떻게 했었는지 알아? 어릴 때부터 모았던 적금 통장 들고 와서, 너 키워 줘서 감사하다고 그 돈 보태서 자기한테 보내 달라고 하더라. 고집불통에 자존심만 더럽게 센 네가 금전적으로 상처받을까 봐!'

병실을 나선 초록은 병원 건물 밖 귀퉁이 벽에 기대 숨죽였다.

소리 없이, 쉴 새 없이 흐르는 눈물. 그대로 다리에 힘이 풀려 스르르 주저앉고 말았다.

'도대체 뭐가 불만인 거야?'

'넌 나한테 무관심하잖아!'

서로에게 너무나도 익숙했던 나날들. 그날들을 무관심이라 오인해 상처받았던 날들.

'넌 나랑 왜 결혼을 하자고 한 건데? 이렇게 시종일관 무관심으로 알아서 흘러가겠거니 방치하면서 왜 결혼 얘길 꺼냈냐고!'

'김초록 네가 하고 싶어 하는 것 같았으니까!'

처음엔 진하의 그 말이 비수가 되어 가슴에 박혔었다.

조금만 더 대화를 했다면 달라졌을 텐데.

조금만 더 이해를 하고 노력했다면.

불안정한 나를 위해 울타리가 되어 줄 거라고, 그렇게 조금 더 관대하게 이해를 했다면.

"김초록, 너 여기서 뭐 해?"

초록을 찾아 나선 한준은 병원 구석진 곳에서 웅크려 울고 있는 초록을 발견하고 그대로 얼어 버렸다.

그녀가…… 울고 있다.

눈이 통통 부은 채로, 정말 눈물을 삼킨다는 표현처럼 소리 없이 울고 있었다.

고개를 들어 한준을 애처롭게 바라보는 그 눈빛이, 한준에게 충격을 안겼다.

"왜…… 왜 울어?"

"……."

"너 왜 우냐고. 그 남자한테 무슨 일 있어? 많이 안 좋대?"

"아니……."

"근데 왜 그래. 왜 우는 거냐고!"

"모르겠어……."

아니, 초록은 이제야 알았다.

알 것 같다.

김초록은 아직 석진하라는 남자를 지우지 못했다.

하지만 돌이킬 수 없이 멀리 와 버린 자신의 처지에 어찌하면 좋을지 혼란스럽다.

한준에 대한 미안함과 죄책감. 그리고 진하에 대한 남겨진 마음.

엉킨 실타래처럼 꼬여 버린 이 상황을 어떻게 풀어야 할지.

그저 마음이 아파서.

진하의 진심을 너무 늦게 깨달아 버려서.

그 긴 세월을 함께했던 추억을 지울 수 없다는 것에 대해 좌절하면서, 한편으론 후회하면서.

그렇게 초록은 숨죽여 울었다.

한준이 초록을 태우고 집으로 향하는 내내 두 사람은 아무 말도 하지 않았다.

초록은 집으로 돌아와 애써 진정하고 화장실로 향했다.

"나 세수 좀 하고 나올게. 앉아 있어."

"응."

굳어진 두 사람의 얼굴.

초록이 화장실에 들어가 물을 틀었다.

"흑흑…… 후……."

또다시 터진 눈물. 물소리로 울음소리를 감추려 했지만 흐느끼는 소리가 화장실에 울려 퍼졌다.

가만히 앉아 있던 한준은 천천히 화장실 쪽으로 다가가 그녀의 울음소리를 듣고 있었다.

'김초록, 너…… 이런 식으로 나한테 상처 줄 수 있는 거야?'

이미 한준은 그녀의 마음을 알고 있다.

한준은 초록이 가식적이지 않아 좋았다. 하지만 때론 가식 없는 솔직함이 독이 될 때가 있다.

차라리 여우처럼 굴어야 했다.

본인의 감정을 들키지 말아야 했다.

난 너 하나뿐이라고, 능력 있고 모든 것을 해 줄 수 있는 연하남이 최고라고 그렇게 말하고 행동했어야 했다.

"작정하고…… 박살을 내는구나."

한준은 거실 테이블에 있던 상자를 들춰 본 뒤, 씁쓸하게 미소를 지었다.

초록이 그동안 진하에게 썼던 편지들이 수두룩하게 보관되어 있었다.

그는 도저히 초록의 집에 있을 수가 없었다.

그녀의 얼굴을 마주할 수 없다. 다른 남자 때문에 아파하는 그녀를, 눈물짓는 그녀를 마주할 자신이 없다.

한준은 그대로 초록의 집을 나섰다.

8. 첫사랑의 정의

[8시 공연이야. 기다릴 테니 천천히 나와.]

초록이 서럽게 울었던 그날 밤, 말없이 한준이 초록의 집을 나선 밤 이후 서먹해진 두 사람이었다.

물론 프로젝트로 인해 바빠진 한준이 초록에게 연락을 자주 할 수 없는 상황이었지만, 통화량과 문자량이 현저하게 줄어들고 있었다.

그러던 어느 날, 한준에게 알림 문자가 하나 왔다.

한준이 초록에게 프러포즈를 하던 날, 함께 선물했던 공연 안내 문자였다.

"요즘 얼굴 보기가 하늘의 별 따기다. 그치?"

"그러게. 김초록 살 많이 빠졌네. 이제 예비신부라고 다이어트 하는 거야?"

"너도 만만치 않게 빠졌어. 뭐 좀 챙겨 먹으면서 일해."

"난 잘 먹고 있어. 너나 잘 챙겨 먹어. 비타민 하나 사 줄까?"

오랜만에 만난 두 사람은 서로를 배려하며 평소와 다르지 않은 대화를 나눴다.

조수석에 앉아 좋아하는 노래를 듣고, 커피를 사고, 드라이브를 하며 재미있는 화젯거리로 크게 웃으면서.

한준은 초록의 손을 잡았다. 따뜻한 온기가 초록에게 전달되었다.

"내 손, 따뜻하지?"

"응. 원래 넌 손이 참 따뜻했어."

한준은 피식 알 수 없는 미소를 지었다.

공연장에 도착한 두 사람은 나란히 앉아 뮤지컬 공연을 기다렸다.

"내가 제일 좋아하는 배우가 나와."

초록이 신이 난 아이처럼 말했다.

"원래 뮤지컬 같은 거, 비싸다고 생각했는데…… 나름 얻어 가는 게 많더라고. 그래서 시간을 투자해서 티켓팅에 목숨을 거는 거야."

"고마워. 덕분에 좋은 공연 관람하겠네!"

-잠시 뒤, 공연이 시작될 예정입니다.

안내 멘트와 함께 막이 올랐다. 수많은 뮤지컬 배우들이 분장을 하고 연기를 하며 노래를 했다.

그 모습을 황홀하게 지켜보던 초록. 그리고 그 모습을 바라보던 한준이 씨익 웃었다.

그저 하루 또 하루가

의미 없이 흘러가던 내 삶에

텅 빈 자유만 찾던 날 조금씩 눈 뜨게 해
운명이 내게 준 삶의 의미 당신 앞에나
나 자신 앞에서 나 부끄럽지 않도록

진정 그대가 지금 이 사랑이
바라는 꿈에 그리던 그 여자가 내 안에 있을까
너에겐 최고의 여자

뮤지컬계의 여왕으로 불리는 배우가 무대에 올라 마리 앙투아네트의 '최고의 여자'라는 곡을 열창했다.

그 모습을 응시하던 초록의 눈이 어느덧 촉촉해졌다. 가슴이 벅차고, 잔잔히 울려 퍼지는 감동을 잊을 수가 없었다.

최고의 여자.

과연, 나는 최고의 여자가 될 수 있을까?

초록은 공연이 끝나 갈 무렵까지 무대에서 눈을 떼지 못했다.

커튼콜.

그 순간 받았던 벅차오르는 감동이 그녀를 감쌌다.

"그렇게 좋았어? 엄청 울던데."

초록이 씨익 웃었다.

"나이 들면 감수성이 풍부해지는 것 같아."

"에이, 뭐 얼마나 먹었다고."

"그냥. 엄청 좋았어. 그런 좋은 공연 보여 줘서 고마워."

"초록이 너랑 같이 가서 좋았던 거지."

"오늘 날씨 별로 안 춥다."

"그러게. 거의 12시가 다 됐는데 춥지도 않고 선선하네."

"바다 보고 싶다."

"바다?"

"응. 밤바다 보기 딱 좋을 것 같아."

"음…… 갈까? 어차피 내일 주말인데."

"정말? 괜찮겠어?"

"내일은 출근 안 하니까. 우리 초록 마님이 가자는 곳이라면 뭐."

그저 농담으로 꺼낸 말이었는데.

한준은 그녀의 말에 곧장 내비게이션으로 어딘가 주소를 찍었다.

"자, 서울에서 두 시간 반 정도 걸립니다. 졸리면 푹 주무세요."

"아냐. 너 새벽에 운전하는데, 옆에서 쿨쿨 잘 순 없어."

"상관없으니 푹 자."

"싫거든요?"

"하여튼 말 더럽게 안 들어."

"너랑 얘기하는 게 좋아."

얼마나 지났을까, 두 사람은 바닷가 근처에 도착했다.

한준이 방향을 잡은 곳은 강원도였다.

차에서 내린 두 사람은 밤 풍경을 담은 동해 바다에 매료되어 활짝 웃었다.

한준이 초록에게 다가와 손깍지를 끼고 걸었다.

"너무 좋은데."

"뭐가?"

"오랜만에 이렇게 여유롭게 걸으니까."

"나도."

초록은 저 멀리 바다를 응시하며 두 눈을 감았다.

그리고 천천히 돌아선 그녀는 한준을 응시했다. 한준은 여전히 부드러운 미소를 짓고 있었다.

"한준아."

"응?"

"나 사실은…… 할 말이 있어."

한준은 입꼬리를 올려 씨익 웃었다.

"아니. 그 전에 내가 먼저 말해도 될까?"

"응?"

"나도 너한테 할 말이 있는데, 중요한 말이라서 내가 먼저 할 수 있게 해 줘."

초록은 알 수 없다는 듯이 고개를 끄덕였다.

"이제 한 시간 뒤에, 서울로 출발할 거야. 그럼 평소와 똑같이 너를 집 앞에 데려다줄 거고, 그 이후엔 너를 보지 않으려고 해."

"그게 무슨 말이야?"

"헤어지자고. 우리 이제 헤어질 거라고."

초록은 멍하니 한준을 응시했다.

그의 말이 갑작스러워서가 아니다.

어쩌면…… 어쩌면 한준은…….

"지한준, 너……."

"어차피 네가 하려고 했던 말, 이거였잖아. 맞지?"

초록은 고개를 푹 숙였다.

또다시 흐르는 눈물.

미안하고 또 미안한 마음.

마음이 저리고 아려 왔다.

이 남자를 어떻게 할까.

끝까지 배려심으로 무장한 이 남자를.

이 과분한 남자의 사랑을, 이렇게 외면하면 벌받지 않을까.

"왜 울어, 멍청아."

"후…… 후아."

"김초록, 차여서 슬퍼서 그래?"

"하…….."

초록은 그가 끝까지 본인을 나쁜 여자로 만들지 않으려는 것쯤은 다 안다.

한준이 울고 있는 초록을 감싸 안으며 토닥였다.

"착각하나 본데, 내가 널 차는 거고. 날 위해서 그만하자고 하는 거야. 너한테 상처받았거든."

"미안해. 미안해, 한준아. 정말 너무너무 미안해."

"미안할 필요 없다니까? 내가 널 버리는 거야."

울고 있는 초록을 다독이면서, 한준 역시 마음이 찢어질 듯 저려 왔다.

그러나 그는 담담하게 티를 내지 않으려 애썼다.

성숙한 이별을 선물하고 싶어서.

그녀에게 마지막 부담은 덜어 내 주고 싶었기 때문이다.

어쩌면 나는, 처음부터 알았던 사실이었다.

그녀는 이미 지난 인연에 아파하고 미련을 가진 여자였고, 그런 그녀를 받아들인 것도 나 자신이었다.

그래서 아프다고 소리를 지를 수도 없었다.

모든 것은 내가 감내하기로 마음을 먹었던 것이었으니까.

그래서 난 김초록을 미워할 수가 없었다.

김초록을 미워한다 해서 달라지는 것은 없고, 내가 급하게 끌고 미련하게 그녀의 마음을 움직이려 했던 것 같다.

나는 초록이가 왜 '최고의 여자'를 들으며 그토록 눈물을 흘렸는지 알 것 같았다.

그녀에게 지금 필요한 것은, 그 누구의 사랑도 아닌 스스로의 완전한 독립이라 생각했다.

전 남자친구에게 돌려보내려는 어리석음으로 그녀와 이별을 결심한 것은 아니었다.

부디, 김초록이라는 여자가 자신감을 되찾고 스스로를 많이 사랑하기를 바랄 뿐이었다.

그 이후의 선택은 전 남자친구도, 이제 막 전 남자친구가 된 나도 아닌 오로지 김초록의 몫일 것이다.

"나, 드디어 결혼한다."

촐랑거리던 모습과는 딴판이었다.

사뭇 진지한 얼굴로 청첩장을 수줍게 내미는 찬영을 보며 한준은 기가 찼다.

"운정이 개불쌍."

옆에서 두부에 김치를 돌돌 말아 싸먹던 운정이 잔기침을 했다.

"와, 한준 씨가 나한테 '운정이'라고 부른 건 처음이야."

"동갑인데, 매번 존대하면서 불편했잖아. 이제 제수씨라고 불러줄까?"

"아니. 그냥 편하게 불러요. 말 놓을까?"

"그래. 그러자고."

찬영과 운정이 사귄 지 3년 만에, 드디어 한준과 운정은 말을 놓게 됐다.

한준은 두 사람에게 받은 청첩장을 지그시 바라보며 만감이 교차했다.

일 년 전, 초록과 헤어지지 않았다면 '나 역시 결혼을 하게 됐을까?'라는 생각이 들었다.

"나 잠깐 화장실 좀!"

운정이 자리를 비웠다. 싱글벙글 좋아서 허허거리며 웃고 있는 찬영을 딱하게 바라보던 한준이 말했다.

"사람이 무게감이 있을 때도 됐는데 말이지."

"뭐가?"

"그렇게 좋냐? 결혼해서?"

"그래. 좋다, 이 자식아. 너도 부러우면 얼른 장가가라."

한준이 씁쓸하게 미소를 지었다.

찬영은 아차 싶어 조심스럽게 한준을 응시했다.

"야, 지한준."

"왜?"

"내가 솔직히 꼰대 같기도 하고, 남의 연애사에 감 놔라 배 놔라 할까 봐 말 안 했는데. 혹시 초록이 누나랑 연락하냐?"

"아니. 왜?"

"너도 안 했고?"

"응. 안 했지."

"흠, 그럼 연락 한번 해 보는 건 어때?"

"왜?"

"아니, 뭐. 너도 아직 만나는 사람 없고, 초록이 누나도 혼자라고 들었거든."

"흐음……."

한준이 알 수 없는 미소를 지었다.

"내가 왜 이런 말을 하냐면, 너랑 초록이 누나, 커플링 했었잖아."

"응."

"그 커플링, 초록이 누나가 계속 끼고 다녔었어."

"뭐? 왜?"

"나야 모르지. 근데 그 의미가 뭐겠냐! 아직도 너를 기다린다, 미련이 남았다, 뭐 그런 뜻이 아닐까? 그냥 조심스러운 나만의 생각이야."

한준은 순간 당혹감을 감추지 못했다.

어느덧 일 년. 초록과 이별을 하고 혼자가 된 지도 일 년이었다.

그런데 그녀가 반지를 끼고 있다니.

약간의 미련과 약간의 희망이 봄날의 아지랑이처럼 피어났다.

"아 씨. 화장실이 공용이야. 짜증 나!"

"왜? 무슨 일인데?"

운정이 인상을 잔뜩 구기고 나타났다.

"웬 아저씨가 불쑥 들어오잖아. 기겁했네."

"그 아저씨가 더 기겁했을 거야."

한준이 능글맞게 웃으며 운정을 놀렸다.

이번엔 한준이 일어나 화장실 쪽으로 향했다. 분위기가 살짝 다운된 것 같은 느낌을 받은 운정이 넌지시 찬영에게 말했다.

"뭐야. 이 분위기는?"

"뭐가?"

"무슨 얘길 했기에 분위기가 요따구로 칙칙하냐고."

"아니, 뭐. 초록이 누나 얘기했지."

"초록 언니? 왜? 무슨 말 했는데? 왜 헤어진 사람 얘기 하냐!"

"아니! 그게 아니라, 초록이 누나가 저번에 보니까 지한준이랑 맞춘 커플링을 계속 끼고 다니더라고. 그래서 그 얘기를……."

"너! 설마 그 얘기 지한준한테 했어?"

"응. 했는데."

"아오! 내가 못 살아! 그걸 왜 얘기해! 눈치가 있냐, 없냐!"

"왜! 서로 못 잊고 미련이 남았으면, 이어지게 사랑의 오작교라도 해 줘야지."

"네가 까치냐? 아오. 이런 걸 신랑이라고 데리고 살아야 해?"

"아니, 왜! 뭐가 문젠데!"

운정은 답답하다는 듯이 가슴을 치며 말했다.

"그거, 초록이 언니가 동창들 사이에서 헤어졌다는 소문 퍼질까 봐 끼고 다닌 거야. 당장 연애할 생각도 없고 새사람 다시 만나는 거 힘들 것 같다고."

"아니, 그럼 지한준이 그립고 그래서가 아니야?"

"모르지. 근데 정확히는 동창들 사이에 소문 퍼질까 봐가 아니라, 석진하라고 전 남친이 동창이거든. 그 전 남친 귀에 들어갈까 봐 그런 것 같아."

찬영이 못내 아쉽다는 듯 고개를 저었다.

"아, 뭐야. 난 그런 것도 모르고…… 초록이 누나가 미련이 남아 있는 것 같다고 한준이한테 연락 한번 해 보라고 했는데."

"너나 잘해. 제발 너나 잘하라고! 자, 빨리 마늘이나 먹어."

운정은 구운 마늘을 찬영의 입에 가득 넣어 주며 짜증 섞인 얼굴로 한숨을 내쉬었다.

애석하게도 그들은 뒤에 한준이 서서 둘만의 대화를 엿듣고 있다는 사실을 자각하지 못했다.

"지한준입니다."

한준은 티켓 부스 앞에서 또박또박 이름을 말했다.

<뮤지컬 마리 앙투아네트>라고 인쇄된 티켓이 손에 쥐어졌다. 한준은 흐뭇하게 웃으며 돌아섰다.

"아……."

순간 그는 시선을 멈추고 홀린 듯이 한 여자를 바라보았다.

단발의 머리는 어느새 어깨를 넘어선 긴 머리가 되어 있었고, 앞머리가 없어져 버린 보다 성숙한 모습의 초록이었다.

초록 역시 한준을 마주 보며 놀란 듯 그를 응시했다.

한준은 조금씩 천천히 초록을 향해 걸어갔다.

"공연…… 보러 왔나 보네?"

"아, 으응."

"혼자 왔어?"

"응. 혼자 왔지."

"티켓은 수령했어?"

"응. 수령했어."

"어디 앉아?"

"1층 16열. 난 티켓팅엔 영 소질이 없나 봐."

"그래? 난 1층 4열인데. 정중앙이야."

"좋겠다. 이제 곧 시작할 텐데, 들어가자."

초록은 어색한 미소를 지으며 공연장으로 입장했다.

얼떨떨한 표정으로 16열을 찾아 자리에 앉은 초록은 중앙 4열로 향하는 한준을 지켜보며 착잡한 마음이었다.

그때 초록의 옆에 한 여자가 착석했고, 초록은 코트를 정리하고 있었다.

그런데……

"저기, 혹시 혼자 오셨어요?"

낯익은 목소리에 초록이 고개를 들었다. 한준이 초록의 옆 사람에게 말을 걸고 있었다.

"네. 혼잔데요?"

"저, 괜찮으시면 저랑 자리 바꾸실래요? 이 표는 VIP석이고 중앙 4열인데. 엄청 잘 보이실 겁니다."

여자는 고개를 갸웃거리며 나쁘지 않은 표정으로 일어났다.

한준은 여자가 일어나자 초록의 옆에 앉아 흐뭇한 표정을 지었다.

"뭐야. 너 왜 그래? 비싼 돈 주고!"

"혼자 보면 재미없잖아. 그리고 나 이 공연은 다섯 번째 관람이야. 괜찮아."

한준이 씨익 웃었다.

막이 오르고, 공연이 시작되었다.

한준은 공연을 관람하는 초록의 표정을 살피며 생각했다.

과거였다면, 한준은 초록의 손을 꼬옥 잡고 공연을 관람하고 있었을 것이다. 그러나 지금, 너무나도 단정하고 바른 자세로 서로에게 보이지 않는 벽을 치고 있다.

그는 공연에 집중할 수 없었다. 초록은 무슨 생각을 하고 있을까?

세 시간이 훌쩍 넘어 공연이 모두 끝났다.

초록이 가장 좋아했던 곡, '최고의 여자'.

초록은 여전히 그 곡을 듣고 훌쩍거렸다.

"공연 잘 봤어?"

공연장을 나서던 한준이 초록에게 물었다.

"응. 너무 좋았어."

"나도 너랑 봐서 좋았다."

초록의 얼굴이 옅게 붉어졌다. 한준은 주변을 두리번거렸다.

"너, 혹시 약속 있어?"

"응?"

"배 안 고프냐? 밥이라도 먹으러 갈래?"

"아…… 나는 밥을 늦게 먹었어."

"그럼 커피라도 마시자."

"그…… 그럴까?"

한준이 주차장으로 향하려던 찰나였다.

공연장이 어두운 곳이라 발견하지 못했던 무언가가 초록의 손가락에서 반짝이고 있었다.

한준의 시선을 알아차린 초록은 순간 머릿속이 새하얘졌다.

한준은 못 본 척 반지를 외면하고 주차장에서 차를 몰아 건물 밖으로 나왔다.

"오랜만에 탄다."

초록이 조수석에 앉아 뭔가 감회가 새롭다는 듯이 말했다.

한준은 슬쩍 초록의 손을 응시했다. 어느새 반지가 사라져 있었다.

"그래. 기억나지? 새 차 뽑아서 신나 가지고 이태원 놀러 갔던 날, 네가 내 붕붕이에 몹쓸 짓을 했지."

"맞아. 너랑 찬영 씨 처음 본 날이지."

"회사에서 마주친 것도 신기했다. 어떻게 그렇게 만나게 되냐."

"커피 값으로 수리비 물겠다고 했었는데……. 그래서 아침마다 너한테 커피 셔틀하고."

"다 옛날 일이다. 시간 참 빠르지?"

"그러게."

초록이 배시시 웃었다.

"참, 찬영이 결혼한다더라. 운정이랑."

"아, 맞아. 들었어. 나도 다음 주에 청첩장 받으러 가거든."

"그래. 아직 못 받았구나."

"시간이 없어서 운정이도 많이 못 봤어. 서로 바빠져서."

"그래? 초록이 넌 요즘 뭐 하면서 지내는데?"

"나…… 사실 창업 준비하고 있어. 재취업이 힘들어서 바리스타 교육 받으면서 창업 지원금 신청했었거든. 근데 운 좋게 당첨이 됐어. 내가 모았던 소자본이랑 다 보태서 작게 한번 시작해 보려고. 지금 인테리어 공사도 들어갔고 여러모로 준비할 게 많더라."

"이야, 잘됐네. 진짜 너무 축하한다."

"고마워. 나 그래서 요즘 엄청 바쁘게 살아. 하핫……."

초록이 부끄럽다는 듯이 머리를 긁적였다.

한준은 열심히 살고 있는 초록의 그 모습 자체가 너무나 예뻐 보였다.

"찬영이 결혼 준비한다고 했을 때, 내심 너랑 어떻게든 한 번은 마주치지 않을까 하는 기대를 했는데…… 이렇게 만나게 되네. 신기하다."

"그러게……. 같은 하늘 아래 살고 있어서 그런가, 그러고 보면 세상 참 좁아."

"카페는 어디 오픈해?"

"서울은 아니고, 일산 쪽에 오픈해."

"일산? 갑자기?"

"응. 호수공원 쪽에 자리가 좋은 곳이 났거든."

"놀러 가도 돼?"

"음…… 안 될 건 없지."

초록은 여전히 어색하게 웃었다.

"찬영이 결혼식 가지?"

"나한텐 운정이 결혼식이지."

"뭐, 어쨌든 가지?"

"응. 당연히 가야지!"

"김초록을 볼 수 있는 기회가 한 번 더 생긴 거네. 보너스 게임 같다."

"너는 요새 뭐 하고 지내? 부모님은 다들 건강하게 잘 지내시지?"

"그럼. 한경이도 결혼한다고 지금 한창 바빠."

"와. 그때 남자친구 소개받고 그런다더니, 벌써 결혼을 하시는구나!"

어느새 카페에 도착한 두 사람은 커피를 마시며 이런저런 이야기를 나눴다.

한준은 몰라보게 밝아진, 긍정적인 초록을 바라보며 흐뭇하게 웃었다.

"초록아."

한준이 그녀의 이름을 불렀다.

초록은 내심 그가 자신의 이름을 부를 때면 묘하게 설레기도 했다.

"응?"

"미안해할 필요도, 자책할 필요도 없어. 알지?"

"뭐가?"

"너 나한테 미안해서, 지금 눈도 못 마주치잖아. 아니야?"

"아…… 아니거든!"

"이거 이거, 나이만 누나지 완전 하는 짓은 애기야. 애기!"

"아니라고!"

미간에 힘이 잔뜩 들어가 발끈하는 초록을 보자 한준이 피식 웃음을 터트렸다.

"만나는 사람은 있어?"

"아니. 누구한테 좀 상처를 받았더니 연애 생각이 없네."

"이거 봐. 이렇게 말하면서 어떻게 미안해하지 말라고 하냐!"

"농담이야. 농담. 나도 초록이 너만큼 바쁘게 살았어. 새 직원도 다섯 명이나 늘었고, 업무도 늘고, 무엇보다 작은 규모였던 회사가 조금씩 성장하고 있거든."

"와, 지한준 나중에 그룹 회장님 되는 거 아니야?"

"그럴지도 모르지."

초록이 감탄사를 내뱉으며 두 눈을 동그랗게 뜨고 한준을 응시했다.

"그러니까, 나 더 크기 전에 잡고 싶으면 얼른 잡아라."

"응?"

"앞으로 난, 더 많이 쑥쑥 클 테니까. 혹시라도 조금의 미련이 생기거든 다른 여자가 낚아채기 전에 얼른 데려가라고.”

“나도 더 클 거야! 멍청아!”

한준이 부드럽게 미소를 지었다.

농담을 빙자한 진심. 그는 초록을 보며 만감이 교차했다.

언젠가 상상을 했었다.

새하얀 웨딩드레스를 입고 사랑하는 가족의 손을 잡고 입장해서 평생의 반려자 옆에 선다면 얼마나 가슴이 떨릴까. 얼마나 심장이 쪼그라들까.

초록은 지금, 그녀 앞에 새하얀 웨딩드레스를 입고 앉아 있는 운정을 보며 다시 한번 상상하곤 했다.

만일 내가 저 모습이라면, 나는 그런 순간이 온다면 어떤 기분이 들까.

“고운정, 진짜 예쁘다.”

초록은 천천히 운정의 곁으로 갔다.

“자기야! 왜 이제 왔어! 목이 빠져라 기다렸네!”

“택시 탔는데 차가 막혀서 도중에 지하철로 갈아탔어.”

“빨리 이쪽으로 와서 앉아. 사진 찍자!”

“어휴, 그만 좀 잡아끌어. 드레스 다 구겨지겠다!”

“자기야, 자기는 얼굴 쭈우욱 들이밀어. 안 그래도 자긴 머리통이 작아서 내가 커 보인단 말이야!”

“알았어. 알았어. 내가 앞으로 쭈~욱 빼면 돼?”

“됐다! 저희 사진 좀 찍어 주세요!”

운정은 신부가 된 지금도 여전히 씩씩하고 우렁찬 목소리였다. 그녀에게 ‘여리여리한 신부’라는 단어 따위는 어울리지 않았다. 초록은 운정을 보며 피식 웃었다.

"나 찬영 씨한테 인사하고 다시 올게!"

초록은 천천히 예식장 입구에 있는 찬영에게 다가갔다.

찬영은 머리를 긁적이며 얼굴이 잔뜩 붉어져 있었다.

그 모양새를 보아하니 초록은 신랑과 신부가 바뀐 것만 같아 터지는 웃음을 꾹 참았다.

"찬영 씨, 너무 축하드려요!"

"누나! 와. 누나 이게 얼마 만이에요!"

"오랜만이네요."

"그러게요! 청첩장 드릴 때도 운정이랑 같이 못 가서 뵙지 못하고, 아무튼 잘 왔어요. 좀 있다가 맛있는 거 많이 드세요. 살이 너무 많이 빠지셨다."

"고마워요. 나 그럼 운정이한테 가 있을게요. 이따가 예식 시작할 때 봐요!"

"네! 누나!"

초록이 몸을 돌려 신부 대기실 쪽으로 향할 때였다. 찬영의 시야에 들어온 것은 다름 아닌 한준.

한준은 뭐가 불만인지 투덜거리며 나타났다.

"야, 여기 예식 노래 선곡, 호텔에서 해 주는 거냐?"

"아니. 나랑 운정이가 고른 건데?"

"하, 이거 노팅힐에 나온 노랜데."

"잘 아네. 좋지 않냐?"

"느끼해. 오글거려. 너 같아."

"오늘 결혼하는 신랑한테 왜 그러냐?"

찬영은 입을 삐쭉 내밀었다.

그때, 찬영의 눈에 초록이 보였다.

초록은 축의금 봉투를 들고 다시 예식장 입구로 나온 것 같았다.

찬영은 아무래도 곤란한 표정을 지으며 한준의 손을 잡고 악수를 했다.

"이 자식, 이거 장가 못 가더니 괜히 형님한테 투덜거리네. 투덜이 자식아!"

"뭐야? 왜 이래?"

"아하하하! 참. 부끄러워하기는!"

"이 미친놈아, 너 왜 그래?"

"얘가 저랑 제일 친한 친구랍니다! 여러분!"

"뭐야?"

한준은 고개를 휙 돌렸다. 역시. 한준은 축의금을 전달하는 초록을 보며 한숨을 내쉬었다.

찬영은 난처한 표정을 지었다.

"어차피 한 번은 마주칠 거…… 좋게 생각해."

"두 번째야."

"응?"

"헤어지고 이번이 두 번째로 보는 거라고."

"어? 누나 만났어?"

"우연히. 공연 보러 갔다가. 아무튼, 나 괜찮으니까 신경 쓰지 마라. 그리고 너 진심으로 운정이한테는 거짓말이나 어설픈 짓 하고 살지 마라. 다 티 난다."

한준은 예식장 안으로 들어갔다.

동그란 원형 테이블에 자리를 잡은 한준은 신부 측 하객석에 자리한 초록을 힐끗 보며 아무렇지 않게 예식에 집중했다.

'그러니까, 나 더 크기 전에 잡고 싶으면 얼른 잡아라.'

한준은 며칠 전, 스스로 초록에게 했던 말이 떠올랐다.

알 수 없는 묘한 기분에 입꼬리가 올라갔다.

"밥 안 먹고 가는 거야?"

화장실에서 나온 한준은 도둑고양이마냥 살금살금 호텔 예식장을 빠져나오는 초록을 마주하고 황급히 그녀를 불렀다.

초록은 머쓱하게 웃었다.

"그냥…… 일도 있고."

"난 너 불편할까 봐 먼저 나가는 길이었는데."

"아…… 그…… 그래? 난 불편한 거 없는데."

"서로 배려를 했네. 그치?"

"아니라니까! 난 불편한 거 없어. 진짜 일이 있어서 가는 거야."

"그래? 어디로 가는데?"

"카페 공사하는 거, 그거 지금 보러 가야 하거든."

"내가 태워다 줄게."

"아니야! 지하철 타면 금방 가는데."

"일산 여기서 멀거든? 구두 신었는데, 그냥 내 차 타고 가."

"야! 아니, 저기!"

"어차피 너랑 나랑 이게 마지막이야. 그냥 편하게 얘기나 하면서 가자. 너 부담 주지 않을 테니까."

초록은 엉겁결에 한준의 차 조수석에 탔다.

예전엔 이 자리가 그토록 편하고 마냥 내 자리 같기만 했었는데, 지금 이 순간은 왜 이렇게 불편한 가시방석 같은지 모르겠다.

"걱정 마. 진상 안 부려."

"응?"

"나 좋은 놈이니까 잡으라는 둥, 그런 얘기 더는 안 할 테니까 그렇게 불편하게 생각하지 말라는 얘기야."

"한순아, 음……."

"말해."

"너 불편하지 않아. 그냥 미안해서 그렇지."

"미안? 너 나한테 미안해할 필요 없다니까!"

"그래……."

한준은 고개를 슬쩍 돌려 초록의 손을 응시했다. 그녀의 손엔 반지가 끼워져 있지 않았다.

"초록아, 나 물어보고 싶은 거 하나 있는데."

"응? 뭔데?"

초록이 떨리는 목소리로 대답했다. 한준은 여전히 앞만 똑바로 응시한 채 운전을 하고 있다.

'너, 커플링은 왜 끼고 다닌 거야?'

한준의 머릿속에 맴돌던 질문은 바로 그것이었다. 하지만 입 밖으로는 다른 말을 꺼냈다.

"너, 석진하 씨랑 혹시 연락하고 지내?"

초록은 한준의 질문에 두 눈을 크게 뜨고 고개를 저었다.

"아니! 내가 진하랑 어떻게 연락을 해. 너랑 헤어지고 얼씨구나 좋다고 연락하기라도 했을까 봐? 그냥 그 친구가 더 이상 나 때문에 시간 낭비하고 허송세월 보내면서 옛 추억에 사로잡혀서 다른 좋은 사람 만날 기회를 놓치는 게 싫어."

한준이 씁쓸한 미소를 지었다.

초록은 그의 표정을 보자마자 당황한 듯 황급히 말했다.

"아! 물론 한준이 너도 마찬가지야. 더 이상 지나간 인연 때문에 속앓이하거나 그러지 않았으면 해."

"만약에 석진하 씨가 지금 널 잡으면, 어때?"

한준은 초록의 떨리는 두 눈동자를 확인하고 씩 웃었다.

"난 너 안 잡아. 내가 널 찼으니까."

"……."

"잡으려거든 네가 잡아야지, 김초록."

"뭐, 그것도 맞는 말이지. 네가 왜 나를 잡냐. 너한테 상처만 줬는데…… 내가 너한테 어떻게 했는데……."

"맞아. 지한준한테 김초록은 나쁜 여자야."

"항상 미안하게 생각하고 있어."

어느덧 그들은 일산 근처에 진입했다. 한준은 근처 역 앞에 차를 세웠다.

초록은 안전벨트를 풀고 긴 한숨을 내쉬었다.

"부담스러워할 것 같아서, 여기 세워 줄게."

"고마워. 넌 끝까지 나한테 배려만 하는구나. 정말 너무 고맙다."

"아, 카페 이름이 뭐야? 그냥 궁금해서."

"초록이야. 내 이름."

"진짜?"

"응. 카페 초록이라고 지었어."

한준은 한동안 말없이 초록을 응시했다.

그동안 힘든 것들이 참 많았을 법도 한데, 잘 이겨 내 준 그녀가 내심 대견하기도 했다.

더 이상 그녀를 바라보고 있노라면 미련이 생길 것 같았다.

그는 초록을 향해 씨익 웃어 주었다.

어쩌면, 마지막 모습이 될지도 모르는 지금.

최대한 좋은 모습으로 기억되고 싶었다.

"카페 대박나길 바란다."

"고마워. 너도 사업 번창하고!"

"한 번은…… 놀러 갈게. 엄청 예쁘고 몸매 좋은 여자친구 만들어서. 너 약 올리러 가도 되지?"

"지한준답네. 그러셔!"

"너, 그 대답이 얼마나 사람의 마음을 쓰리게 하는 대답인지는 알아?"

"무슨 소리야?"

"아니다, 멍청아. 나는 그럼, 간다!"

한준은 초록을 내려 준 뒤, 유유히 사라져 버렸다.

초록은 그가 사라져 가는 모습을 지켜보며 작게 한숨을 내쉬었다. 그리고 이내 발길을 돌렸다.

"그럼, 이대로 진행해도 되겠는데요?"

"네. 대표님, 전화가 와서 그러는데 잠시 실례 좀 하겠습니다."

주말 오후. 호텔에 위치한 1층 카페에서 서류를 뒤적이던 한준은 머리가 지끈지끈 아파 오는 것을 겨우 참아 내고 있었다.

'주말에 여자랑 이런 델 와야 하는데. 일이랑 결혼하게 생겼네.'

한준은 커피를 한 모금 마시며 숨을 돌리고 주변을 둘러봤다.

그러다 순간, 커피를 뿜을 뻔했다. 그의 시야에 들어온 것은 낯익은 남자였다.

'석진하?'

한준은 벌떡 일어나 진하의 바로 뒷자리에 등을 돌려 앉았다.

진하는 단정하게 생긴 여자와 마주 앉아 예의와 격식을 차리고 있었다. 보아하니 여자친구거나 여자 사람 친구는 아니다. 그렇다면?

"진하 씨는 취미가 뭐죠?"

"저는 그냥 음악 듣고, 영화 보고, 운동도 하고 그래요."

두 사람의 대화를 엿듣고 있던 한준은 눈을 까뒤집으며 한숨을 팍팍 내쉬었다.

'왜 저러고 다니는 거야?'

그는 답답하다는 듯 벌떡 일어났다. 그리고 진하가 앉아 있는 테이블로 향했다.

"형, 완전 오랜만이네? 대박. 이런 데서 다 만나네!"

"지……한준?"

"형. 결혼 준비 한다며? 청첩장은 언제 나와?"

진하는 갑작스런 한준의 등장에, 또한 그의 태도에 황당하다는 듯 미간을 찌푸리며 그를 응시했다.

결국 진하의 맞은편에 앉아 있던 여자는 구겨진 표정으로 벌떡 일어나 사라져 버렸다.

"지한준 씨, 대체 뭡니까?"

진하는 그가 자신에게 굉장히 무례하게 굴고 있다고 생각했으나 애써 화를 꾹 눌렀다.

"보아하니 소개팅 같은데."

"지금 뭐 하자는 겁니까?"

"아, 됐고. 왜 이러고 다녀요?"

"이봐요, 당신이 지금 무슨 짓을 했는지 알고 있어요?"

"알지. 그쪽 소개팅 깽판 쳤잖아요."

진하는 불쾌하다는 듯이 자리에서 일어났다.

"초록이, 일산에 카페 오픈했어요."

한준의 말이 끝나기가 무섭게 진하는 멈칫했다.

그의 입에서 초록이라는 단어가 나오자 자동적으로 몸의 행동이 멈춰 섰던 것 같다.

"솔직히 이런 말, 그쪽한테 해 주기 싫은데."

"축하한다고 전해 줘요. 이제 그쪽이랑 결혼해서 행복할 일만 남았네."

"혹시 나랑 초록이, 헤어진 거 알아요? 모르죠?"

등을 돌려 서 있던 진하가 천천히 돌아섰다.

"그것도 일 년 전에."

"무슨 소리야? 초록이가 당신이랑 왜 헤어져? 그것도 일 년 전에?"

"일 년 전 이맘때쯤 헤어졌으니까, 딱 일 년이네."

"무슨 소릴 하는 거야! 초록이랑 당신, 결혼한다고……."

"아마도 우리 사이가 헤어진 사이라는 걸, 당신 측근들이나 동창들이 모르는 이유는 간단해. 김초록이 커플링을 계속 끼고 있었으니까. 헤어지지 않은 척, 이별하지 않은 척하고 다닌 거지."

"그게 무슨……."

"석진하 씨, 잘 들어요. 나는 말이죠, 그 여잘 잡고 싶었어요. 그것도 아주 많이."

진하는 여전히 이해할 수 없다는 표정이었다.

"헤어지고 나서 초록이가 반지를 계속 끼고 있었다는 소식을 친구한테 들었어요. 근데 그 이유가 나에 대한 미련이 아니라, 당신에게 이별을 들킬까 봐 그게 걱정돼서 반지를 끼고 있었다는 사실을 알게 됐죠. 나 때문이 아니라…… 석진하 당신 때문에."

진하는 믿을 수 없다는 듯 넋을 놓고 있었다. 그 모습을 바라보던 한준이 큰 숨을 내쉬었다.

"하, 솔직히 초록이가 미웠어요. 그래서 당신이랑도 이루어지지 않았으면 했던 옹졸한 마음이 없지 않아 있었는데, 생각해 보니 세 사람이 어긋나서 아픈 것보다는 두 사람이라도 행복한 게 낫지 않을까 싶었던 거죠."

"지한준 씨."

"잡아요. 지금 가서 잡아요. 지금 기회 놓치면, 당신 평생 그 여자 못 잡습니다."

진하는 한준의 눈을 뚫어져라 응시했다.

그는 덤덤하게 말하고 있었지만 진하는 그가 애써 감정을 꾹꾹 눌러 담고 있다는 것을 알 수 있었다.

운전을 하던 한준은 창밖을 바라보며 만감이 교차했다.

창문을 열어 바람을 만끽하던 그는 갓길에 차를 세웠다. 입을 굳게 다문 그는 어느새 눈가가 촉촉해짐을 느끼고 호탕하게 웃기 시작했다.

"아, 진짜 쪽팔리네."

가슴이 아려 왔다. 이토록 감정의 물결이 요동칠 줄은 몰랐는데.

이런 게 정말 이별인가 보다.

이런 게 정말 사랑인가 보다.

첫사랑은 이루어지지 않는다는 말이 있다.

첫사랑이 대체 무엇인지 궁금했던 날들이 있었다. 누구나 다 생각했던 것처럼 과연 첫사랑이라는 것이 무엇일까 의문을 품었던 날들. 한준은 그럴 때마다 첫사랑에 대해 이렇게 정의를 내리곤 했다.

'처음으로 내가 가장 많이 사랑했던 사람.'

그게 초록인가 보다.

그래서 이루어지지 않으려나 보다.

진짜 사랑이란 바로 이런 것인가 보다.

'잠실…… 사세요?'

한준은 어리숙한 초록의 표정이 떠올라 웃었다.

'몇 살인데 반말 찍찍 날리면서 사람 무시하는데?'

씩씩한 척해도 그녀는 한없이 여린 여자였다.

'할부로라도 갚을게. 아침 점심마다 프로젝트 끝날 때까지 커피 사서 책상에 올려 둘 테니, 그걸로라도 퉁쳐……요…….'

커피라도 사서 카시트 수리비를 대신하겠다던 그녀의 천진난만한 표정이 다시금 떠올라 미칠 것만 같았다.

그는 두 눈을 감았다.

남자의 눈물.

그의 눈물이 두 뺨을 타고 흘러내렸다.

맞아요. 세상에서 가장 멍청한 짓을 하고 말았습니다.

혹자는 그런 행동에 비겁한 놈이라고 욕을 하거나 질타를 할지도 모릅니다.

하지만 결국 김초록을 석진하에게 보내 준 이유는 단 하나였어요.

김초록이 가장 김초록다워지는 남자.

그래서 모든 것을 표현하고 사랑하고, 또 사랑받을 수 있는 남자가 내가 아니었기 때문입니다.

나는 어쩌면 그 사실을 외면하고 있었는지 몰라요.

그래도 난 초록이를 사랑하던 그 순간, 그 시간들을 잊지 못할 겁니다.

내 인생에서 아무런 조건 없이 따지는 것 없이 그저 감정적으로 사랑하던 사람. 그런 사람이 바로 김초록이었으니까.

아마도 내가 이렇게 초록이를 사랑한 것처럼, 김초록과 석진하는 그런 사랑을 했을 겁니다.

그래서 서로에게 두 사람은 절대 잊히지 않고 가슴에 남은 존재가 되는 거겠죠.

한 번 어긋난 인연이니 다시 이어진다 해도 똑같을 거라는 그런 의심과 불신들이 없기를 바랍니다.

나 역시 김초록이란 여자에게는 과거가 되었고, 이미 그 여자의 진심을 알아 버린 나는 절대 그 여자를 잡을 수가 없었습니다.

그래서, 종교도 없는 제가 단 하나만 빌겠습니다.

그 여자가 부디 옛사랑의 진심을 받아들이고 다시 행복해지기를⋯⋯.

9. 과분한 남자

〈카페 초록의 대박을 기원하며! -사랑하는 아빠, 엄마가〉
〈사장님 인생은 이제 꽃길만♥ -초록이 동창 중에 제일 예쁜 이세정〉
〈이제 사장님 됐으니까 나보다 직급이 높군? -직장 상사였던 김과장〉
〈커피도 맛있고 사장님도 예쁘고 -새댁 고운정, 노예 강찬영〉

초록은 카페에 진열된 화환과 화분을 보며 입가에 절로 미소가 번졌다.

"하여튼 문구 센스하고는."

웃고 있던 초록이 카페 매장의 문을 열었다. 커피 향이 가득 번진 매장 내부.

정식 오픈을 앞두고 초록이 떨리는지 심호흡을 했다.

"언니! 나 왔어!"

우렁찬 목소리의 주인공은 운정이었다. 그녀는 찬영의 손을 잡고 흔들며 초록에게 인사를 했다.

"뭐야? 찬영 씨까지? 출근 안 했어요?"

"저 휴가예요. 이틀 정도 쉽니다."

"아니, 무슨 휴가에 여길 와? 놀러 가지!"

"언니, 언니 보는 게 나의 힐링이야."

"글쎄, 찬영 씨는 그렇게 생각하지 않는 것 같은데?"

"야! 강찬영! 너 카페에 관심 많았다며! 언니 도와줄 겸, 겸사겸사 카페 알바 체험해 봐. 좋지?"

그저 운정의 말이라면 법같이 따르는 찬영을 보며 초록은 새어 나오는 웃음을 틀어막고 청소를 시작했다.

손님이 하나둘씩 매장에 나타나기 시작했다.

오전보다 오후가 더욱더 바빴다. 점심이 지난 이후부터는 초록 역시 앉을 새도 없이 일을 했다.

발 빠르게 뛰어다니는 찬영과 운정 덕분에 일이 수월해졌다.

오후 4시가 넘어서야 조금 한가해진 카페는 잔잔한 음악과 함께 여유를 되찾았다.

초록이 따뜻한 라떼를 만들어 운정과 찬영에게 건넸다.

"강찬영, 이건 네가 사는 거야!"

"응?"

"초록이 언니 커피 값까지 계산 요망."

"아! 당연하지!"

찬영이 카드를 꺼내자 초록은 벌떡 일어나 손사래를 쳤다.

"뭐야, 돈을 왜 내!"

"계산은 확실히 하자고. 첫날인데!"

"에이, 그렇게 따지면 내가 알바비를 줘야 한다고!"

"됐어요, 김초록 씨! 원래 이런 돈은 받는 거야. 자꾸 지인이라고 공짜로 주기 시작하면 언니 망한다?"

"맞아요, 누나. 원래 이런 계산은 확실히 해야 한답니다!"

"하, 나 진짜 너무 미안한데⋯⋯."

"나중에 밥이나 사. 비싼 걸로!"

"그래. 내가 두 사람, 맛있는 걸로 사 준다!"

"세 사람이야!"

"응? 그게 무슨⋯⋯."

운정이 어울리지 않는 표정으로 부끄럽게 웃었다.

그것도 아주 잠시, 초록은 운정과 찬영을 번갈아 응시하며 그제야 눈치를 챘다.

"대박! 아기 생긴 거야?"

"허니문 베이비랄까."

"이야! 고운정! 완전 축하해. 고운정이 엄마라니!"

"뭐, 반응이 그러냐!"

"근데 너, 그 몸으로 카페 알바 했어? 이제 안 돼! 당장 여기 앉아서 쉬어!"

"저 언니 왜 저래? 풀떼기! 나 괜찮아. 이 정도는 움직여도 무리 없어!"

초록이 호들갑을 떨자 운정이 오히려 초록을 자리에 앉혔다.

자리에 앉아 이야기를 나누던 세 사람은 뭐가 그리 좋은지 깔깔 거리며 수다를 떨었다.

그때, 운정이 아차 싶은 표정으로 찬영의 옆구리를 쿡 찔렀다. 그러자 찬영이 가방을 뒤적거리며 흰 봉투를 꺼내 초록에게 내밀었다.

"이게 뭐야?"

"이거⋯⋯ 음, 지한준이 누나 전해 주라고 줬어요."

"무슨? 이게 뭔데?"

초록은 봉투를 열어 내용물을 확인하고 서서히 얼어붙은 양 표정이 굳어졌다.

"화환을 보내자니 그것도 좀 그렇고, 그냥 저한테 주더라고요. 축하의 의미로 그냥 받아 줬으면 좋겠다고. 앞으로 좋은 일만 생겼으면 좋겠다고 했어요."

"아…… 이거 다시 돌려줘. 난 이거 못 받아."

초록이 다시 봉투를 찬영에게 내밀었다.

"누나, 그냥 받아요. 한준이도 마음에 걸려서 이런 행동 한 것 같은데, 이별 선물이라고 생각하고 그냥 앞으로 잘 살면 돼요."

"후우. 그나저나 지한준, 마음 씀씀이가 참 남달라. 아니, 어떻게 너랑 그렇게 다를 수가 있지?"

운정이 찬영의 볼을 꼬집으며 놀리듯 말했다.

여전히 심각한 표정을 짓는 초록에게 운정이 조언을 하나 했다.

"언니, 있잖아. 너무 마음 쓸 필요 없어. 솔직히 사람 마음이라는 게, 어떻게 정해진 길로만 갈 수 있겠어. 여기도 갔다가, 저기도 갔다가, 길을 잃어버리기도 하고, 또다시 길을 찾기도 하고 인생이 어떻게 내 맘대로 되겠냐고. 그러니까 너무 죄책감 가지고 살지 마. 한준이도 언니 마음 충분히 이해하고 넘겼을 거야. 대인배잖아? 이렇게 봉투까지 보내는 거 보면 모르겠어? 진심으로 언니가 잘 살기를 바라는 거야."

초록은 말없이 고개를 끄덕였다.

손에 쥐어진 흰 봉투를 응시하며 금방이라도 울 것 같은 표정을 감춘 채.

초록은 마지막으로 카페 조명등을 끄고 출입문을 열고 나섰다. 그녀는 불 꺼진 매장을 바라보며 한숨을 돌렸다. 이제 정말 시작이구나 싶어 감정이 북받쳐 올랐다.

"이게 뭐야?"

초록은 카페 출입문 손잡이에 붙어 있는 메모지를 발견하고 천천히 메모를 집어 들었다.

〈메롱.〉

초록은 어이없고 기가 차다는 듯 메모를 뜯어내 구겨 버렸다.

"뭐야? 어떤 정신 나간 놈이……."

초록은 순간, 머리를 한 대 얻어맞은 느낌이 들었다.

그녀는 자신의 앞에 서 있는 남자를 보고 그대로 얼어 버렸다.

초록을 바라보며 활짝 미소 짓는 남자.

하얀 폴라티에 검은 코트를 입고 주머니에 손을 넣은 채, 초록을 응시하는 남자는 바로 진하였다.

"그 정신 나간 놈, 나 같은데."

"석진하."

"카페가 참 초록 초록 하네. 예쁘다."

"너……."

초록은 그를 보자 온 신경이 마비가 된 양 저릿저릿 저려 왔다.

두 입술을 앙다물고 경직된 온몸에 힘을 가득 준 채, 이맛살이 찌푸려질 만큼 미간에 힘을 줬다.

"흠, 크흠."

헛기침을 하던 초록은 아무렇지 않은 척, 목소리를 가다듬었다.

"이게 우연은 아닌 것 같은데."

"어. 누가 알려 주더라. 너 여기서 카페 한다고."

"누가?"

"그건 됐고, 나 뭐 하나만 물어보자."

초록은 고개를 갸웃거렸다.

도무지 이 상황이 믿기지가 않아서. 자신의 앞에 서 있는 진하를 믿을 수가 없어서.

"뭔데?"

"너, 지한준하고 맞춘 커플링은 왜 끼고 다녔어?"

초록은 코웃음을 쳤다.

"아니, 커플이니까 반지를 끼지. 무슨 그딴 걸 질문이랍시고 물어봐?"

"헤어졌다며. 헤어졌는데 끼고 다녀?"

"누가 그래?"

"지한준이 직접 그랬어. 헤어졌다고. 근데도 반지 끼고 다녔다고. 그 이유가 나 때문이라더라."

초록은 백지장처럼 새하얘진 얼굴로 혼란스러워했다.

감정을 들킨 것 같아서.

무엇보다 반지를 끼고 다녔던 이유가 진하 때문이라는 것을 한준에게 들켜 버려서.

그가 느꼈을 모든 감정들이 가슴 아프게 와 닿기 시작했다.

"나…… 나 갈게."

초록이 황급히 자리를 피하려 했다. 진하는 재빨리 초록의 팔을 붙잡았다. 그리고 그는 초록의 얼굴을 똑바로 마주했다.

"이 와중에 피하지 말고."

"……."

"똑바로 말해 봐. 너, 정말 나 때문에 그랬어? 그래?"

"……."

"네가 한마디만 하면……."

"진하야, 우리 충분히 아프고 힘들었잖아."

"뭐?"

"너도 그렇고, 나도 그렇고, 한준이도 세 사람 모두 아플 만큼 다 아프고 있어. 그러니까 이제 이런 감정 싸움 그만하자. 이제 그만 가!"

초록은 진하의 손길을 뿌리치고 그대로 돌아섰다.

그는 답답하나는 듯 한숨을 내쉬었나.

저 멍청이.

세상에서 제일 답답한 여자.

예전이라면, 예전의 석진하라면 여기서 충분히 그만두고도 남았을 것 같다.

하지만, 그는 너무 잘 알게 되었다.

사랑은 타이밍이라고 한다.

그 타이밍을 놓쳐 버린 사람은 김초록뿐만 아니라 석진하 자신이라는 것을.

그리고, 무엇보다 김초록이라는 여자가 아직도 자신을 사랑하고 있다는 것을 알고 있다.

그렇기 때문에.

그것을 알아챈 한준이 초록을 잡을 수 없다.

그러나, 그 사실을 알게 된 진하는 초록을 잡아야만 했다.

"야! 김초록! 너 지금 그렇게 돌아서면, 영원히 나도 잃는 거야. 알아?"

초록이 걸음을 멈춰 세웠다.

"나, 솔직히 너 많이 미워. 내가 잘못한 것도 많지만 아직도 너만 생각하면 마음이 아프고 저려. 너를 다 잊을 자신도 없어. 헤어진 순간에도, 헤어진 이후에도 나는 쭉 오로지 너였어."

"……."

"3년을 그렇게 아프고 힘들어했으면, 그만큼 벌 다 받은 거 아냐? 한 번쯤 기회를 줘도 되잖아?"

"……."

"알아. 나랑 다시 시작하는 거, 무섭겠지. 또다시 상처받을까 봐, 혹은 반복될까 봐. 또 지한준이 마음에 걸리기도 하겠지. 그치만 우리 너무 먼 길을 돌아왔고 나는 여전히 네가 아니면 안 될 것 같아. 다른 수많은 수식어나 거창한 이유, 나는 표현할 줄도 모르고 못 해. 그냥 그게 다야. 너 없는 미래가 그려지질 않아. 헤어졌던 순간부터 지금까지 시간이 멈춘 것만 같았으니까."

초록은 애써 감정을 누르며 숨을 고르고 있을 뿐이었다. 이미 두 눈에선 눈물방울이 툭, 툭 떨어지고 있었다.

"이제 너만 오면 돼. 네가 용기 내면 돼. 나는 준비됐으니까!"

초록은 천천히 돌아섰다. 진하가 온화한 미소를 지으며 초록을 바라보고 있었다.

한 걸음, 한 걸음.

그녀는 진하를 향해 다가갔다.

용기라는 핑계, 혹은 희망이라는 핑계로.

그렇게 조금씩 진하에게 다가선 초록이 말했다.

"괜찮아? 그때 교통사고 났던 거. 괜찮은 거야?"

"너 지금 나한테 온 거지?"

"괜찮은 거냐고!"

"내가 널 안아도 되는 거지?"

"석진하, 다친 거 괜찮…… 흡!"

드디어, 드디어 안을 수 있었다.

진하는 그토록 그리워하던 초록을 한 품에 와락 안고 두 눈을 감았다.

포근함, 따뜻함. 낯설지 않은 이 느낌들.

예전에 잃어버렸던 그 모든 것을 되찾은 느낌이 들었다.

얼마나 안고 싶었는지, 얼마나 그리워했는지 초록은 알까?

얼마나 애가 타고 피가 마르던 심정이었는지.

다른 사람의 품에서 그녀가 행복하길 바란 적도 있었던 못난 남자의 어리석은 사랑을.

"반가워, 김초록."

"너…… 누가 안……."

"보고 싶었어. 보고 싶었다. 아주 많이. 그리웠어."

"……."

초록의 입술이 파르르 떨려 왔다.

그녀는 진하의 품에 안긴 이 순간, 모든 것을 알 수 있었다.

초록 역시 그를 많이 그리워하고 있었다는 것을.

따스한 이 품 안에 꼬옥 안겨 투정을 부리고 싶었다는 것을.

석진하의 앞에서는 그 어떠한 모습도 보여 줄 수 있다는 것을.

"늦어서 미안해."

두 사람은 그렇게 한참 동안 서로를 부둥켜안고 서 있었다.

하얀 눈송이가 조금씩 옅게 흩날리던 밤, 추위도 잊게 할 만큼의 따스함으로 무장한 채.

초록은 테이블에 놓인 핸드폰을 응시한 채 멍하니 앉아 있었다. 무언가를 고민하듯 자꾸만 한숨을 내쉬며 머리를 쓸어 넘겼다.

그녀는 이윽고 결심한 듯, 핸드폰을 들고 전화를 걸었다.

길지 않은 신호음 너머 남자의 굵직한 목소리가 들렸다.

"나…… 엄청 고민하고 전화했어."

-그런 말 안 해도 돼. 오해하는 일도 없어.

"한준아."

-너 봉투 때문에 전화했잖아. 고민하지 말고 필요한 곳에 써. 정말 그거라도 해야 마음이 편할 것 같더라고.

"잘 받았어. 고맙다는 인사하려고 전화한 것도 맞긴 한데……."

-맞긴 한데?

"난 앞으로 너한테 미안해서…… 어떻게 하지?"

-……어휴, 멍청이.

울지 않으려 했다. 하지만 쏟아져 나오는 눈물이 멈춰지지 않았다.

오열하듯 한 손으로 입을 막고 눈물을 훔치는 초록에게 한준이 할 수 있는 것은, 역시 없었다.

"고마워. 고마웠어. 정말 너무 고마웠고 미안했고 너한테 몹쓸 짓 해서 너무 미안해. 미안해."

-아니, 진짜 이거 멍청이네. 바보야, 왜 울고 그래?

"한준아, 정말 너를 만나서 내가 더 단단해지고 성장할 수 있었어. 어떻게 너한테 고마움을 다 표현해야 할까? 너는 나한테 준 것밖에 없는데, 나는 너한테 준 게 아무것도 없어서 미안해. 정말 너무 미안해."

-김초록, 너, 항상 네가 나한테 물어봤었지? 대체 나 같은 여잘 왜 좋아하냐고. 귀에 못이 박히다 못해 피가 철철 날 정도로 물어보던 그 말, 이제는 정확히 답할 수 있을 것 같아.

울먹이던 초록이 조금씩 목소리를 가다듬었다.

-네가 나쁜 마음을 먹은 여자였다면, 석진하가 아닌 나를 택했을 거야. 그래서 아마…… 그런 너라서, 난 아무 조건 없이 그렇게

마냥 착하고 순한 너를 사랑했던 것 같아. 사랑을 아는 여자. 그게 너야, 초록아.

"한준아……."

-아마도 난, 앞으로 너랑 했던 그런 사랑을 하지 못할 것 같아. 이것도 뭐 추측이지만, 어떤 사람을 만나느냐에 따라 달라질 수도 있겠지만…… 네 말처럼 난 이제 어른의 연애를 해야 하고, 또 결혼을 해야 하니까. 마냥 감정적으로 달려들 수 있는 연애는 네가 처음이자 마지막이었어. 그래서 널 놓아주기 힘들었지만. 이제는 괜찮아. 그리고 나한테 미안해할 필요 없어. 나는 나를 위해서 너를 정리한 거고, 너는 너를 위해서 나를 정리한 거야. 서로 상처받지 않기 위해, 행복하기 위해. 알겠지?

"……후우……."

-정말 잘 지내 줘. 행복하게. 그거면 돼. 이제는 누군가와 이별해서 아파하지 말고, 너의 인생을 함께 설계할 사람과 행복한 결말을 맞기를 바란다.

"한준아, 너 그거 알아? 넌…… 정말 좋은 남자친구였어. 놓치기 아깝고 아쉬울 그런 과분한 남자였어. 그 어떤 여자도 너랑 함께한다면 행복할 거야. 너로 인해 배운 것도, 느낀 것도 많아. 나를 성숙하게 만들어 줘서 고마웠어. 아프고 힘들 때 곁에서 지켜 줘서 고마웠어. 네 말처럼 이제는 내 행복을 위해 살도록 할게."

-응. 우린 마지막이 참 많다. 이번이 정말 마지막이었으면 해.

"잘 지내……."

-늘 어디서든 웃어라.

"너도……."

눈이 퉁퉁 부을 만큼 울었던 초록이지만, 마음만은 한결 가벼워졌다. 무거운 짐을 내려놓듯, 마음의 짐을 내려놓고 그렇게 두 손으로 얼굴을 감싸며 눈물을 닦아 냈다.

지한준.

고맙고 감사하단 말로는 다하지 못할, 그런 과분한 남자였다.

"누나, 남자친구 있어요?"

며칠 전부터 초록의 카페에 자주 출몰했던 나름의 단골손님.

낯선 남자는 카운터가 잘 보이는 곳에 앉아 초록에게 말을 걸었다. 딱 봐도 초록보다 다섯 살 정도 아래로 보이는 연하남.

초록은 피식 웃었다.

"남자친구 없어요."

"크흐음! 크허억!"

낯선 남자와 초록의 뒤에 앉아 책을 읽던 진하가 헛기침을 하며 두 사람을 노려보았다.

초록은 눈 하나 깜짝하지 않고 낯선 이와 대화를 이어 나갔다.

"근데 누나, 저기 저 남자도 자주 보이던데. 설마 누나, 저 남자한테 전화번호 준 거 아니죠?"

"저 남자는 제 번호 알고 있을걸요?"

"네? 설마 번호 줬어요? 나는 그렇게 사정해도 안 줬잖아요!"

"저 남자는 이미 번호를 알던 사이라서."

"아는 사람? 친구 사이?"

"아뇨. 전, 전 남친."

"예? 전 남친도 아니고 전, 전 남친이요?"

"네. 이건 비밀인데, 쟤 때문에 전 남친이랑 헤어진 거예요. 제가 갈팡질팡 감정 정리 못 하고 여기저기 옮겨 다니면서 두 남자 사이를 왔다 갔다 하다가 결국엔 전 남친이 저 차 버렸어요. 뭐, 나쁘다고 볼 수 있지만 그게 제 매력인걸요."

낯선 남자는 일그러진 표정으로 황급히 자리를 떠났다.

초록은 터져 나오는 웃음을 꾹 참으며 낯선 남자가 떠난 자리를 정리했다.

"야, 너 진짜 이러기야?"

진하가 불쑥 다가와 초록을 툭 쳤다.

"뭐가?"

"남자친구가 없다고? 진짜 너무하네. 그럼 난 너한테 뭔데?"

진하가 노려보자 초록은 천천히 진하의 입술에 입술을 포개며 가볍게 입을 맞췄다.

"뭐긴! 예비 남편이지!"

결국 초록은 웃음을 터트리고 말았다.

혹자는 재회를 두고 이렇게 말합니다.

재회는 이별의 연장선일 뿐이라고, 결국 똑같은 이유로 헤어지게 될 것이라고.

하지만 가장 나다울 수 있는 사람 옆에 있다는 것이 얼마나 큰 행복인지를 깨달은 우리는 용기를 낼 수 있었습니다.

기억하겠습니다.

'연애와 결혼 사이'에서 사랑의 열병을 앓았던 수많은 밤을.

타오르던 열정을.

뜨겁게 사랑했던 이 모든 순간을.

Epilogue. 끝나지 않은 이야기

"싫어! 이거 안 입어!"

잔뜩 찡그린 얼굴로 투정을 부리는, 기껏 해 봐야 여섯 살배기쯤 돼 보이는 꼬맹이가 아침부터 엄마를 굉장히 힘들게 만들고 있었다.

"석하연, 너 진짜 엄마한테 맴매 맞을래?"

"폭력적이야!"

"뭐야? 넌 대체 누굴 닮은 거야! 아오!"

"성격은 엄마 닮아서 더럽고, 외모는 아빠 닮아서 예쁘다고 했어!"

"누가 그래? 나 참."

"외할머니가 그랬어!"

"아, 나 진짜. 어이가 없어서."

"메~롱!"

하연은 토끼 모양이 그려진 유치원 가방을 들고 후다닥 뛰어나 갔다.

어이가 없어 웃던 그녀는 머리를 질끈 묶고 거실로 나왔다.

"그래. 하는 짓은 똑같네. 누가 아빠랑 딸 아니랄까 봐."

"우리가 뭘?"

진하는 서류 가방을 챙기며 현관문 앞에서 어리둥절한 표정을 지었다.

"저기요, 둘 다 양말 짝짝이로 신었거든요?"

초록이 한숨을 내쉬며 두 손으로 진하와 하연의 양말을 가리켰다.

"몸은 좀 어때? 괜찮아?"

세정이 슬그머니 초록의 배를 응시했다. 아직 부풀어 오르지 않은 배라 어찌 보면 살집 같기도 했다.

"이제 겨우 세 달인데."

"진하 걔, 엄청 좋아하더라. 내심 둘째 기다리고 있었나 봐."

"본인이 낳는 게 아니니까 그렇지. 나쁜 놈! 내가 하연이 이외엔 싫다고 했거늘!"

"하나보단 둘이 낫지."

"애는 누가 키워? 애 키우는 데 돈이 얼마나 들어가는데!"

"그래. 이제 김초록 입에서 그런 소리 나오니까 정말 실감이 난다."

"뭐가?"

"너 말이야. 결혼한 거 실감이 난다고."

"실감은 무슨. 하연이가 벌써 여섯 살이야."

"아, 맞다. 너 그 소식 들었어?"

"무슨?"

"김다슬 이혼한다고 하더라."

"그래? 뭐, 본인이 알아서 하겠지."

"그렇긴 해."

세정은 핸드폰을 확인하며 슬그머니 초록의 눈치를 살폈다.

초록은 행동이 달라진 세정을 보며 씩 웃었다.

"또 뭔데? 왜 그래?"

"아…… 경제 뉴스에 너의 전 남친이 실렸어."

세정이 조심스럽게 말했다.

초록은 대수롭지 않게 미소를 지었다.

"괜찮아. 무슨 죄지은 사람처럼 그렇게 눈치 볼 필요 없어. 보기보다 그 친구, 사업이 잘 풀리나 봐."

"솔직히 정말 궁금해서 물어보는 건데, 너 그런 거물 놓치고 후회한 적 없어?"

"뭐래."

"그렇잖아. 솔직히 지 모 씨랑 결혼했으면 팔자가 피는 건데. 생긴 것도 반반해, 집안 좋아, 돈도 많아, 능력 있어. 게다가 연하남이야. 근데도 후회한 적 없어?"

초록은 알 수 없는 표정을 지으며 커피를 마셨다.

"아이고, 내가 괜한 걸 물었네."

세정은 입을 톡, 톡 두드리며 초록의 눈치를 살폈다.

"솔직히, 나도 사람인데 왜 그런 생각 안 해 봤겠어? 사실 하연이 유치원 들어가고 카페 정리하면서, 진하한테 기대서 전업주부 생활하고 남편이 벌어다 주는 돈으로 살면서 전전긍긍 힘들 때가 많아. 내가 사고 싶은 것들, 입고 싶은 것들, 하고 싶은 것들 전부 포기하면서 하연이한테 올인하고 있거든. 그래서 가끔 상상을 해 본 적은 있어. 만약, 내가 진하가 아닌 한준이랑 결혼을 했다면 어땠을까 하고 말야."

"그럼 너, 후회하고 있어?"

초록은 고개를 저었다.

"아니. 후회라기보단 그냥 상상으로 끝냈지. 그래도 하연이 아빠 퇴근하고 오면 집안일도 잘 도와주고, 하연이랑도 잘 놀아 줘. 무엇보다 나 어깨 뭉치면 안마도 해 주고, 나 힘들까 봐 형편없는 요리 실력으로 김치 볶음밥도 해 주고 그래. 그런 거 보면 행복이라는 게 별거 없더라고. 내 편이 생긴다는 것, 가족이 생긴다는 것. 무엇보다 그 행복한 결실이 지금 하나 더 생겼잖아!"

초록은 배를 가리키며 활짝 웃었다.

세정 역시 행복한 표정을 짓고 있는 초록을 보며 고개를 끄덕였다.

"그래. 김초록이 행복하면 된 거지."

"앞으로 더 행복해질 일만 남았어."

초록은 다시 한번 미소를 지었다.

그녀의 이름처럼 싱그러운 미소였다.

-마침-

작가 후기

　'연애와 결혼 사이'라는 소중한 이야기에 마침표를 찍었을 때, 갑자기 그런 생각이 들었습니다.
　과연 이 세상의 많은 초록이들은 어떤 선택을 했을까? 하고 말입니다.

　누구나 그런 시기가 있습니다.
　갈팡질팡 자리를 잡지 못하거나, 어떤 상황이나 사람에게 흔들리거나, 중심을 잡지 못하고 휘청이는 순간이 있습니다.

　아팠고, 힘들었고, 많이 울었습니다.
　그래서 쓸 수 있는 이야기였고 마침표를 찍는 그 순간 벅차오르던 감정을 잊지 못합니다.

　내 삶의 원동력이자 버팀목인 할머니, 가족들.

그리고 저를 항상 응원해 주는 소중한 독자님들, 꿈을 현실로 만들어 주신 와이엠북스 출판사와 편집자님께도 감사를 전합니다.

무엇보다 현실 속에 존재하는 소설보다 더 소설 같은, 모티브가 되어 준 이들에게 감사합니다.

그들이 있었기에, 쓸 수 있었습니다.

2020년, 7월
작가 최효진 드림.